ŒUVRES COMPLÈTES

DE GRINGORE

Paris. — Imprimé par E. Thunot et Cie, rue Racine, 26, avec les caractères elzeviriens de P. Jannet.

ŒUVRES COMPLÈTES

DE

GRINGORE

Réunies pour la première fois

PAR MM.

CH. D'HÉRICAULT ET A. DE MONTAIGLON

—

TOME I

ŒUVRES POLITIQUES

A PARIS

Chez P. JANNET, Libraire

—

MDCCCLVIII

A

M. LE COMTE

ÉDOUARD DE CHABROL

BIBLIOPHILE NORMAND

CETTE PREMIÈRE ÉDITION

DES ŒUVRES COMPLÈTES

DU VIEUX POETE NORMAND

EST DÉDIÉE

Par les Éditeurs

CH. D'HÉRICAULT, A. DE MONTAIGLON

GRINGORE

ET LA POLITIQUE BOURGEOISE

AU XVIᵉ SIÈCLE

es documens que la Littérature procure à l'Histoire doivent être accueillis avec précaution, presque avec défiance, nous le reconnoissons. Nous n'ignorons pas d'ailleurs que les œuvres littéraires contiennent rarement des faits nouveaux, et quand, par hasard, il en est ainsi, nous savons que ces faits n'ont presque jamais une importance primordiale. De telles œuvres sont donc inutiles à l'historien pour établir les grandes lignes, pour donner des fondemens sûrs à un système large et nouveau. Elles n'ont pas la puissance d'attaquer de haute lutte les opinions reçues, et de triompher à la manière des faits, c'est-à-dire par leur apparition. On peut dire à la rigueur qu'elles n'offrent rien de général, presque rien de positif, et, à première vue, elles ne montrent que des lueurs indécises.

Mais si elles ne sont point une synthèse, du

moins mettent-elles la philosophie historique sur la voie des plus fins et des plus minutieux enseignemens ; si elles n'existent pas par elles-mêmes — sur la scène de l'histoire, cela s'entend, — du moins parfois indiquent-elles quelque point minime et important tout à la fois, telle petite circonstance inaperçue jusque-là et qui remplit cependant le rôle de cette pierre mince, de ce morceau de ciment sans lesquels le monument ne sauroit être en équilibre. Elles apportent ainsi cette nuance du portrait sans laquelle l'homme est monstrueux, ce léger hasard, non mentionné par d'autres documens, qui seul néanmoins peut nous empêcher de trouver l'événement absurde ; et elles sont quelquefois le dernier recours de l'historien qui veut lutter contre des préjugés dont un jugement droit et impartial lui a démontré la sottise ou l'injustice.

Un labeur tout particulier est nécessaire sans doute pour rendre de cette façon les ouvrages d'imagination utiles à l'Histoire ; il faut pour ainsi dire en extraire l'essence, les soumettre à un travail d'analyse, puis de généralisation, beaucoup plus long et minutieux que celui qui nous est imposé pour tirer parti des Mémoires. Mais là où ces derniers font défaut, c'est, comme nous l'indiquions plus haut, le seul moyen qui reste à la postérité pour ôter aux faits ce vague mythologique que l'éloignement leur donne toujours, pour rendre aux soldats et aux capitaines de la civilisation la part d'activité et de gloire que les généraux ont usurpée, pour faire, enfin, d'un personnage un homme, et de l'Histoire l'Humanité.

Au commencement du XVIe siècle, les Mémoires, si communs au siècle précédent, manquent presque complétement. Diverses circonstances politiques, l'état de la société, la position de la Bourgeoisie, l'activité particulière de la France à cette époque, expliquent cette singularité, qu'il nous importe ici de constater seulement. A aucune date pourtant ce genre de document n'eût été plus utile. Quand nous pensons qu'à cet instant même la Réforme se préparoit, que la Renaissance sortoit de son chaos et que le monde moderne entroit définitivement en scène, nous avons le droit de regretter tout particulièrement la lumière précise, les minutieux détails, la réalité nuancée, le méticuleux développement du cœur humain, le jugement contemporain, la couleur vulgaire, le dessin naïf, enfin tout ce que les Mémoires ont l'habitude de rechercher et de montrer à la postérité.

Cette époque importante est donc restée pour nous parsemée de mystères, difficile à comprendre, difficile à expliquer. Il faut reconnoître aussi que les historiens modernes, par une méthode peu sensée, par des préjugés d'école, et une sorte de mépris pour l'impartialité, ont été amenés à nous rendre la vérité moins aisée encore à rencontrer, moins aisée surtout à démontrer. Ils ont pris depuis un siècle leurs espérances, leurs fantaisies, leur fanatisme doctrinal pour le seul criterium de vérité historique; et comme depuis ce temps l'histoire est abandonnée aux écrivains des écoles soi-disant philosophiques et libérales, toute théorie contraire aux préjugés de ces écoles a été bafouée, tout renseignement, tout fait inconciliables avec ces préjugés, ont été considérés comme non avenus. On n'a voulu consulter que les documens écrits sous l'influence d'inspirations analogues à celles qui dirigeoient les écrivains de ce parti. Les Railleurs et les Protestans sont ainsi devenus les maîtres de l'histoire ; l'esprit qui les animoit domine visiblement les opinions actuelles, et c'est de ces deux sources que découle toute la philosophie historique de notre temps.

Nous avouons que ces railleurs et ces protestans sont ceux qui ont parlé le plus haut et le plus souvent dans le XVIᵉ siècle, et nous reconnoissons aussi que pour le vulgaire cela est une grave considération. Ils ont encore eu la bonne fortune de se servir de certains mots qui sont en honneur aujourd'hui ; ils représentent l'esprit d'opposition, qui est depuis un siècle notre seule théorie gouvernementale ; ils ont été les ennemis d'une royauté à cette heure éclipsée, d'une religion maintenant attaquée, de toute une série d'idées actuellement calomniées. Les esprits étroits et fanatiques de ce temps-ci peuvent trouver là, sans doute, de grandes probabilités de sens commun, de sincérité et de vertu ; mais nous ne pouvons comprendre que les intelligences droites et sensées s'y soient laissé tromper.

Il y a, en effet, dans l'effort nécessaire à l'exercice de la raillerie, un mouvement qui la porte invinciblement à côté de la vérité. Le railleur, obligé comme il l'est de rétrécir la portée de sa vue, afin d'augmenter, pour ainsi dire, l'acuité de son regard, ne peut voir qu'un point très-particulier, presque toujours exceptionnel dans

un homme ou dans un événement. Encore
parlons-nous ici des railleurs de génie, des railleurs de bonne foi, et ils sont rares à côté de
ceux qui spéculent sur le mensonge et le scandale, qui raillent par amour de la méchanceté,
et subissent les entraînemens d'un esprit har-
gneux, envieux ou borné.

Vis-à-vis de la vérité, la position des écrivains
protestans est moins bonne encore. Leur qualité
de rebelles, leur état d'agresseurs contre tout
ce qui étoit alors vénérable et sacré, leurs attaques contre la patrie, contre la religion mater-
nelle, contre le gouvernement dans lequel leurs
pères avoient trouvé leur honneur et leur gloire,
ces effroyables guerres civiles dont ils étoient les
instigateurs, tout les obligeoit, pour éviter l'infamie, d'exagérer les défauts de ce qu'ils atta-
quoient, d'en inventer au besoin, de changer les
défauts en crimes, et les vices en monstruosités.
C'étoit là une nécessité pour les meilleurs d'entre
eux, pour ceux qui n'étoient ni fanatiques outrés
ni dirigés par le libertinage, la politique, l'ambition ou l'amour insensé de la nouveauté. Quant
à ces derniers, nous savons qu'ils calomnioient
de parti pris et par habileté diplomatique. La
dictature de Calvin, le traité de Bèze (*de Hære-
ticis à civili magistratu puniendis*), les lettres
de Luther, sa conduite vis-à-vis des paysans
vaincus, la tyrannie à la fois pateline et implacable des prédicans dans les villes françoises
tombées en leur pouvoir, la vie de Hutten et
de Henri VIII, enfin les actes ou les théories de
presque tous les chefs, nous montrent ce qu'ils
entendoient par ces mots de tolérance, de li-

berté, de charité, de vertu, dont ils ont leurré les historiens de ce temps-ci.

Il est donc nécessaire de ne pas accepter aveuglément des idées puisées à de pareilles sources, et de se tenir en garde contre une philosophie historique qui se distingue par un sens critique aussi complaisant ou aussi naïf.

Ce sont de telles considérations, nous voulons dire la défiance que nous inspirent les historiens de notre époque et la pénurie de Mémoires au XVIe siècle, qui nous ont amené à accorder la plus minutieuse attention aux œuvres politiques de Gringore. Notre poëte, d'ailleurs, tout obscur qu'il est resté, a joué un rôle important et exercé une notable influence au milieu de la société françoise pendant les vingt premières années de ce XVIe siècle. Il peut être regardé comme un représentant intelligent de la bourgeoisie moyenne et libérale de Paris à cette époque, comme un écho de ses pensées, comme un des directeurs de ses idées politiques. Cette influence est restée inaperçue jusqu'ici; cette bourgeoisie elle-même ne prit une part bien active aux événemens qu'à la fin du siècle, sous la Ligue. Chacun sait comment elle vint hardiment en aide au Catholicisme et à la Royauté, comment elle resta un instant maîtresse des destinées de la France, et il nous a semblé curieux de constater avec quels préjugés, quels instincts, quelles idées, elle alloit se trouver en face de la Réforme, qu'elle devoit plus tard si courageusement combattre. Ces notions sur l'état des opinions dans la société bourgeoise d'alors, les œuvres politiques de Pierre Gringore nous les fournissent en grande partie.

Nous avons pensé encore que la meilleure méthode pour connoître ces opinions étoit l'étude des opinions de l'homme même qui représente et qui a dirigé cette bourgeoisie. Il sera ainsi facile de retrouver les disciples dans l'écrivain directeur. Et comme tout mouvement d'influence entre le public et l'écrivain est double, comme tous deux reçoivent en même temps qu'ils donnent, nous apprendrons encore à connoître l'opinion publique par les doctrines qu'elle a imposées au poëte, par les préjugés qu'elle a applaudis en lui, aussi bien que par les conseils qu'il lui a donnés et les tendances qu'il a développées en elle.

Nous nous hâterons donc de donner quelques notions sommaires sur la biographie générale et le talent littéraire de Gringore, puis nous entrerons dans l'étude de ces pamphlets, qui nous donneront connoissance tout à la fois des idées politiques ou religieuses de notre poëte, et des opinions de la bourgeoisie de son temps.

I.

Gringore est, après Villon, le plus grand poëte de la fin du Moyen Age. C'est un esprit d'une autre trempe, à coup sûr, et peut-être d'une nature supérieure, plus vaste et plus profond, plus varié, plus réfléchi surtout, mais moins limpide, moins personnel, moins énergique. Villon écrivoit comme il eût fait un bon tour de friponnerie, finement, dextrement et joyeusement. Parfois, sans doute, viennent des remords que lui apportent le souvenir de sa mère, la vue de la jeu-

nesse et de la beauté aboutissant à une tête de
mort dans le charnier des Innocens, parfois
aussi viennent des regrets que lui inspire l'as-
pect du bonheur régulier et paisible de la vie
domestique; mais il court toujours droit à son
idée, et sa littérature n'est qu'une satisfaction de
son activité naturelle : c'est une *repue franche* en
rimes, un loisir d'une espèce particulière; et
toute sa vie, du reste, n'a été qu'un loisir, une
indocilité constante contre les mœurs reçues et
la littérature reçue, contre la morale et contre
la société. Il écrit donc pour lui seul, pour satisfaire ces voix gentilles qui s'élevoient de son
esprit aux momens de repos, avec une harmonie
que ne contentoient pas les hurlemens de ses
amis les *tirelaines*.

Gringore écrit pour les autres: il veut prouver
et instruire; il a l'ambition de la gloire et le désir
de plaire; il travaille, se soumet souvent à l'opinion publique, et s'en préoccupe toujours. S'il
ne fût pas venu à une époque de transition, où la
simplicité du Moyen Age n'étoit plus, et où la
régularité de la Renaissance n'étoit pas encore,
il eût été un de nos plus grands poëtes; mais,
attiré par les deux instincts de son génie, la fantaisie et la réflexion, vers deux écoles contraires,
il oscille vers l'école savante, qui alléchoit la gravité de sa pensée, et presque toujours il obéit à
l'école des trouvères, où l'entraînoient les plus
puissantes de ses facultés, l'amour de la réalité,
la finesse d'observation, sa verve et sa vivacité.
Il a ainsi produit un grand nombre d'ouvrages,
comme s'il espéroit trouver enfin, en travaillant,
le genre qui devoit résumer toutes ses qualités,

et n'a rien laissé de complet. Il indique des facultés supérieures, et, chose curieuse, hostiles les unes aux autres. C'est un homme de génie qui n'a pu se concentrer, un assemblage de plusieurs hommes de talent distincts, qui, en chemin de se résumer en un seul, n'ont pu y parvenir; et ses qualités éparses, chantant tour à tour d'une façon brillante, depérissent et s'entretuent par le contact réciproque. C'est enfin, nous ne pouvons mieux nous faire comprendre, l'incarnation du *disjecti membra poetæ*. Ainsi, tantôt admirablement concis, ailleurs richement abondant, Gringore devroit, en mélangeant ces deux qualités rares chez un seul poëte, rencontrer un style souverainement puissant et entraînant : essaie-t-il ce mélange, il n'est ni concis ni abondant ; il n'est que diffus. Ici vif et plein de verve, là grave et réfléchisseur : met-il ces qualités en contact, il devroit être un philosophe lumineux ; il n'est plus qu'un pédant. Là il analyse finement, plus loin il résume largement : il devroit produire des idées d'un bon sens irrésistible, d'une profondeur infinie, et il s'endort dans des maximes vulgaires, dans des proverbes d'une monotonie invincible. Toujours il en est ainsi : tantôt sa verve et son activité de style s'emportent, faute d'être retenues par sa gravité naturelle, jusqu'à une concision presque inintelligible ; tantôt cette gravité, faute d'ête fouettée par sa verve, sommeille en un style plein de lourdeur.

Je ne sais si je fais bien comprendre cette rare personnalité littéraire, ce poëte qui réunit en lui toutes les qualités supérieures des diverses natures poétiques, et qui se sent frappé d'impuis-

sance quand il veut faire un tout de ces qualités.
Gringore a la fantaisie de l'artiste et la raison
d'un grand philosophe; il possède l'invention du
poëte et la patience du savant; il emploie ainsi
pendant quarante ans les plus parfaits instrumens
de l'intelligence, et il meurt tout entier.

Son malheur vient de son époque. Cette lutte
entre deux écoles, dans chacune desquelles il
trouvoit une parcelle de vérité, cet état de trouble et de doute de leur idée où les derniers poëtes
du Moyen-Age devoient tomber bien souvent,
tout cela lui enleva la confiance en soi-même,
qui produit la concentration des forces, et lui
ôta le tact de la vérité littéraire, qui donne la
fécondité au travail.

Néanmoins, tenons compte de cette position
dans l'histoire, et nous trouverons que c'est un
grand écrivain. Rarement jusqu'à lui la langue
étoit arrivée à cette ampleur saine et robuste en
même temps qu'à cette vivacité persistante. Sa
concision sort de la claire vue de sa pensée, sa
verve résulte de l'énergie de son idée : toutes
ses qualités sont de haute race intellectuelle.
Bien des pages de sa prose ne seroient pas in-
dignes de Balzac. C'est à lui que nous devons les
chefs-d'œuvre des genres *Farce* et *Sottie*. Il y a
dans les *Contredits de Songe-Creux* une richesse
d'observations, une variété de ton, une perfection et une simplicité de formes, qui la rendent à
mes yeux un des plus originaux ouvrages de la
littérature françoise. C'est là aussi que j'ai trouvé
des pages empreintes d'un réalisme brutal et
bourgeois à la manière de Rabelais, une sorte
de philosophie pleine de bonhomie, appuyée,

moitié gravement, moitié finement, sur les détails les plus vrais de la vie vulgaire, et Rabelais, sous ce rapport, n'est pas supérieur à son devancier.

Gringore est un type rare et excellent de la poésie bourgeoise. Il étoit né, selon toute apparence, à Caen, vers le milieu du règne de Louis XI; c'étoit l'époque où l'esprit bourgeois, en Normandie surtout, se développoit et s'enorgueillissoit, tout fier de l'appui qu'il avoit prêté à la royauté pour combattre la féodalité, et Gringore est, dans l'histoire générale de la littérature, le représentant de ce développement et de cette influence. Il étoit né de la politique de Louis XI; c'est l'écho de ce temps, et c'est en lui qu'il faut étudier ce que vaut la bourgeoisie dans la littérature. Pleine de bonhomie, joviale et malicieuse, religieuse et morale au sein de la famille, naïvement brutale et sarcastique, abondante en proverbes et conteuse au coin du feu, grave et discuteuse au dehors, étroite d'idées en politique, active, habile en administration, et luttant âprement contre les chances contraires, telle avoit été jusque-là la bourgeoisie françoise, et c'est elle que Gringore représente simplement, mais grandement, dans sa vie et dans sa littérature. Il avoit quitté de bonne heure la maison paternelle, où il étoit nourri de ces éternels proverbes qui étoient alors la sagesse et la méthode d'éducation; mais jamais il n'en oublia la gravité magistrale et la tyrannie invincible : des pertes de fortune peut-être l'avoient jeté hors du métier paternel, et lui avoient permis cette vie d'aventures qui alléchoit tant sa fantaisie et sa curiosité naturelle. Cette jeunesse aventureuse fut un bonheur pour lui : la gravité de son esprit et sa tendance à philosopher l'eussent entraîné vers l'école savante des Chartier, des Chastellain, des Crestin et des Molinet. Il courut, paroît-il, jusqu'en Italie, à la suite des armées françoises. De retour à Paris, il entra dans la Société des *Enfans sans souci*, où il occupa l'illustre position de Mère-Sotte. C'est sous ce titre qu'il composa divers drames, où il joua lui-même, et il développa en cette joyeuse compagnie le côté original et hardi de son talent, la fantaisie, la verve, l'observation extérieure. Louis XII, enchanté de cette verve, pour les raisons que nous allons bientôt développer, employa ce talent satyrique dans sa lutte contre Jules II. Gringore écrivit plusieurs satires, et, devenu illustre, il fut appelé à la cour de Lorraine par le duc Antoine, qui le nomma héraut d'armes sous le titre de Vaudemont. Il prit part en cette qualité à la guerre des *Rustauds*, sorte de dernière croisade que le Duc entreprit pour chasser de ses frontières cent mille paysans allemands fanatisés. Ceux-ci s'en venoient, criant *Luther! Luther!* envahir et partager la France; et si nous en croyons les historiens contemporains, ils ne demandoient rien moins que la communauté des biens et des femmes. Gringore, débutant martialement dans son office de héraut d'armes, fut arquebusé par eux un jour qu'il alloit leur porter des articles de capitulation. Son trompette seul fut tué ; mais cette aventure honorable le dégoûta de la guerre. Il revint à la littérature, partagea son temps entre Paris et la Lorraine, où il mourut en 1538 ou 39. Il étoit dans sa destinée que tous les accidens de sa vie dussent travailler à établir une balance égale entre les deux diverses tendances de son génie, fantaisie et réflexion : nous avons vu que les aventures de sa jeunesse développèrent cette première qualité ; son séjour à la cour de Lorraine développa la seconde. Le duc Antoine étoit un prince débonnaire, sage et courageux à la façon de Louis XII, fort affriandé de proverbes et grand amateur de maximes ; Gringore développa près de lui le côté penseur de sa nature, et dans ses derniers ouvrages on retrouve encore ce même parallélisme entre l'imagination et la raison que nous avons signalé comme le point original de sa vie littéraire.

Nous nous bornerons, quant à présent, à ces notions sommaires sur notre poëte ; en tête du dernier volume, quand toutes ses œuvres auront été mises sous les yeux des lecteurs, nous donnerons sur lui une étude biographique étendue. Nous avons voulu ici esquisser seulement les principaux traits de sa vie et de son talent, afin de donner, pour ainsi dire, un corps à l'analyse de la partie historique, religieuse et politique de son œuvre.

II

Au moment où Gringore entra sérieusement dans le cercle des idées politiques, vers 1504, il se trouvoit presqu'à la tête de la corporation des Sotz. Il en étoit, sous le nom de mère Sotte, le second personnage quant aux honneurs, le premier quant à l'administration. Il se voyoit tout particulièrement chargé de la direction des représentations théâtrales, qui se présentent à nous comme la plus importante, sinon l'unique affaire de la communauté des Sots. Il devoit sans doute ce poste important au talent, à l'activité, à l'originalité qu'il avoit déployés, depuis plusieurs années déjà, dans l'organisation des jeux et mystères représentés à Paris lors de l'entrée de divers personnages illustres. Il occupoit, en tout cas, une de ces positions sociales ambiguës où la personne est tout, où le métier ne protège pas l'homme; une de ces positions un peu compromettantes qui vous laissent facilement tomber dans le mépris des honnêtes gens, tout en vous réservant cependant une part d'activité qu'on peut développer dans un sens honorable, et à l'aide de laquelle, après maints efforts, il est possible d'arriver à exercer une notable influence. Il nous est difficile, à cause de la différence des mœurs et des préjugés, de trouver dans la société moderne un état analogue; nous le comparerions volontiers pourtant à celui d'un *impressario* italien, mais d'un impressario d'une espèce particulière, ayant droit de cité, privilége de bourgeoisie, pignon sur rue, en un mot une place marquée dans un certain degré de la vie municipale. Un tel homme est facilement compromis, sans doute, par la bande qu'il a à conduire; mais aussi, au milieu d'une époque qui a la vénération de la hiérarchie, il devient respectable par cela seul qu'il est, pour ainsi dire, catalogué, dûment, légitimement enregistré dans une position marquée et depuis longtemps existante.

Dans les instincts de la bourgeoisie du Moyen
Age, l'idée de classification sociale étoit puissante, l'idée de corporation, protectrice; tout état
qui avoit sa loi, la loi devoit le défendre contre
toute atteinte; tout état qui avoit son rang dans
les habitudes et les usages de la société, les habitudes et les usages sociaux devoient écarter de
lui le dédain qu'il pouvoit mériter par l'humilité
ou la bassesse de ses occupations. La position
de Mère Sotte étoit donc une position oscillante,
un état équivoque, mais qui du moins laissoit
entière la personnalité de Gringore, et qui lui
permettoit, ou de descendre, en s'abandonnant
aux tentations de la Sottie, ou de monter, en
s'appuyant tout particulièrement sur sa qualité
d'administrateur d'une corporation.

Notre poëte connoissoit bien sans doute les
difficultés d'un tel poste. Dans cette annonce
qu'il met en tête des Folles Entreprises, dans
cette invitation à venir chercher son livre *sans
deshonneur et sans diffame*, on est tenté de voir
une arrière-pensée de crainte, une précaution
prudente destinée à montrer tout d'abord que le
livre vaut mieux que ce qu'on eût dû attendre
d'une Mère Sotte ordinaire. Il paroît avoir voulu
montrer que, malgré l'enseigne un peu discréditée
de la boutique où se vendoit l'ouvrage, ce n'é-
toit ni une œuvre légère, ni une œuvre de scandale. Plus tard, à coup sûr, le poëte n'eut plus
besoin de telles précautions. Il garda longtemps
ce nom de Mère Sotte, le mit au titre de ses livres
comme une qualification qu'il avoit su rendre
d'abord sérieuse, puis honorable, enfin illustre.
Nous verrons, en effet, que, quel que fût le point

de départ de sa carrière politique, il put, avec raison, s'enorgueillir de la fortune qu'il y fit.

Ces considérations, tout en nous aidant à découvrir le rang social de Gringore, peuvent, en outre, nous servir à faire comprendre de quelles classes de la bourgeoisie il doit être regardé comme l'écho, quelle portée purent avoir ses idées, quel genre d'influence il exerça. Il pouvoit aller de pair avec les dignitaires des associations des petits métiers; il étoit au moins l'égal des maîtres de confréries, des huissiers du roi en la Cour des généraux, des sergens à verge du Châtelet, enfin de tous les notables de la moyenne bourgeoisie. On entrevoit facilement qu'il étoit en relation constante avec les plus libertins, les plus aventureux, les plus excentriques d'entre les écoliers; d'autre part, il frayoit avec la plus intelligente partie de la Bazoche. Il laisse parfaitement deviner quelles sont les deux classes qu'il représente et qu'il continuera de représenter, avec des nuances diverses à coup sûr et en généralisant son influence, mais sans jamais perdre de vue ceux à qui il dut ses premiers applaudissements. Dès la composition des Folles Entreprises nous voyons, en effet, apparoître cet esprit à la fois réfléchi et malicieux, qui répondoit si bien au double développement intellectuel de la société fréquentée par Mère Sotte, et qui étoit si bien fait pour mettre à profit tout ce qu'on entendoit dans une telle société. Les railleries, la malice, l'esprit d'opposition qui distinguoient les Sotz, alimentoient les tendances satiriques du poëte, et à leur tour recevoient de lui une plus vive impulsion. D'autre part, la bourgeoisie sérieuse des Universités, les

travailleurs d'entre les clercs, les jeunes procu-
reurs, les moines-écoliers, les petits officiers de
la magistrature, tous ceux-là le conservoient
dans un milieu de gravité; il prenoit d'eux et leur
rendoit à son tour, dans les réunions et les cau-
series, des maximes utiles, des considérations
sur les réformes nécessaires, des réflexions sen-
tencieuses, des aspirations plus ou moins sensées,
mais certainement fort sérieuses. A ce moment,
on peut constater que les idées de Gringore ne
sont encore ni bien nettes, ni bien arrêtées, ni
bien généralisées. Il a la volonté de l'attaque,
mais il n'est pas encore arrivé à l'unité ni au
système; c'est un besoin d'opposition qui n'a pas
jusque-là rencontré une voie féconde. La nuance
escolier, si je puis dire, l'emporte encore, et l'auteur révèle surtout ses relations avec la partie
aventureuse de la corporation des Sotz, tout en
tendant néanmoins à monter jusqu'à cette portion plus mûre, plus prudente, plus âpre en même
temps, de la Bazoche et de la Bourgeoisie.

Les œuvres purement littéraires qu'il avoit
déjà publiées sont à mes yeux bien supérieures
aux Folles Entreprises; mais il y avoit là les
marques d'un style souvent énergique, parfois
chaleureux, l'annonce d'une intelligence large et
bourgeoise en même temps, c'est-à-dire d'un
esprit généralisateur travaillant sur des idées un
peu étroites, donnant ainsi aux préjugés vulgaires
une tournure nouvelle, une sorte de lustre, et
cette apparente profondeur qui exerce une sé-
duction irrésistible sur les esclaves ordinaires de
ces préjugés. Le succès de cet ouvrage semi-po-
litique fut donc grand. Cette portion de la so-

ciété que j'ai signalée comprit qu'elle avoit là son écrivain, son poëte. Bien des instincts de l'époque étoient résumés dans ce livre, bien des inimitiés y étoient satisfaites, bien des plaintes, des sentiments, des opinions encore vagues, y étoient formulés et mis en beau langage. Les éloges, sans doute, arrivèrent de toute part. C'étoit le plus clair de la monnoie que Gringore pouvoit s'attendre à récolter parmi ses camarades habituels. Mais il avoit adroitement mis son œuvre sous le patronage de Monseigneur de Ferrières, un des plus puissans nobles de France; il avoit caressé quelques-unes des rancunes de la féodalité; pris, quoique avec prudence, le parti de messieurs du Chapitre de Nostre-Dame contre les administrateurs de l'Hostel-Dieu; un grand nombre de ses observations plaisoient à la haute bourgeoisie; il avoit ainsi veillé à la fortune effective de son livre. Il se vendit en même temps qu'il fut loué, et les conseillers de Louis XII comprirent qu'il y avoit quelque intérêt à éloigner un tel homme de cette pente qui l'entraînoit vers l'opposition. Ils songèrent à utiliser un tel esprit, destiné à exercer une forte influence sur la partie la plus active, la plus brouillonne, la plus intelligente de l'Université et de la Bazoche.

Il nous a été impossible de retrouver, dans ceux des comptes du règne de Louis XII que nous avons pu consulter, l'espèce d'argumens dont ces conseillers se servirent vis-à-vis de Gringore. Peut-être la sagesse, le patriotisme, une conviction autrement éclairée, furent-ils ses seuls mobiles; à vrai dire, nous ne le croyons guère. Le ton particulier, le nombre des pièces poli-

tiques qui suivirent, leur opportunité, leur con-
formité exacte avec les aspirations du gouvernement de Louis XII, quelques circonstances postérieures de la vie du poëte, nous font supposer
que, si la ligne qu'il suivit lui étoit rendue possible
par l'état général des esprits de la bourgeoisie,
s'il put comprendre que par là il prendroit une
bonne position dans l'opinion publique, il dut
aussi, pour se faire exclusivement le poëte de la
politique guerrière des ministres de la France,
être poussé par des considérations probablement intéressées. Il passa donc de l'état d'op-
posant et de critique au métier de conservateur.
Il laissa momentanément dans l'ombre cette
partie de ses idées, se fit sourd à cette portion de la société qui lui conseilloient de faire
la leçon aux princes, et de s'enthousiasmer pour
les réformes. Il devint patriote forcené, François
à outrance ; il lui fut impossible de comprendre
dorénavant le manque d'enthousiasme avec lequel
les princes Italiens acceptoient la domination
françoise. S'il s'imagina qu'un tel amour de la
patrie méritoit de trouver sa récompense parmi
les biens de ce monde, reconnoissons que le patriotisme, même poussé à l'absurde, reste toujours respectable, et que se vendre à son pays,
c'est encore la plus excusable façon de se vendre.

Quoi qu'il en soit de nos hypothèses, nous
voyons Gringore publier, jusqu'à l'an 1511, une
série de pièces de diverses sortes, mais surtout
politiques et satiriques, contre les puissances
italiennes, contre le Pape, contre les Vénitiens,
et représenter ainsi la voix de la bourgeoisie et
de l'opinion publique encourageant nos soldats

par de là les monts. Il seroit curieux de comparer cette poésie guerrière, politique, pédantesque et bourgeoise, avec la poésie guerrière,
chevaleresque et inspirée des frères de Taillefer,
les premiers trouvères. Nous laissons pour plus
tard ces considérations, plus exclusivement littéraires. Toute lourde et si peu enthousiaste
que fût d'ailleurs cette poésie, elle joua un fort
grand rôle pendant les premières années du
xvie siècle; elle jette aussi la plus curieuse lumière sur la politique des conseillers du Roi,
qui lui avoient sans doute tracé sa marche, et
qui comptoient singulièrement sur l'influence
qu'elle alloit exercer.

Cette poésie devoit emprunter les divers élémens de patriotisme hardi et bavard qui se rencontroient dans la moyenne bourgeoisie, la bourgeoisie libérale, les grouper en les exagérant, et
en former un tout qui seroit censé représenter
l'opinion publique; puis faire en sorte que cette
opinion publique, ainsi un peu fictive dans le
principe, devînt une vérité à force d'être répé-
tée et affirmée. On arrivoit de cette façon à
pousser plus loin qu'ils ne l'eussent voulu tout d'a-
bord les personnalités diverses qui avoient con-
tribué, chacune pour une foible part, à constituer cette opinion, et à leur persuader que
c'étoit bien cela qu'ils avoient toujours pensé et
désiré. Cette influence, ainsi formée, formulée et
devenue un corps, étoit destinée à réagir à son
tour sur le Roi. Il s'agissoit en effet de vaincre
définitivement les quatre principaux obstacles
qui s'opposoient à la guerre d'Italie, à la guerre
contre le Pape : d'abord certains instincts d'une

portion de la haute bourgeoisie, hostiles à une guerre qui, évidemment onéreuse,—ainsi que le constate la Sotte Commune dans le Jeu du Prince des Sotz,—pouvoit de plus amener un développement menaçant de la féodalité; puis la religion de la reine Anne de Bretagne, et les derniers scrupules du Roi, qui, tous deux, ne s'engageoient pas sans remords dans une guerre contre le chef spirituel du catholicisme. Il falloit enfin bien persuader à Jules II qu'il n'avoit à compter ni sur ces remords, ni sur ces scrupules; le convaincre que la France n'hésiteroit pas à attaquer un pape, et que l'opinion de la masse étoit bien décidément tournée contre lui. Pour cela, il étoit important de distinguer soigneusement l'homme du chef spirituel, et de séparer Jules La Rovère de la papauté; il étoit nécessaire qu'on ne vît plus en lui qu'un prince italien, un ennemi, un *gendarme* hostile à la France. Là, encore, il falloit étouffer le dernier cri du bon sens public et empêcher la masse de voir qu'après tout les Italiens étoient dans le droit en défendant leur nationalité; que Jules II, souverain temporel, avoit raison en repoussant toute attaque, toute domination d'une puissance étrangère, et qu'il avoit exprimé une grande pensée en annonçant hautement qu'il ne vouloit pas d'étrangers en Italie.

Ce fut Gringore qu'on chargea de remplir presque tous les personnages de cette illustre comédie, depuis celui de Père noble jusqu'à celui de Gracioso. Il y déploya une grande hardiesse, une rare persévérance, et il se montra aussi habile que spirituel et convaincu. Il

sut adroitement prendre et mettre en lumière
les préjugés, les instincts, qu'il trouva dévelop-
pés dans sa société, dans ce cercle habituel
dont nous avons indiqué les contours extrêmes,
et l'on voit que nous n'avons exagéré ni l'importance du rôle qu'il joua dans l'histoire de
cette époque, ni l'utilité qu'il y a à étudier dans
ses œuvres les échos des conversations, des
théories, des idées de la bourgeoisie d'alors.
La prompte succession de ses ouvrages et leurs
diverses éditions, le développement de sa vie
honorée et de sa réputation, laissent aisément
deviner que ses contemporains comprirent toute
la portée de l'activité qu'il déploya alors, et
nous persuadent que son influence, pour être
restée jusqu'ici inconnue à l'histoire, ne fut en
son temps ni mise en question, ni improductive.

Louis XII, qui, dès le début de son règne,
avoit si sévèrement réprimé les tentatives de
révolte de l'Université, n'avoit pas tardé à laisser
le plus libre essor aux tendances des plus jeunes
et des plus hardis d'entre les clercs. Les Moralités, les Traités, les petits Pamphlets, les Farces,
apparurent sans guère d'entraves, et l'on est
porté à supposer qu'il y avoit alors dans l'Université une agitation frondeuse, une activité intellectuelle, à peu près aussi fiévreuse, quoique
moins extérieure, qu'aux époques les plus troublées. Étoit-ce par bonhomie, par foiblesse, par
politique, que le Roi permettoit une telle licence?
Étoit-il sincère quand il annonçoit qu'une telle
liberté lui plaisoit parce qu'elle devoit lui apprendre les désirs et les besoins de son peuple?
Se défioit-il de ses conseillers? Se trouvoit-il

impuissant à lutter contre les premiers germes
de cet esprit d'opposition qui devoit ensanglanter
la seconde moitié du siècle ? Voyoit-il là un mouvement plus utile en résumé que nuisible à ses
vues politiques ? Il est difface de le deviner. J'a-
voue seulement que je n'ai jamais pu rencontrer
dans Louis XII autant de bonhomie et de naïveté
que l'histoire a bien voulu lui en prêter. Ce qui
est certain, c'est que l'opinion publique acquit
alors plus d'autorité qu'elle n'en avoit encore
eu en dehors des époques révolutionnaires ;
que Gringore servit singulièrement au développement de cette autorité, qu'il en profita, et
que Louis XII aima mieux compter avec elle
que de chercher à la combattre. Sa prétendue
bonhomie lui servit autant, sinon plus, que l'eût
pu faire la rigueur de Louis XI. Il en a toujours
été ainsi du reste, et c'est pour cela que je n'ai
pas une confiance entière en cette réputation de
naïveté que l'on a faite au bon roi. Il sut parfaitement maintenir et apprivoiser cette nouvelle
puissance, l'adoucir par des concessions, la
prendre par des flatteries, la tromper par les
bonnes paroles qu'il faisoit courir dans la bourgeoisie, l'acheter dans la personne de ses guides,
afin de la lancer ensuite selon les besoins de sa
diplomatie contre les principes ou les hommes qui
lui étoient hostiles.

François Ier, lui, se crut assez fort pour n'a-
voir pas besoin de préparer ainsi une opinion
publique ou de l'acheter toute faite. Son prédécesseur se délectoit aux jeux de l'esprit populaire ; lui aimoit les jeux d'armes, les joûtes,
les tournois, les guerres. Ce fut plus tard, dans

son âge mûr, que se développa en lui l'amour
de l'art ou de la littérature, et encore d'un art
poli, d'une littérature délicate et maniérée, qui
ne ressembloit en rien à ces rudes et hardis es-
sais du génie national, encore honorés au commencement du siècle. Aussi, quand les Farces
et les Sotties, continuant le genre de raillerie enseigné par le Moyen Age, permis par
Louis XII, attaquèrent le pouvoir et l'avidité
de madame de Savoie; quand elles blâmèrent
ces fantaisies coûteuses, cet amour du luxe,
des fêtes somptueuses et des mascarades, que la
bourgeoisie murmuroit de voir dans le jeune roi,
le jeune roi fit prendre, fustiger, emprisonner
les plus puissans *acteurs*, les rivaux, disciples,
successeurs de Gringore. Au mois de décembre 1516, par exemple, on arrêta et mena prisonniers à Amboise, devant le Roi, trois joueurs
de farces, Jacques le Bazochien, Jehan Seroc,
maistre Jehan du Pontalez, qui dans une de
leurs pièces de théâtre avoient raillé les seigneurs et insulté la mère du Roi, en la représentant sous le nom de Mère Sotte, gouvernant et
pillant tout. Ils en furent quittes pour quelques
mois de prison; mais le Parlement continua
l'œuvre que le Roi avoit commencée : il surveilla
dès-lors attentivement la Bazoche et les associations théâtrales, ses filles ou ses rivales.

Gringore put comprendre qu'une nouvelle
puissance entroit dans le monde, et que la
bourgeoisie alloit disparoître pour un moment
devant les courtisans. Il s'en alla à la cour de
Lorraine. Le séjour qu'il y fit contribua, ainsi
que nous le montrerons plus tard, à un nou-

veau revirement dans ses opinions. C'est à cette autre série d'idées que nous devons le *Blazon des Heretiques*.

Toute sa vie, toutes ses doctrines politiques, se trouvent renfermées entre ces deux points extrêmes, les Folles Entreprises, qui sont à peu près ses débuts dans la littérature politico-religieuse, et le Blazon des Hérétiques, qui y est son dernier mot.

Dans le chemin que notre poëte a parcouru entre ces deux lignes extrêmes de sa carrière, ce qu'il nous enseigne pour lui-même, il nous l'enseigne aussi comme l'histoire d'un grand nombre des écrivains, des esprits hardis, railleurs, philosophes, si l'on veut, qui précèdent ou suivent de près la Réforme; il nous l'enseigne surtout comme l'histoire de la bourgeoisie au XVIᵉ siècle. Il nous est donc important d'étudier minutieusement ces idées qu'il partageoit avec une portion si nombreuse de la classe intelligente, à ce moment critique et intéressant, obscur, et si utile pourtant à éclairer.

Nous sommes donc au commencement de ce XVIᵉ siècle, siècle brillant pour un grand nombre des penseurs de ce temps-ci, siècle plein de crimes aux yeux de quelques autres, mais pour tous siècle bruyant, siècle actif, époque puissante et vigoureuse, qui détruit tout un monde et inaugure une nouvelle société. Les hommes qui parlent de politique et de religion entre les années 1504 et 1512 sont les pères de ceux qui réfléchiront et dogmatiseront vers l'année 1540, les aïeuls de ceux qui se battront en 1560; que vont-ils enseigner à leurs fils et leurs petits-fils, et que leur lègueront-ils de ces instincts, de ces traditions, que les faits, les événemens, l'expérience, ne détruiront jamais complétement ? A cette date, j'entends vers 1505, les vieilles mœurs ont un peu perdu de leur vigueur, les choses jusque-là respectées ont été dépouillées de quelques-unes de leurs qualités vénérables, la hiérarchie antique est battue en brèche par les misères du siècle précédent, et l'unité de l'ancienne organisation est affoiblie. Depuis long-temps tout pousse à la ruine de l'ancien monde; mais ni les anciennes habitudes, ni la foi déjà vieille de quinze siècles, n'ont encore été attaquées à fond; la destruction du passé n'a pas été menée jusqu'au point de débarrasser tout individu des liens traditionnels, et de permettre à chacun de choisir sur la table rase la pente qui convient le mieux à ses instincts naturels et à ses intérêts.

Un coup a été porté cependant, un coup énergique, habile et retentissant; c'est le Paganisme qui l'a porté. L'étude de l'antiquité vient de montrer clairement pour la première fois une société toute différente de la société chrétienne, une société glorieusement républicaine à opposer à la société glorieusement monarchique, une société où l'individualité étoit tout, où l'orgueil étoit honoré, où la raison existoit seule, et qui se pose au nom de la liberté et de la nature en face d'une société où Dieu est tout, où l'ordre passe pour le premier devoir constitutionnel, où la foi est plus vénérable que la raison, la masse plus respectable que l'individu, la société plus protégée que l'orgueil individuel; où l'humilité, l'abnégation, la charité, sont les moteurs de l'organisation sociale. La lutte s'est engagée sourdement au fond des cœurs, elle a agité les instincts des penseurs, et avant l'année 1505 plusieurs écrivains brillans et spirituels, plusieurs des prédécesseurs et des compagnons d'Érasme, ont indiqué aux savans, aux intelligences orgueilleuses, les richesses d'orgueil, de science et de vanité qui sont contenues dans le sein de ce Paganisme. Ils l'ont fait à l'aide des couleurs brillantes, de la puissance artistique, de la beauté matérielle dont ce Paganisme étoit fier, et par quoi il avoit si merveilleusement brillé. Les savans ont été saisis au cœur; mais les masses ne comprenoient guère ces splendeurs d'un autre climat, d'une autre poésie, et d'une philosophie étrangère. Dans quelques années seulement viendront les organisateurs de cette révolution, ceux qui choisiront le suc de ces doctrines païennes, et qui en feront une nourriture à l'usage de la bourgeoisie et du peuple. Comment trouvèrent-ils le terrain préparé? Quels instincts rencontrèrent-ils dans cette bourgeoisie pour s'en servir comme d'un point de départ dans leur lutte contre la Monarchie et le Catholicisme? Viendront-ils résumer les aspirations de tous, exploiteront-ils adroitement et hypocritement quelques légères tendances, en les éloignant de leur vrai sens, en les envenimant, en les tournant ensuite contre les victimes de leur orgueil et de leur ambition? L'analyse des œuvres de notre poëte nous aide à résoudre ces questions.

Vis-à-vis de la royauté et du gouvernement, nous voyons Gringore dirigé par ces instincts souvent respectueux en fait, plus souvent sceptiques

en argumens, qui avoient presque constamment
animé l'Université, du moins la partie batail-
leuse de cette Université. Il a hérité en outre de
cette tendance vers la critique, tantôt craintive
et prudente, tantôt hardie et hargneuse, qui distingue la bourgeoisie depuis qu'elle a pris une
place importante dans le monde politique. Il a
développé cependant cette tendance dans le sens
qui est propre à son temps : il ne touche pas aux
principes constitutifs de la société comme l'ont
fait les politiques, les universitaires, les prédicateurs, la bourgeoisie libérale, au commencement du siècle précédent ; la royauté, le roi, sont
parfaitement respectés, obéis, et l'idée de l'in-
soumission ne paroît pas encore. Mais les ministres, les administrateurs de tous ordres, les
applications diverses du système gouvernemen-
tal, les différentes influences sociales et la pratique de ces influences, tout cela est attaqué
avec une liberté complète. Il étoit d'ailleurs,
comme tout ce qui touchoit au Parlement et
à l'Université, l'ennemi naturel du cardinal
d'Amboise, et il ne lui épargne, à lui et à ses
employés, ni les leçons indirectes, ni les âpres
observations, ni les conseils amers. Mais presque toujours il généralise, il fait la leçon aux directeurs de la société, il leur recommande la
pitié, l'amour, le respect pour le pauvre peuple.

Toute cette partie de son œuvre nous fournit
un curieux exemple de l'indépendance qui ré-
gnoit alors. Ces conseils qu'il donne ont une
franchise, une confiance en eux-mêmes, un lais-
ser-aller d'une part, une gravité de l'autre, qui
peuvent nous paroître chose rare et merveilleuse ; elles n'ont rien d'étrange cependant, et

ce petit bourgeois reprenant, censurant, conseillant, prêchant, voulant diriger les plus hauts personnages dans l'ordre politique, n'est ni un fou, ni une exception. Il représente la presse du temps. Il a le respect profond, mais non servile, du roi ; il possède l'amour du bien et de la patrie ; mais à côté de cela il montre la plus grande liberté vis-à-vis des personnes, des abus, des erreurs, vis-à-vis de ce que nous appelons l'administration. Plus tard, quand l'humanité aura été délivrée des liens de la barbarie, lorsque le progrès se sera développé et que la liberté aura été conquise, la plupart des abus et l'administration tout entière deviendront inviolables. A la fin du Moyen Age, Gringore ne craint pas de dire nettement à la petite bourgeoisie quels sont les devoirs de ceux qui la gouvernent, jusqu'où ils doivent aller et à quelle limite doit s'arrêter leur autorité.

Nous ne nous occuperons pas plus longtemps de cet esprit d'opposition, de critique et de satyre, qui se développe dans l'ordre des idées politiques. Il étoit utile à constater, car il sert à expliquer une partie de ces tendances républicaines qui apparoîtront surtout à la fin du siècle ; mais l'amour de la nouveauté et le désir du changement dans le gouvernement temporel ne sont que des passions secondaires à cette époque.

Ce sont des idées politiques, sans doute, qui permirent aux novateurs religieux d'arriver à constituer un parti, à grouper les individualités, à donner à leurs projets un but pratique, saisissable pour les esprits positifs et réfléchis, à trouver enfin des aides utiles et illustres parmi les nobles, les puissans, les ambitieux, mais les esprits généreux et exaltés, et aussi la masse, le troupeau, le *servum pecus*, virent uniquement dans les efforts de ces novateurs l'apparence religieuse. C'est au nom de toutes les idées de cet ordre que le peuple se laissa séduire, mettre en mouvement et diriger; c'est donc surtout ce côté de l'œuvre de Gringore que nous engageons le lecteur à étudier. Outre les notions qu'on y trouvera sur l'état des esprits au début du Protestantisme, et sur l'aide que les révolutionnaires religieux rencontroient naturellement dans une société ainsi troublée, on pourra deviner quelques uns des fils de cette politique habile que les premiers réformateurs déployèrent pour exagérer cette disposition des esprits à la révolte, et pour donner à leurs théories un appui sans lequel ils n'eussent jamais rassemblé un nombre de soldats suffisant pour la guerre civile.

Ils organisèrent en effet le côté moral de leur parti avec des moyens analogues à ceux qui leur servirent à constituer leur armée; ils employèrent toujours la même diplomatie, et, nous devons le dire, une diplomatie merveilleusement adroite. Leur plus grande habileté fut, sans aucun doute, cette sorte d'éclectisme qu'ils mirent en pratique avec une extrême finesse, avec une étude assez persévérante pour qu'on soit tenté de suspecter la bonne foi de ceux même qui n'ont pas laissé d'aveux là-dessus. Ils cherchèrent des appuis et des adhérens de tous côtés, dans des instincts, dans des tendances naturellement hostiles à eux, dans des passions contraires à leur but avoué, dans des ambitions qu'ils devoient mépriser. Ils empruntèrent des lambeaux de religion dans les opinions les plus opposées aux leurs, dans des traditions dont les origines et le développement reposoient sur des mœurs au nom desquelles avoient été anathématisés leurs prédécesseurs, dans des livres, des pamphlets, des satyres, qui partoient de points de vue complétement différens des leurs. Ils travaillèrent à choisir là partout la nuance la moins hostile à leurs idées et ils en firent un appui pour leurs opinions, la nuance la moins conforme aux enseignemens de leurs ennemis, et ils y trouvèrent une prophétie de leur existence. Ils attirèrent à eux tout ce qui n'étoit pas complétement dévoué à l'Église catholique. Peu leur importoit que la séparation ne fût que momentanée, que l'éloignement ne fût qu'extérieur, que la querelle ne fût pas sérieuse et que le dissentiment ne portât que sur des points accessoires, indifférens ou de nulle importance; ils n'en trouvoient pas moins là une de ces tendances qui, adroitement circonvenue, faussée ou exagérée, parfois achetée ou débauchée, attiroit à eux quelques individualités, quelquefois une classe entière, et qui mettoit au service de leur parti une habitude sociale invétérée, une tradition souvent corrompue de sa source primitive, enfin un de ces bas instincts de l'âme, comme la convoitise, l'envie, l'amour du changement, la joie de la raillerie, qui s'enrôlent si volontiers au service d'une doctrine révolutionnaire. C'est ainsi que, de pièces et de morceaux, selon l'expression vulgaire, quelques-uns des premiers réformateurs constituèrent leur parti, et, pour ainsi dire, l'âme de leur parti.

Il faut reconnoître aussi que, si leur politique fut habile, les circonstances les servirent singulièrement. Au XVIe siècle, bien des opinions bien des écrivains, s'étoient mis par légèreté, sottise ou orgueil, sur la pente de la trahison contre le Catholicisme, et faisoient ainsi la part belle à cette diplomatie des premiers réformateurs. Parmi les plus funestes de ces circonstances, nous pouvons citer les moyens qu'employèrent les conseillers de Louis XII pour irriter le sentiment public contre le Pape, et parmi les plus imprudens de ces écrivains nous devons nommer Gringore. Sa position, quelque sévèrement que nous soyons porté à la juger, peut du moins servir encore à faire comprendre la situation exacte de la plupart de ces écrivains satyriques et aventureux dans lesquels les historiens modernes ont vu trop légèrement des amis plus ou moins francs du Protestantisme. Nul plus que notre poëte ne jeta dans la bourgeoisie des mots et des idées apparemment hostiles au Catholicisme, nul ne fut plus hardi contre les chefs de l'Église et ne les accabla davantage de critiques grossières et de railleries violentes, nul, en un mot, ne lança dans la société un plus grand nombre de pensées analogues à celles des novateurs, d'insinuations utiles à la Réforme. Certes aucun écrivain ne peut, autant que lui, être accusé d'avoir formé une opinion publique favorable à la nouvelle secte, aucun penseur n'eut plus de droit à être considéré comme un de ses précurseurs, comme un de ses futurs adeptes; cependant, non-seulement ses derniers écrits nous montrent la haine du Luthéranisme, mais ses premières œuvres, les plus hardies, les plus *anti-papistes* et *anti-romaines*, indiquent bien qu'il n'y avoit en lui qu'une apparence de tendance vers l'hérésie.

Cette histoire de Gringore est à peu près l'histoire de la plupart des écrivains de ce siècle, qui, comme Rabelais, par exemple, comme Érasme, indiquèrent d'une façon grotesque des taches légères, se moquèrent des préjugés, et blâmèrent des désordres que le Catholicisme travailloit à effacer avec une constance patiente et féconde, inconnue aux sectaires. Ces écrivains, de même que Gringore, se trouvèrent entraînés à la raillerie par la tendance de l'époque, et chacun d'eux, comme notre poëte encore, trouva pour l'y pousser, des circonstances, des traditions qui ne concluoient point à la séparation d'avec l'Église. L'habileté politique des chefs des réformés donna à ces railleries une intention qu'elles n'eurent jamais; elle montra qu'elles ressembloient en certains points à leurs propres attaques; elle encouragea cette révolte du rire, accabla ces grotesques de ses louanges, et flatta la vanité de tous les opposans. C'est par ces éloges et cette légère analogie qu'elle les compromit aux yeux de leurs contemporains, ainsi qu'aux yeux de l'histoire.

Il faut dire cependant, — nous l'avons déjà indiqué et nous y reviendrons, car c'est là un des points importans et mal éclairés jusqu'ici de l'histoire du xvie siècle, — il faut dire que ces railleries ne différoient guère de celles qui harcelèrent le clergé pendant tout le Moyen Age, à l'époque où sa domination étoit le moins contestée. Nous ajouterons même que les trouvères de tous les temps, et les docteurs *gallicans* de l'Université du xve siècle, bons catholiques à coup sûr, sont autrement hardis que les railleurs du xvie. Les esprits vifs et libertins, con-

temporains des débuts de la Réforme, profitoient
du trouble pour prendre au milieu du combat
une position joyeuse. Ils n'étoient pas des penseurs, et les intérêts de l'avenir ne les préoccu-
poient guère; ils étoient. heureux de recevoir
du Protestantisme ces louanges et ces caresses
qu'il avoit si grand soin de distribuer aux gens
d'esprit; ils vouloient bien ridiculiser le clergé,
quand l'intérêt humain et littéraire les y poussoit, mais ils ne songeoient pas à abandonner le
Catholicisme. Leur conduite étoit, en outre, la
conséquence de cette tendance à l'opposition
qui met tant de verve à la disposition de toute
opinion venant attaquer des idées depuis longtemps régnantes. Beroalde de Verville, l'un
d'entre eux, nous indique clairement que c'est
au nom de telles considérations qu'il faut juger la
plupart des philosophes satyriques de son temps.

Beaucoup parmi eux, d'ailleurs, obéissoient
simplement au développement d'une double tradition, l'une joviale et licencieuse, qui avoit
poussé les ménétriers contre les moines, l'autre
hargneuse et haineuse souvent, toujours subtile
et pédantesque, qui explique une partie de l'hostilité des docteurs gallicans et des parlementaires contre la cour romaine. Les railleurs ne
voyoient pas que leurs écrits avoient une autre
portée que celle qu'ils vouloient bien leur donner et qu'ils eussent eue au temps passé. Ils ne
pouvoient deviner que le Protestantisme s'arme-
roit de ces inventions bouffonnes, et que les
commentateurs huguenots, les Henri Estienne,
les Le Duchat, et plusieurs autres, cherche-
roient là-dedans surtout l'histoire du Moyen Age
et du xvıe siècle. De plus, les masses, autrement

disposées qu'au Moyen Age, attribuèrent pour
la première fois à ces pamphlets un côté sérieux.

En somme, les élémens d'indépendance que
les querelles du Grand Schisme et les guerres civiles avoient développées au xve siècle à l'égard
des pouvoirs spirituels et temporels, la corruption
qui s'étoit répandue à cette époque dans la société, la puissance du clergé, qui n'étoit plus
toujours rendue vénérable par la gravité et la
sainteté des mœurs, l'amour exalté de l'étude,
la déification de la science et la glorification des
idées payennes, tout cela enfin, qui avoit dé-
chaîné l'orgueil, avoit affoibli en même temps la
vigueur de la foi, avoit exposé au dédain les
habitudes de la vie chrétienne, et rendu moins
dociles, moins généreux, moins ardents, les instincts que le Catholicisme avoit formés dans les
classes intelligentes. Le scepticisme, l'opposition contre les objets habituels de vénération,
s'en étoient suivis, la raillerie contre l'humilité
s'étoit fait jour, et la révolte de l'égoïsme contre
l'abnégation, de la vie matérielle et sensuelle
contre l'abstinence, étoit parvenue à s'ériger
franchement en doctrine et en vertu. Les traditions des jongleurs et des universitaires, dont
nous parlions plus haut, quoique fort éloignées
de l'hérésie, et développées encore dans un
esprit analogue à celui qui les avoit produites
au Moyen Age, étoient devenues un peu moins
prudentes, un peu plus âcres, et surtout infini-
ment plus dangereuses. C'est alors, comme
nous l'avons indiqué, qu'elles fournirent un
grand secours aux Huguenots; elles leur prêtèrent
des textes anciens et respectables par l'ancienneté, des railleries habituées à soulever le rire

contre le clergé, des caricatures grotesques et
des lambeaux de satyres audacieuses. Elles donnèrent aussi des facilités d'hypocrisie dogmatique aux ambitieux, aux libertins et aux tyrans
qui se cachèrent sous l'étendard de la Réforme.
Elles contribuèrent à hébêter la conscience morale des peuples, jusqu'à faire sérieusement
considérer comme les défenseurs des droits de
l'humanité et des intérêts de Dieu, des personnages comme Ulric de Hutten ou Franck de
Sickingen en Allemagne, comme Bèze ou le
baron des Adrets en France. Par elles encore et
par l'habileté avec laquelle on les exploita, les
poëtes, les paysans, les hommes vraiment pieux
qui embrassèrent tout d'abord les idées nouvelles, furent rendus consciencieux dans la révolte, sincères dans leurs efforts contre la patrie, et elles donnèrent des séides et des martyrs
à une religion inventée ou prêchée par un Luther,
un Jean de Leyde et un Henri VIII. Elles aidè-
rent enfin à cacher sous le drapeau de la religion un parti composé de lettrés débauchés et
de nobles ambitieux, qui au nom de la science
orgueilleuse, au nom de la féodalité humiliée,
essayant de livrer un dernier combat à la royauté
et à l'unité de la nation, firent du XVIe siècle
une époque de débauche intellectuelle, de guerres implacables et de froide cruauté.

Gringore, plus que tous les écrivains auxquels
nous venons de faire allusion, étoit presqu'invinciblement poussé par les circonstances à se
faire le promoteur de ces idées dont les novateurs
surent si bien profiter. Bon nombre de causes,
les unes futiles, d'autres importantes, devoient
l'amener là.

Il vivoit au milieu des Clercs, des Bazochiens;
les sympathies et les antipathies habituelles aux
hommes du Parlement comme à ceux de l'Université devoient nécessairement devenir siennes;
il étoit entraîné à épouser la querelle des gens
de robe contre les gens d'église, dans cette lutte
commencée depuis si longtemps sur le terrain
des juridictions spirituelles et temporelles; il devoit prendre parti pour les jeunes clercs contre
les gros bénéficiers, pour les haines et les sub-
tilités gallicanes contre la cour romaine. Ces
jeunes religieux, ces clercs de l'Université, ceux-
là surtout qui s'indignoient contre la réforme
des vieux abus dont ils profitoient, imposèrent
à la partie vive de son esprit leurs théories
subtiles et leurs tendances à l'opposition.

Chef d'une corporation de pauvres poëtes et
d'acteurs populaires, il étoit exposé plus que tout
autre à adopter les antipathies causées par la
vieille querelle des trouvères, des ménétriers, des
jongleurs, contre le clergé, qui leur avoit fait toujours la guerre et souvent concurrence, qui leur
enlevoit parfois leur public et attiroit à soi par
ses fêtes et ses sermons, par les hardiesses et les
bizarreries des prédications populaires, l'attention des bourgeois et du menu peuple. Ces Bazochiens, clercs du Châtelet, suppôts de l'Empire de Galilée, Sotz, Enfans sans souci, n'étoient
point faits pour lui imposer des idées larges et
impartiales. Troupe fort légère, à qui la vie de
famille n'avoit presque jamais enseigné les nécessités de l'organisation politique et de la soumission, gens dévoyés, parfois débauchés, souvent vagabonds, habitués par leurs traditions à se
tenir fréquemment en dehors de la société sévère-

ment constituée du Moyen Age, ils formoient cette portion de l'esprit public représentée à peu près de nos jours par les étudians, les bohêmes littéraires, les habitués d'estaminet. Peu respectueux, volontiers frondeurs, observateurs malicieux, maîtres Jacques de la pensée, insolens et irréfléchis, ils méprisoient cet esprit de vénération pour les usages anciens et l'expérience qui avoit toujours distingué le temps passé. Dans les momens où l'intelligence l'emportoit en eux sur l'esprit, les plus graves d'entre eux, dans les tavernes, entre le *benoit piot* et la petite fille de la belle Heaulmière, jetoient au vent de leur conversation les germes de cette raillerie insensée et de cette philosophie agressive qui devoient jouer un si déplorable rôle quelques années plus tard.

Nous ne pensons pas que ce fût dans les plus discréditées de ces tavernes que Gringore, à cette époque de sa vie, allât chercher les inspirations de ces joyeux clercs, mais elles lui arrivoient certainement. Comme eux il aime à appeler hypocrites les gens qui vivent de privations, et il oublie la grandeur de l'abnégation et la sainteté du sacrifice; comme eux il se plaît à exagérer les désordres du clergé; comme eux encore il est léger, impudent et cynique dans ses railleries.

On croiroit, en outre, qu'il eut dès le principe une raison indirecte d'attaquer la papauté dans la personne du cardinal d'Amboise, légat du pape. Celui-ci venoit de réformer les clercs, amis de Gringore; il avoit porté une rude atteinte aux excessifs priviléges des universitaires, amis de Gringore, et il menoit une guerre sourde à la féodalité, où Gringore comptoit des protecteurs.

Plus tard, quand notre poëte quitta *l'opposi-tion* pour devenir *pamphlétaire royal*, il trouva, nous allons le voir, de plus hautes raisons pour attaquer le Pape.

Le Moyen Age obéissoit, dans ses apprécia-tions politiques et sociales, à des tendances ab-solument différentes de celles qu'on prêche à l'âge moderne. Pour lui la famille étoit presque tout; les voisins venoient ensuite, puis la com-munauté. La patrie n'étoit pas aussi intéressante que la province; les idées de nationalité géné-rale ne présentoient pas à son esprit une pensée très-puissante, et il ne se croyoit pas obligé de surveiller les intérêts politiques de l'humanité. Les hommes de ce temps ne pouvoient donc bien comprendre tout ce qu'il y avoit de respec-table dans le patriotisme du pape Jules II vou-lant éloigner les étrangers de l'Italie, tout ce qu'il y avoit d'élevé et de logique dans ces pa-roles que la Moralité de Gringore lui prête : « Je feray les François retourner en France, ou je mourray de tresaspre mort. »

Bien des explications et des considérations peuvent faire comprendre et excuser dans le Moyen Age ce manque de respect pour les nationalités; nous n'avons pas à entrer dans cet ordre d'i-dées. Notre temps n'est pas d'ailleurs exempt de cet égoïsme illogique et étroit : les généraux de la République et de l'Empire, dans leurs mémoi-res, appellent encore traîtres les Italiens qui se défendoient contre les bienfaits de la Terreur, et fanatiques les Espagnols qui n'admiroient point suffisamment la dictature du grand Napoléon et les pillages de ses maréchaux. C'est la longue habitude des batailles, et sa conséquence ordi-

naire, le respect de la force, qui donnent à ces
soldats de telles théories, et le Moyen Age, lui
surtout, avoit pour la force une sorte de vénération instinctive. A ses yeux la conquête con-
stituoit un droit légitime, et il nommoit très-sin-
cèrement trahison la révolte des provinces con-
quises. Or notre poëte, qui voyoit dans son temps
l'idée de nationalité assez affoiblie, qui trouvoit
au contraire l'idée de famille et les droits qui en
découlent placés au-dessus de tout, notre poëte,
qui avoit, outre cela, appris à respecter les conséquences de la conquête, ne pouvoit admettre
que le Milanois se révoltât contre un roi de
France. Louis XII ne l'avoit-il pas conquis? Ne
la possédoit-il pas d'ailleurs à titre d'héritage, du
chef de Valentine de Milan, son aïeule? Et que
pouvoit être le Pape, sinon un prince ennemi,
fauteur de révoltes et boutefeu de trahisons!

On peut conclure encore de tout cela, et pour
l'excuse de Gringore, que Jules II étoit en avance
sur son époque. Il suivoit sans aucun doute un
système politique dont on pouvoit montrer les
origines dans la lutte du Sacerdoce et de l'Empire; mais il prenoit, pour défendre la nationalité italienne, une allure guerrière qui pouvoit
blesser la nationalité catholique; il montroit une
subtilité de diplomatie qui irritoit les bonnes
gens du nord de la Chrétienté; il déployoit surtout une énergie, une hardiesse, que les grands
génies de la papauté, les saints et les illustres,
les Grégoire VII et les Innocent III, n'avoient
mises en avant que dans des circonstances autrement périlleuses, et là où la tête du christianisme
étoit directement menacée. Jules II voyoit peut-
être dans les tâtonnemens de la politique fran-

çoise le renouvellement de ces tentatives d'inti-
midation, de ces abus du pouvoir temporel, de
ce désastreux protectorat qui avoit abouti au
grand schisme d'Occident. Cette sorte de pseudo-
concile établi par Louis XII, ces menaces d'ex-
pulsion dont nous retrouvons les échos dans les
bruits populaires recueillis par Gringore, pouvoient faire craindre au Pape le retour de ce
temps de troubles et d'angoisses qui avoit désolé
toutes les consciences chrétiennes jusqu'à la fin
du concile de Bâle. Il est vraisemblable, en
effet, que tel étoit le dernier mot de la politique parlementaire et universitaire au commencement du xvie siècle; mais la moyenne bourgeoisie, et Gringore, son représentant, ne
pouvoient admettre de tels résultats, ni apprécier
de telles craintes. Il leur étoit possible de voir
sincèrement dans Jules de la Rovère un prince
ambitieux et dangereux pour la France.

Gringore sans doute eût pu se rappeler sa
vieille hostilité contre le cardinal d'Amboise; il
eût trouvé alors dans la politique de ce ministre
les inspirations d'une ambition déçue, quelque
souvenir de son échec dans le sacré Collége,
l'arrière-pensée de venger le cardinal qui avoit
espéré devenir pape en attaquant celui qui l'étoit
devenu. Mais Georges d'Amboise s'étoit montré
depuis assez longtemps un grand et actif ministre
pour que les haines soulevées au commencement
contre lui se fussent apaisées; notre poëte avoit
suivi le courant de l'opinion publique.

Il attaqua donc le Pape sans chercher dans
ses sentimens catholiques le respect de la papauté, ni dans sa conscience une explication dés-
intéressée de la conduite de Jules II. Il mit dans

ses dernières satires une verve, une malice, une adresse et une âpreté qui ne ménageoient plus que le nom de l'Église. Il oublia tous les élémens de destruction, de haine contre le clergé, et de convoitise vis-à-vis des biens de ce clergé, qu'il avoit découverts et déplorés dans ses premières œuvres politiques. Il se fit sourd à tous ces bruits avant-coureurs de révolution religieuse qui l'avoient frappé tout d'abord; il ne songea plus à regarder autour de lui comme il l'avoit fait à son début; il ne vit plus ces germes d'opposition insensée, cet amour de changement, ce développement de la vanité et de l'orgueil, qu'il avoit constatés jusque dans l'esprit de ces femmes *bibliennes*, comme il disoit, si anxieuses de contrôler la conduite de Dieu en ce monde.

Toutes ces causes de décomposition sociale et religieuse ne tardèrent pas à porter leurs fruits.

Gringore, à la suite de circonstances que nous développerons dans un autre temps, avoit quitté Paris, et s'étoit retiré, comme nous l'avons dit, en Lorraine, auprès du duc Antoine. Là, dans un milieu plus calme, au sein d'une cour où régnoient la gravité des mœurs et des idées, à côté d'un prince pieux, réfléchi et intelligent, il put mieux comprendre la portée des actes de sa jeunesse. Il étoit éloigné de ce cercle d'esprits légers et libertins qui lui avoient dicté ses pamphlets, et qu'il avoit à son tour poussé sur la pente dangereuse où les entraînoient l'amour de l'indépendance folle et les conseils d'un patriotisme inintelligent. Il étoit séparé surtout de ces influences des parlementaires et des universitaires qui rêvoient le retour d'une époque analogue au xve siècle, où ils étoient de fait indépendans de toute puissance supérieure, où les circonstances les avoient faits les arbitres des pouvoirs spirituels et temporels. Gringore dut pressentir qu'il avoit sacrifié les intérêts les plus grands de la patrie aux fantaisies, aux rancunes, à l'ambition de tels personnages. L'âge d'ailleurs avoit élargi le cercle de ses idées, développé son bon sens, sa tendance à la réflexion calme et profonde, et rendu moins puissans les entraînemens de l'esprit; rien n'empêchoit plus qu'il vît apparoître dans tout son jour la pauvreté des griefs qu'il avoit fait valoir contre la papauté, et les dangers de cette hostilité qu'il avoit entretenue contre le clergé. Il étoit, du reste, bien placé pour apprendre à connoître les passions au profit desquelles il avoit involontairement travaillé, et pour apprécier les suites des théories dont il avoit bégayé les premiers mots.

La Réforme venoit de paroître en Allemagne; elle avoit fait immédiatement alliance avec la révolution politique et sociale, et ses premiers efforts avoient été accompagnés d'autant de troubles, de crimes et d'horreurs, qu'on en avoit vu aux époques les plus troublées de l'invasion des barbares. La Chevalerie de l'Empire profitoit de ce commencement d'agitation pour donner un libre essor à sa vieille jalousie contre les Princes; elle s'appuyoit, d'une part, sur les prédications de Luther, de l'autre, sur le néopaganisme des rhéteurs comme Hutten, Erasme, Melancthon et tant d'autres; elle profitoit de tous les élémens de troubles et d'anarchie pour détruire le respect de la vieille constitution allemande, et pour essayer de faire refleurir dans l'Empire les jours les plus sombres des guerres féodales. Le but suprême de son ambition étoit l'organisation d'un millier de dictatures militaires, la rupture de tous les liens de hiérarchie et de vassalité qui protégeoient alors le peuple contre le despotisme des chefs de guerre. Malgré l'appui, assez peu franc d'ailleurs, de Luther, et le machiavélisme de Hutten, malgré sa propre habileté et sa bravoure, Franck de Sickingen, le chef de la chevalerie, fut vaincu. Mais les germes de guerre civile que le docteur de Wittemberg avoit semés continuèrent à prospérer. Les paysans se soulevèrent à leur tour, et toute l'Allemagne fut en feu. Ils commencèrent par s'organiser; ils prirent pour base de leur politique l'égalité la plus absolue et la plus naïvement absurde qu'on puisse imaginer. Le socialisme de nos jours n'a pas dépassé dans ses vœux les théories, les chartes, les constitutions, qu'établissoient ces paysans. Ils se mirent en mouvement, dirigés par des prédicans fanatiques ou comédiens d'enthousiasme, par des nobles renégats ou poltrons, par des bourgeois rusés, par des ouvriers énergiques, intelligents, exaltés jusqu'à la folie. Ils ne laissèrent sur leur passage que des ruines; l'incendie, le pillage, les plus effroyables cruautés, la destruction des châteaux et des monastères, tout cela légitimé, réglementé, sanctifié par leurs théories religieuses, tels furent les moyens d'action qu'ils mirent au service de la Réforme. Il faut dire que la Réforme, Luther donnant l'exemple, les abandonna quand ils eurent été vaincus par l'héroïque Georges Truchsess.

La cour de Lorraine étoit pleine du récit des événemens d'Allemagne. Ceux d'entre nous qui se sont familiarisés avec les pensées du Moyen

Age comprendront facilement l'étonnement et l'horreur qu'inspiroient toutes ces conséquences des nouvelles doctrines, dans ce cercle grave et pieux dirigé encore par l'influence des vertus de Philippe de Gueldres, la mère sainte et vénérée du duc Antoine. Tandis que les politiques s'effrayoient de voir l'antique constitution germanique lacérée, les hommes réfléchis se demandoient ce qu'il adviendroit de ces attaques, tantôt hypocrites, tantôt brutales, lancées contre la religion paternelle, et la masse du peuple s'indignoit de ces bouffonneries, de ces grossières insultes dirigées contre les personnages les plus respectés, contre les idées les plus sacrées. Les paysans révoltés depuis la Souabe jusqu'à la frontière lorraine, le communisme établi en loi, les prêtres et les nobles pendus, étranglés ou traînés dans la boue, les églises et les châteaux assiégés et brûlés, les monastères pillés, les abbayes violées, les moines et les religieuses torturés, la trahison partout, dans les villes, dans les châteaux, jusque dans le conseil de l'Empire, enfin la guerre civile implacable et générale, c'étoit là le résumé de toutes les nouvelles. C'étoit bien, aux yeux du grand nombre, la conséquence nécessaire de la religion nouvelle, c'étoit surtout un exemple et une menace adressés à tous.

Pour Gringore, c'étoit presqu'un remords que l'exposition de ces théories, qui venoient permettre de fausser toute foi, de détruire toute organisation sociale, de bafouer toute chose sainte. Le trouble dans toutes les consciences, la sanctification de tout crime, au nom de la rébellion, ce bouleversement de tout un monde, cela, pour lui encore, devoit être un sombre cadre aux gaîtés de ses Sotties. Tout cela, en effet, se faisoit au nom de Luther, et Luther avoit commencé par n'être guère plus violent que Gringore l'avoit été. Il put se dire alors que son livre n'indiquoit pas la plus folle de toutes ces *Folles entreprises* qu'il avoit si complaisamment énumérées ; celle-là, l'Allemagne l'achevoit, mais il y avoit bien travaillé en attaquant ce *cerf des cerfs*, cet *homme obstiné*, ce *gendarme,* cette papauté, pour l'anéantissement de laquelle se commettoient alors toutes ces horreurs.

La révolution sociale se rapprocha bientôt de la Lorraine. Les paysans allemands se jetèrent sur l'Alsace en annonçant qu'ils venoient conquérir la France aux doctrines de Luther et détruire toute l'ancienne société. Ils étoient plus de cent mille. Le bon duc se mit à la tête de ses chevaliers, et rejeta dans le Rhin ce flot de barbares qui menaçoient de nouveau toute la Gaule. Cette guerre des Rustauds porta le dernier coup à notre poëte.

Il fit alors une profession de foi catholique sincère et complète. Il composa le *Blazon des heretiques.* On peut voir là une sorte de rétractation de ses violences contre le pape, un aveu de la nécessité de cette hiérarchie catholique qui seule pouvoit faire éviter à la France les crimes qui venoient d'ensanglanter l'Allemagne. Comme il en arrive souvent, la rétractation fut insuffisante, la pénitence n'égala point la faute, — je parle au point de vue de l'art, — et l'ennui, la monotonie, la lourdeur du *Blazon,* ne compensèrent pas, dans l'esprit des anciens disciples et partisans de notre poëte, le mal que ses pamphlets avoient fait.

Les événemens se chargèrent de compléter la

leçon. Ils inspirèrent à la bourgeoisie françoise les sentimens que la dernière œuvre religieuse de Gringore avoit été incapable de produire ; et, chose curieuse, ils lui firent suivre dans son existence d'un siècle les erremens par lesquels son poëte avoit passé. C'étoit elle qu'il avoit représentée, nous l'avons dit, dans son esprit d'opposition, dans ses railleries, dans ses attaques contre le clergé, au commencement du siècle ; au milieu et à la fin du siècle, elle montra une conduite analogue à celle que Gringore avoit menée au milieu et à la fin de sa vie. Les circonstances apportèrent à la bourgeoisie une instruction plus lente sans doute, mais elles lui donnèrent les mêmes leçons qu'elles avoient infligées au poëte bourgeois.

Cette invasion des Rustauds avoit constitué au profit de cette bourgeoisie l'état de légitime défense. C'est une idée que les historiens du xviᵉ siècle ont laissée jusqu'ici dans l'ombre ; mais il est évident que ces hordes de paysans réformateurs qui s'en venoient conquérir la France au Protestantisme avoient dû logiquement la mettre en garde contre la Réforme. La conduite des huguenots en Allemagne, en Suisse, en Angleterre, ne parvint pas à lui inspirer un fol enthousiasme pour la République, l'Oligarchie ou la Monarchie constituées d'après les idées nouvelles. Le communisme anabaptiste de Munster, la royauté de Henry VIII, le gouvernement bourgeois de Calvin, ne lui semblèrent point préférables aux vieilles institutions de la patrie. Le traité de Bèze, et son commentateur, le sombre tyran de Genève, apprirent aux classes libérales comment ils entendoient la liberté et la tolérance dans les endroits où ils

étoient les maîtres, ces rebelles qui se soule-
voient au nom de la liberté et de la tolérance
dans les pays où ils étoient les plus foibles. Leur
tyrannie dans les villes françoises dont ils s'é-
toient emparés, la Constitution qu'ils avoient
imposée au Béarn, enseignèrent aux gens des
métiers comment ils respectoient l'organisation,
les vieilles coutumes, les droits acquis des corporations et l'indépendance des personnes. Le
menu peuple se sentit opprimé par les guerres
civiles qu'ils émurent, par les soldats étrangers
qu'ils amenèrent au cœur du pays. Toutes les
classes de la bourgeoisie comprirent donc que
c'étoient elles, en résumé, qui devoient être les
victimes de cette religion nouvelle. Les intérêts
du ciel leur parurent médiocrement représentés;
et si elles ne virent pas tout d'abord qu'il y avoit
là surtout la révolte de l'orgueil et du tempéra-
ment des races septentrionales contre le christianisme, du moins se persuadèrent-elles que c'é-
toient la monarchie, l'avenir et l'unité de la
patrie qui étoient attaqués en même temps
qu'elles-mêmes par des tendances tantôt féodales, tantôt républicaines. Les souffrances ré-
veillèrent la foi en elles, et l'intérêt de leur
conservation les amena à comprendre ce que
valoient cette fièvre d'indépendance, de réforme,
d'opposition, cette rage de railleries, qu'elles
avoient encouragées. La vérité, en même temps
que la sagesse du catholicisme, leur apparurent
dans leur vrai jour, et elles se dirent que les im-
perfections de l'ancienne société étoient peu de
chose à côté des crimes et des misères qui escor-
toient les novateurs.

Alors la bourgeoisie se leva, et elle fit, elle

aussi, sa profession de foi, mais comme le peuple
sait en faire, d'une façon ici sanglante, là héroïque, par la Saint-Barthélemy et par la défense
de Paris. Nous n'avons pas à étudier à fond ces
deux faits, et nous n'avons pas besoin de dire
que nous détestons ces exécutions sans jugement,
ces massacres sans bataille, ces surprises où la
femme, le vieillard et l'enfant sont tués à côté
de l'homme fort, qui ne peut les défendre. Nous
ferons remarquer cependant, pour l'intelligence,
non pour l'excuse de la Saint-Barthélemy, qu'elle
est une œuvre non du catholicisme, mais du
XVIe siècle : elle est la conséquence presque nécessaire de l'état d'exaspération causé par la
guerre civile; les protestans l'eussent faite s'ils
eussent été les plus forts; les catholiques les
ont devancés de quelques années, de quelques
mois peut-être. Les huguenots n'en étoient pas
à leur coup d'essai, et ils avoient pratiqué la
Saint-Barthélemy en détail; il n'a manqué à la
date de leurs cruautés qu'un nom de saint pour
les faire détester par les historiens de ce temps-
ci; il a manqué surtout aux catholiques la science
ou la volonté d'exploiter leurs martyrs. Le baron
des Adrets vaut Montluc, avec cette différence
cependant que le premier se faisoit Huguenot pour
satisfaire sa vengeance ou ses intérêts, et que
l'autre savoit qu'il punissoit des rebelles. Leurs
effroyables cruautés d'ailleurs ne sont d'aucune
religion; elles sont uniquement, répétons-nous, la
conséquence de l'état d'anarchie, de troubles et de
guerres civiles. Mais il est juste de faire remonter
une part de ces crimes jusqu'à ceux qui étoient
venus déchaîner ces guerres. Il est certain encore que quand les milices bourgeoises de Paris

s'en allèrent traquer les religionnaires assemblés en conciliabule dans le Pré aux Clercs et commencèrent la Saint-Barthélemy, bien des faits dans l'histoire des provinces et des nations voisines pouvoient leur persuader qu'elles devoient se hâter si elles ne vouloient voir à quelque temps de là leur ville incendiée et leurs chefs égorgés. — Quant à la défense de Paris, elle fut, prise en soi, grande et héroïque. Elle eut le tort, je le sais, d'avoir lieu contre le prince légitime, contre le Roi; mais elle eut la fortune d'aider au catholicisme, de nous garder l'unité de la France et de nous valoir le siècle de Louis XIV.

III

1. *Les Folles Entreprises.*

Il est peu de lecteur qui ne soit tenté de demander, avant toutes choses, de quelles folles entreprises Gringore veut ici parler, et je crains qu'il soit plus tenté encore de se poser cette question quand il aura lu le livre. Pour moi je n'ai pas la prétention de le renseigner d'une satisfaisante façon, et je n'ai d'autre résumé à lui offrir de ce traité que la Table des matières. Les Folles Entreprises, c'est le titre qui pourroit convenir à une Histoire universelle; c'est aussi le titre qu'on pourroit mettre en tête d'un des mille lambeaux de cette Histoire du monde; encore la différence est-elle immense entre la Folle Entreprise des Conquêtes d'Alexandre et la Folle Entreprise de maistre Jehan Gippon, irrévérencieusement battu par dame Pernelle, sa femme. Gringore monte jusqu'à cette hauteur et descend jusqu'à cette trivialité; le tout à bâtons rompus,

sans guère de transitions et sans grand souci
d'accorder entre eux tous ces disparates. Il a un
chapitre sur la Chute en enfer de Lucifer, le
Prince d'Orgueil, et un passage sur les Payeurs
des Gens d'Armes, un chapitre qui résume toute
l'histoire de l'Église, un autre sur les *Gouliars*,
qui restent trop longtemps au lit et qui voyagent
les dimanches. Comment tout cela se tient-il,
et quelle est la loi de ce pêle-mêle ? Les éditeurs
n'ont pas la prétention d'en savoir plus que l'auteur, et l'auteur se contente de répondre : « Il y
a là partout folle entreprise. »

Il est vrai que l'auteur commence son livre par
ces paroles :

Or ainsi est que reposant de nuyt
Me fut advis que, etc.

C'est-à-dire que tout ce qu'il va raconter il l'a
vu en rêve ; peut-être faut-il chercher dans ce
vers l'explication de l'incohérence de son œuvre.
Il paroîtra assez bizarre aux lecteurs de ce temps-
ci qu'on puisse rencontrer dans un cauchemar trois
mille vers de morale, de politique et de commérages
ges ; mais notre poëte avoit par devers lui d'illustres exemples de cette bienveillance des rêves.
Depuis que le maussade et haïssable Roman
de la Rose avoit vu *ung songe, en son dormant,*

Qui moult fut bel à adviser,

et qu'il devisa en 22,734 vers, — pour ne point
citer les textes les plus copieux, — depuis lors il
étoit à peine permis de composer un long poëme
autrement qu'en dormant. Les contemporains de
Gringore les plus célèbres dans l'art de la poésie
allégorique avoient rêvé les plus renommés de

leurs ouvrages et les plus compliquées de leurs rimes équivoquées. C'est pendant qu'il est *en sa couche pourpensant* et sommeillant qu'Octavien de Saint-Gelais est visité par la déesse Justice, laqu'elle lui vient faire ces importantes révélations qui lui permettent de composer la Chasse d'Amours. C'est encore dans cette position favorite que dame Sensualité vient le surprendre et lui parler en termes assez vifs pour le décider à écrire le Séjour d'Honneur. André de la Vigne, lui, est *accumulé de liqueur vapeureuse, grave, pesant, assopy de sens, et offusqué par soif dormitoyre qui lors coagulent le palat de sa lingonique resonance*, lorsqu'il entreprend le Vergier d'Honneur. Blaise d'Auriol ne se trouve pas dans une situation aussi absolument critique; il est vrai qu'il veut *enclaustrer en chartre de recordation eternelle des personnaiges parlant en toutes façons de rymes*, et composer un ouvrage *où il y a de toutes les sciences du monde et de leurs acteurs*, si du moins son style *incomptial et son imbécille calleance* veulent bien le lui permettre; il sent donc la nécessité d'être à demi éveillé, et se renferme dans son *secret repagule, sur celluy point que oppacosité noctiale a terminé ses umbraiges*.

Gringore, esprit curieux, hardi et réfléchi, présente ici encore cette lutte entre des instincts divers qui caractérise toute l'activité de son esprit. Il respectoit les traditions littéraires de son temps, mais il ne les acceptoit pas servilement; il cherchoit à les utiliser en leur faisant produire de nouveaux effets, en en tirant de nouvelles inspirations, en les dirigeant dans une voie plus féconde ou plus originale. Ici il se contenta de

prit que ces songes, servant, pour ainsi dire,
de portique à tout poëme allégorique, avoient
pour but d'expliquer logiquement ces allégories,
de leur donner une raison d'être plus naturelle.
Ils devoient constater que ces filles de l'imagination étoient nées dans l'esprit à ce moment où la
réalité n'existe plus, où l'imagination, déliée
par le sommeil, a perdu tout devoir d'obéis-
sance vis-à-vis du jugement. Mais il se dit aussi
sans doute que, le rêve étant la loi de ce genre,
l'œuvre devoit alors présenter, dans sa marche,
l'incohérence du rêve. La réflexion, comme on
voit, n'est pas profonde, et la découverte n'offre
rien de fécond ; Gringore y gagna seulement de
pouvoir, sans scrupule, négliger de mûrir son
plan. Il trouva un prétexte pour se passer d'un
cadre sévère et exigeant.

C'est bien là tout le défaut de ce livre, qui
renferme, sous une enveloppe puérile, dans
une charpente construite à la hâte, entre des
lignes principales dessinées sans soin et sans
autorité, des idées sages, des pensées graves,
des vues d'un ordre élevé. C'est la touche
hardie et sûre, le faire vigoureux, d'un maître
travaillant sur une ébauche dessinée par un ap-
prenti. Dans cet ouvrage, en effet, qui a le
défaut de renfermer tout à la fois un traité philosophique, un poëme, un pamphlet et une gazette, nous rencontrons les mêmes beautés de
détail, les même qualités, que nous signalerons dans des œuvres plus travaillées de notre
poëte. Des phrases bien réussies, comme énergie
et comme couleur, une singulière propriété de
termes, une grande habileté à tirer du latin
des tournures nouvelles, et à éviter en même

temps ce pédantisme extravagant qui distingue les plus renommés poëtes du temps, des images hardies, d'une invention originale et inattendue, tout cela nous le retrouverons plus tard encore, et quelques-unes de ces qualités atteindront un plus haut degré de perfection. Mais nous pouvons les indiquer dès maintenant comme les élémens de cette éloquence grave, vigoureuse et substantielle, de cette puissance de satire bourgeoise et pesamment indignée, de ces habitudes de réflexion tenace et creusant la pensée jusqu'au fond, qui constituent un des côtés du talent de notre poëte.

Comment un penseur, un raisonneur, un travailleur comme Gringore a-t-il pu se contenter d'un cadre aussi banal, d'une méthode aussi aventureuse que celle qui nous est offerte dans les Folles Entreprises? Quelles nécessités de sa vie littéraire ou politique, quels ordres de ses protecteurs, l'ont pu forcer à se contenter d'une apparence de plan? Nous en sommes réduits là-dessus aux conjectures. Ce qui nous a semblé évident, c'est que l'œuvre n'est pas une; elle contient évidemment des morceaux qui ne sont pas nés d'une même inspiration. Une partie, la dernière, celle qui est plus particulièrement allégorique et qui attaque le Clergé, celle-là est mieux suivie et menée d'une façon plus logique. Elle ne tient au reste que par un fil imperceptible, elle offre un autre caractère, une autre manière, une autre série d'idées. (Voy. p. 63.) Nous supposerions volontiers que cette portion formoit un tout mûri plus à loisir. Gringore trouva peut-être cette raillerie allégorique des Prélats trop mince comme volume, trop hardie comme dé-

veloppement. Il sentit le besoin de la rattacher
à un plan général de satire philosophique et politique qui lui permettroit d'attaquer quelques
autres personnages, de diminuer, en généralisant, l'apparence agressive de son livre, qui lui
permettroit surtout, en louant le Roi, la Reine,
les Seigneurs, de mettre de son parti le bras
séculier, de se créer des protecteurs contre les
ressentimens que le reste de l'œuvre pourroit
soulever. Peut-être d'ailleurs avoit-il compté sur
les qualités réelles de cette œuvre pour faire oublier ce qu'il pouvoit y avoir d'incomplet dans son
plan, de lâche et d'aventureux dans sa méthode.

Mais je crois bien que celle de ces qualités
dont il étoit le plus fier, est celle-là même qui
nous paroît la plus malheureuse. Je veux parler
de cette érudition qu'il déploie, de ces citations
qu'il place constamment en vedette de ses vers,
qu'il traduit tant bien que mal, plutôt mal que
bien, dans le courant de son récit. Cette annonce
qu'il se hâte de faire : « Je n'ay degré en quelque faculté », ce n'est pas sûrement une humble
excuse, une précaution oratoire ayant pour but
de faire pardonner le trop de simplicité de l'œuvre. Il sait fort bien que son ouvrage n'est pas
simple, et il se prépare à le bourrer d'une telle
science, que les plus illustres pédans, parmi les
poëtes contemporains, n'y sauront trouver à reprendre les marques *d'agreste, d'imbécille* ou *incomptial languaige.* C'est une annonce vaniteuse
destinée à ravir le lecteur d'admiration et à le
bien persuader de la vigueur d'une intelligence
qui n'a pas besoin de la moindre *bachellerie* pour
égaler, en fait de citations, les plus célèbres
escorcheurs de ce povre latin. Pour nous, cette

érudition facile puisée dans *les excerpta, les flores*,
dans les recueils de maximes bibliques et de mots
dorés enlevés à l'antiquité, cette érudition est
puérile, grotesque et méprisable. En ce temps
où la science avoit rejeté l'inspiration dans
l'ombre, où la poésie consistoit uniquement dans
le travail, le pauvre poëte eût été mal venu de
composer une œuvre grave où le latin n'eût pas
étouffé le poëme sous le poids de sa protection.
Gringore eut au moins un mérite que n'eurent
pas les Alain Chartier, les Christine de Pisan,
les Chastellain, les Molinet, le Crestin, les Le-
maire de Belges, les André de la Vigne, les
Octavien de Saint-Gelais, les Jean Bouchet, les
Blaise d'Auriol, tous le poëtes savans enfin : il
ne mit pas ce latin dans sa poésie, en s'effor-
çant de le recouvrir d'une peau françoise ; il le
laissa en marge de son livre, en manchettes,
comme disent les imprimeurs de nos jours.

C'étoit, il faut le reconnoître, un déplorable
système, moins dangereux sans doute pour l'a-
venir de la littérature que cette barbarie pédantesque dont je viens de parler ; mais c'est,
je l'avoue, une des habitudes que je pardonne
le plus difficilement à Gringore, et par laquelle
il me paroît avoir sacrifié à l'École des poëtes
de Cour la partie vive, originale, de son talent.
Il réhabilitoit en effet par là la première méthode dont les savans s'étoient servi, pour mettre en quelque sorte la langue françoise sous la
surveillance du latin, et pour introduire peu à
peu, comme cela arriva à la fin du xive siècle,
une nouvelle infusion de ce latin dans la langue
pure, si indépendante, si vive et si nettement
coupée, du xiiie siècle. Ce système de citation

' en marge étoit emprunté aux traités de droit et de théologie. La littérature s'en empara, mais d'abord fort sérieusement. Dans *li Consaus d'Amours*, par exemple (Mst. du xiiie siècle, 81 , fonds La Vallière), ces citations sont toujours traduites dans le texte, dont elles deviennent ainsi les preuves et les autorités. Plus tard, comme Gringore nous le prouve, elles ne furent plus qu'un prétexte choisi pour faire montre d'une érudition inutile. On pourra facilement constater quelle torture d'esprit il faut souvent pour appliquer aux vers du poëte françois les maximes tirées de Seneca, de Mantuanus ou de Platina. La plupart du temps elles les accompagnent d'une façon fort maussade, et elles prouvent, du mieux qu'elles peuvent, qu'Ovidius n'a jamais songé à intervenir dans un dialogue entre Papelardise et Devocion, et que Horatius faisoit une pauvre mine en présence des Hérèses qui blessent Foy. Il est probable cependant que cette apparence d'érudition contribua singulièrement au succès des *Folles Entreprises*. Elle atteignit le but qu'elle s'étoit proposé, et qui étoit d'éblouir la petite bourgeoisie. Celle-ci pouvoit difficilement résister à des théories escortées de maximes qui prouvoient que tant de livres et tant d'illustres personnages étoient de l'avis de l'auteur.

Cette méthode, pour le remarquer en passant, parut si bonne à ceux qui vouloient prêcher le peuple, que ce fut elle qu'employèrent, vers 1514, les rédacteurs du fameux Manifeste en 12 articles contenant la déclaration des paysans insurgés d'Allemagne. Nous reverrons dans d'autres ouvrages de Gringore ce système de citations marginales; et nous avons voulu remplir consciencieusement notre devoir d'éditeur, en montrant que *li Consaus d'Amours* rendoit cette méthode aussi vénérable que la Déclaration des Paysans lui donnoit d'illustration.

2. *L'Entreprise des Veniciens.*

Le titre indique nettement le but que Gringore s'est proposé. Il a voulu soulever l'indignation publique contre les Vénitiens, en prouvant que leur république, fondée par quelques fuyards échappés aux massacres d'Attila, devoit son accroissement à des conquêtes injustes, et à un système d'agrandissement qui ne respectoit ni la foiblesse, ni le caractère vénérable, ni les plus légitimes droits des anciens possesseurs. Il énumère les diverses villes dont elle s'est emparée, et entremêle son énumération de plaintes, d'exhortations et de menaces. Les plaintes ont une apparence assez piteuse, les exhortations sont peu touchantes, et les menaces sont trop boursoufflées pour être bien redoutables. Mais il ne faut pas oublier que Gringore s'adresse moins à Venise, *la Cité jolye*, qu'à la Bourgeoisie Parisienne. Il parla à celle-ci le langage lourd, emphatique, luxuriant de proverbes, qui la touchoit le plus. Son pamphlet, qui a la tournure d'une prédication compendieuse et convaincue, devoit laisser peu de doutes dans l'esprit des gens de la Bazoche et de l'Université sur la justice d'une guerre entreprise contre d'aussi effrontés pillards. La manière bizarre et grotesquement françoise dont Gringore écrit les noms italiens prouve qu'il ne s'inquiétoit guère de l'impression que son œuvre devoit produire sur les Italiens et les géographes; il lui suffisoit d'être compris dans son voisinage et de soulever là l'opinion publique. On en pourroit conclure encore que notre pamphletaire travailla non sur des documens officiels, mais sur des renseignemens oraux, qu'il rumina, qu'il s'appropria, qu'il façonna, en consultant uniquement les oreilles de ses auditeurs Parisiens et les nécessités du rhythme et de la rime.

3. *La Chasse du Cerf des Cerfs.*

Cette *Chasse* est destinée à symboliser un épisode des Guerres d'Italie sous Louis XII. Gringore écrit à la fin de l'automne 1510. Il nous montre le *Cerf des Cerfs* (Jules II) allié aux *Cerfs ruraux* (les Suisses) et aux *Cerfs marins* (les Veniciens), poursuivi mollement par les *Francs Veneurs* (les François), et quittant sa *forêt Grasse* (Bologne), après avoir simulé la maladie, presque la mort; puis tenant le *ruyt* (la campagne; levée du siége de Bologne, prise de la Mirandole), menacé enfin de se voir chassé définitivement par *une assemblée tresbelle*, qui doit avoir lieu *en la saison nouvelle* (Pseudo-Concile de Pise, 1511). Les allusions de ce pamphlet sont claires, assez bien suivies; mais ce qui frappe par-dessus tout, c'est un mélange de minutie et de largeur qui donne souvent à la pièce les allures d'un bavardage solennel. La forme est en général pompeuse, éloquente, le ton plus insolent qu'énergique, plus ample que vigoureux, et c'est évidemment une satire qui procède du travail et de la recherche plus que de l'indignation. La masse est lourde, les vues sont étroites, et en somme la critique inoffensive. Gringore, dans les momens où il est le plus âpre, veut faire pas-

ser Jules II pour un méchant ivrogne ; il est vraisemblable qu'une telle allégation étoit bien ac-
cueillie, car notre poëte y reviendra dans sa
Moralité. Nous n'avons pu remonter à l'origine
de cette accusation ; mais en cherchant, à l'aide
de chacun de ses actes politiques, à reconstituer
le caractère de Jules de la Rovère, en considérant surtout cette figure réfléchie, énergique et
austère, que nous a léguée Raphaël, il nous paroît
difficile de voir là autre chose qu'une plaisanterie
d'escolier, inventée par la haine politique, et facilement admise par la badauderie parisienne.

A côté de cette pauvreté de détails et de cette
lourdeur de composition, quelques traits ingénieux et vifs se rencontrent qui relèvent la pièce,
et l'énergie de la phrase parvient souvent à cacher l'inanité de la pensée.

Disons en terminant que ce n'étoit pas la première fois que la Chasse du Cerf étoit employée
au point de vue allégorique, et que ce ne fut
pas la dernière fois que le noble art de la Venerie
intervint comme un symbole des querelles religieuses. Dans *la Chasse du Cerf* (Mst. de la B.
Imp., 81 La Vallière), l'allégorie est purement
amoureuse ; c'est l'Amour qui est comparé à cette
chasse, et le poëte conclut ainsi :

> *Et pensai par cele aventure*
> *Ke li femme est d'autel nature*
> *K'autant i a bien à cacier,*
> *Ains c'on puist amie pourcacier.*

Nous n'osons prétendre que ce soit ce dit symbolique qui ait inspiré à Gringore l'idée de composer une allégorie avec un titre analogue. Nous
ne songeons pas non plus à affirmer que Dryden

avoit eu connoissance du pamphlet de notre poëte quand il composa son admirable poëme, *The Hind and the Panther*, où la Biche représente l'Église Catholique, comme le Cerf représente ici le Pape. Nous avons voulu seulement mettre en présence ces trois allégories, dont la première touche à la seconde par le titre, la seconde à la troisième par le sujet; nous n'avons garde d'insister sur les conjectures qu'on peut tirer de ce rapprochement.

§. L'Espoir de Paix.

Ce pamphlet nous donne un abrégé de l'histoire des Papes, où les prétendus crimes, vices et défauts de Jules II sont mis en regard des vertus de ses prédécesseurs. La liste de ces accusations est plus longue que convaincante, et à qui se rappelle l'âpre violence des docteurs gallicans des siècles précédens, les attaques de Clemengis, par exemple, Gringore paroît fort benin. On ne sent pas là la haine du sectaire, du savant blessé dans sa vanité doctorale, et de l'universitaire attaqué dans ses intérêts de prébende; on trouve un poëte qui fait son métier de littérature et que le hasard pousse du côté de la littérature de pamphlet; on voit surtout et encore le bourgeois lettré qui se joue tantôt pesamment, tantôt spirituellement, mais toujours pour plaire au public, avec quelque petite inimitié utile et fructueuse à envenimer. Il est bien difficile d'ailleurs d'établir ce qu'il y a de plus criminel dans Jules II, aux yeux de Gringore, ou de sa barbe ou de sa cruauté, et ce mélange de puérils reproches et d'accusations sanglantes donne au pamphlet un assez bizarre caractère.

L'habileté de l'exposition d'autre part, quelques traits ingénieux, certains vers énergiques, la dextérité et la variété des formules, lui conservent une place honorable dans la satyre politique. Il est surtout utile à consulter pour l'historien des idées du xvie siècle, et l'on trouve là un curieux exposé des théories que pouvoit faire un bourgeois de ce temps sur l'histoire de la Papauté aux diverses périodes de l'action de la France et de la Chrétienté.

5. *La Coqueluche.*

Nous avons peu de choses à dire de cette pièce; c'est ce qu'on appelle de nos jours une actualité. On peut la prendre comme un article de gazette, la comparer aux gazettes en vers des Loret, des Renaudot, des Saint-Julien. On trouvera surtout cette différence qu'ici le fait est peu de chose et que l'événement se trouve enseveli sous les considérations physiologiques et psychologiques. La morale y domine, les proverbes et la philosophie médicale tiennent le haut du pavé, et il faut chercher patiemment au milieu des maximes l'effet que ce *tresaspre rheume* produisit sur le cerveau et l'estomac de la bourgeoisie parisienne, au commencement de l'été de l'an 1510.

LE JEU DU PRINCE DES SOTZ.

Gringore lui-même a donné ce titre général à une série de morceaux dramatiques dont l'ensemble est incontestablement ce qui nous a été laissé de plus remarquable par le théâtre du Moyen Age.

6. *Le Cry.*

C'est une sorte de proclamation par laquelle

l'auteur convoque le public à venir assister à une représentation qui devra avoir lieu aux Halles de Paris le mardi gras de l'année 1511. Les jeux dramatiques étoient précédés de ces espèces d'annonces, qui se faisoient sans doute avec quelque solennité. Il est vraisemblable, en effet, de supposer qu'elles exigeoient une véritable mise en scène, qu'elles étoient faites par quelque membre de la corporation qui donnoit les jeux, lequel, habillé d'une façon caractéristique, entouré d'une troupe de ses confrères, et accompagné d'instrumens bruyans, se promenoit par la ville, s'arrêtant aux places et carrefours consacrés par l'habitude, pour y déclamer le plus brillamment possible cette manière d'invitation. Ce *Cry*, avec la *montre* ou procession des acteurs revêtus des costumes de leurs rôles, remplaçoit les affiches de ce temps-ci, donnoit la publicité et indiquoit d'une façon pittoresque le rôle et le nom des acteurs. Il est présumable aussi que l'auteur comptoit un peu sur la prévention favorable que pourroit inspirer son Cry; du moins celui de Gringore est-il parfaitement soigné. Il s'annonce lestement, marche d'un style vif et gai. Son allure franche, sa forme joviale et son apparence grotesque sont alliées avec une finesse démontrant assez qu'il n'étoit pas fait pour s'adresser à des badauds à longues oreilles. Nous trouvons dans les œuvres de Roger de Collerye (éd. elzevir., 271-276) trois cryz, dont le dernier seulement paroît avoir été destiné à remplir le même but que celui de Gringore. Celui-ci est évidemment le modèle du genre, et resta dans la mémoire de tous ceux qui, de près ou de loin, eurent à s'occuper des Sotz. On trouvera citées, dans nos notes sur la Sottie, trois pièces évidemment composées sous l'influence de la forme et des personnages que le Jeu du Prince des Sotz avoit rendus célèbres : *Monologue des Sotz Joyeux*, etc., *Monologue des Nouveaulx Sotz*, etc. (Rec. des anciennes Poésies françoises, édit. elzev., tom. III, page 10, tom. I, page 11); *Lettres Nouvelles*, etc. (Recueil des Variétés historiques, édit. elzevirienne, tom. III, page 141). Dans la première de ces pièces, un passage tout entier semble n'être qu'une copie de ce Cry.

7. *La Sottie.*

Nous n'avons pas la prétention de faire ici l'histoire de la Sottie. L'obscurité qui entoure les origines de notre théâtre et le développement de ses principales divisions impose à tous ceux qui s'occupent de ces études des recherches dont le résultat ne sauroit trouver place à la fin de cette préface. Nous nous contenterons de résumer celles de ces questions qui rentrent plus particulièrement dans notre sujet [1].

1. Je renvoie le lecteur à un livre publié par M. Adolphe Fabre, sous le titre de *Études sur les Clercs de la Bazoche*; l'auteur y a résumé d'une intelligente façon toutes les notions jusqu'à présent admises sur les origines de notre théâtre. Il a apporté à l'érudition une aide importante, en combattant quelques préjugés trop facilement admis, en développant des hypothèses ingénieuses, et en rendant pour toujours acquis à la science certaines dates, certains faits, jusqu'ici contestables. L'estime que je professe pour cet ouvrage ne m'empêche pas, sur bien des points, de différer d'opinion avec M. Fabre. Pour ne parler ici que de Gringore, je regrette le jugement, à coup sûr injuste, qu'il porte sur son talent; j'espère qu'une nouvelle lecture lui fera reconnoître l'excès de sa sévérité. Je crois en outre qu'il se trompe en voyant dans la Société des Sotz une annexe de la Société

A quelle date faut-il faire remonter l'existence de la Société des Sotz, des Enfans Sans-Souci ? A quelles circonstances dut-elle sa naissance ? Quel but se proposa-t-elle ? On admet généralement qu'elle s'organisa au commencement du xve siècle ; les autres questions ne sont pas encore résolues, et nous n'avons pas jusqu'ici de documens qui nous permettent de les discuter autrement que par des hypothèses.

Je pense, contrairement à l'opinion actuellement en faveur, que la corporation des Sotz étoit complétement distincte des autres sociétés dramatiques. Elle a dû avoir pour but de réunir ceux-là même qui, *n'ayant degré en quelque faculté*, qui, ne tenant par position ni à la Bazoche, ni aux Clercs du Chastellet, ni à l'Empire de Galilée, vouloient cependant prendre part aux fêtes, aux jeux, aux esbatz, qui avoient été jusque-là l'apanage des joyeux clercs. Gringore

des Clercs du Châtelet, et dans le Prince des Sotz le directeur des Jeux de ces Clercz. La présomption qu'il tire de ce que Gringore, Mère Sotte, donnoit ses représentations devant ce Châtelet, me paroît pour le moins aventureuse. Il n'est pas exact, en effet, de dire que notre poëte donnoit là ses représentations : il y exhiba en diverses circonstances solennelles des *Mystères*, c'est-à-dire des allégories, des personnages *revestus* et *habillés* de façon à symboliser quelques louanges en faveur de l'illustre personnage qui devoit passer devant le Châtelet. Gringore n'étoit pas encore Mère Sotte quand il composoit ces Mystères, les Comptes et Ordinaires de la Prevôté ne lui donnent pas ce titre. Le moindre hasard avoit pu lui valoir la bonne fortune de travailler à ces exhibitions, et je crois qu'il suffisoit que lui ou Pierre Marchand, charpentier de la grand' cognée, son collaborateur, eussent leur domicile dans le voisinage, pour que la bourgeoisie de ce quartier le chargeât d'offrir un madrigal en planches et en mannequins à madame la Royne ou à Monseigneur l'Archeduc.

nous en est une preuve; il annonce hautement qu'il ne tient à aucune faculté, et nous le voyons un des chefs de la corporation des Sotz. Celle-ci seroit donc une agrégation en quelque sorte révolutionnaire, une protestation contre le monopole dramatique abandonné aux corporations juridiques, une réunion de poëtes indépendans. C'est bien sans doute au commencement du xve siècle qu'une telle société pouvoit s'organiser, quand l'état de troubles, de guerre et d'anarchie permettoit de nombreux empiétemens contre les droits acquis, rendoit les anciennes corporations plus foibles, moins protégées, moins attentives à faire respecter les antiques prérogatives, quand d'ailleurs toutes les fêtes, toutes les folies, toutes les occasions d'oublier le mal présent et de s'étourdir bruyamment sur les menaces de l'avenir, devoient être les bienvenues dans la bourgeoisie et le populaire. C'est alors que tous ceux qui se voyoient jeunes, qui se sentoient affolés par l'amour du bruit, par le besoin de la distraction, et entraînés par les conseils de l'imagination fièvreuse, ont pu se réunir, prendre effrontément le nom de Sotz, et railler bravement les préoccupations des politiques et des sages, en se disant les Enfans sans soucis.

J'ai toujours cru qu'ils avoient dû débuter par des mascarades, par des bouffonneries improvisées, où chaque Sot, le Prince et la Mère en tête, jouoit un rôle. Ce rôle, selon moi, ne devoit pas être défini autrement que par les habits grotesques qu'il avoit plu à chacun de prendre pour désigner une sorte particulière de Sottise. Il étoit ainsi abandonné aux caprices de l'imagination, de l'improvisation, et confié à la verve du *mommon*. Un peu plus tard seulement le plan fut nettement arrêté d'avance, l'intrigue fut artistiquement nouée par les poëtes de la Société, les rôles furent sérieusement distribués, le dialogue écrit; les jeux des Sotz, en un mot, se formulèrent définitivement en une pièce de théâtre. C'est ce genre de pièce, on le comprend sans peine, qui prit le titre de Sottie, du nom des acteurs qui la jouoient; et il me semble bien trouver dans ses allures les traces de ce point de départ que j'indiquois, de ces mascarades et improvisations primitives. La troupe des Sotz est restée sur le théâtre, où elle forme pour ainsi dire le chœur, et rappelle cette première bande de Sotz, qui n'avoit à remplir, dans les mascarades, qu'un rôle de comparses; le Prince des Sotz y est encore, aussi mère Sotte; l'intrigue est nouée par diverses espèces de sottises personnalisées, se prêtant à l'action qu'elles conduisent, embrouillent ou débrouillent, selon le plan tracé. Comme on le voit, il y a de nombreuses relations entre de telles pièces, et la partie qu'auroient arrangée une bande de joyeux compagnons déguisés en sots, et ajoutant à leur *uniforme* quelque particularité, de costume, pour aller dans les carrefours représenter et railler quelque trait de la sottise humaine, quelque accident de la vie politique ou quelque scandale de la vie privée. Dans la pièce, les incidens sont strictement prévus, les quolibets des passans sont mis dans la bouche des acteurs; c'est la plus grande dissemblance que je puisse trouver.

Il n'y a là, du reste, on le comprend, qu'une simple hypothèse. Ce qui est certain, c'est que

les Sotz donnèrent leur nom au genre dramatique qui, comme étude de mœurs, se rapproche
le plus de la haute comédie moderne, et qui,
comme forme, peut être, à certains égards,
comparé à la comédie italienne. Le cadre général étoit banal, la plupart des personnages inventés d'avance; beaucoup d'entre eux avoient
un caractère traditionnel et connu. Une grande
partie des effets de scène consistoit justement
dans cette connoissance préalable que le public
avoit de ces divers caractères. Le nouvel auteur
avoit alors à ajouter certaines nuances, à inventer une intrigue qui, par le contraste entre le
caractère connu et la position nouvelle, frappoit
d'autant plus le public. Une telle donnée tradi-
tionnelle est sans aucun doute une aide dangereuse apportée à la médiocrité; elle arrête peut-
être les plus hauts et les plus profonds dévelop-
pemens du genie comique; mais aussi elle a
une singulière puissance dans les mains d'un auteur ingénieux et habile. Elle sert au public de
prologue, d'un prologue aimé; elle jette immédiatement la masse des auditeurs comme dans le
milieu de l'action; il est incontestable d'ailleurs
que Cassandre amoureux est plus énergiquement
caractérisé que tout autre vieillard amoureux,
et Pierrot millionnaire est d'un autre grotesque
que tout autre laquais parvenu.

Je crois que la *Sottie* est la plus moderne de
toutes les formes de drame que nous a laissées le
Moyen Age. Il n'y a pas de doute quant aux
mystères, dont les rudimens se retrouvent dans
les fêtes et les cérémonies publiques du Catholicisme. La *Moralité*, mise en scène d'allégories
morales, ne sauroit remonter si haut que le Mys-

tère, mais j'admettrois volontiers qu'elle dut
naître au xive siècle, en digne fille des poëmes
allégoriques et des cerveaux pédantesques de ce
temps-là. La *Farce* est au Mystère ce que le Fabliau est à la Chanson de Gestes ; elle est l'œuvre
du poëte populaire, quand la pièce sacrée est
l'œuvre de la classe lettrée. Il paroît sage de
supposer qu'une fois l'élan donné aux représentations dramatiques, en ce genre comme dans
les autres, l'esprit populaire ne resta pas stérile,
et nous conclurions *à priori* de l'antiquité du
Mystère à l'antiquité de la Farce, quand même
d'autres présomptions ne viendroient pas rendre cette ancienneté plus que vraisemblable [1].

Quoi qu'il en soit, Gringore s'empara de ces
divers genres dramatiques, et il y mit ce cachet
personnel qu'il imposa à tous les genres littéraires
qu'il cultiva. Dans la Sottie, la Moralité, la Farce,
il accepta le cadre traditionnel, mais à la manière des hommes de génie, je veux dire sans servilité, sans banalité, en sachant l'embellir, l'améliorer, y introduire aisément le côté original de
son talent, de son école et de sa méthode. L'art
qu'il déploya dans la Sottie est sûrement des plus
remarquables, et il arriva à maintenir dans un
équilibre parfait le personnage traditionnel, le

1. V., par exemple, un fragment d'un dialogue latin du
ixe siècle, entre Térence et un Bouffon, publié par mon
collaborateur M. A. de Montaiglon, chez Guiraudet, 1849.
Il est impossible de voir là autre chose qu'un fragment de
farce; et l'on peut assurer, ce semble, que, si la Farce existe
au ixe siècle, même gênée par le latin, elle n'a pas dû tarder à prendre un grand développement, quand les poëtes
populaires eurent une langue faite qui leur permit de montrer au peuple le drame qui rentroit le plus dans ses instincts.

Sot et le personnage particulier agissant dans l'intrigue présente. Cette double entente continuelle, qui étoit le grand mérite, la grande gaieté, le grand intérêt de la Sottie, est ici traitée avec un tact et une délicatesse qui ne fléchissent pas un instant. En donnant par là une singulière vigueur à la satyre politique, qui étoit le but apparent de la pièce, il sut aussi lui conserver un caractère comique, esquiver les nombreuses difficultés du sujet, maintenir toujours dans l'esprit des auditeurs le but final, instructif, de haute portée politique, sans jamais éloigner le sourire ni chasser la gaieté. Nous sommes trop éloignés de cette époque pour apprécier suffisamment une telle pièce, dont le grand mérite consistoit dans la finesse des contrastes, dans l'énergie et le bien trouvé des allusions, dans une foule de mots, d'idées, d'oppositions, de proverbes, parfaitement compris alors par la bourgeoisie. Ces allusions, ces demi-mots, ces contrastes, cet équilibre que j'indiquois tout à l'heure, nous les sentons, nous en devinons l'existence sans pouvoir complétement en saisir le sens. Telle que nous la pouvons comprendre cependant, cette pièce nous semble excellente. La marche, du reste, en est simple. Le Prince des Sotz (Louis XII) doit tenir sa cour; arrivent à l'envi maints personnages destinés à symboliser les diverses nuances de la sottise humaine et aussi sans doute les principaux personnages de la cour de France. Les Prélats apparoissent ensuite, et ils symbolisent, eux aussi, les vices que les enfans libertins de la Mère Sotte avoient l'habitude de reprocher aux dignitaires ecclésiastiques : l'Ignorance (*Frevaulx*), le Manque de zèle apostolique (*la Courtille*), la Paillardise (*Cnulecu*). Sotte Commune (les Paysans, le Populaire) vient à son tour, et le premier, le deuxième et le troisième Sot, qui représentent le chœur, l'opinion publique, la bourgeoisie, font accueil à chacun des survenans. Voici enfin Mère Sotte, mais revêtue des habits qui peuvent symboliser l'Église, la Papauté. Elle est appuyée sur ses deux fidèles acolytes, Sotte Crédulité et Sotte Occasion, chargées de représenter les deux défauts reprochés à Jules II par la politique françoise, la mauvaise foi et l'imprudence. On comprend toutes les équivoques, tous les jeux de mots et de scènes, qui peuvent résulter de l'apparition de telles allégories. Mère Sotte (la Papauté) explique le plan de son ambition; Sotte Fiance et Sotte Occasion jurent de lui être fidèles jusqu'à la mort. Toutes trois prêchent aux Seigneurs et aux Prélats la trahison contre le Prince. Les premiers résistent, les seconds sont séduits; les uns et les autres entrent en lutte, et la bataille dure jusqu'à ce qu'on découvre Mère Sotte sous les habits de l'Église.

On a attribué à Gringore deux autres Sotties, l'une à quatorze personnages, et qui porte un titre en vers :

> *Le Nouveau Monde, avec l'Estrif*
> *Du Pourveu et de l'Eslectif*, etc.

C'est une mise en scène illisible, ridicule et nauséabonde, des questions que pouvoit soulever la Pragmatique Sanction; l'attribution d'une telle pièce à Gringore est dénuée de sens commun. L'autre a pour titre : Sottie à huit personnages, c'est à savoir : Le Monde, Abus, Sot

dissolu, Sot glorieux, Sot corrompu, Sot trompeur, Sot ignorant, Sotte folle. Il peut y avoir
doute sur la question de paternité. J'ai lu cette
pièce plusieurs fois, à diverses époques, alors
surtout qu'une longue accointance avec Gringore
avoit pu me faire entrer plus avant dans l'intelligence de son genre, de sa méthode, de son
style, et je crois pouvoir affirmer qu'elle n'est
pas de notre poëte. Il y a là une imitation, un
pastiche bien réussi, mais le style général, et
surtout le style dramatique de Gringore, est
moins entortillé; sa charpente, ses intentions
scéniques, sont plus simples, plus intelligentes, et
plus franches; sa gaieté est plus naïve et cherche des effets moins compliqués. Le mélange de
grossièreté et de ce pédantisme propre aux universitaires, l'usage du latin, l'habitude des tournures classiques, puis cette recherche exagérée
de vieux langage, de patois et d'argot, cette
obscurité pénible de la satyre et des allusions,
rien de tout cela ne m'a rappelé Gringore.
L'examen minutieux des détails n'a fait que me
confirmer dans mon opinion. Notre poëte ne se
fût pas servi du mot *homme d'église;* il n'avoit
pas assez l'habitude du latin scholastique pour
indiquer ses jeux de scènes par ces formules :
*irrisoriè, cantando, Abuz ad populum, admirando
illum et irridendo;* il n'étoit pas assez savant en
procédure pour employer les images tirées de la
pratique comme ici, par exemple :

> *Procureurs et advocatz,*
> *Veu le procès et veu le cas;*
> *Tout produict en dernière instance;*
> Probo, nego, *Cry, parle quas...*
> Appello grates, refuto *après.*

En somme, je pense que cette Sottie est l'œuvre d'un bazochien, et je suis sûr que Gringore n'y a nulle part. L'on voit que c'est surtout à cause des défauts que j'y trouve que je conclus ainsi. C'est assez dire que je ne suis pas de l'avis de ceux qui la mettent au-dessus de la Sottie du Prince des Sotz.

8. *La Moralité.*

La Moralité a été composée avec un art naïf, mais le style est coulant, la phrase concise, nettement coupée; la forme générale est ferme, hardie, et certains passages sont vraiment d'une énergie et d'une grandeur remarquables. Nous signalerons, entre autres, l'entrée en scène et le discours de *Pugnicion divine*. L'intrigue est d'une grande simplicité: *Peuple François* et *Peuple Ytallique* viennent exposer les souffrances qu'ils endurent pour la punition de leurs fautes; *l'Homme Obstiné* (Jules II) développe ses projets à *Simonie* et à *Hypocrisie*, ses deux confidentes; celles-ci essayent d'attirer à elle Peuple François, lorsqu'apparaît *Pugnition Divine*, qui menace tous les personnages de la colère de Dieu, s'ils ne se corrigent de leurs vices.

9. *La Farce.*

Je parlerai peu de la Farce, qui est incontestablement pourtant le chef-d'œuvre du genre. Je regrette que Gringore ait mis au service d'une telle donnée un art aussi parfait, un esprit aussi fin, aussi vif, un développement de drame aussi logiquement et ingénieusement suivi. Il indique pour sa défense qu'il faut voir là uniquement un jeu ; j'avoue, pour ma part, que je ne trouve pas l'excuse suffisante.

En résumé, pourtant, je ne crains pas de répéter que ces trois pièces sont excellentes, chacune en son genre, et que le Jeu du Prince des Sotz peut être regardé comme la fleur du théâtre au Moyen Age. Le quatrième volume de cette édition nous fournira une occasion de revenir sur le génie dramatique du poëte Normand ; nous espérons prouver, en étudiant un Mystère composé par lui et resté jusqu'ici inédit, qu'il n'a pas développé des qualités moins brillantes, moins originales et moins élevées dans la mise en œuvre de la plus importante des branches de notre ancien art théâtral.

10. *Le Blazon des Hérétiques.*

J'ai indiqué, dans la seconde partie de cette préface, le caractère de cette œuvre. J'y renvoie le lecteur. Je reconnois, du reste, que si elle est de la plus haute importance dans la biographie de notre poëte, comme indication de la nature réelle de ses idées religieuses, elle joue un beaucoup moindre rôle dans l'histoire de la littérature du xvie siècle.

C. D. D'HÉRICAULT.

LES

FOLLES ENTREPRISES

LES FOLLES ENTREPRISES

La première édition que nous connois-
sions des *Folles Entreprises* est un petit
in-8 gothique, orné de nombreuses
gravures sur bois. Il porte en titre :
Les Folles Entreprises. Au-dessous se trouve un
bois représentant un écu chargé de trois coquilles, deux au chef, une en pointe, surmonté
de deux étoiles, et tenu à droite par un ange
armé de pied en cap, à gauche par une sorte de
pèlerin. Au bas de la page du titre, nous lisons
les quatre vers suivans :

> *Qui en veult avoir se transporte*
> *Sans deshonneur et sans diffame*
> *Près du bout du pont Notre Dame,*
> *A l'enseigne de Mère Sote.*

Le bois du verso du titre représente un homme
en robe à larges manches, offrant, tête nue,
à genoux, un livre à un seigneur, couvert,
assis, en long manteau, qui reçoit le livre en

jetant sur l'auteur un regard sévère et méfiant. Le volume se termine par ces mots : *Il est dit par l'ordonnance de justice que l'acteur de cedict livre, nommé Pierre Gringore, a privilesge de le vendre et distribuer du jourd'uy jusques à ung an, sans ce que autre le puisse faire imprimer ne vendre, fors ceulx à qui il en baillera et distribuera, et ce sur peine d'amende arbitraire. Imprimé à Paris par maistre Pierre le Dru, imprimeur, pour icelluy Gringore, le XXIIIe jour de decembre l'an mil cinq cens et cinq.*

2. *Les Folles Entreprises*, petit in-8 gothique, orné de gravures sur bois, chiffré A—K. Au-dessous du titre se trouve le bois de Mère Sotte, avec la devise : *Raison par tout, Par tout Raison, Tout par Raison.* Au-dessous encore, les quatre vers cités plus haut; au verso, le même bois que dans le volume précédent. Le bois du second feuillet diffère; les autres sont à peu près les mêmes, un peu moins nets, peut-être. Nous lisons à la fin : *Il est dit par l'ordonnance de jus-tice que l'acteur de cedict livre, nommé Pierre Grin-goire, a privilège de le vendre et distribuer du jour-d'uy jusques à ung an, sans ce que autre le puisse faire imprimer ne vendre, fors ceulx à qui il en bal-lera et distribuera, et ce sur peine de confiscation des livres et d'amende arbitraire. Imprimé à Paris par maistre Pierre le Dru, imprimeur, pour icelluy Gringoire, le XXIIIe jour de decembre, l'an mil cinq cens et cinq.*

Cette fin est, comme on le voit, semblable, sauf quelques détails et une légère différence d'or-thographe, à la conclusion du livre précédent. Nous avons ainsi cette bizarrerie de deux édi-tions annoncées comme ayant été données la

même année et le même jour, par le même imprimeur, et différant cependant non-seulement quant
au titre, quant aux gravures, mais aussi quant à
l'orthographe et quant à de nombreux détails du
texte. Ce qui rend cette singularité plus curieuse
encore, c'est l'existence d'un exemplaire sur vélin, avec gravures coloriées, qui semble bien
appartenir à la première des deux éditions dont
nous venons de parler, et qui cependant offre au
verso du titre une gravure différente; au lieu de
l'auteur offrant son livre, nous voyons ici un seigneur et une dame, tous deux en robe, et tous
deux à genoux au pied du crucifix.

Cette dernière singularité peut s'expliquer par
la pensée que les gravures et le texte sont imprimés séparément, et qu'on a pu pour quelques-uns des exemplaires sur vélin, destinés
sans doute à quelques illustres personnages, à
quelques protecteurs de Gringore, on a pu faire
intervenir certains changemens, en vue de flat-
ter la vanité ou le caprice desdits personnages.
Quant à l'autre singularité, plus importante,
nous ne la comprenons qu'en supposant soit
une contre-façon, soit une fraude de la part de
l'éditeur : il aura voulu mettre une seconde édition au lieu et place de la première, pour la faire
profiter sans doute de l'estime dont jouissoit cette
première édition, et qui lui avoit valu un écou-
lement plus rapide qu'on ne l'avoit supposé. Diverses considérations nous ont fait croire à l'an-
tériorité de l'édition qui porte l'écu aux trois
coquilles ; nous nous sommes surtout laissé persuader par la netteté des bois et des lettres, par
l'ancienneté de l'orthographe. Sous ce dernier

rapport principalement, la différence entre les deux éditions est assez nettement marquée pour qu'il ne nous soit resté aucun doute sur leur position respective.

Notons l'existence d'un second exemplaire sur vélin, qui nous a paru appartenir non plus cette fois à la première, mais bien à la seconde édition. Il porte au titre le bois de Mère Sotte, et offre à la fin : *Il est dit par l'ordonnance de justice que l'acteur de cedict livre, nommé Pierre Gringoire, a privilége de le vendre et distribuer du jourd'uy jusques à ung an sans ce que autre le puisse faire imprimer ne vendre fors ceulx à qui il en ballera et distribuera, et ce sur peine de confiscation des livres et d'amende arbitraire. Imprimé à Paris par maistre Pierre le Dru, imprimeur.....* Dans l'exemplaire que nous avons vu, la ligne qui doit suivre ces derniers mots a été grattée. Les gens experts en fait de bibliographie et de bibliographes ont conclu qu'on avoit eu un intérêt bibliographique à gratter cette dernière ligne; en voyant dans le Manuel du Libraire l'annonce d'une édition de 1507 imprimée à Paris par le même Pierre le Dru, ils sont arrivés à se dire que cette dernière édition pouvoit fort bien ressembler à celle de 1505 en toute chose, sauf cette dernière ligne; et qu'alors il n'y avoit qu'à faire disparoître cette dernière ligne pour au moins laisser la question douteuse, pour faire profiter de ce doute l'exemplaire sur vélin qui nous occupe, et arriver ainsi à dire qu'il est peut-être de 1505, au lieu de laisser une ligne qui prouveroit clairement qu'il est de 1507.

Cette série de déductions, qui paroîtront minutieuses à la plupart des lecteurs, a pourtant sem-

tlé sans réplique à la conscience des collection-
neurs. Pour nous, nous avouons que nous ne sommes point convaincu ; nous voulons prendre la défense des amateurs de livres, contre eux-mêmes
et malgré leurs aveux ; nous ne pouvons pas
croire que tout accident qui arrive à un livre ne
puisse avoir d'autre cause que la sottise ou la
malhonnêteté d'un bibliophile ; il nous paroît sage
de supposer que le hasard puisse leur venir en
aide, et même détériorer une date importune. Le
volume, qui est d'ailleurs magnifique, provient
de Diane de Poitiers, dont il porte le chiffre ; un
tel volume auroit bien peu gagné à être *peut-
être* de 1505 avec une mutilation, au lieu d'être
sûrement de 1507 en parfait état de conservation. Nous reconnoissons du reste que nous
avons, pour supposer que cette édition n'est pas
de 1507, un meilleur argument que l'intelligence et la bonne foi des bibliomanes ; cet argument, c'est d'abord l'absurdité qu'il y auroit de
conserver dans une édition de 1507 un privilége
qui annonce justement qu'il est éteint en 1506 ;
c'est ensuite le peu de certitude que nous offre
l'assertion du Manuel du Libraire au sujet de
l'existence des éditions de Paris, le Dru, 1507.
Nous allons revenir là-dessus.

3. Ce même Manuel du Libraire indique une
édition imprimée à Paris en l'an mil cinq cens et
six, le XIXe jour de mars, in-8 gothique de 64
feuillets. Nous ne l'avons pas vue.

4. Nous avons rencontré une édition in-8 go-
thique qui ne paroît pas avoir été citée jusqu'ici :
Les Folles Entreprises ; au-dessous le bois de Mère
Sotte, puis ces quatre vers :

En rue Mercière, près de Confort, ce livre
Intitulé les Folles Entreprises,
Où les faultes de plusieurs sont comprises,
Dans Lyon on le vent et delivre.

Les bois et le texte sont à peu près les mêmes
que dans les éditions précédentes. Le volume se
termine ainsi : *Cy finist le Livre des Folles Entre-*
prises, imprimé à Lyon, l'an mil cinq cens et
VII, XIXᵉ jour d'octobre. C'est cette date qui
nous porte à révoquer complétement en doute
l'existence d'une édition, également 8° gothiq.
aussi imprimée en 1507, aussi le 19 octobre,
mais par Pierre Le Dru, à Paris. Il nous semble
tellement improbable qu'il ait paru le même jour,
à Lyon et à Paris, deux éditions du même livre,
que nous n'hésitons pas à admettre quelque erreur de la part du Manuel du Libraire, qui cite
l'édition Parisienne ; M. Brunet a sans doute été
trompé par quelque faux renseignement, et cette
pensée nous a rendu un peu sceptique au sujet
d'une autre édition, que la même note du célèbre bibliographe place à la date du 6 janvier
1507 (1508) et sur laquelle nous n'avons pu
trouver le moindre renseignement.

5. Nous n'avons plus à citer qu'une édition
in-4° gothiq. S. D., sous ce titre : *Les Folles Entre-*
prises qui traictent de plusieurs choses morales, im-
primées nouvellement à Paris. X. (dix cahiers, A-K).
Elle offre le bois de Mère Sotte et cette annonce :

En la rue Neufve où pent l'escu de France,
Vous trouverez Les Folles Entreprises,
Où les faultes de plusieurs sont comprises
A tous venans on les vent et delivre.

Nous lisons en guise d'explicit : *Cy finist le Livre des Folles Entreprises, nouvellement imprimées à Paris.* M. Brunet pense que cette édition est de Jehan Trepperel. Il ne dit pas duquel; pour nous, nous la croirions volontiers d'Alain Lotrian ou de Trepperel II, plutôt que du premier Trepperel. Les bois, qui sont à peu près les mêmes que ceux des premières éditions, se trouvent beaucoup plus usés, et les variantes du texte, ainsi que l'orthographe, indiquent clairement une date assez postérieure à 1505.

Nous avons expliqué dans notre préface la méthode qu'a suivie Gringore dans la composition de ce livre. Les citations qu'il a placées à la marge, en manchettes, nous les mettrons en notes, et nous les désignerons par des lettres, tandis que nos propres notes seront, selon l'usage ordinaire, numérotées.

Ces citations, de même que l'indication des auteurs à qui elles sont empruntées, sont parfois fautives : nous avions songé à les redresser, à indiquer minutieusement l'endroit précis d'où elles sont tirées; on nous a détourné de donner au public ce travail, qui à coup sûr n'est point important pour l'œuvre de Gringore. Nous avons reconnu que ce seroit là de l'érudition, non sur notre poëte, mais à côté de notre poëte, et que c'étoit affaire à un professeur d'humanités, non aux éditeurs d'un écrivain du Moyen Age, de remettre sur pied les vers tronqués d'Ovide ou de Sénèque le tragique. Nous abandonnons donc ces *Folles Entreprises* aux latinistes timorés.

Nous reproduirons les manchettes de notre livre, en nous bornant à corriger quelques-unes des fautes les plus grossières, à remettre sur leurs pieds les plus classiques d'entre les vers, enfin à redresser quelques citations, pour montrer le degré de confiance que mérite l'érudition de Gringore. Nous indiquerons par des astérisques les corrections, les notes sur les citations de notre auteur.

CY COMMENCE LE LIVRE

DES

FOLLES ENTREPRISES

L'ACTEUR.

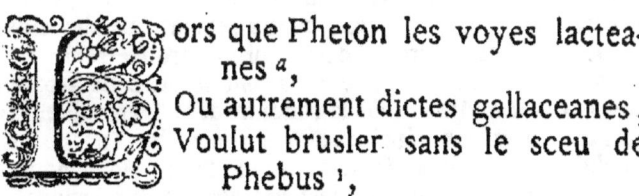 ors que Pheton les voyes lactea-
nes [a],
Ou autrement dictes gallaceanes,
Voulut brusler sans le sceu de
Phebus [1],

1. Nous avons indiqué que le besoin et la vanité de l'érudition jetoient quelque obscurité sur certains passages de ce
livre, nous n'en pouvons citer de meilleures preuves que ces
seize premiers vers. Le mélange de souvenirs mythologiques
et des faits de l'histoire présente n'offre pas à l'esprit du lecteur un ensemble d'idées bien clair; peut-être Gringore
a-t-il voulu uniquement débuter par faire montre de science,
et commencer magistralement à l'aide d'Ovide et de Senèque?
Peut-être l'intervention de Phaéton et l'égarement de Sol,
qui rétrograde indûment vers l'Orient, indiquent soit l'apparition de quelque comète, soit une année où le cours des

a. Ovidius : *Hic situs est Pheton currus aurigaque paterni.*

Et qu'Espaignolz [1], plains et comblez d'abus
Entreprindrent contre les fleurs de lis ;
Et que Sol print ses plaisirs et delitz
Retrograder, par inconvenient ,
Son bel escu par devers Orient [a],
Qu'on adoroit les metaulx comme dieux,
Qu'on desprisoit le conseil des gens vieulx ,
Et qu'on comptoit les mises sans receptes ,
Que pour metaulx on quittoit les deceptes [2],
Que enfans jeunes obtenoient prelatures [3],
Qu'on resserroit moynes en leurs clotures [4],

saisons a été interverti, soit, à un point de vue plus élevé,
mais moins vraisemblable , cette sorte de trouble mysté-
rieux qui agitoit les esprits de tous au commencement du
XVIe siècle, et qui présageoit la Réforme et la Renaissance. Pour les amis du symbolisme, ce *Phaéton* qui, sans
le consentement de *Phébus*, veut brûler les voies *gallaceanes*,
ce seroit le pape Jules II, déjà hostile à Louis XII, qui s'ef-
forceroit de ruiner la *Gaule*, contrairement aux desseins de
Dieu. Dans cet ordre d'idées, Sol pourroit être le roi de
France, cet escu tourné vers l'Orient seroit cette grosse armée envoyée en Italie sous la conduite de la Trémouille, 1503,
ou bien ce gros *navigaige* envoyé contre les Turcs sous la
conduite de Philippe de Ravenstein, 1501. Nous nous ar-
rêtons et faisons grâce aux lecteurs des autres allusions historiques que nous avons cherché à découvrir dans ces
vers.

1. Lutte de Louis XII et de Ferdinand d'Aragon pour la
conquête de Naples, 1502-1504.

2. Fraudes, tromperies; *quitter* auroit alors le sens d'acquitter : pour de l'argent on acquittoit les criminels.

3. Tous les prédicateurs contemporains de la jeunesse de
Gringore, les Menot, les Maillard, etc., répètent souvent
leurs plaintes contre cet abus.

4. Allusion aux efforts que Louis XII, de concert avec
le pape Alexandre VI, faisoit pour réformer quelques ordres
religieux. Nous y reviendrons plus tard.

a. Seneca : *Ipse insueto novus hospitio Sol Auroram videt
occiduus.*

Que aucuns asnes [1] estoient hault prebendez [a],
Et que bons clercs estoient vilipendez,
Je m'entremis de faire et composer
Ce traictié cy, que laisse pour gloser
A tous liseurs, car, sans difficulté,
Je n'ay degré en quelque faculté;
Et toutesfois, pour l'onneur de justice,
L'ay composé, posé que [2] soye nice [3]
D'entreprendre oeuvre de si hault pris;
Mais, s'ainsi est que de ce soye repris,
Pas trop courcé ne seray des reprises [b]
Veu que ce sont les *Folles Entreprises.*

---

*Comment le prince d'Orgueil et ses consors
trebuchèrent en enfer.*

Or est ainsi que reposant de nuyt,
Après que je euz prins plaisir et deduyt
D'estudier en bibles et croniques,
Me fut advis que, environ la mynuit,

1. « Ce sont les chevaux qui courent après les bénéfices, et les asnes qui les attrappent », disoit un proverbe du temps.

2. Quoique.

3. Sot, niais, naïf.

a. *Alexander*, III : *Indecorum est ut hi debeant ecclesias regere qui non noverunt gubernare se ipsos.*

b. *Proverb.*, XVIIII : *Superbum sequitur humilitas, et humilem spiritu suscipiet gloria* *.

* *Vetus Testamentum*, liber Proverbiorum. *Gringore se trompe en indiquant le chap. 19; cette citation se trouve au chap. 29, ver. 23. Nous renvoyons aux concordances de la Vulgate pour les nombreuses citations de la Bible qu'on trouvera dans cet ouvrage.*

Entrepreneurs faisoient tout tel bruyt
Comme Suisses en guerre portans picques;
Lors apperceuz des serpens draconiques
Hurlans, brayans [1], tumbans par vaine gloire;
Leurs fiers regards cerberins, plutoniques,
Impossible est rediger par par histoire.

Leur prince estoit appellé Lucifer
Qui en orgueil se voulut eschauffer,
Entreprenant le presçavoir divin;
Luy, ses consors tumbèrent en enfer [a]
Pour ce que eurent les cueurs plus durs que fer
Et couraige fier, obstiné, malin,
Où endurent une peine sans fin;
En hurlemens, cris, tourmens merveilleux
Monstrant [2] que Dieu, qui est doulx et begnin,
Veult rudement pugnir les orguilleux.

—

L'Entreprise des folz orguilleux.

Aux orgueilleux Dieu resiste et combat,
Et leur orgueil soudainement rabbat,
Quant se donnent l'onneur qu'à luy doit estre [b].
Par orgueil fut le premier apostat
Hault eslevé en somptueux estat,

1. Pleurer avec cris et sanglots. Encore usité dans le patois Artésien.
2. Montrant par leurs hurlemens, etc., que.....
a. Esaie, XIIII : *Quomodo cecidisti de celo Lucifer qui manè oriebaris, detracta est ad inferos superbia tua* [*].
b. Jacobi, IIII : *Deus superbis resistit, humilibus autem dat gratiam* [**].

* Prophetia Isaiæ, cap. 14.
** Epistola catholica Beati Jacobi apostoli, cap. 4.

Mais en fin fut deslogé de son estre.
Folle entreprise le fist trop descongnoistre
Entreprenant divine sapience.
Que prouffite il vouloir estre grant maistre,
Par trop cuyder ¹ qui rabesse science !

Quelz biens as tu apportez en ce monde*a*?
D'autruy les prens, vellà où je me fonde.
De Dieu viennent, non d'autruy, ne de toy :
Si tu es beau et de belle faconde,
Se sens, raison, engin en toy habonde,
Ce vient de Dieu, tel le tien et le croy*b*.
Riches, povres sont faitz tous d'un alloy ².
Entrepreneurs dient, par leur merite,
Qu'ilz ont des biens ; mais, à ce que je voy,
Pour leur avoir la Mort pas ne les quitte.

Combien voit on d'orguilleux eslevez,
Qui en la fin ne soyent navrez, grevez,
Et trebuchez soudain du hault en bas*c*?
En la Bible plusieurs vous en trouvez ;
Qu'il soit ainsi, la puissance prouvez
Que David eut en tuant Gollias,

1. *Cuyder*, penser, présumer, prétendre.
2. Ce mot semble pris ici dans le sens de matière, de matière mélangée. Nous le verrons plus tard dans le sens de matière précieuse.
a. II Thimot., VI : *Nichil enim intulimus in hunc mundum, haud dubium quod nec aufferre quid possumus* *.
b. Jacobi, primo : *Omne datum optimum, omne donum perfectum desursum est descendens a patre luminum.*
c. Psalm., XXXVI : *Vidi impium superexaltatum et transivi et ecce non erat* **.

* Beati Pauli apostol. ad Timotheum, epistola secunda, cap. 6. Voy. epistola prima, cap. 6, ver. 7.
** Liber Psalmorum, cap. 36.

Et que devint l'orgueil Adonias [1] ?
Comme Aman fut en ung gibet pendu !
Quant en orgueil mondains prennent soulas,
En la parfin il leur est chier vendu.

Les orguilleux sont rempliz de ventance,
Et pertinax [2] en leur fière arrogance,
Presomptueux, plains de contemption ;
Ypocrisie, discorde, oultrecuidance,
Elation [3] et inobedience
Se mettent sus avec deception ;
De leurs ames font la perdition,
Car le Dyable les aveugle et les lye [a].
Orgueil ne vient, à mon opinion,
Que de gens folz qui monstrent leur folye.

Quant orguilleux font *folles entreprises*,
Leurs arrogances sont tout soudain reprises ;
Par Pharaon orgueil on peult blasmer
Quant il voulut oster de leurs franchises
Le peuple esleu, par estranges devises :
Luy, ses consors perirent en la mer.
Et quant David fist son peuple estimer [4]
Dieu se courça de l'*entreprise folle*.
Après le doulx il fault gouster l'amer [b],
Folle entreprise en fin son maistre affolle.

1. Fils de David. Voy. *les Rois*, liv. 2 et 3.
2. Opiniâtres.
3. Les substantifs *superbe, enflure de cœur*, employés surtout, et ce dernier inventé, par les écrivains de Port-Royal, rendent bien le sens de ce mot *elation*.
4. Dénombrer.
a. Sapientie, II [*] : *Excecavit enim illos malicia eorum.*
b. Proverb., XIIII : *Extrema gaudii luctus occupat.*

[*] Liber Sapientiæ, cap. 2.

Ne fut pas mis Nabugodonosor [a]
Hors son siege, non obstant son tresor,
Et en beste mué sept ans entiers?
Pareillement le puissant Nicanor [1],
Plus orgueilleux que ung lyon ou ung tor [2],
Fut desconfit avec tous ses routiers.
Et Absalon, avec ses seubdoyers,
Contre David soy monstrant orgueilleux,
De trois lances fut par ses familiers
Oultre persé, pendu par les cheveulx.

Pheton voulut une fois *entreprendre*
De charier, Phebus le fist descendre;
Par quoy au ciel nullement ne prospère.
Et Dedalus voulant son filz aprendre
Voller en l'air, son vol voulut hault prendre
Trop plus beaucop que n'avoit fait son père,
En la mer cheut, pour son grant impropère [3],
Non obstant ce qu'il fust legier, isnel [4].
C'est à enfans ung tresgrant vitupère
De contemner leur père paternel [b].

Rondeau.

Princes, qui guerre *entreprenez*,
   Ces histoires cy aprenez,
Considerans que voz forfaitz

1. Voy. *les Machabées*, liv. 1 et 2.
2. Taureau. Encore usité dans le patois Artésien.
3. Pour sa grande hâte ou pour sa grande honte.
4. Vif.
a. Psalm., XVII : *Quoniam tu populum humilem salvum 'acies, et oculos superborum humiliabis.*
b. Ecclesiastici, III : *Quam male fame est qui derelinquit 'atrem, et est maledictus à Deo qui exasperat matrem.*

Chargent vos subgectz d'un fort fez,
Se en guerroyant leurs biens prenez [a].

Affin que vous les soustenez,
En leur franchise et maintenez ,
Liberallement , estes faitz
　　　Princes.

Entrepreneurs sont fortunez,
Quant ilz sont en mal obstinez [b] ?
Vous en avez veu les effectz :
Nobles en ont esté deffectz ,
Et voz subgectz fort estonnez ,
　　　Princes.

—

L'Entreprise des conquerans.

Valère dit , aux histoires romaines [1],
　Que les Romains souloient, d'antiquité ,
Gaigner villes, citez, chasteaulx, demaines ,
Non par force ne par iniquité ;
Car les consulz , par liberalité ,
Tiroient à eulx le peuple en mainte sorte ;
Mais aujourd'huy règne crudelité ,
Largesse dort, fidelité est morte [c],

1. Valerius Maximus, lib. 4, cap. 8, §§ 4 et 5.
a. Seneca : *Quo te celsum altius superni levarunt, mitius lapsos preme.*
b. Ovidius : *Audaces fortuna juvat* *.
c. Ovid. : *Fugere pudoris utrumque fidesque*
　　　　　In quo quorum subire locum fraudesque, dolique
　　　　　Insidieque et vis et amor sceleratus habendi **.

* *Audentes,* etc. Virg., *Æneid.,* lib. 10, v. 284.
** 　　*Fugère pudor, verumque, fidesque*
　　In quorum subière locum ; etc.
　　　　　　　(*Métam.,* lib. 1, v. 129.)

1   Parquoy force est que povreté se assorte
    Avec subgectz qui ont leurs biens perduz;
    Et tous estatz demourent esperduz   [sorte.
    Tant qu'il fauldra que ung grant scandale en

    Alexandre qui le monde conquist
    Est il pas mort ? ouy, sans faulte nulle.
    Emportail les grans biens qu'il acquist[a] ?
    Nenny, certes onc n'en eut ung scrupule[1].
    C'est simplesse quant biens on accumule
    En ung monceau, et[2] ne servent de rien.
    De Paradis par ce point on recule
    En se liant d'un infernal lien.
    Suffist d'avoir son pain quotidian[b]
    Du demourant espandre sa largesse[c];
    C'est à princes d'amasser grant simplesse
    Quant n'emportent aucun bien terrien.

    Aucuns lièvent malletotes ou tailles,
    Exactions, empruntz, ports et peages[d],
    Presupposans que s'il leur vient batailles
    Auront soudars, en leur donnant bons gaiges;
    Il est ainsi; toutesfois princes saiges
    Doivent penser que subgetz oppressez
    Sont mutillez en differens passaiges,

1. Quantité du poids de vingt et de vingt-quatre grains.
2. Et qu'ils ne servent, etc.
a. Ecclesiast., V : *Sicut egressus est nudus de utero matris sue sic revertetur et nichil auferet secum de labore suo.*
b. Hieronimus* : *Victus et amictus divitie Cristianorum
sunt.*
c. I Thimot., VI : *Habentes autem alimenta et quibus
tegamur his contenti simus.*
d. Suetonius : *Tiberius Cesar, presidibus suadentibus,
provincias onerari tributis rescripsit.*

* *Saint Jérôme.*

Plus que vendenge en ung pressouer pressez *a*;
Tout leur vaillant ne souffit pas assez
Pour contenter ceulx qui font la cueillette [1].
Car d'un denier le prince a la maillette [2]
Tant seulement, se bien le compassez.

Se de Nembroth prenez l'oultrecuydance
Qui redoubta deuziesme deluge,
Dieu abatra vostre force et puissance
Et ne sçaurez plus où prendre reffuge *b*.
Se vostre esperit vous admoneste et juge
De trop aymer le tresor temporel
Prenez raison, faictes en vostre juge,
Vers voz hommes [3] vous fera naturel [4].
Ne edifiez la haulte tour Babel
Pour assaillir le ciel à forte main *c*,
Car ung prince qui se monstre inhumain
Ne peult monter au lieu celestiel.
Il devient fier, cabasseur [5], rapineur,

1. De l'impôt.
2. La maille valoit la moitié d'un denier.
3. Vos sujets.
4. Humain, selon les lois de la nature.
5. Ce mot paroît ici rapproché de son premier sens. Il signifie proprement, en effet, entasser, serrer comme les raisins dans un cabas. De là est venu le sens d'opprimer, tourmenter, qu'il a fréquemment. Il est encore employé dans le patois Normand avec le sens de remuer avec grand bruit, fatiguer par une activité incessante et nuisible.

a. Boni pastoris est trudere pecus non deglutire *.
b. Ecclesiast., X : *Perdidit dominus memoriam superborum.*

c. Ovidius : *Non bene celestes impia dextra colit.*

* *Trudere, conduire en chassant devant soi. Nous ne savons à qui Gringore a emprunté cette maxime; peut-être est-elle de son invention.*

L'homme mondain, quant il est à honneur,
Le plus souvent son entendement pert
A amasser les biens d'autruy expert ;
Et qui [1] soit vray, notoirement appert
Pour lejourd'huy en façon evidente ;
L'amy charnel à grant peine est appert [2]
Pour secourir son parent ou parente
Qui n'emprunte ou par gaige ou par rente [a] ;
En vain parens sont priez et requis ;
Quant au regard d'avoir amys acquis
Muables sont comme le vent qui vente.

———

L'Entreprise des convoiteux.

Convoitise nuyst aux princes en fin [b],
Septimulus [3] nous en donne l'exemple,
Pareillement le convoiteux Jabin [4] ;
Mal luy en print, qui ses gestes contemple.
Quant Herode ravit vaisseaulx du Temple
Ses grans honneurs furent lors abatuz.
Le convoiteux se rompt front, cerveau, temple,
Tachant casser et abolir vertus.
Rememorez la largesse Titus,
De Constantin la vertu apprenez,

1. Et que cela soit vrai, on le voit aujourd'hui.
2. Disposé à.
3. Voyez sur ce Septimulus le Recueil des anciennes poésies françoises (Biblioth. elzevirienne), t. 2, p. 255.
4. Bible, Livres des Juges et de Josué.
a. Ovidius : *Vulgus amicitias utilitate probat.*
b. Juvenalis : *Sed plures nimiâ congesta pecunia curâ*
   Strangulat.

Et la pitié Marcellinus [1] prenez,
Quant vous faictes voz nouveaulx estatuz.

Empereurs, roys, ducz, contes et marquis,
Cadetz, seigneurs, vicontes, mareschaulx,
Princes, barons, saichez qu'il est requis [a]
Que supportez voz serfs et voz vassaulx.
Si vous faictes les guerres et assaulx,
Sur eulx tumbe la perte et le dommaige;
Ilz nourrissent vous, voz gens et chevaulx
De leur mestier, ou de leur labouraige.
Ung jour direz : las! pourquoy labourai ge
A espandre sans cause sang humain [b],
En malle heure prins le glaive en ma main
Pour commettre si grant vice et oultraige!

———

Des gens nobles et des vilains [2].

En noblesse a des gens gentilz,
Vilains gentilz et des gentilz vilains.

1. Peut-être s'agit-il de Marcellinus, tribun et secrétaire
d'État impérial en Afrique du temps de saint Augustin. Il
joua un grand rôle au milieu des discussions qui eurent lieu
entre les catholiques et les donatistes.

2. Cette pièce joue sur le double sens du mot *gentil*,
noble de race ou noble de caractère, et du mot *vilain*, vil-
lageois ou méchant. Longtemps avant Gringore on avoit
dit, et on l'avoit répété fréquemment pendant le Moyen
Age : « Celui-là est vilain qui fait vilenie. »

a. Ecclesiast., XXXII : *Rectorum te posuerunt, noli extolli,
esto in illis quasi unus ex ipsis.*

b. Apollonius Thianeus ad Aurelianum Imperatorem [*] : *Si
vis imperare abstineas a cruore innocentum.*

* Apollonius de Thyane, philosophe pythagoricien, dont
la vie a été écrite par Philostrate, vivoit vers l'année 84 de

Gentilz gentilz sont doux, recreatifz,
De noblesse, de los et d'honneur plains.
Vilains gentilz sont par champs et par plains
Prestz tous les jours faire tours de noblesse
En supportant les clameurs et les plains
Des povres gens vivans en leur simplesse.
Gentilz vilains font au peuple rudesse
Sans luy donner aise, repos ne tresve ;
Veu que sommes tous venuz d'Adam, de Eve *a*.
Esse bien fait? La glose vous en laisse.

Remonstrances par l'acteur.

Seigneurs mondains, à vices adonnez,
Determinez à faire enorme mal,
Voz appetiz temperez, refrenez ;
Se retenez mes ditz, et apprenez,
Endoctrinez serez en general :
Qui n'est loyal, charitable, feal *b*,
Fust il royal, son fait ne prise ung double *1*.
Quant mort assault, le riche et saige trouble ;
Vous vous troublez en amassant richesse,
Sans prouesse voulez grans biens acquerre,
Mais en la fin qu'esse que gentillesse !
Quant mort blesse les mondains et les presse

1. Le double valoit 2 deniers.
a. Boetius * : *Omne hominum genus in terris simili surgit ab ortu.*
b. Juvenalis : *Nobilitas sola est atque unica virtus.*

l'ère chrétienne. Il ne paroît point, par sa vie, qu'il ait été en relation avec d'autres empereurs que Néron, Vespasien, Domitien et Nerva.
* *Boèce, philosophe péripatéticien, mort en 524. Son livre* de Consolatione *fut célèbre au Moyen Age. Ses œuvres ont été imprimées à Bâle, 1570, fol.*

Leur haultesse si n'a que huit piedz de terre *a*.
Qui biens serre trop ardamment il erre,
Car requerre on ne doit biens estranges
Qui font perdre gloire des benoistz anges.

Aucuns veuillent si treshault *entreprendre*
Que comprendre ne sçauroient leur follie *b*.
Trop hault monté on voit souvent descendre,
Parquoy prendre convient reigle, et aprendre
Ou entendre qu'il fault qu'on se humilie *c*.
Peché lye les folz, et Dieu alie 1
Et rallie ses serviteurs notables.
Vertu 2 produit d'escouter bons notables 3.

—

L'Entreprise des folz conquerans.

Il en y a qui par leurs fiers oultraiges
Veullent avoir d'autruy les heritaiges *d*,
Contre raison y vont à forte main;

1. Se lie avec.
2. Écouter bonnes maximes (ou bien gens d'une bonté
reconnue) produit la vertu.
3. Cette pièce est en rimes batelées.
a. Alanus * : *Omnia Cesar habet, sed gloria Cesaris esse
Desinit, et tumulum vix habet octo pedum.*
b. Gregorius : *Quanto gradus altior, tanto casus gravior.*
c. Claudianus : *Tolluntur in altum ut lapsu graviore ruant.*
d. Virgilius : *.....Quid non mortalia pectora cogis
Auri sacra fames!*

* *Alain de l'Isle, auteur célèbre du XIIIe siècle. Voyez
l'article qui lui a été consacré tome 23 de l'Histoire littéraire
de la France.*

Plusieurs larcins secretz, en tapinaiges [1]   [ges
Font en villes, chasteaulx, bourcs, champs, vilai-
Sans ruminer qu'ilz n'ont point de demain.
Les povres gens meurent de soif, de fain
Car les riches tachent à les deffaire
Et sont contens, pour biens mondains, de faire
L'oeuvre Cayn qui est dit inhumain.

A tuer gens y a plusieurs moyens [a] :
Les ungs meurent vielz, caducz, anciens
Quant nature de tous pointz leur deffault;
Les autres sont accusez pour leurs biens,
Posé qu'ilz n'aient dit ou meffait en riens,
Quelque envieux leur vient livrer l'assault;
Par ce moyen sens, vertu leur deffault,
Courroux s'esmeut, leur sang se trouble et
Atropos vient garny de pic ou pelle   [mesle,
Qui en terre les met du premier sault.

On voit aussi des langues serpentines [b],
Decepvantes, flateresses, mutines,
Par envie sur autruy mal parlantes,
Qui contreuvent, par leurs fraudes vulpines,
Invencions pour donner disciplines
A personnes en vertu florissantes
Tant qu'ilz en sont povres et languissantes
Et en meurent bien souvent avant aage.

1. On dit encore *en tapinois*, dans le langage que les dictionnaires appellent trivial.
a. Ovidius : *Omnia debentur morti, paulum que morati*
         Serius aut citius sedem properamus ad unam,
         Tendimus huc omnes, hec est domus ultima.
b. Jacobi, III : *Lingua ignis est et universitas iniqui-*
tatis, inquietum malum, plena veneno mortifero.

Se envieux ont sur autruy advantaige
Ilz le navrent de parolles cuysantes.

Advertissement aux princes par l'acteur.

Princes, oyez des saiges les raisons [a],
    Et de flateurs evitez les blasons [1];
Desprisez ceulx qui font *folle entreprise*;
Souviengne vous des faulses traisons,
Apres boucons [2], dangereuses poisons,
Subjections où noblesse c'est [3] mise.
Voz ennemys sont tous plains de faintise [b],
Car à l'eure qu'ilz vont joignant les mains,
Pensent faire laschetez et maulx maintz.
La recepte ne monte pas [4] la mise.

    Il n'est pas dit que couraiges gentilz,
Qui ont espris promptz, hardiz et subtilz,
Ne demonstrent [5] leur vertu et puissance;
Mais quant ilz sont volaiges, trop hatifz,
Entreprenans trop de faitz excessifz,
Dieu est courcé de leur oultrecuidance.

1. Le sens de ce mot est très-étendu. Il veut généralement dire définition, explication, série de remarques sur
quelque chose; il signifie parfois éloge, souvent critique.
    2. Empoisonnemens.
    3. S'est. Nous trouverons fréquemment ici, comme dans
presque tous les ouvrages de ce temps, l's employé pour
le c, et réciproquement.
    4. N'équivaut pas à.
    5. Ne peuvent pas montrer.
    a. Proverb., XII * : *Qui cum sapientibus graditur sa-
piens erit, amicus stultorum similis efficietur.*
    b. Psalm., XXVII : *Qui loquuntur pacem cum proximo
suo, mala autem in cordibus eorum.*

    * Cap. 13, v. 20.

Paix et guerre sont tousjours en balance ;
Ilz s'enclinent tout ainsi qu'on les boute ;
Guerre se meult et entreprent la jouxte *a*,
Mais le peuple la fournist de pitance.

—

Mais qui me meult de m'enquerir des choses
Incongnues au cueur d'autruy encloses,
A vostre advis, messieurs les lisans ?
Se ce n'est ce que j'ay veu puis douze ans ¹,
Que ² le Seigneur ³ a regné sur la terre *b* ;
Lequel nuées et vapeurs faisant guerre,
L'environoient ⁴, et ⁵ tenoit fermement
Correction dedens son parlement ;
Par le senat, où affluoit police,
En son siège se reposoit justice,
Et par ce point maint peril evadoit.
Feu devant luy luysoit et procedoit *c*

1. 1493–94. Commencement des guerres de la France en Italie.

2. Pendant que.

3. Charles VIII, roi de France.

4. Ce passage est une traduction paraphrasée de quelques versets du psaume 96, cité plus haut. Gringore applique à Charles VIII la puissance que ce psaume reconnoît au Seigneur ; de là viennent la couleur mystique et la légère obscurité de certains vers de ce morceau, très-énergique et parfaitement historique d'ailleurs.

5. Sous-entendu *il.*

a. Suetonius : *Augustus Cesar volens significare bella esse detestanda dicere solitus est : Non est bonum aureo hamo pisces capere.*

b. Psalm., XCVI : *Dominus regnavit, exultat terra. Nubes et caligo in circuitu ejus. Justitia et judicium correctio sedis ejus.*

c. Eodem loco : *Ignis ante ipsum precedet et inflammabit in circuitu inimicos ejus.*

Comme à Moyse la Rouge mer passant;
De couraige vertueux et puissant
Il succumba [1] ses mortelz ennemys
Par les engins subtilz, des hommes mis [2],
Comme canons, bombardes, serpentines,
Hallebardes, piques et javelines.
Les montaignes et les Alpes fondoient
Comme cire, quant la face veoient
De ce seigneur ayant pouvoir royal [a];
Plus fort faisoit que ne fist Hanibal,
Qui les tailloit au cyseau, car luy seul
Avoit en soy, par le plaisir et vueil
De Jesu Christ, le povoir de neuf preux,
En soy monstrant hardy, chevalereux,
Comme le roy des mouches à miel,
Sans aguillon, amertume ou fiel [b].
Il s'arresta, par inspirée science [3],
Sur le climat de la belle Florence,
Où il ficha sa substance et sa sève
Par tel façon que, en saison assez brefve,
Il en tira force miel et cire [c].
Or, est ainsi que ce tresdoubté sire
L'entreprise entreprint merveillable

1. Il triompha de.
2. Inventés.
3. Faut-il voir ici une allusion aux prédications inspirées
de Savonarole.
   a. Eodem loco : *Montes sicut cera fluxerunt a facie Domini.*
   b. Mantuanus [*] : *Clementia regis efficit imperio dignos.*
   c. Virgilius : *Parcere subjectis et debellare superbos.*

[*] *Battista Spagnuoli, dit le Mantouan (Mantuanus), poëte
latin fort célèbre au commencement du XVIe siècle. Né en 1436,
mort en 1516. Ses œuvres ont été publiées in-folio. Paris,
1513.*

Nappolitaine, qui estoit raisonnable.
Car, par raison evidente, soubstien
Que le pays au Roy trescrestien
Vint, succeda [1] sans quelque difference,
Après la mort du conte de Provence,
Roy de Cecile [2], preux et saige clamé.
Ung roy regnant, par nom Alphons [3] nommé,
Fut regent à Napples longue espace,
Sage, prudent, et de grant efficace.
Mais fortune par ung coup de hazart [a],
Le mist à mort [4]. Lors n'avoit que ung bastard
Qu'il avoit fait adopter à plaisir [5],
Qui de Naples lors se voulut saisir,
Non obstant ce que le roy de Cecile
Fust heritier trescapable et habille,
Mais le bon roy, hayant mondanité,
Ne fist conte de telle dignité;
Parquoy Ferrant [6], le bastard dessusdict,
Print cueur en soy, de regner se enhardit,
Dont les seigneurs estans du sang royal
Furent courcez, et leur en faisoit mal [b],
Et tellement qu'il s'esmeult une guerre
Pour regenter Napolitaine terre [7].
Ferrant bastard, ayant le forteresse

1. Vint par succession.
2. René d'Anjou.
3. Alphonse le Magnanime.
4. 1458.
5. Par sa volonté arbitraire.
6. Ferdinand Ier.
7. René avoit envoyé son fils, le duc de Calabre, pour
reconquérir le royaume de Naples. Il fut battu à Troja, 1463.
   a. Boetius : *Mors spernit altam gloriam. Involvit humile
pariter et celsum caput, equatque summis infima.*
   b. Lucanus : *Nulla fides regni secum, sepeque potestas
            Impatiens consortis erit.*

Du Chasteau Neuf, fist venir la noblesse
Par devers luy, pour faire appoinctement;
Mais lendemain en fist soubdainement
Decapiter ou [1] dessus des carneaulx [2]
Une partie par tirans et bourreaux;
Les autres fist, contre droit et raison,
Emprisonner, où furent grant saison [a].
Ainsi regna sans quelque different,
Non obstant ce qu'il nous soit apparent
Qu'il n'estoit pas de loyal mariage.
Deux enfans eut en marital lignage,
Se fut Alphons et Federic, lesquelz
Au temps present sont avec les mortelz.
Cestuy Alphons [3] engendra ung enfant
Qui, par son nom, fut appelé Ferrant [4];
Lesquelz Alphons et Ferrand usurpèrent
Le nom de roy, et la place occupèrent
Du preux Charles, le treschrestien roy [5],
Qui, pour ce cas, y mena son arroy [6]
Et vaillamment en print possession.
Ainsi doncques, à bonne intention,
Le roy Loys, que Dieu vueille garder,
A *entreprins* de vouloir posseder
Le royaulme qui luy appartenoit;
Car par raison le droit tiltre en tenoit.

1. Au-dessus.
2. Créneaux.
3. Alphonse II.
4. Ferdinand II.
5. Le comte du Maine avoit succédé aux droits qu'avoit
son oncle, René d'Anjou, sur Naples, et les avoit cédés à
Louis XI.
6. Puissance, suite, train, équipages; il signifie parfois
aussi ordre, pompe, triomphe, gloire.
a. Ennius : *Nulla sancta societas nec fides regni est.*

Or est ainsi que par serviteurs faulx
Se sont perdues batailles et assaulx,
Par le moyen de faulce avarice *a*
Dont estoient plains, nous en avons notice ;
Car, par compter moins recepte que mise *b*
On a cogneu que c'est *folle entreprise*
Qui à present nous moleste et nous blesse,
Et si ne vient du meffaict de noblesse.

—

L'Entreprise de tresoriers et payeurs de gensdarmes.

Par tresoriers ou payeurs de gendarmes
    Se sont perduz maintz assaulx et alarmes,
Et cueurs loyaulx detenuz en ostages ;
Les plus hardiz ne povoient estre fermes,
Car à peine soustenoient leurs guysarmes [1],
Par famine qui leur faisoit oultrages *c*.
Gens de finances acqueroient heritaiges,
Sans [2] soubdoyer capitaines soudars.
Par ce moyen guidons et estendars
Ont esté pris, dont est venu diffame ;
Quelcun [3] en eut le reprosche et le blasme,
Et ne sçavoit leurs finesse et faulx ars.

1. Arme longue et à deux tranchans.
2. Pour ne pas, pour n'avoir pas donné la solde.
3. Dans ces vers et quelques-uns de ceux qui suivent jusqu'à la fin du morceau, Gringore paroît attribuer l'insuccès des guerres d'Italie aux malversations des gens de

a. Ecclesiast., X : *Avaro nichil est celestius.*
b. I ad Thimot., VI : *Radix omnium malorum est cupiditas.*
c. Vegetius, de Re Militari : *Fames sevior est hostis quam gladius.*

Or regardez que de princes royaulx,
Capitaines, nobles, preux et loyaulx,
Par leurs faulx ars ont esté à mort mis,
Gens liberaulx ont esté faitz vassaulx,
Pays perduz, et tout par leurs deffaulx[a].
Trop tart ilz furent despoinctz [1] et desmis [b].
A malle heure ilz se sont entremis
De manier ne mise ne recepte,
Quant par eulx est faicte si grant decepte,
Qu'il en sera à tout jamais memoire !
Avarice est ennemye de victoire.

O gens ingratz qui, en bien petit [2] d'ans,

finance. Il est d'accord avec le sentiment public d'alors, à qui l'orgueil national ne permettoit pas de voir les véritables causes de cet insuccès. Il faut reconnoître pourtant que les révoltes des Suisses, le manque de vivres, de munitions, furent pour quelque chose dans les défaites des François lors des expéditions de 1495 et de 1503, et que les pilleries des *payeurs de gendarmes* furent une cause importante de ces désordres. Ces reproches amers de notre poëte semblent du reste un écho des plaintes formulées par les cahiers du tiers état à l'assemblée des États de 1484, et qui eurent un si grand retentissement lors de la jeunesse de Gringore. Ce *quelcun* dont il parle ici est sans doute Brissonnet, receveur général des finances sous Charles VIII; les autres allusions sont trop vagues et s'adressent à des personnages trop inférieurs pour qu'il soit utile et possible d'y appliquer des noms propres.

1. Mis hors de point, rendus inutiles, chassés de leur service.

2. Bien petit pour bien peu. Encore usité dans le patois Normand, ainsi que *tins*, que nous allons rencontrer deux vers plus bas pour tenu.

a. *Quandoquidem accepto claudenda est janua damno.*

b. Faustus * : *Nil juvat amisso claudere septa grege.*

* *Il s'agit probablement de Faustus Andrelinus, poëte latin célèbre du XVᵉ siècle, et, très-probablement aussi, la citation de Gringore est empruntée aux Bucolica. In-4, Paris, 1501.*

Avez acquis le renom de mordans,
Grans et petitz avez tins aux abboys;
S'il [1] vous survient perilleux accidens,
Comme d'estre en chartre residens.
Vous vallez pis que loups estans aux boys [a] :
Pour ung denier en avez compté troys,
Dont le Prince a esté travaillé [2].
Et eust l'en mieulx qu'on n'a fait bataillé
Se on eust payé comme entendoit le Prince;
Qui n'eust le boys aboly, retaillé,
Soubz son umbre on eust advitaillé :
Maintz loups pervers degastent la province.

Tant de vefves, orphelins et pupilles [b]
Nous avons veu, par leurs euvres subtiles,
Et efforcer pucelles par les champs,
Rompre chasteaulx, raser murs et bastilles;
Françoys non francs, mais captifz et servilles,
Par famine qui les rendoit meschans [3];
Adnichiler discretz docteurs preschans:
Les citoyens par empruntz molestez,
Piller, rober gens de mestier, marchans,
Et rançonner les laboureurs des champs,
Gens d'eglise piteusement traictez.

1. Si, ainsi, aussi, à cause de cela il vous, etc.
2. A souffert.
3. Misérables.
a. Aristoteles in septimo Ethicorum : *Homo malus milies plura mala quam fera facere potest.*
b. Seneca : *Arma non servant modum; non temperari facile nec reprimi potest stricti ensis ira; bella delectat cruor* [*].

[*] *Cette citation contient à peu près fidèlement les vers 403, 404 et 405 de l'Hercules furens.*

Chant royal [1].

Considerez que Guerre, l'immortelle,
Par son regard fiers les courages tente;
Discension, heritier de cautelle [a],
Loge Fureur en pavillon ou tente :
Vengeance sort, laquelle essaye ou tente
De succumber ses ennemys mortelz,
Rememorant [2] qu'en guerre sont mors telz,
Qui en France portent ung grant dommaige,
Mesmes perdu [3] or, argent et alloy [4],
Par deffaulte de croire en maint passage,
Ung Dieu, ung Roy, une Foy, une Loy [b].

Guerre trepigne, el vacille et chanchelle;

1. Henry de Croy, dans son *Art et science de rhétorique*, dit : « Champt Royal se recorde ès Puis où se donnent couronnes et chapeaulx à ceulx qui mieulx le savent faire. Et se fait à refrain comme Ballade, mais il y a cinq couplets et renvoy. »

2. Considérez, etc., en vous remémorant.

3. Et que de plus a été perdu.

4. *Alloy*, c'est, en général, la mesure selon laquelle doivent être mélangés les métaux pour former des monnoies légitimes. Il a pu être pris par Gringore pour désigner toute chose vraiment et légitimement précieuse. On employoit aussi ce mot pour *alleu*, et il signifieroit alors ici propriété.

a. Virgilius : *Et scissâ gaudens vadit Discordia pallâ.*

b. Ephes., IIII [*] : *Unus dominus, una fides, unum baptisma, unus Deus et pater omnium.*

[*] *Epistola Beati Pauli apostoli ad Ephesios, ver.* 5 et 6.— *La devise que forme le vers de Gringore a été prise par un imprimeur du XVe siècle dont les bibliographes n'ont pu encore donner le nom, mais à qui, vraisemblablement, notre poëte l'a empruntée. (Voyez Œuvres de Coquillart, Biblioth. elzev.,* t. 2. *Notice bibliographique.)*

Sans fin mengue [1], jamais ne se contente ;
Aucunesfois machinacion cèle
L'intencion qui deust estre patente [a];
Simulateurs vont par oblique sente ;
Fraudulateurs pillent maisons, hostelz ;
Biens prins, saisiz, raviz, gastez, ostez.
Satalites [2] font aux metaulx hommaige ;
Hayne sonne la campane [3] ou beffroy ;
Force ne croit, tant a cruel couraige,
Ung Dieu, ung Roy, une Foy, une Loy.

Trayson batist invencion nouvelle,
Faignant d'estre morne, pensive et lente [b];
Du premier coup son penser ne revèle,
Plus petite est que ciron ou que lente ;
Mais Faulseté ès cueurs des seigneurs l'ente,
Si tresavant qu'en fin en sont notez ;
Felonnie espand de tous costez
Glaives trenchans et en fait labouraige [4]
Que Discord queult et attribue à soy
Sans redoubter, recueillant cest ouvraige,
Ung Dieu, ung Roy, une Foy, une Loy.

Fortune tient tous humains en tutelle [c],

1. Mange.
2. Faut-il lire satellites, voulant dire favoris des rois, ou fatalistes, signifiant impies ? Faut-il voir une faute d'impression et tirer ce mot de Satan ? Faut-il le faire venir de σαττω, opprimer, charger comme une bête de somme, et l'appliquer aux *cueilleurs* des impôts ?
3. La cloche au beffroi.
4. Une moisson que la Discorde vient cueillir.
a. Psalm., LXI : *Ore suo benedicebant et corde suo maledicebant.*
b. Virgilius : *Nusquam tuta fides.*
c. Virgilius : *Sors omnia versat.*

Les plus grans fait servir par folle attente *a*.
Vulcanus fond, Mars sans cesser martelle,
Et Midas met leurs ouvraiges en vente;
Clotho les prent, Lachesis les presente
A Atropos, et sont revisitez
Par preux hardiz, en la guerre usitez,
Qui les livrent à gens de moyenne aage,
Les desirans plus qu'amoureux le Moy ;
Et ne craignent en soleil ou umbraige,
Ung Dieu, ung Roy, une Foy, une Loy [1].

Quant Neptunus met sur mer sa nacelle,
Que Boreas de subit soufflet vente,
Et que Pluto les autres dieux precelle,
Guerre monstre sa queue de serpente *b*;
Se Palas n'est pour l'eure diligente
De resister à leurs ferocitez :
Ilz font trembler palais royaulx, citez,
En l'air causent frimas, escler, oraige ;
Lors les soudars, qui mainent leur arroy,

1. La pensée de cet unzain ne manque pas d'énergie; elle est obscurément rendue : Vulcain et Mars font sans cesse des armes de guerre; ils les présentent aux Parques, qui y attachent sans doute leur particulière bénédiction; Midas, l'amour de l'or, les met en vente sur la terre. Ici les dieux disparoissent. Les vieux gendarmes essayent les armures et les livrent, si elles sont solides, aux jeunes gens, qui les désirent plus qu'amoureux ne désirent le *May*, etc. Cet imbroglio nous indique l'avenir de la littérature mythologique; il est le commencement des obscurités et des étrangetés que le commerce des poètes avec les dieux de l'Olympe va jeter dans la littérature des siècles suivans.

a. Aristoteles, *in* Politicis : *Pluralitas principatuum mala, unus ergo princeps.*

b. Virgilius : ... *Bella manu, lethumque gero*
   Sevit amor ferri et scelerata insania belli.

Ne prisent riens, tant sont rempliz de raige,
Ung Dieu, ung Roy, une Foy, une Loy.

Prins ce [1], seigneurs, ne soyez irritez
Se peine avez, car vous le meritez :
Tous malfaicteurs se mettent en servaige [a];
Force leur est de recevoir chastoy,
Quant s'efforcent despriser par oultraige
Ung Dieu, ung Roy, une Foy, une Loy.

1. Notons cette dérogation au *Prince* classique qui commence ordinairement dans les Chants Royaux et les Ballades communes. Gringore a trouvé joyeux de remplacer par un calembour cette invocation, qui n'avoit pas grand sens en dehors des Puys d'Amours.

a. II Petri, II [*] : *Qui fecit peccatum servus est peccati, à quo enim qui superatus est hujus et servus est.*

[*] *Epistola Beati Petri Apostoli secunda*, ver. 19 : Cum ipsi servi sint corruptionis, à quo enim quis, etc.

Fin du chant royal.

DES

QUATRE VERTUZ PRINCIPALLES

QUE LES PRINCES DOYVENT TOUSJOURS AVOIR EN EULX ET SE GOUVERNER PAR ICELLES 1.

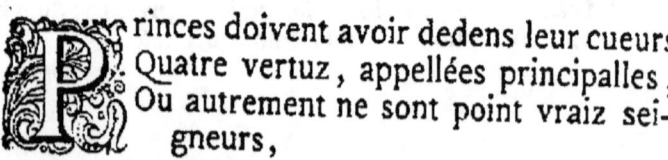

rinces doivent avoir dedens leur cueurs
Quatre vertuz, appellées principalles,
Ou autrement ne sont point vraiz sei-
gneurs,

1. Les remontrances et les leçons aux princes, les traités
sur les devoirs des rois, sont fréquens au Moyen Age. Ils
représentent avec sagesse, gravité et autorité, la partie politique de la presse moderne; ils se servent sans doute de
méthodes en rapport avec l'esprit *définiteur*, l'amour des
théories, l'appel constant et sincère au bon sens, toutes qualités qui distinguoient leur temps; nous reconnoîtrons pourtant que ces *journalistes* du Moyen Age, que l'on appelle des
esclaves et des barbares, jouissoient dans ces leçons aux rois
d'une liberté que n'oseroient pas se permettre les hommes
libres et civilisés des temps modernes. Il ne paroît pas que
Louis XI lui-même ait mis quelque obstacle à l'exercice de
ce droit général de remontrances. C'est vers la fin du xve siècle que les traités de ce genre se trouvent le plus à la mode;
nous nous contenterons de signaler les deux plus remarquables d'entre eux : *les Lunettes des princes*, de Meschinot,
et *le Tresor de noblesse*, d'Octavien de Saint-Gelais.

S'ilz ne gardent leurs reigles generalles [a].
Prendre doivent les vertuz cardinalles,
De leur conseil faisant leurs jugemens,
Entremeslant vertuz theologalles,
Quant ilz baillent leurs loix par instrumens [1] ;
Des principales tiendrons noz parlemens,
Car de tous pointz aux princes appartiennent ;
Principales sont dictes, quant soustiennent
Princes en paix sans debatz, n'argumens.

Des principalles vertuz, dame Justice
Doit assister tousjours au près du prince,
Et corriger ceulx qui, en la province,
De jour en jour commettent quelque vice [b].
Misericorde est en ce cas propice,
Et Verité jamais n'en doit loings estre,
Car autrement Paix ne peult apparoistre
Près du prince. Sans ces vertuz ne peult [2] ;
Et qui les tient encloses en son estre,
Envers Dieu fait partie de ce qu'il veult.

———

De Injustice.

De Injustice, ainsi qu'on peult entendre,
Nous la voyons [3], dequoy je m'esmerveille,

1. Par décrets, par chartes, par arrêts, par tout écrit qui instruit le peuple de l'existence de ces lois.
2. Sous-entendez le prince.
3. Ces portraits sont souvent le texte explicatif des vignettes qui se trouvent dans les éditions de 1505.
a. Sapientiæ, X [*] : *Rex sapiens populi stabilimentum est.*
b. Hesiodus : *Justicie sacra jura domant genus omne malorum.*

* Cap. 6, ver. 26.

La queue troussée, le bouchon sur l'oreille,
Comme ung cheval qu'on maine au marché
　　vendre [1] ;
El est sourde, raison ne veult entendre :
Dons, promesses l'abillent en ce point [a] ;
En ce faisant, ilz ne ruminent point, [pendre.
Qu'en la fin fault, comme on dit, rendre ou

Rondeau.

Par trop hayr ou aymer ardamment [b],
　　On fait souvent de justice injustice,
On abat droit et met l'en jus [2] police,
Affin d'avoir pecune en maniement.
　　On profère maint cruel jugement,
Dont equité ne peult avoir notice
　　　　Par trop hayr.

　　Aucuns y a qui jugent justement [c],
Et exercent prudamment leur office;
Mais les autres ne craignent faire vice.
Quant aux justes donnent empeschement
　　　　Par trop hayr.

1. C'est un usage suivi encore aujourd'hui dans les foires
de Normandie et du nord de la France : on indique qu'un
cheval est à vendre en lui attachant un bouchon de paille
à la tête et à la queue.

2. En bas.

a. Ecclesiast., XX : *Exenia* [*] *et dona excecant oculos
judicum.*

b. Cicero : *Amor, odium, timor et cupiditas rectum per-
vertere solent.*

c. Psalm., CV : *Beati qui custodiunt judicium et faciunt
justitiam in omni tempore.*

　* *Xænia.*

De justice.

A justice est requis les yeulx bender
  Lier les mains, posé qu'on la redoubte,
Car en jugeant elle ne doit veoir goute ^a
Ne prendre riens dont el puisse amender [1] ;
Equité doit peser et regarder
Le bien, le mal ; et droit, par sa sentence
Ou son arrest, peult corriger l'offence [2].
Pour toute erreur chasser et evader
Le prince doit les juges prebender
De bons gaiges, affin qu'en visitant
Le droit d'autruy se voisent acquitant [3]
Sans regarder non plus le grant que mendre ^b,
En leur baillant tel charge protestant [4]
Que jugemens vrays, justes doivent rendre ^c.

   Aucuns y a qui en font leur devoir
Et à chascun font justice planière,
Mais moins en est que de grains de fougière [5],

1. Profiter, s'enrichir.
2. Le mal fait contre ou malgré équité.
3. Ils aillent s'acquittant, se considèrent comme s'acquittant simplement d'un devoir. Peut-être faut-il comprendre : ils soient tenus quittes, ils soient défrayés par ces *bons gaiges*, de telle sorte qu'ils n'aient pas besoin de regarder, etc.
4. Que le prince proteste, en leur donnant telle charge.
5. Gringore fait peut-être ici allusion à cette poussière très-menue qui se trouve dans le fruit de la fougère. Peut-être plutôt part-il de cette idée admise au Moyen Age que la fougère ne portoit ni graine ni fruit, et veut-il dire qu'il n'y a pas plus de juges intègres que la fougère ne produit de graines.

a. Jacobi, II : *Si personam accipitis, peccatum operamini.*
b. Psalm, LVII : *Recte * judicate, filii hominum.*
c. Sapientie, I : *Diligite justitiam qui judicatis terram.*

  * *Recta*, etc., ver. 2.

On l'aperçoit et cognoist on de voir [1];
A grant peine on peult justice avoir
Sans grant avoir [a]; l'oeil euvre, les mains tend
En se seant en chaire, dons attend
Et ne dit mot s'el est retribuée;
Ses gouverneurs [2] causent cest accident
Quant aux prenans [3] el est attribuée.

Il ne suffist à aucuns de leurs gaiges [b]
Ne d'estre ditz seigneurs et officiers;
Quant desbourcé ont infiniz deniers
Pour estre mis au nombre des gens saiges,
Eulx rembourser se veullent des coustaiges
Soit par amour, par debat, ou castille [4];
L'espée droicte font devenir faucille
Et en frappent à tort et à travers;
Secrettement, par parolle subtille
En font voller des jugemens divers.

Le prince doit regarder, quant il baille
Ses offices, que se [5] soient gens discretz
Qui congnoissent les loix et les decretz
Ou autrement son peuple fort travaille.

1. En vérité.
2. Les rois.
3. Les juges. Il explique sa pensée dans le dixain suivant,
en indiquant que c'est la vente des offices de judicature qui
force les juges à vendre à leur tour l'injustice.
4. Nous notons ce mot surtout pour faire remarquer sa
présence au commencement du xvi° siècle. Le sens en est
connu.
5. Ce. Le substantif officiers, titulaires de ces offices, est
sous-entendu.
a. Esaie, V : *Ve qui justificatis impium pro muneribus,
et justiciam justi aufertis ab eo.*
b. Esaie, 1 : *Omnes diligunt munera sequuntur retribu-
tiones.*

Se à son plaisir on couppe, rongne et taille,
Endurer fault; loy nouvelle peult faire,
Mais s'il l'a fait à justice contraire,
Mal luy en prent, la loy n'en est pas bon ne[a],
Vers Bon Conseil prince se doit retraire [1]
S'il veult en paix maintenir sa couronne.

Valère dit et racompte une hystoyre
Que j'ay voulu rediger en memoire [2].

I l fut jadis ung bon simple povre homme
Cytoyen [3] de la ville de Romme
Lequel avoit une playe chancreuse
En sa jambe, mauvaise et dangereuse,
Et la monstroit, comme ses povres gens
Qui sont d'avoir et de biens indigens,
Sur le chemin, affin qu'on luy donnast
Quelque aulmosne de quoy se gouvernast
Et qu'on congneust sa maladie aperte;
Laquelle playe estoit toute couverte
De grosses mouches qui si fort l'avoient mors [4]
Qu'ilz en estoient enflées parmy le corps.
D'aventure vint ung homme notable
Qui de ce cas fut tresfort pitoyable,
Et pour luy faire aucun allegement

1. Se diriger, se réfugier vers, s'adresser à Bon Conseil.
2. Nous l'avons en vain cherchée, cette histoire, dans Valère Maxime. La Fontaine l'a reproduite dans la fable 13 du
livre 12. Aucun Valère n'est cité parmi les auteurs qui ont
pu donner à notre fabuliste l'idée de ce conte.
3. Citoyen, forme quatre syllabes.
4. Mordu, encore usité dans plusieurs patois.
a. Cicero : *Qui reipublice presunt quidquid agunt ad ci-
vium utilitatem referant obliti commodorum suorum.*

Ces mouches là chassa hastivement.
Le malade de ce fait se courça,
Tresmal content devers luy s'adressa
En luy disant qu'il avoit en effaict,
Chassant ses mouches, envers luy trop forfait *.
De ce meffait allegua la raison :
« Ces mouches m'ont picqué longue saison,
De ma chair sont si saoulles, tout conclus,
Que pour l'heure ilz ne me mordoient plus.
Or les as tu chassées ; ilz s'en yront
Toutes saoulles, et d'autres reviendront
Affamées, qui encor de rechief
Me remordront ; tu m'as fait meschief
En me cuydant faire tresgrant service ;
Ta pitié donc tourne à mon prejudice. »

L'ACTEUR.

Ce povre homme playé, navré, blessé
C'est le peuple, qui est interessé ¹
Par accidens, il s'entend par practique ²
Qui ronge, mort, destruit le bien publique *ᵇ* ;
Et les mouches, declairer le vous vueil,
Sont officiers qui sont plains juc à l'oeil

---

1. Qui est la victime, la proie de ; se rapproche ici du sens purement latin, *inter esse*, être au milieu de.
2. Practique, dans son sens général, c'est le métier de procureur et d'avocat ; quand il est pris dans le mauvais sens, ce qui est fréquent à la fin du xvᵉ siècle, il signifie la ruse, la fraude, le pillage organisé, tout état qui permet de voler en se cachant sous une apparence légale.
a. Seneca : *Que profutura putamus sepè gravius nocent.*
b. Hesiodus : *Paulatim corruit ille Diis invisus homo, cui mens intenta rapinis invigilat, qui jus violat.*

De la substance du peuple; c'est la glose [1].
L'homme piteux qui les chasser propose
S'entend le Roy, congnoissant le malice
Des officiers, les mettant hors d'office
Sans supposer que d'autres y viendront
Qui encor plus que les premiers mordront;
Car ce sont gens mesgres et affamez
Qui affin d'estre honorez et famez
Veullent ronger sur le peuple et le mordre;
Et n'y scet on en quel estat mettre ordre.
Brief, il n'y a homme si tresrusé
Qui en ce cas ne se treuve abusé [2].

Aucuns juges jugent à l'adventure [a]
Sans sens, raison, loy, ne clericature,
Où justice est subalterne nommée;
Et commettroient plus grande forfaicture
S'ilz ne craignoient la Court [3] qui, par droicture,
Ne veult souffrir justice estre blasmée.
Laquelle Court acquiert grant renommée [b]
Par prudence, ainsi qu'il apparest;
Car les faultes corrige par arrest
Et renverse les sentences malfaictes,
Imparfaictes rend selon droit parfaictes

---

1. Cela est proverbial, connu de tous; peut-être ici le poëte veut-il dire : telle est l'explication, la morale, le commentaire de l'histoire précédente.

2. Une des éditions de 1505 donne *ne soit treuvé abusé*, peut-être pour *ne soy treuve*.

3. Le Parlement.

a. Ecclesiast., XXXII : *Sine consilio nichil facias et post actum non penitebis.*

b. Juven. : *Expectata diu tandem provincia cùm te*
   Rectorem accipiet, pone ire frena, modumque
   Pone avaricie.

Sans port [1], faveur, promesses, dons, ne crainte,
Toutes vertus sont en elle complettes
Quant ne seuffre vraye justice estre enfrainte [a].

 Et a regard sur tout le temporel;
Sentencier peult l'esperituel
Et mettre ordre aux presens et absens [2];
Nous avons veu le cas advenir tel,
Dens le palais qui est royal hostel,
Où estoient gens par milliers et par cens.
Gens aumussez n'avoient cure de sens
Et toutesfois la Court, de son office,
Y ordonna si tresbonne justice
Qu'ilz eurent sens en despit de leurs dens,
Car gens sans sens peulent commettre maint
En l'Eglise sens est tousjours propice, [vice;
Sans sens viennent dangereux accidens.

1. Sans doute port, apport d'argent; ou *port*, support
des méchans, favoritisme, partialité; peut-être faut-il lire
paor.
2. Nous n'avons pu retrouver sûrement le fait, l'événement auquel il est fait allusion dans ce passage, vague
d'ailleurs quant au sens et à la date. L'histoire de l'Université
et les recueils d'arrêts du Parlement ne nous ont fourni aucune indication certaine. Nous voyons le Parlement intervenir
activement dans les affaires du clergé en trois occasions importantes : vers 1480, lors de la résurrection de la querelle
des Réalistes et des Nominaux; au commencement du règne
de Louis XII, lors de la rébellion de l'Université; au commencement du xvi⁰ siècle, au sujet de la réforme de l'Hôtel-
Dieu. Notre poëte fait-il allusion à quelques détails de ces
discussions? cela est possible; mais il est possible aussi, nous
l'avouons, qu'il s'agisse de tout autre cas d'immixtion du
Parlement dans les affaires spirituelles.
a. Hesiodus : *Tu, judex, causâ malorum, jus cole, in
alterius te nulla pecunia vertat damna.*

La description de Procès et de sa figure.

Or advint il que mon esprit tresrude
Se reposa en delaissant l'estude,
Et s'endormit quasi tout fantastique ;
Lors en dormant vit une beste inique *a*
Portant face de cinge ou de cingesse,
Dens de lion et oreilles d'anesse,
Cornes agues en façon de toreau,
Cuisses trappes [1], enflées comme ung porceau,
Corps de levrier, et la queue de renard,
Le poil de bouc, ayant ung fier regard *b*,
Jambes et piedz en façon d'un cerf.
Quant mon esprit la vit il n'avoit [2] nerf
Qui ne tendist, car elle devoroit
Papes, roys, ducz, Tous Estatz [3] entouroit
Comme nobles, citoyens, marchans
Gens de mestier et laboureux des champs *c*.
Preux gendarmes, saiges, sotz, hommes,
    femmes
Il engorgoit, comme sucre par dragmes,
A la mesure que [4] telz gens molestoit
La queue levoit, espices [5] fientoit

---

1. Trappues.
2. Il n'y avoit, elle n'avoit.
3. Dans la vignette qui accompagne ce passage dans l'édition de 1505, *Tous Estas* est un personnage symbolique qui porte à la main les attributs, et sur le corps les vêtemens caractéristiques des diverses positions sociales.
4. A mesure que.
5. Épices de judicature; l'argent donné aux juges pour le jugement des procès.
a. Virgilius : *Monstrum horrendum, informe ingens.*
b. Virg. : *Obstupui, steteruntque come et vox faucibus hesit.*
c. Hor. : *Maxima pars hominum morbo tentatur eodem.*

Que recueilloient plusieurs praticiens
Sotz et subtilz, jeunes et anciens.
Lors mon esprit voulut sçavoir comment
El s'appelloit, mais tout soubdainement
Les assistens luy dirent sans replique
Que tel monstre estoit nommé Pratique;
Le regardant, sans trop fort s'estonner,
Par passe temps le voulut blasonner.

Le blason de Pratique.

Practique avoit la face merveilleuse,
   Comme ung cinge estoit insaciable,
Qui en ses joues veult faire garnison
Des biens mondains, sans user de raison *ª*,
Et, sans cesser, quelque malice songe;
Comme ung lyon mort de ses dens et ronge;
Tous les estatz tresubgectz veult tenir
Pour son orgueil et pompe entretenir.
Si tel monstre n'est souvent estoffé [1],
De ses cornes, quant il est eschauffé,
Hurte les gens comme un toreau baunier [2]
Fier et yreux, posé qu'il soit asnier
Comme Midas portant d'asnes oreilles;
Paresseux est en festes, jusnes, veilles
De visiter les justes causes bonnes
Qu'ont devant luy differentes personnes,

---

1. Peut-être faut-il comprendre étouffé. Estoffé paroît plutôt devoir signifier ici chargé de dons.

2. Taureau bannier, qui appartenoit au propriétaire du fief, et dont chacun des fermiers se servoit moyennant rétribution.

a. Psalm., LXIX : *Os tuum abundavit malicia et lingua tua concinabat dolos.*

Et sans argent mot ne sort de sa bouche *a*.
De sa queue de renard il s'esmouche
Tant qu'il n'y a si rusé ne si fin
Qui entende son faulx parler vulpin.
Son poil de bouc, trop long oultre mesure,
Signifie que par folle luxure
Il obeyt aux dames, en tel sorte *b*
Que à leur plaisir justice n'est plus forte,
Quant bien souvent compères et commères
Luy font getter sentences tresamères; [sons *1*,
Comme ung pourceau est gourmant, par bla-
Se veult nourrir de plusieurs venaisons,
Et prend plaisir quant bons vins on luy donne.
Il va, il vient, tout par tout court, furonne
Ainsi que ung cerf trotant en ung bocaige
Sans supposer que aux branches fait oultraige,
Car sa pratique est si tresrapineuse
Que d'amasser el ne veult estre oyseuse *c*.
Qui entresuit tel monstre dangereux
Des saiges est reputé malheureux.

L'ACTEUR.

Or voyez vous gens lettrez, entenduz,
Qui recueillent sa tresorde fiente,
Soubz sa queue de regnard estenduz;
Je ne sçay pas quel faulx esprit les tente,
Je congnois bien qu'il fault qu'on les contente,

1. Pour le bien définir, pour le bien faire connoître.
a. Ovidius : *Ipse licet venias musis comitatus Homere*
Si nihil attuleris ibi, Homere, foras.
b. Ecclesiast., XVIIII : *Vinum et mulieres apostatare fa-*
ciunt sapientes.
c. Juv. : *Interea pleno dum tanget sacculus ere*
Crescit amor nummi quantum ipsa pecunia crescet.

Mais s'ilz vouloient trop rapiner et mordre *,
Dieu est lassus, en luy est d'y mettre ordre.

Balade touchant Justice.

O justiciers, qui ministrez Justice,
Pas n'est requis d'estre foibles ne fresles
Quant vous devez corriger le malice
De vicieux plains de toutes cautelles,
Ni estre aussi trop ingratz [1] ou rebelles ;
Pitié y doit avoir quelque regard ;
Vous estes ceulx à qui est demandée
Par les humains, et congnoissez par art,
Que Justice est des sainctz cieulx procedée *.

Soubz voz manteaulx doit reposer police
Comme au temple reposoient les pucelles [2] ;
Car vous avez par les princes office
De respandre par tout ses estincelles.
Espandez les sur tous ceulx et sur celles
Qui par larcin, tromperie et barat [3],
L'ont chassée hors, pillée et gourmandée,
Car vous sçavez, corrigant tout estat
Que Justice est des sainctz cieulx procedée.

1. Nous avons déjà dit que le mot *ingrat* signifie inhumain.
2. Je ne sais si c'est là une expression vague, une allusion aux religieuses, aux vestales, ou à quelque fait historique.
3. Fraude, déception.
a. Hieremie : *A minore usque ad majorem omnes avaricie student, et à propheta usque ad sacerdotem cuncti faciunt dolum* *.
b. Psalm., LXXX ** : *Justicia de celo prospexit.*

* *Cap. 6, ver. 13.*
** Nous n'avons pas retrouvé cette citation. Le psaume 13,
ver. 2, dit : *Dominus de cœlo prospexit*, etc.

N'est si ferré, comme on dit, qui ne glisse,
Ne si saiges qui n'ayent sottes cervelles *a*
Si tresubtil qui ne face un tour nyce [1],
Ne si justes qui n'ayent faulses querelles *b*,
Mais getter fault d'avec soy choses telles
Se possible est, et plus tost que plus tart,
Ou de voz cueurs vertu est decedée,
Rememorans en public et à part
Que Justice est des sainctz cieulx procedée.

Prins ce, saichez qui justice depart
Peine eternelle luy sera evadée *c*
Car ce n'est point menterie ou broquart
Que Justice est des sainctz cieulx procedée.

L'ACTEUR.

Or voyons nous le temporel
Par gens d'Eglise gouverner
Et laisser l'espirituel
A bigotz, pour en ordonner.
Noblesse on a voulu mener
Hors de ses lieulx et de ses estres *d*,
Pourquoy ? Pour estre plus grans maistres [2].
En telz gens ne se fault fier ;

1. Sot, niais.
2. Ces trois vers fort curieux peuvent être le résumé de la politique royale à la fin du xve siècle et au commencement du xvie. Ils nous expliquent les guerres d'Italie, et nous montrent que dès lors les vifs et hardis esprits de la jeune bourgeoisie du Parlement et de l'Université comprenoient fort bien que cette continuité de guerres au dehors étoit un rude coup porté à la féodalité.
a. Horatius : *Quandoque bonus dormitat Homerus.*
b. Horatius : *Nemo omni est ex parte beatus.*
c. Proverb., XI : *Justicia liberabit à morte.*
d. Alanus : *In messem alterius falcem dimittere noli.*

Royaulmes gouvernez par prestres
A peine peuvent fructifier [1].

    Puis qu'il fault que je le recite,
Que se congnoissent ilz en guerre [a]?
Qui leur a apris l'exercite?
De ce me suis voulu enquerre;
Mais on dit qu'ilz font pour acquerre
Seulement la gloire mondaine
Qu'on pert en une heure soudaine,
Advis leur est que tousjours dure.
Et noblesse n'est pas certaine
·De ce que le peuple en endure

—

De la vertu de Misericorde.

Misericorde, qui est si pitoyable,
  Ne deveroit pas des princes estre loing [b];
Mais aujourd'huy el a l'espée au poing
Souffrant pugnir cil qui n'est point coulpable.
Elle tire, par façon admirable,
D'un arc turcquoys; et Rigueur s'apareille

---

1. Il y a là et dans les vers qui suivent des allusions au
cardinal-ministre d'Amboise, qui, sans commander lui-même
les troupes, avoit, dans l'année 1503 surtout, dirigé la plupart des mouvements militaires. On comprend que Gringore,
le serviteur du puissant baron de Ferrières, n'aimât pas le
ministre qui dirigeoit la politique anti-féodale de la royauté;
nous verrons plus tard les raisons que notre poëte pouvoit
avoir encore de garder rancune à celui qui poussoit si fermement à la réformation de l'Université, de la Justice et des
Ordres religieux.
  a. Salustius : *Quam quisque norit artem in hac se exerceat.*
  b. Seneca : *Clementia maximè principes decet et eorum
regnum stabile reddit.*

De luy souffler paroles en l'oreille ;
Tel vent la fait inane et variable ;
D'autre costé est l'Homme insaciable
Qui fauche tout sans pitié ne mercy,
C'est ce qui met tous estatz en soucy.
La bonne Dame courtoise et venerable
Est conduicte par gens cruelz, despitz [1],
Plus dangereux que serpens ne aspicz [a],
Car ilz ne font chose qui soit louable.

Balade.

Considerez que gens vindicatifz
Qui ne veullent les faultes pardonner
Sont de peché les enfans nutritifz
Et ne veult Dieu de leur cas ordonner [b].
Tout homme humain se doit abandonner
A pardonner si on luy quiert mercy
Ou jà son cueur ne sera esclarcy [2]
Quelque prière que par devers Dieu face ;
Qui pardonne merite d'avoir grace [c] ;
Qui ayme amour vit en tous bons accords ;
Et ses meffaitz par tel merite efface,
Car Dieu benist tous les misericords.

Les aucuns sont ingratz et deceptifz
Qui ne veullent aucun pardon donner
Et commettent plusieurs maulx excessifz
Dont ilz ne font souvent cloches sonner.

1. Féroces, sans respect ni humanité.
2. Purifié, illuminé de la grâce de Dieu.
a. Alanus : *Sicut justitia que non pietate fovetur.*
b. Ecclesiast., XXVIII : *Homo homini reservat iram et à Deo querit medelam, quis exorabit pro delictis illius.*
c. Mathei, V : *Beati misericordes quoniam ipsi misericordiam consequentur.*

54 GRINGORE.

Telz gens on voit de leurs sens bestourner[1].
Ilz s'eslongnent de Dieu faisant ainsi;
Dieu est juste, d'eulx il s'eslongne aussi.
Ainsi l'ingrat ingratitude trace[2],
Fallacieux est trompé par fallace,
Et les hayneux sont nourriz en discords.
Pardonnons donc pour veoir Crist face à face,
Car Dieu benist tous les misericords[a].

Ne soyez point de biens mondains actifz
Qui font ames en Enfer sejourner.
De soy venger ne fault estre hastifz[b],
Ne[3] delinquans à mercy ramener;
Les obstinez en mal fault destourner,
Leur remonstrant la peine et le soucy
Que corps pecheur, après qu'il est transi
Fait à l'ame, que le Dyable menace
De jour en jour par subtile fallace;
Humains vouldroit estre de ses consors;
En pardonnant sa puissance se casse,
Car Dieu benist tous les misericors.

Prins ce, pardon est de grant efficace
Les pardonnans ont aux saintz cieulx audace,
Pardon cure les ames et les corps.
De pardonner n'est requis qu'on se lasse,
Car Dieu benist tous les misericors[c].

1. Tourner à l'envers, aller contre.
2. Cherche; encore usité dans le patois Normand.
3. Je suppose qu'il faut lire : mais.
a. Luce, VI : *Estote misericordes, sicut et Pater vester misericors est.*
b. Proverb., XX : *Ne dicas : Reddam malum pro malo, expecta Dominum et liberabit te.*
c. Proverb., XXII : *Qui pronus est ad misericordiam benedicetur.*

De la vertu de Verité.

De Verité, on ne la peult ouyr,
Et si [1] el est aux princes ordonnée
Mais flateurs l'ont si bien embaillonnée
Qu'el ne sçauroit de sa langue jouyr [a].
Bref on la veult dedens terre enfouyr
A celle fin qu'il n'en soit plus nouvelle
Et les meffaitz de plusieurs ne revelle.
Faveur luy met le baillon en la bouche,
Crainte la tient nuyt et jour en tutelle [b]
C'est pourquoy Dieu de ses verges nous touche.

Balade.

Tous les seigneurs temporels et mondains
Qui commettent gens en auctorité
Et font larcin au peuple et tourmens maintz,
Et eulx monstrans cruelz et inhumains
Se nourrissent en folle vanité [c];
Où deust estre toute unanimité
Argus [2] survient, debat, noises, tensons [3],
Et tous les jours Dieu coursons, offensons
Par deffaulte de dire verité.

Se les princes font aucuns tours vilains
A l'encontre de la Divinité,

1. Et pourtant.
2. Discussions.
3. Reproches.
a. Terentius : *Veritas odium parit.*
b. Seneca : *Jus est in armis, opprimit leges timor.*
c. Proverb., XXVIII : *Non bene facit qui pro buccellâ panis deserit veritatem*[*].

[*] V. XXI : *Qui cognoscit in judicio faciem non benefacit, iste et pro buccellâ panis deserit veritatem.*

Et qu'ilz soient de cas vicieux plains
Dont ne facent clameurs, regretz, ne plaintz
A l'essence regnant en Trinité *a*,
Mais commettent mainte crudelité
Erronique et de plusieurs façons,
Toute vertu d'avec eulx dechassons [1]
Par deffaulte de dire verité.

Que ne dit on qu'ilz estendent leurs mains
Sur leur peuple vivant en charité
Sans les nommer coquins, pehons[2], vilains *b*,
Veu que d'Ève et d'Adam tous humains
Sont descenduz! D'où vient leur dignité?
Tel est seigneur qui ne l'a merité,
Et toutesfois nous luy obeyssons,
Continuant [3] en ses folles raisons
Par deffaulte de dire verité.

Prins ce, plusieurs sont en captivité
De qui les biens avons et possessons
Ou à autruy posseder les laissons
Par deffaulte de dire verité *c*.

—

De la vertu de Paix.

Quant au regard de Paix la bien eureuse,
On a trouvé les moyens et pratiques

1. Nous regardons comme chassée.
2. *Pehon, peon*, piéton, fantassin, journalier.
3. A lui continuant, etc.
a. Mantuanus : *Crudeles superi crudelitatem urgent.*
b. Proverb., XVI : *Sermo durus suscitat furorem.*
c. Ecclesiast., IIII : *Pro animâ tuâ ne confundaris dicere verum.*

De la charger de differentes picques
Et la brouiller par façon rigoreuse [a].
Ceste vertu est faicte vicieuse [1]
Par Avarice qui chasse hors Vaillance
Quant se conjoinct avec double aliance;
Trayson fait alors quelque finesse
Dont les princes n'ont pas la congnoissance,
Car telz meffaitz ne viennent de noblesse.

Balade.

Gens aveuglez, à discords adonnez [b],
Considerez que Paix par vous deffault
Quant vous estes en pechez obstinez!
Mars se met sus qui vient livrer l'assault;
Ainsi advient que la paix, qui tant vault,
Est subjuguée et dessoubz le pied mise
Par vicieulx qui veullent trop acquerre;
Et Dieu permet qu'il y ait souvent guerre
Quant on ne tient compte de foy promise.

Se les aucuns sont coursez, mutinez [c]
Par leur cerveau fier, colère et trop chault,
Batuz, navrez, playez, grevez, minez,

1. *Avarice* qui chasse hors *Vaillance*, c'est sans doute la
même idée que précédemment, à propos des payeurs de
gendarmes; les voleries des gens de finance empêchent de
faire vaillamment la guerre. Il ne paroît pas, en effet, que
jamais Louis XII ait hésité par avarice à faire la guerre.
Peut-être cependant les contemporains attribuoient-ils à l'a-
varice des conseillers du roi les traités maladroits qu'il fit
avec Ferdinand le Catholique. Il faudroit alors expliquer ainsi
les vers suivants : et quand Avarice pousse à de fausses et
menteuses alliances, elle devient alors trahison.

a. Jeremie, XIIII : *Expectavimus pacem et ecce turbatio.*
b. Esaie, XXXXVIII : *Non est pax impiis, dicit Dominus.*
c. Psalm., XXXXVII : *Dissipa gentes quæ bella volunt.*

Aux sustenteurs de guerre peu en chault;
Plaisir prennent quant Paix est en deffault,
Tant que Labeur, Marchandise et l'Eglise
Gettent souspirs, et demeure la terre
A labourer, mesmes à Dieu requerre ¹,
Quant on ne tient compte de foy promise.

Par belliqueurs mal conduitz, mal menez,
Nous avons veu perpetrer main tour cault,
Ambassadeurs, en mal determinez,
Fourrez la paix, non obstant qu'il feist chault ².
Ceste Paix donc, fille du Dieu d'en hault ᵃ,

1. Le monde néglige même de prier Dieu.

2. On comprend facilement ce simple et primitif jeu de
mots, paix *fourrée*, paix feinte, disent tous les dictionnaires.
paix où les deux partis ont cherché à se tromper; paix *fourrée*, ajoute Gringore, paix couverte de fourrures. Nous ne
voyons guère que les traités de Grenade, novembre 1500,
ou de Lyon, avril 1503, auxquels notre poëte puisse faire
allusion; jusqu'ici les historiens, les historiens François du
moins, avoient affirmé que dans ces deux conventions, la
politique françoise avoit agi de bonne foi, et que Louis XII
avoit été absolument trompé par Ferdinand le Catholique.
La paix *fourrée* de notre poëte sembleroit indiquer la ruse
et la mauvaise foi dans les deux parties. Cette insinuation de
la part de Gringore s'appliqueroit mieux à la paix qui suivit
les traités de Blois, 22 septembre 1504. Il y avoit là des conditions trop contraires aux grandes traditions de la politique
royale pour que Louis XII ne soit pas suspect d'avoir uniquement voulu gagner du temps. Nous pensons cependant
que les allusions des *Folles Entreprises* doivent se rapporter moins à l'année 1504 qu'aux années qui la précèdent.
Ajoutons, pour contrarier les dictionnaires dans le sens qu'ils
attribuent aux mots *paix fourrée*, que Jean d'Authon, au
chap. 33 de la quatrième partie de sa Chronique, donne
cette qualification au traité de Lyon, avril 1503, et qu'il
est loin de mettre en doute la bonne foi de Louis XII. *Paix
fourrée*, pour lui, c'est simplement une paix qui n'aboutit pas.

a. Propertius : *Pacis amor Deus est, pacem veneramur
amantes.*

Qui appète soulas, repos, franchise
S'en volle en l'air[a], ça bas ne la fault querre,
Et luy semble que trop au monde on erre
Quant on ne tient compte de foy promise.

Prins ce, pensez que aucuns on auctorise,
Qui trop de biens, sans droit, veullent conquerre,
Par ainsi Paix hors des mondains se serre
Quant on ne tient compte de foy promise.

L'ACTEUR.

Ceulx qui gardent ces vertus d'aprocher
Près des princes, se doivent bien mauldire,
Et leur doit on en tous temps reprocher
Qu'il s'en ensuit vindication, ire.
Qui oseroit aux nobles princes dire
Les deffaultes de telz gens vicieux,
A leur subjectz il en seroit de mieux,
Mesmes à eulx, jà ne le fault celer;
Mais le temps est qu'on n'en ose parler[b].

Fuyez orgueil, nobles, preux et gentilz[c];
Chassez le hors, car je vous advertis
Que de tous maulx c'est la souche et racine;
Voz bons amys rend subgectz et captifz;
Par luy se font plusieurs maulx excessifz,
De jour en jour on le congnoist par signe,
Et ne povez y donner medicine
Sans expulser pillars d'avec voz hommes;
Autre raison, pour le present, n'assigne
Si non qu'estes mortelz comme nous sommes.

a. Proverb. XXV : *Nubes et ventus et pluvie non sequentes, vir gloriosus et promissa non complens.*
b. Prov. XXVIIII : *Qui timet hominem citò corruet.*
c. Ecclesiast., X : *Initium omnis peccati est superbia.*

Considerons la puantur, l'ordure,
L'infection que chetif cors endure,
De luy ne sort que putrefaction.
Cueur orgueilleux met l'ame à l'adventure;
Rememorons nostre fresle nature *c*,
Et que Dieu hayt glorification
Des corps humains, car à perdition,
En la parfin, orgueilleux mondains vont,
Quant, pour monter en exaltacion,
Desprisant Dieu, *Folle Entreprise* font.

———

*Balade et supplication à la Vierge Marie, et
se peult interpreter sur la Royne
de France.*

L'ACTEUR.

Trosne d'honneur et de magnificence *b*,
 Siège royal, triumphant en haulteur,
Le pris, le choix des dames, l'excellence,
Loyaulx Françoys te doivent faire honneur!
Ainsi que Hester, par treshumble doulceur,
A son peuple obtint grace planière,
Peutz obtenir ¹ une amour singulière,
Principale, avec ton populaire,
Et luy rendre, pour pitance ordinaire,
Princes en paix, subgectz en assurance.

Lorsque Phebus gette sa reffulgence

1. L'autre édition de 1505 donne : *peult obtenir*, qui s'explique moins facilement.
a. Ecclesiast., X : *Quid superbis, terra et cinis?*
b. Psal., XXXXIIII : *Sedes tua Deus in seculum seculi,
virga directionis, virga regni tui.*

A Dyana donne clerté, couleur [a],
Et la garde de cheoir en decadence,
L'auctorisant [1] d'une embrasée chaleur,
Cela s'entend que c'est le conducteur [2],
Que tu depars [3], ainsi comme [4] aumosnière,
Qui te donne suffisante lumière
Dont nous avons le payement et salaire,
Pour le pays du royaulme de France [b],
Tant que voyons dedens France retraire
Princes en paix, subgectz en asseurance.

Quant de l'amour du bien commun on pense
Allegé [5] est de toute sa douleur.
Là est requis pacience, prudence [c],
Et chasteté, pour estre plus asseur [6]
Avec l'escu [7] noble triumphateur,
Que tu gardes ainsi que tresorière,
Lequel mettons pour deffensè et banière
Dessus France, et le voulons bien faire

1. Servant d'auteur, donnant la vie, la puissance à cette Lune par sa chaleur.
2. Dieu ou le roi.
3. Dont tu distribues la puissance bienfaisante.
4. Ainsi que.
5. Ces deux vers, d'une concision qui n'a plus rien de la langue françoise, me paroissent pouvoir signifier, selon qu'on attribue le mot *allegé* au bien commun, ou au royaume de France, et aussi selon l'application du mot *on* : quand on pense à ton amour pour le bien commun, on perd toute crainte de l'avenir; quand on aime le bien commun, il devient facile à exécuter; quand on s'occupe du bien commun, la France oublie ses douleurs, etc., etc.
6. Pour rendre plus solide l'escu, ou pour être plus en rapport avec l'escu.
7. La croix, ou l'oriflamme.
a. Aristoteles : *Luna recipit lumen suum à sole.*
b. Esaie, XXVI : *Domine, dabis pacem nobis.*
c. Proverb., XXIIII : *Erit salus ubi multa consilia sunt.*

Pour demonstrer qu'il a force et puissance
D'entretenir, par grace salutaire,
Princes en paix, subgectz en asseurance.

Prins ce, discords sont dechassez arrière [c].
Paix portera l'estandart et banière,
Mettant Guerre, qui tant nous est contraire,
Dessoubz le pied, par divine ordonnance,
Puis que voyons, par royal exemplaire,
Princes en paix, subgectz en asseurance.

a. Salustius : *Concordiâ parve res crescunt, discordiâ magne dilabuntur.*

DES

ᐧ PRELATZ ET GENS D'EGLISE

SUR L'ESPECE [1] DES PASTEURS

L'ACTEUR.

Dedens ung parc encloz de beaux tril-
lis,   [sorte,
Où reposoient ouailles de mainte
Vi des Pasteurs fiers, arrogans, palliz [2],
Par sur les murs traversans les palliz,
Voulans entrer sans passer par la porte [a].
Le grant Pasteur, qui a sur eulx main forte,

1. La comparaison.
2. Ce mot me paroît amené uniquement par la rime ; Gringore cependant veut peut-être indiquer que la conscience du mal qu'ils font, ou le peu d'habitude qu'ils ont de vivre, comme il convient à d'honnêtes bergers, au grand air parmi leurs brebis, les a rendus pâles. Nous verrons plus tard, dans les *Contredits de Songe creux*, notre poëte ajouter aux deux sens du substantif *pale* ou *palle*, pieu, dais, un troisième sens, plus rare au commencement du xvie siècle, celui de manteau ; peut-être ici donne-t-il à l'adjectif *palliz* la signification d'hommes couverts de riches vêtements.
a. Johannis, X : *Qui non intrat par ostium in ovile ovium, sed ascendit aliunde, ille fur est et latro.*

Leur demonstroit que qui par l'huis ne passe
Et par ailleurs veult entrer par fallace,
Comme larron, *Folle Entreprise* fait,
Car telz Pasteurs n'ayment divine grace,
Il leur suffist que leur vueil soit parfait.

—

Des Pasteurs ambicieux et symoniaques.

A telz Pasteurs mal discretz et ineptes
Ambicion leur aidoit à monter [a],
Simonie leur bailloit les houllettes
Dont molestoient les povres brebiettes;
Dedens les parcs, les voulant surmonter
Quant les devoient nourrir, alimenter,
Souffroient lyons, tigres, serpens venir;
Les loups vouloient les chiens entretenir [1];
Lors Pastoureaulx [2], à leur plaisir submis,
Simples ouailles souffroient chasser, bennir [3]
En les livrant entre les ennemys [b].

Se telz Pasteurs sont subtilz, fins et caulx,
Voulans avoir les laines des brebis,
Et submerger aigneletz et tropeaulx [c]
En leur vivant, puis prendre laines, peaulx
Après leur mort, cherchant telz alibiz

1. Les chiens recherchoient la compagnie des loups.
2. Le clergé de second ordre.
3. Bannir.
a. Hebre., V : *Nec quisquam sumit sibi honorem, sed qui vocatur à Deo tanquam Aaron.*
b. Johannis, X : *Mercenarius videt lupum venientem et dimittit oves et fugit.*
c. Ezech., XXXIIII : *Nequè quesierunt pastores gregem meum, sed pascebant semet ipsos.*

Pour eulx vestir de sumptueux habiz
Yver, esté, sans cueillir herbelettes,
Pour sustenter les ouailles[1] nettelettes
Qui se doivent par les Pasteurs conduire,
Ilz commettent *entreprises follettes,*
Car c'est à eulx les regir et instruire.

L'Acteur.

Pasteurs, entrez desormais par la porte,
    Ne cerchez plus la voye ou sente oblique ;
Soyez humbles, affin que Dieu supporte
Voz simples ouailles quant le serpent les picque ;
Entretenez parolle evangelique,
Gardez d'entrer par les murs, à main forte[a] ;
Ne cerchez plus la voye ou sente oblique :
Pasteurs, entrez desormais par la porte.

Se ne observez nostre Foy catholique,
Dedens Enfer vous et vostre cohorte
Trebucherez ; le Renard baselique
De Lucifer, par art dyabolique,
Vous tirera à soy d'estrange sorte ;
Ne cerchez plus la voye ou sente oblique :
Pasteurs, entrez desormais par la porte.

1. Ouailles ne forme que deux syllabes. Il faut pourtant
se rappeler que la quantité des mots employés dans la poésie
du xv⁽ siècle est parfois difficile à préciser, à cause de la
grande licence que se permettoient les poëtes de ce temps
dans les élisions.

a. Johannis, X : *Qui autem intrat per hostium pastor est
avium.*

Le danger où sont les Pasteurs et les ouailles.

En ce beau parc plain de fleurs, de verdure,
D'arbres, d'herbes, fontaines et ruis-
Autonne vient pour leur faire laidure ; [seaulx *a*,
Yver l'ensuyt, qui leur fait peine dure ;
Prin temps après raverdit les preaux,
Car il esmeut fleurettes, arbres beaulx ;
L'Esté meurist par Phebus qui domine,
Terre produit, mais Mars vient qui chemine,
Voulant ravir les belles garnisons *1*
Que Pastoureaulx font dedens leurs maisons.
Lors Antoune recommence sa prise,
Yver saisist, et cache traisons
En son ventre, faisant *Folle Entreprise.*

—

Comme le Pasteur doit garder ses ouailles.

Le bon Pasteur, voyant ses simples ouailles
En tel dangier, et mesmes sa personne,
Les doit nourrir de foingz, de grains, de pailles,
Les preservans de guerres et batailles,
Ou autrement son tropeau mal ordonne ;
A celle fin que resistence donne
Contre les Loups, le baston pastoral

1. Les provisions.
a. Ovidius : *Verque novum stabat sinctum florente coronâ,
Stabat nuda Estas et spicea serta gerebat ;
Stabat et Antumnus calcatis sordibus uvis,
Et glacialis Hyems canos hirsuta capillos.*
b. Ovidius : . . . . *Immedicabile vulnus,
En se recidendum est ne pars sinsera trahatur.*

Luy est baillé, selon le sens moral,
Pour acrocher ses ouailles esgarées;
Celles qui sont obstinées en leur mal,
Soient pugnies, chassées et separées.

—

De la cupidité des Pasteurs.

Cupidité, racine de tous maulx,
Dedens les parcs nourrist les pastoureaulx,
Les abusant par deceptif langaige,
Leur presentant des forces ou cizeaulx [1],
De quoy tondent les brebis et aigneaulx [a],
Jusques au sang, dedens leur pastouraige;
Simonie met en vente l'ouvraige
Dont les Pasteurs ont les membres polluz
Et les espritz ingratz et dissoluz,
Parquoy les Loups, à toute diligence,
Trouvent Aigneaulx, Pasteurs, mal resoluz,
Chiens sans abboy rempliz de negligence [b].

—

Comment les Pasteurs sont comparez aux Loups.

Il est des Loups cruelz et ravissables,
Fiers et pervers, qui font maulx execrables,
Simples aigneaulx devorent en publique [c],

1. Les forces servoient particulièrement à couper les peaux, laines, étoffes.

a. Jeremie, XXIII : *Ve pastoribus qui dispergunt et dilacerant gregem pascue mee.*

b. Esaie, LVI : *Canes muti non valentes latrare.*

c. Ezech., XXXIIII : *Lac comedebatis, et lanis operiebamini, et quod crassum erat occidebatis, gregem autem meum non pascebatis.*

Car ilz les vont cercher juc aux estables,
Pour les ronger, sans estre pitoyables,
Les regardant de regard baselique;
Brebiettes n'osent faire replique
Contre les Loups qui viennent pour les mordre;
Les Pasteurs vont, comme Loups, voye oblique,
Et sont cause que on face tel desordre.

Ces cruelz Loups s'entendent les seigneurs
Qui sont mondains, cabasseurs [1], rapineurs,
Et se mirent tous les jours à mal faire;
Par les Pasteurs s'entend leurs serviteurs,
Se [2] sont juges, tresoriers, receveurs,
Qui reçoivent plus que leur ordinaire;
Par les Aigneaulx s'entend le populaire,
Qui est subgect à son souverain prince;
Invencion [3] le contraint et le pince,
Lors justiciers, tresoriers, gens de compte,
En rapinant destruisent la province; [compte [a].
Au grant Pasteur, c'est Dieu, en rendront

1. Amasseurs de biens; *cabasser*, que nous avons déjà vu,
pourroit se traduire par le mot *grapiller;* il a le sens de voler,
mais de voler tout à la fois mesquinement, hypocritement et
constamment. Rabelais, dans le chap. 54 du premier livre,
le donne comme synonyme d'entasser.

2. Ce. Les lecteurs de la Bibliothèque elzevirienne, déjà
familiarisés avec les ouvrages de la fin du xve siècle et du
commencement du xvie, savent que c'est surtout dans les
mots *ce, ces, sa, se,* que la distinction de l'*s* et du *c* n'est
pas faite.

3. Sans doute invention de nouveaux impôts.

a. Ezech., XXXIIII : *Hec dicit Dominus Deus : Ecce ego
ipse super pastores, requiram gregem meum de manu
eorum.*

*Comme[1] les Loups se vestent des toisons et laines
des Brebis.*

Il est des Loups qui sont encor plus faulx,
Plus dangereux, mauvais et desloyaulx,
Que les predictz qui font tant de deceptes;
Ilz se vestent des laines et des peaulx[a]
Des brebiettes et des simples aigneaulx,
Et font semblant ne menger que herbelettes;
En esperant faire mille molestes
A ces ouailles qui sont en leur herbaige,
Affin d'avoir dessus eulx advantaige,   [doulx
Monstrent semblant que se[2] soyent aigneaulx
Qui preservent brebiettes d'oultraige,
Mais soubz l'abit se sont ravissans Loups.

—

*Comme le Pasteur doit congnoistre ses Ouailles
parmy les Loups.*

Le bon Pasteur doit ses brebis congnoistre,
C'est leur recteur, docteur, ducteur et mais-
Ilz sont submis soubz sa protection.   [tre[b],
Ainsi ces Loups qui se sont allez mettre

1. *Comme*, dans les textes du commencement du XVI[e] siècle, a très-fréquemment le sens de comment, dont je pense
qu'il n'est pas bien distingué; et *comment* est souvent aussi
employé pour combien.

2. *Se* a ici sa raison d'être, et me semble préférable à *ce*;
que se soyent, que eux-mêmes soyent, etc.

a. Math., VII : *Veniunt in vestimentis ovium, intrinsecus
autem sunt lupi rapaces.*

b. Jeremie, VI : *Dabo pastores juxta cor meum, et pas-
cent vos scientiâ et doctrinâ.*

Soubz faintz habiz, faisant semblant de paistre
Parmy brebis, font fraudulacion.
Pour congnoistre leur machinacion,
Le Pasteur doit son parc revisiter,
Ou aultrement ne se peult acquitter [1]
De son tropeau; mais on luy monstrera,
Se les mettres [2] subsequens veult noter,
Par quel moyen ses faulx Loups congnoistra.

Le bon Pasteur, quant il vient en ses parcs,
Et qu'il treuve brebis, aigneaulx espars,
Les rassembler les doit par bonne guise,
Et chasser hors loups, lyons et liepars;
Car s'il ne sçet la science et les ars
De les chasser, il fait *folle entreprise* [a].
Ainsi doncques, se le Pasteur advise
Ces Loups meslez avecques ses brebis
Sans qu'il y ait difference d'abitz,
Il en perdra, peult estre, congnoissance,
Car ces faulx Loups cerchent leurs alibis
Pour aux Pasteurs faire quelque grevance.

Telz loups lièvent la teste contre mont [3],
Presumption et orgueil les semont
Soubz cest habit vaine gloire cercher,
Et oultre plus mordent et menguent cher;
C'est la façon de telz Loups ravissans.
Mais les Aigneaulx et les Brebis paissans [b],

1. Des devoirs que lui impose son troupeau.
2. Vers.
3. *Contre mont, encontre mont*, vers le mont, en haut;
aval, à val, dans le val, en bas.
a. Proverb., XXVII : *Diligenter agnosce vultum pecoris tui,
tuosque greges considera.*
b. Proverb., X : *Qui ambulat simpliciter, ambulat confi-
denter.*

Contre terre regardent simplement,
Ilz ne menguent de chair aucunement,
Et ne mordent, dont, par experience,
D'Aigneaulx et Loups voyez la difference.

L'ACTEUR.

Qui sont ces Loups levant la teste en hault[a] ?
Sont ces bigotz, entendre ainsi le fault,
Qui sont ès Cours des princes et seigneurs,
Et, soubz l'ombre d'estre bons zelateurs,
Tachent d'avoir de grandes dignitez;
Mais en leurs cueurs ont tant de vanitez,
Qu'ilz menguent chair, quant sont en secret [lieu;
D'avarice veullent faire leur Dieu[b],
Car ilz mordent les simples aigneletz,
Qui sont humains, courtois et netteletz,
C'est à dire povres religieux,
Par eulx blessez et navrez en leurs lieux.

—

La différence des Loups et des Aigneaulx.

Les simples Aigneaulx et Brebis
Paissans dessus les vers herbis,
Bessent la teste contre terre,
Pour la grace de Dieu requerre
En rememorant que tous nudz
Ilz sont de la terre venuz[c];

a. Ecclesiast., XXIII : *Extollentiam oculorum meorum ne dederis michi.*

b. Ephes., V : *Avarus, quod est ydolorum servitus, non habet hereditatem in regno Dei.*

c. Job primo : *Nudus egressus sum de utero matris mee, et nudus revertar illùc.*

Car de ces Loups, levant en hault
La teste, bien petit leur chault,
Posé que leurs lieux ilz occupent,
Et que simples habitz usurpent.
Ainsi le Pasteur doit congnoistre
Les Brebis en les voyant paistre.

—

Lors que Cayn occist son frère Abel *a*,
Dieu s'en coursa, le jeu ne print a bel,
Et n'est requis que quelque pastour rie,
Quant luy souvient de ceste pastourie.
Le sang d'Abel après sa mort parla,
Ainsi Cayn recongneut bien par là
Que Dieu sçavoit son meurtre et son envie,
Parquoy n'eust bien tandis qu'il fut en vie;
Aussi n'auront les envieux pastours.
Est donc requis de ne faire pas tours 1
Qui desplaisent au createur du monde,
Qui est pasteur saige, pur, net et munde *b*.

Rondeau.

Les Loups pervers, habillez en Aigneaulx *c*.
Sont envieux plus que ne fut Cayn,
Ilz ont habit souef 2, doulx et begnin,

1. On reconnoît, dans les vers précédens, les rimes équivoquées.
2. Gracieux.
a. Ovidius : *Fratrum quoque gratia rara est.*
b. Johannis, X : *Ego sum pastor bonus et cognosco oves
meas.*
c. Mathei, XXIII : *Mundatis quod de foris est, intus
autem pleni estis rapinâ et munditiâ.*

Mais soubz l'abit sont deceptifz et faulx.
Se on demandoit qui separe tropeaulx
Hors de leurs parcs par un vouloir canyn ¹ ?
    Les Loups pervers.

    Dessoubz l'ombre d'humilité sont caulx ª;
Et ne sçait on quelle en sera la fin ;
Parquoy n'y a aujourd'huy si tresfin
Qui ne doubte s'ilz font ou biens ou maulx ,
    Les Loups pervers.

    Ainsi soubz l'abit de simplesse ᵇ
Sont aucuns moines apostas,
Qui veulent gouverner noblesse ,
Entreprenans sur tous estas.
Des adherens ont ung grand tas
Par blandir parolles eslistes ² ,
En appetant que sathalites ³
Ecclesiastiques maisons
Pillent, robbent; evangelistes ,
N'escriprent jamais telz blazons 4.

1. De chien.
2. En trompant à l'aide de paroles flatteuses et faussement recherchées.
3. Sans doute leurs satellites.
4. On croiroit que Gringore a voulu faire là un portrait de Luther; il ne l'eût pas fait autrement dix-huit ans plus tard, à son retour de la guerre des Rustauds. Il y a là des allusions à Jean Huss et à ses disciples les Taborites.
a. Horatius : *Fallit enim vitium specie virtutis et umbrâ.*
b. Hieronimus : *Multo deformior est superbia que sub humilibus signis latet.*

L'Entreprise de reformer l'Hostel Dieu.

Le père Helyot, dans son *Histoire des ordres monastiques*, parle de cette réformation, et n'y voit que le remplacement des anciennes religieuses par celles d'un autre ordre. L'affaire étoit plus importante; elle donna lieu à de longues querelles et à des discussions passionnées. Il s'agissoit d'enlever au Chapitre de Notre-Dame l'administration de l'Hôtel-Dieu, dont il étoit seigneur, et de chasser ses délégués pour les remplacer par une commission prise dans la bourgeoisie Parisienne. Le Parlement, on le suppose bien, prit parti pour la commission bourgeoise; un arrêt du 24 avril 1505 donna gain de cause à cette dernière, et divers arrêts se succédèrent pour vaincre par les menaces, par l'amende et l'emprisonnement, l'obstination que mettoit le Chapitre à conserver son bien. Le cardinal d'Amboise procéda en même temps à la réforme du spirituel; il nomma une nouvelle prieure et porta le nombre des religieuses à quatre-vingts. Ces religieuses ne firent pas grand bruit, et ne pouvoient guère résister au cardinal-ministre. Mais la discussion continua entre le Chapitre et les huit bourgeois nommés pour l'administration du temporel. En 1535, un nouvel arrêt de la chambre des vacations ordonna au Chapitre de nommer des commissaires pour procéder à la réformation, qui ne fut complète qu'en 1540. Gringore, nous allons le voir, prend parti contre les réformateurs; peut-être l'opinion publique trouvoit-elle que les abus n'étoient pas assez grands pour légitimer la violence faite au Chapitre; peut-être aussi Gringore avoit-il quelque accointance avec les gens incriminés. Mère Sotte habitoit au bout du pont Nostre-Dame; elle avoit pu établir des relations de bon voisinage avec frère Jean Le Fèvre, maistre de l'Hôtel-Dieu, et ses enfans les Sotz pouvoient avoir des liens traditionnels d'amitié avec les religieux de l'hôpital et les employés du Chapitre.

De faire reformation,
Je ne vueil pas dire en effect
Que se soit ou bien ou mal fait,
J'en laisse les distinctions;
Toutesfois les restrinctions

De vieillesse [1], sans se abuser,
S'i doivent ung peu excuser [2];
Touchant le feminin usaige [3]
Qui l'ancien veult recuser
Ne se monstre pas homme saige [a].

Si le Roy, ou quelque autre prince,
Te baille durant ta jeunesse
Gouvernement en sa province
Où as acquis quelque richesse
Sans luy faire tort, c'est rudesse
A luy te deposer d'office [b],
Encor plus se par avarice,
Il prent ton bien et ta substance [c];
Contre droit et contre justice,
Fait de luy mesmes l'ordonnance.

En luy est de te faire pendre
Sans ce que tu l'ayes deservy, .

1. Les droits créés par un long et ancien usage. Nous verrons se développer dans la suite de ce livre cette hostilité de Gringore contre les réformateurs, hostilité qui est rare dans les écrivains de ce temps, qui blesse les idées que nous avons prises sur l'utilité de toutes ces réformes; hostilité, du reste, dont j'ai indiqué quelques-unes des causes, et sur laquelle j'aurai bientôt occasion de revenir.

2. Servir d'excuse.

3. En suivant la ponctuation que j'adopte, cette phrase signifie celui qui, à l'exemple des femmes, amoureuses du changement, chasse les anciens amis, etc. Il est possible cependant de rattacher au mot *excuser* le vers *touchant le feminin usaige*, qui signifieroit : par égard pour la foiblesse ordinaire aux femmes.

a. Ecclesiast., VIIII : *Non derelinquas amicum antiquum ; novus enim non erit similis illi.*

b. Ovidius : *Turpius ejicitur quam non admittitur hospes.*

c. Aristoteles : *Tyrannus est qui non subditorum suorum proprium querit bonum, et aliena diripit ut ditetur.*

Tu es son subject asservy,
Qui ne dois contre luy mesprendre ;
Se mal faitz, tu es à reprendre ;
Mais se faitz quelque garnison ¹
D'aucuns biens dedens ta maison
Est il dit qu'on te habandonne
Pour un bigotage blason ² !
L'entreprise n'en est pas bonne *a*.

Se en ta jeunesse tu t'es mys,
Pour servir ton maistre, en dangier,
Esse raison que ung estranger *b*
En ta place ou lieu soit commis ?
Jamais il n'est de droit permis.
Qu'il ³ n'est piteux de son semblable
A entreprendre c'est ⁴ submis
Une *entreprise redoubtable.*

Je ne dy pas que hommes ou femmes,
Vivans religieusement,
Pour tant s'ilz ⁵ ont gouvernement,
Trenchent trop des seigneurs ou dames.
Il y gist grandes charges d'ames *c*,
Et fault qu'il y ait correcteurs
.Qui soyent telz faitz solliciteurs ⁶,

1. Provision.
2. Pour quelque commérage de bigot.
3. Qui.
4. S'est.
5. Par cela qu'ils.
6. S'inquiétant de telz faitz.
a. Proverb., XII : *Qui odit increpationes insipiens est.*
b. Luce, V : *Nemo bibens vetus vinum statim vult novum, dicit enim : vetus melius est.*
c. Proverb., XXVIIII : *Viro qui corripientem se dura cervice contemnit, repentinus superveniet interitus.*

Ayans pensée devocieuse.
Mais se telz gens sont seducteurs,
L'entreprise en est dangereuse.

On doit medeciner les maulx
Des povres malades enfermes [1],
Caducz, par maladie mal fermes;
Pour ce sont faitz les hospitaux.
Et se ceulx qui prennent travaulx
A les nettoyer et curer [a],
Pour leur cas veullent procurer
Quelque substance [2] en leur demeure,
On n'en doit point trop murmurer,
Quant ilz meurent tout y demeure.

On trouve tant d'inventions
Pour attraper ceste pecunne,
Que les grans, mesme la commune [3]
Congnoissent les deceptions;
Ne sçay si les intentions
D'aucuns sont en mal ou en bien [b],
Je m'en tais, je n'en dis plus rien,
Non obstant que le pense entendre,
Et n'en ose parler, combien
Qu'on peult souvent trop *entreprendre*.

Esope [4] dit une petite fable

1. Infirmes.
2. Quelque bien, faire faire quelque donation.
3. Le commun peuple, le populaire.
4. On sait que le Moyen Age mettoit sous la protection du nom d'Ésope, Ysopes, tout recueil de fables. Marie de France, donne la même *petite fable* que notre poëte, sous le titre

a. Luce, X : *Dignus est mercenarius mercede suâ.*
b. 1 Regum, XVI : *Hoc videt que parent, Deus autem intuetur cor.*

Que, sur ce point, peult servir de notable [1].
Jadis furent deux chiennes, de quoy l'une
Avoit maison, et des biens de fortune ;
L'autre n'avoit aucun logis ne biens,
Et si avoit plain son ventre de chiens.
Ceste riche la logea par pitié,
Soy deslogeant, fusse [2] par amityé ;
Lors s'en alla où elle avoit affaire,
Et la laissa pour son bon plaisir faire
En son logis. Après longue saison
Ceste chienne revint en sa maison.
L'autre luy dist qu'el venoit mal apoint [a] ;
Et que pour lors el n'y entreroit point ;
Et, y voulant entrer, ses chiens jappèrent,
Maulgré elle sa maison usurpèrent
Et en eurent possession par force.
Se au temps present de chasser on s'efforce [b]
De leur logis les simples famelettes,
Ilz sont ainsi comme povres chiennettes
Qui sont chassées et gettées de leur estre
Pour y loger d'autres chiennes et mettre
Qui sont plaines de chiens qui nous mordront [c]

d'*Une Lisse qui vuleit chaaler*, et elle la met au nombre des fables k'Ysopez escrit. Les éditions modernes des œuvres de la Fontaine contiennent généralement une énumération savante des origines des diverses fables ; nous renvoyons là le lecteur qui voudroit connoître à fond l'historique de l'apologue : « *La Lice et sa compagne.* » Ésope est un des rares fabulistes qui n'en ait point parlé.

1. D'exemple, d'enseignement.

2. Et ce fut par amitié.

a. Proverb., XVII : *Qui reddit mala pro bonis non recedet malum de domo ejus.*

b. Aristoteles : *Nullum violentum perpetuò durat.*

c. Terentius : *Pro magno dilecto parum supplicii satis est parti.*

En la parfin, quant leurs chiens fanneront [1].
Ilz ne sont pas entrées dedens ce lieu
Par la porte, il s'entend, de par Dieu;
Mais ilz y ont, comme on voit, esté mys,
Cum facibus, gladiis et armis [2].
Je ne sçay pas s'ilz avoient offencé,
Tout regardé, veu, congneu et pensé,
On leur povoit bien donner medicines,
Sans les laiser [3] comme bestes canynes.
Du feminin fault estre pitoyable,
Car on congnoist qu'il est fort variable [a].
Je ne croy pas que la division [4]
N'ait esté faicte à bonne intencion;
Mais aux ungs plaist, autres ne sont contens.
Soit bien, soit mal, j'en laisse les contemps [5].

Des Bigotz et Bigottes.

On dit qu'il y a des Bigottes
Qui sont soustenues de Bigotz;
Ilz ne cuydent pas estre sottes [b],

1. Sans doute pour faonneront; quand elles auront
mis bas.

2. A l'exemple des soldats qui vinrent arrêter Notre Seigneur au Jardin des Oliviers.

3. Léser, injurier, maltraiter. Il fait ici allusion à celles
des anciennes religieuses dé l'Hôtel-Dieu qui ont été rem-
placées.

4. La *division* paroît indiquer cette séparation de l'administration spirituelle et temporelle qu'on cherchoit à établir
en laissant la première au Chapitre, la deuxième à cette
commission de huit bourgeois dont nous avons parlé plus
haut. Quelques éditions postérieures donnent : *à son intention.*

5. La discussion.

a. Virgilius : *Varium et mutabile semper femina.*

b. Roma, I : *Dicentes se esse sapientes stulti facti sunt.*

Non font[1] les bigotz estre sotz ;
Mais ilz ont de plus sotz propos
Que laboureurs qui portent hottes :
Tous sotz ne portent pas marottes !

Ces femmes qui font leurs fredaines ,
Tout par tout se font appeller
Par leurs noms bigottes mondaines ,
Je veuil leur estat reveler ;
Car ilz veullent de Dieu parler[a]
Aussi hault que sainct Augustin :
Ignorans gastent le latin.

Les aucunes sont bibliennes[b]
Et le texte tresmal exposent ;
Jeunes bigottes, anciennes
Dessus les Evangiles glosent,
Et tout au contraire proposent
De ce qui est à proposer :
Texte est gasté par mal gloser.

Les aucunes veullent sçavoir[c]
Que fist Dieu, où c'est qu'il alla,
Cuydans qu'ilz ayent assez sçavoir
Pour comprendre ce hault fait là ;
Et les haulx faitz, que Dieu cela,
Leur soit presché, voir à hault ton :
Mais trop enquerre n'est pas bon.

---

1. Non plus les bigots ne croient par être sots.
   a. Ecclesiast., III : *Altiora te ne quesieris, et fortiora te ne scrutatus fueris.*
   b. Proverb. XXV : *Qui perscrutator est majestatis opprimetur à glorià.*
   c. Terentius : *Ne quid nimis.*

S'ilz font questions theologales
C'est *entreprins* trop *follement* [a] :
En faisant bancquetz et rigalles
Vont bigotant secretement.
S'ilz celent leur entendement,
Devant quelque bigot discret
Leur engin monstrent en secret.

Depuis que femmes sont clergesse [b]
Plus qu'il n'affiert à leur nature,
Ilz sont folles et vanteresses,
De trop haulx faitz font ouverture.
Femme ne doit, selon droicture,
Croire que ce que croit l'Eglise,
Ou el commet *folle entreprise.*

Se divine inspiration
Les inspiroit comme les sainctes
Qui ont glorification
Aux cieulx, louant Dieu les mains joinctes,
Je diroye ce ne sont pas fainctes ;
Mais on voit leur cas tout notoire
Qui procède de vaine gloire [c].

Femmes ne doivent trop enquerre
Touchant la haulte Deité [d],
Mais tant seulement Dieu requerre
Qu'ilz vivent en bonne equité.
Femmes ont la proprieté

a. Terentius : *Quod tua non interest desine percontari.*
b. I Thimot., II : *Mulier in silentio discat cum omni sub-
jectione, docere autem mulieri non permitto.*
c. Mathei, XXIII : *Omnia opera sua faciunt ut videantur
ab hominibus.*
d. I Corint., XIIII : *Mulieres in ecclesiis taceant; non
enim permittitur eis loqui.*

Que je veuil icy reveler
C'est parler, plorer et filler.

   Sans mesure parlent souvent [a]
Et ne sçavent qu'ilz veullent dire ;
Leur pensée est comme le vent
   Qui choses legières adire [1].
Quant sont plaines de courroux, de ire
Sont serpens tappiz en herbaige
Dont la morsure fait oultraige [2].

   Ainsi ceulx qui sont ypocrites
Fillent, c'est à dire mal pensent,
En parlant; preschent loix escriptes
Et en preschant se recompensent [3];

1. Perd, égare ; ici sans doute dissipe en les faisant voltiger.

2. Nous retrouverons ces pensées sur les femmes constamment développées dans l'œuvre de Gringore, et tout particulièrement avec une grande verve dans les *Contrediz de Songe creux*.

3. J'ai cru devoir ponctuer ainsi cette phrase assez obscure, qui signifieroit alors : Ces femmes hypocrites n'ont d'autre travail que de parler ; en quoi elles ont tort. Elles bavardent sur la Bible, et leur vanité trouve dans ce bavardage sa propre récompense. *Fillent* (travaillent) est amené par le vers qui termine l'avant dernière strophe *parler, plorer, filler*. Nous trouvons ici un exemple de cet amour de la glose et du commentaire, amour qui produit fréquemment les plus étranges comparaisons, et qui caractérise à un haut degré la manière de notre poëte. Ces gloses allégoriques ont le défaut d'admettre, surtout dans les éditions gothiques sans ponctuation, des interprétations diverses ; ainsi en plaçant le point et virgule après *mal pensent* nous avons un nouveau sens qui est possible encore, et un scoliaste seroit peu ingénieux qui ne rencontreroit là une troisième et une quatrième explications. Voyez d'ailleurs un passage de Coquillart, où le mot *filler* est pris dans un sens analogue (*Œuvres de Coquillart*, édit. elzevirienne, t. 1ᵉʳ, page 185).

a. Proverb., X : *In multiloquio non deerit peccatum.*

En pleurant souvent Dieu offensent,
Leurs larmes ont peu de valleur,
De l'oeil viennent, non pas du cueur *a*.

Parquoy, sans plus en deviser,
Ceulx qui causent ce bigotaige *b*
Se meslent de *folle entreprise;*
Vanité tiennent en hostaige
Et peché les prent en servaige
Comme esclaves assubgectitz
Par desordonnez appetitz.

—

Ce que les sainctz Pères [1] *peuvent entreprendre,*
et du gouvernement des Prelatz.

Celuy qui a puissance de lier
Pareillement povoir de deslier
Entreprendre ne doit plus que sainct Pierre,
Aux serfz de Dieu se doit humilier *c*,
Ses ouailles esgarées ralier ;
Et se autrement le fait, certes il erre.
D'entreprendre assaulx, bataille, guerre,
Se n'est affin que nostre foy en prise [2],

1. Les papes.
2. Si ce n'est pour la défense de la chrétienté. *En,* pour *ou.* Si l'on prend *se* pour *ce,* il faut comprendre : « ce n'est pas cela qui fait honorer notre religion. »
a. Esaie, XXVIIII : *Populus hic labiis me honorat, cor autem eorum longe est a me.*
b. Ecclesiast., primo : *Ne fueris hypocrita in conspectu hominum.*
c. Cicero : *Quantò superiores sumus, tantò nos submissiùs geramus.*

Nul bien n'en vient, et y peult l'en acquerre
Le nom d'avoir commis *folle entreprise*[a].

Sainct Gregoire[1], saichant qu'on le prisoit
Tant que au siege papal on l'eslisoit,
Print la fuyte, renonçant tel honneur[b];
De la peine des prelatz devisoit,
Humilier souvent les advisoit,
Car ung prelat est d'ouailles gouverneur;
Se luymesmes n'est bon solliciteur[2]
En renonçant tout le bien temporel,
Il n'a garde qu'il soit vray zelateur,
Ne conducteur du bien spirituel.

Prelat porte crosse par seigneurie[c],
Monstrant qu'il est pasteur en pastourie;
Sa dignité tout bon crestien prise.
L'annel qu'il a en son doy signifie
Que ydolatres, hereticques deffie
Ainsi que vray espoux de saincte Eglise.
La tunique, qui est gentement mise
Dessus son corps, signifie netteté[d].

1. Saint Grégoire le Grand, pape, fin du vi[e] siècle. Voir
sa très-curieuse légende dans la *Légende dorée;* voir aussi : *La
Vie de saint Grégoire le Grand* publiée par M. Luzarche,
Tours, 1857. L'humilité de saint Grégoire et le refus qu'il
fit de la papauté n'ont rien de légendaire et sont confirmés
par l'histoire.

2. Je crois qu'il faut comprendre : s'il n'est bon solliciteur
de lui-même, s'il ne s'inquiète pas de ses propres défauts.

a. Ambrosius : *Arma clericorum lacryme sunt et orationes.*

b. Cicero : *Gloria sequentem fugit, et fugientem sequitur
ut umbra corporis.*

c. Hieronymus : *Latratu canum et baculo pastorum lupi
sunt arcendi.*

d. Esaye : *Mundamini qui fertis vasa Domini.*

Par l'estolle patience est requise,
Le chasuble despend de charité.

· Ung prelat doit estre vertueux, saige[a],
Discret en meurs, vela son droit usaige,
Sainct Gregoire le dit au Pastoral[1].
Mais sainct Bernard, parlant de leur oultraige,
· A Eugène[2] dit en peu de langaige
Que aucuns pasteurs se gouvernent tresmal.
« Je m'esbahis, dit il en general,
» Qu'ilz commettent vicaires ordinaires
» Sur le peuple, et par especial
» Ilz en prennent les deniers et salaires. »

Esse pas donc *entreprins follement*
Vouloir avoir d'autruy gouvernement
Et ne sçavoir soymesmes gouverner[b]!
Ung prelat doit avoir entendement
De servir Dieu, et principalement
En bonnes meurs ses subgectz doctriner.
On ne veult pas ung prelat ordonner
Pour recevoir honneur sans autre chose;
A servir Dieu se doit determiner,
Sainct Gregoire aux Moralles[3] l'expose.

---

1. *Le Pastoral de saint Grégoire le Grand* est un traité sur les devoirs d'un évêque. Il fut composé vers le temps de son avénement à la papauté, en 590.

2. *Traité de la Considération*, adressé au pape Eugène III. Voy. l'édit. des *Œuvres de saint Bernard* donnée par D. Mabillon, 1690, t. 1er.

3. Trente-cinq livres de *morales* sur Job, t. 1er des *Œuvres de saint Grégoire*, publiées à Paris, 1705, 4 vol. in-fol.

a. 1 Thimot., III : *Oportet episcopum esse irreprehensibilem, sobrium, ornatum, prudentem, pudicum, hospitale.*

b. Hieronymus : *Quid ad hoc eliguntur ut ceteris presint, sicut ordinantur dignitate, sic preminere debent sanctitate.*

En Exode s'il vous plaist de le lire *a*
Vous trouverez qu'on doit pasteurs eslire
Qui soyent lettrez, saiges, courtoys et doulx,
De bonne vie, sans orgueil et sans ire;
Et ne doit on bailler sans contredire
Brebiettes à garder à des loups,
C'est assavoir à ceulx qui sont si foulx
Que le prouffit de prelation prennent
Sans le labeur; ilz se [1] font près que tous,
Et par ainsi *folle entreprise* aprennent.

Vecy le temps, à bien nombrer les ans,
Que Ysaye dist à petitz et à grans,
Levant les yeulx au ciel comme transi,
Que les povres [2] et prelatz triumphans
Prendroient en eulx condition d'enfans *b*
Vivans sans soing et sans aucun soucy.
Et Zacharie a relaté ainsi
Se le prelat ne se tient à l'escolle
Pour enseigner son peuple, il est aussi
Fort vertueux que on diroit une ydole [3].

1. Cela.

2. Sans doute nous devons lire ici : *princes*, et voir une allusion à ce passage d'Isaie, chap. 3, ver. 4. « Je leur donnerai des enfans pour princes et les effeminez les domineront.» Dans le siècle précédent, George Chastellain, dans son très eloquent proesme à l'histoire du duc de Bourgogne, avoit insisté sur cette même punition providentielle : « Malheurée la terre dont le roy est anffant! »

3. C'est le résumé un peu familier des versets 16 et 17 du chap. 11 des Prophéties de Zacharie.

a. Exodi, XVIII : *Provide viros sapientes et timentes Deum in quibus sit veritas et qui oderint avariciam.*

b. Esaie, LVI : *Ipsi pastores ignoraverunt intelligentiam, omnes in viâ suâ declinaverunt.*

Sainct Hierosme a dit pour exemplaire[a]
Que le prelat ne soit concubinaire,
Car il est vray espoux de saincte Eglise;
Le droit canon de ce ne se veult taire
Veu qu'il deffend en leur maison attraire
Quelque femme, pourveu qu'el soit de mise[1].
Sainct Augustin de cecy nous advise
Qui eust sa seur, femme de grant façon;
Il ne voulut que avecques luy fust mise
A demeurer, pour eviter souspeçon.

Ung prelat est ainsi comme le chief[b]
Qui les membres preserve de meschief.
Ses subgectz doit de tous maulx preserver;
Se aucun mal font, les doit corriger brief;
S'ilz n'ont nulz biens, donner de son relief;
Reprendre ceulx qui les veullent grever;
Sainct Augustin, comme je puis prouver,
A tous prelatz a monstré notamment
Que de Eglise biens ne doivent lever
Fors pour nourrir leurs corps tant seulement[c].

Mais aucuns sont qui sont irreguliers,
Qui amassent des ducatz à milliers[d],
Entreprenans mainte *folle entreprise*

1. A moins qu'elle ne soit convenable ou nécessaire?
a. Hieronimus : *Hospitiolum tuum aut raro aut nunquam mulierum pedes terant, quod non potest toto corde cum Deo habitare qui feminarum accessibus copulatur.*
b. Augustinus : *Episcopus qui suorum crimina non corrigit magis dicendus est canis impudicus quam episcopus.*
c. Augustinus de Episcopis : *Non sunt illa que possidemus sed pauperum quorum procurationem quodammodo gerimus.*
d. II. Thimot., II : *Nemo militans Deo implicat se negociis secularibus.*

En se meslant des estatz seculiers.
Se ne sont point les bons fermes pilliers
Qui soustenoient l'union de l'Eglise.
Ilz n'ayment point, ainsi que faisoit Moyse,
Simples subgectz, lequel à joinctes mains,
Prioit à Dieu, tant fut plain de franchise,
Qu'ilz fussent tous nommez prophètes sainctz.

Nully ne doit porter nom de pasteur *a*
Se son peuple n'a tousjours en son cueur
Pour subvenir à ses necessitez.
Il doit fuyr bombances et honneur,
Car il est dit des povres gouverneur
Et le support en leurs adversitez.
Prelatz, ostez toutes mondanitez,
Car ceulx sont sotz qui trop de bien retiennent;
Vous suffise d'avoir les dignitez :
Biens de l'Eglise aux povres appartiennent.

Se prelatz ont de patrimoine assez *b*,
Bien d'eglise ne sont point amassez
Pour les nourrir, ou contre raison vont.
Il y en a qui ne sont point lassez
Prendre et ravir des vifz, des trespassez;
Telz gens larrons et sacrilèges sont :
Aux povres gens aucuns biens ilz n'en font *c*,
Et cuydent ilz devant Dieu estre quittes.

a. Johannis, X : *Bonus pastor animam suam dat pro ovibus suis.*

b. Hieronimus : *Qui bonis parentum et opibus sustentari possunt, si quod pauperum est accipiunt, sacrilegium profecto incurrunt et committunt.*

c. Bernardus : *Clamant famelici et conqueruntur : Dicite, pontifices, in freno quid facit aurum ? Nobis crudeliter subtrahitis quod inaniter expenditis.*

Sainct Augustin sur ce point les confont
De luymesmes en parlant aux hermites.

« J'ay des parens, dit il, qui par fallace
» Me demandent que des biens je leur face,
» Et toutesfois, je y vueil bien resister,
» Car Dieu m'a fait de son bien ceste grace
» Que par rigueur, flaterie ou menace
» Ilz ne m'ont sceu oncques suppediter. »
Ung prelat doncques qui se veult acquiter
Biens d'eglise à povres gens delivre,
A son povoir les doit solliciter
Et les riches de leurs biens laisser vivre [a].

Or voyons nous tout le contraire faire :
Aux povres gens on ne veult satisfaire [b],
Pour le present n'ont support ny audace
Fors les bigotz qui veullent contrefaire
Les gens devotz, et ont pensée contraire
Dedens leur cueur qui [1] ne monstrent en face ;
Par flater ont d'aucuns prelatz la grace
Secrettement, par leurs subtilitez,
Aucuns blasment pour couvrir leur fallace
Et eslièvent plusieurs nouvelletez

Las ! nous voyons peu de prelatz prescheurs
Qui resistent ne qui soyent empescheurs
Ceulx qui gastent et destruisent la foy [c].

1. Pensée contraire à celle qu'ils montrent.
a. Hieronymus : *Principatus in populo non sanguini deferendus est sed vite, quia que Dei sunt ab homine dari non possunt.*
b. Basilius : *Famelici panis est quem tu tenes, nudi tunica quam in conclavi servas, discalceati calceus apud te marcecit, quo circa tot hominibus injuriaris quot dare valeres.*
c. Ezech., III : *Si dicente me ad impium : Morte morieris ; non annunciaveris, ei sanguinem ejus de manu tuâ requiram.*

Le temps d'Aaron il fault cercher ailleurs,
Car les prelatz ne sont point batailleurs,
Comme il estoit, pour exaulser la loy.
Les apostres, tenant leur simple arroy [1]
Convertirent le peuple à Jesuchrist
Par preschemens, mais à ce que je voy
On se mocque d'ouyr le sainct escript.

   Mais où sont ceulx qui en captivité
Sont detenuz pour prescher verité !
On en voit peu hanter en seigneurie [2].
Chasseurs, volleurs [3] sont en auctorité [a],
Riches habitz, pompes, mondanité
Ont present bruyt, mais vertu est perie ;
Abbus, larcin, oultraige, flaterie
Mainent l'estat de l'Eglise à leur aise [b] ;
Symonie, couverte puterie,
Font bien souvent *entreprise mauvaise.*

   C'est par orgueil, qui ainsi les abuse,
Qui en la fin ses serviteurs ne excuse ;
Car liez sont de dangereux liens ;
S'ilz ont acquis biens mondains par leur ruse,
Ung autre vient qui après eulx les use,
Dont se meuvent grans inconveniens,
Car l'homme mort, on treuve les moyens
Partir en trois ses biens, tant soient vaillables [4] :

1. Train, manière de vivre.
2. De ces martyrs dans la compagnie, dans le nombre
des prélats.
3. Qui pratiquent la chasse au vol à l'aide de l'oiseau de
fauconnerie, sacre, gerfaut, tiercelet de gerfaut, faucon.
4. Quelque valeur qu'ils aient.
a. Hieronymus : *Venatorem nunquam legimus sanctum.*
b. Mantuanus : *Religio contempta jacet, spretusque Deo-
rum cultus abit.*

Le corps aux vers, à ses parens les biens[a],
Quant de l'ame, c'est à Dieu ou aux dyables.

———

De Symonie.

Brief, loyaulté est de plusieurs bannye,
L'Eglise on voit aujourd'uy mal unie[b],
Envie y est qui fait debatz argus,
Catholiques on dechasse et renye,
On ayme mieulx maintenant symonie,
Que ne faisoit le faulx Simon Magus[1];
Et qui auroit autant de yeulx comme Argus,
A grant peine verroit pasteurs parfaitz,
Près que tous ont ongles trenchans, aguz
Pour rapiner, non pas pour porter fez[2][c].

Heliseus, prophete renommé,
A ung homme par nom Naaman nommé[3]
Donna santé, dont ne voulut riens prendre,
Son serviteur Giezi en fut fumé[4],
De convoitise si tresfort enflammé

1. Simon, surnommé le Magicien, an 38 de J.-C., voulut acheter le don des miracles; de son nom vint l'appellation de symoniaques, appliquée à ceux qui trafiquent des choses saintes.
2. Faix.
3. Voyez Les Rois, livre 2, chapitre 5.
4. Irrité.
a. Ecclesiast., X : *Cum morietur homo hereditabit serpentes, et bestias et vermes.*
b. Mantuanus : . . . . . *Trita que fides jam pallidâ veste Infirmis titubat pedibus ; pudor exulat omnis.*
c. Philip., II : *Omnes que sua sunt querunt, non que Jesu Christi.*

Que symonie il voulut entreprendre ;
Il print argent, vestemens, sans attendre ;
Ainsi vendoit du Sainct Esperit la grace,
Parquoy devint, pour tel peché reprendre,
Plain de lepre sans partir de la place *a*.

Jeroboam en sa malle fortune *b*
Constitua evesques pour pecune,
C'estoit la loy de Dieu tresmal gardée ;
Le Createur, qui contre telz gens pugne,
Symonie, un grant peché, repugne [1],
L'entreprise congneut oultrecuydée ;
Symonie fut alors rescindée.
Non obstant que Jeroboam fut roy,
Sa lignée fut despoullée, desgradée,
Et luymesmes avec tout son arroy.

Antiochus contre droit et raison
A bons deniers voulut vendre à Jazon
La dignité d'evesque souverain [2],
Mal luy en print, non obstant son blazon [3],
En son orgueil. Ainsi que nous lison
Es Machabées, de son faict tresvilain :
Jherusalem vouloit, comme inhumain,
Totallement destruire par batailles,

1. Est hostile à la symonie, qui est un grand péché.
2. Voyez sur ce Jason, frère d'Onias, le liv. 2 des Machabées, chap. 4, depuis le ver. 7 jusqu'à 26.
3. Malgré sa gloire. Il s'agit d'Antiochus, surnommé l'Illustre.
a. Ambrosius de Giezi : *Cito turpem sequitur lepra mercedem, et pecunia mala quesita corpus animamque commaculat.*
b. III Regum, XIII : *Quicumque volebat implebat manum Hieroboam, et fiebat sacerdos excelsorum.*

Maladie vint a luy si soubdain*a*,
Que tresperça ses boyoulx et entrailles.

Or voyons nous grande punition
Faicte aux payens qui par contemption
Avoyent vendu prestrise des ydoles,
Dieu se courça de leur vendition
Et leur donna lors malediction.
Se ne sont point comptes ne paraboles.
Vous qui faictes les venditions folles
De prebendes, cures et eveschez*b*,
Escripvez vous hardiment en leurs rolles
Car beaucoup plus qu'ilz n'ont fait vous pechez.

Se aucun larron desroboit ung calice
Et le vendoit, il seroit par justice
Apprehendé, on le peult bien entendre.
On le reprent de sa fraude et malice,
Et laisse l'en ceulx qui font plus grant vice*c*
Quant ilz veullent toute l'Eglise vendre.
Telz gens sont ditz, pour le cas bien com-
Symoniaques, sacrilèges, larrons; [prendre,
Biens attrapent, et sont prestz de les prendre,
Comme en terriers connins ¹ prins par furons ².

Serez vous ditz vrays pasteurs, venerables,
Bons zelateurs, devotz et charitables

1. Lapins.
2. Furets.
a. II Machab., VIIII : *Dominus Deus Israel percussit Antiocum insanabili plagâ.*
b. Gregor. Nazanzenus : *Spiritus Sancti donum precio comparari quid aliud est quam capitale crimen et simoniaca heresis.*
c. Juvenalis : *Dat veniam corvis, vexat censura columbas.*

Par ce moyen nenny, je le vous nye.
Vous serez ditz cruelz loups, ravissables,
Qui devorez voz ouailles aux estables;
Crainte de Dieu est de voz cueurs bannye *a*.
Tel mauvaistié ne demeure impugnie
Car ceulx qui sont à telz maulx esveillez
Et qui gardent l'Eglise d'estre unie,
Du ciel divin sont privez, exilez.

Tremblez, tremblez, mondains pasteurs,
     pecheurs,   [sans,
Prescheurs, pescheurs, loups rampans, ravis-
Par noms docteurs, et par faitz seducteurs,
Meneurs, ducteurs, de vices protecteurs,
Flateurs, menteurs devant princes puissans,
Obeyssans aux metaulx reluysans *b*,
Et esguisans vostre langue à mal faire.
Soubz simple abit peult estre cueur plain d'ire[1].

L'ACTEUR.

Aux bons pasteurs qui vivent en simplesse
Ne m'adresse [2], mais les mauvais reprens *c*,
Et est force que en leurs maulx je les laisse
Quant sans cesse au peuple font oppresse
Et rudesse, parquoy leurs maulx comprens;
Brief, se j'en prens courroux, je ne mesprens

---

1. On reconnoît dans ce huitain les rimes batelées, compliquées de quelques rimes couronnées à l'hémistiche. Les vers suivans sont en rimes batelées simplement.
2. Dans mes attaques.
a. Psal., XIII : *Non est timor Dei ante oculos eorum.*
b. Ecclesiast., X : *Pecunie obediunt omnia.*
Juvenalis : *Et genus et formam regiam pecunia donat.*
c. Proverb., XVIII : *Impius cum in profundum venerit.*

Quant je comprens maulgré moy leurs faulx
  termes :
Faulte de foy fait mesler prelatz d'armes.

D'où vient cecy ? Par folle mondanité
Et vanité qui les tient en tutelle,
Faulte d'amour et de benignité;
Fraternité est en decrepité *a*,
Et verité clot la bouche et chancelle.
Où est celle maintenant qui precelle?
C'est cautelle ¹ qui les vertus dechasse
Comme levriers font fuyr lievre en chasse.

Les cautelles sont closes et couvertes.
Puis ouvertes en la fin, c'est l'usaige.
Quant on les voit patentes et appertes
Lors acertes en recongnoist les pertes
Que ont souffertes subgectz en maint passaige *b*.
De couraige entremeslé d'oultraige
Et de raige ² quant on voit qu'on n'a rien
On mauldist ceulx qui ont tollu le bien.

Pource, prelatz d'avarice seduitz
Qui voz deduitz prenez à guerre faire,
Et ne tachez, tant de jour que de nuitz,

1. Ruse, prudence mondaine.
2. Les nécessités de la rime batelée augmentent ici encore
le défaut général de Gringore, une concision excessive qui
ne tient pas toujours compte de la syntaxe; le sens des vers
précédents est évidemment celui-ci : on reconnoît pourquoi
les sujets se sont mis en un état de révolte furieuse contre
leurs princes; car, par hardiesse entremêlée, etc.
a. Therentius : *Verum est quod vulgo dici solet : Omnes
sibi malle melius quam alteri.*
b. Jeremie, V : *Inventi sunt in populo meo impii insi-
diantes quasi aucupes laqueos ponentes et pedicas ad capien-
dos viros.*

Mettre en estuys[1] biens des mondains destruitz,
Esbahy suis, pensant à votre affaire ;
Le populaire voyez crier et braire
Sans satisfaire à ses cris, à ses plains :
Saiges n'ont rien, et sotz sont de biens plains [a].

A forte main possession prenez
Des dignitez ; par trop *entreprenez*
Quant guerroyez pour l'estat de l'Église.
Petitz enfans qui sont à peine nez
Et ne sçauroyent quasi moucher leur nez ;
Ont eveschez, dignitez, c'est la guyse [b] ;
Abbayes, cures, prieurez, par faintise
Sont baillées, affin que l'entendez,
A des joueurs de cartes ou de dez
Estudiant ce mestier voulentiers [c] ;
Et leur suffist d'estre bien prebendez
Sans dire Messe, Heures, Vespres, Psaultiers.

Tant engloutir de dignitez à tas
Et gouverner gens de plusieurs estatz
Possible n'est que justement se face ;
Mais voulez vous, messieurs les prelatz,
Que le fleuve Jourdain, sans estre las,
Se absorbe en vous, par vostre gorge passe ?
De quoy vous sert tresor en une masse,
Qui deust estre aux povres gens donné ?

1. Dans vos étuis, dans vos coffres.
a. Seneca : *O Fortuna viris invida fortibus que non equa bonis premia dividis.*
b. Alexander, III : *In cunctis sacris ordinibus et ecclesiasticis ministris etatis maturitas, gravitas morum, et litterarum scientia sunt inquirenda.*
c. Alexander, III : *Beneficiorum multitudo est canonibus inimica, que dissolutionis materiam evagationisque inducit, certumque continet periculum animarum.*

Or, se par vous est mal ordonné [1],
Cause serez de la perdition
De voz ames. Qu'il me soit pardonné
Se de voz maulx fais repeticion.

Les dispenses sont causes de grans maulx;
On dispense dameretz, fringuereaulx [2];
Asnes bediers [3] sont faitz prothonotaires [4];
Les torcheculz [5] de mulles, de chevaulx,
Courtiers d'amours, appellez maquereaulx,
Ont dessoubz eulx chapellains et vicaires
Pour recueillir leurs deniers ordinaires [a],
Qui [6] reçoivent comme fermiers marchans;
Sur droit d'autruy usurpans et marchans
Du mort, du vif, happent, prennent, saisissent;
Et ne feront jà prière ne chantz
Se grans deniers en bource ne sortissent.

1. A ce vers manque une syllabe, que nous n'avons pas essayé d'ajouter, dans le doute où nous sommes sur la signification du mot *or*, qui peut être, les deux sens sont acceptables, substantif ou conjonction. Les premières éditions s'accordent à donner le texte que nous avons suivi. Les éditions postérieures offrent : *il est mal ordonné*.

2. Ce mot, qui paroît emprunté à la phraséologie Coquillart, signifie fats, vantards; il vient du mot *fringuer*, frétiller, remuer le derrière; de là pour *fringuereaulx* le double sens : l'un, propre, gens qui se donnent des airs vifs, recherchés, impertinents; et l'autre, figuré, gens qui se vantent.

3. Badauds, lourdauds, nigauds.

4. Officiers institués par la cour de Rome, dont un des principaux offices étoit de dresser les actes concernant les informations de vie et mœurs des prélats à nommer.

5. Des valets d'écurie.

6. Qu'ils.

a. Innocentius, III : *Nichil est quod Ecclesie Dei magis officit quam quod indigni assumantur prelati ad regimen animarum.*

*Comment Religion [1] fut fondée par les roys,
princes et seigneurs, et comment ilz
espousèrent Devocion.*

Les gens royaulx, qui furent fondateurs [a]
Des eglises et vrays mediateurs
De mettre en bruyt saincte religion,
Donnèrent biens à povres orateurs,
Lesquelz furent principaulx inventeurs
Des grans vices faire correction;
Ainsi doncques voyant Devocion
Desolée, povre, sans aucuns biens,
Par gens de biens trouvèrent les moyens
La marier aux grans seigneurs mondains,
Qui luy furent courtois, doulx et humains,
En tel façon qu'el eut des biens assez,
Et amassoit des biens à toutes mains,
Tant des vivans comme des trespassez.

———

Comme Devocion enfante Richesse.

Devocion en ce point mariée   [rée [2],
Aux grans seigneurs, comme leur desi-
La gouvernoient en estat de simplesse;
Mais soy voyant en ce point honorée,

1. L'état temporel des monastères.
2. Qui la traitoient comme une épouse bien-aimée.
a. Platina [*] : *Constantinus Imperator à Beato Silvestro
baptisatus ecclesiis Beatorum Apostolorum Petri et Pauli
possessionum predia contulit, plura donaria, et multas edes
sacras construxit.*

* B. Platina *a fait une histoire des papes, imprimée vers*
1500.

A celle fin d'estre mieulx decorée,
Se delecta avec gens de noblesse*;
Et les congneut en forme si expresse,
Qu'el fut grosse, et en brief enfanta
Une fille qu'on appeloit Richesse,
Qui son pouvoir à tous manifesta.

Richesse creut et devint grande et belle*:
Les orateurs passoient temps avec elle,
Et delaissoient Devocion, sa mère
Adnichilée, quasi comme en tutelle;
Mais congnoissant sa fille estre rebelle,
En souspiroit de douleur tresamère,
Luy demonstrant le vice et impropère ¹
Qu'elle faisoit de ses servans seduire,
Lesquelz devoient chanter en son repère ²,
Cantiques ditz pour gens en bien instruire.

Richesse avoit de Devocion honte,
Sa mère estoit et si n'en tenoit compte;
El passoit temps à toutes voluptez ͨ,
Tenant estat de roy, de duc ou conte,
Sans supposer que la fin fait le compte ³.
Aucuns voyans telles enormitez,
Faignans servir dame Devocion,

1. Honte, opprobre, infamie.
2. Dans son pauvre temple.
3. Qu'à la fin tout se paye.
a. Ecclesiast., XXVIIII : *Pone thesaurum tuum in præceptis Altissimi et proderit tibi magis quam aurum.*
b. Marc, X : *Filioli, quam difficile est confidentes in pecuniis in regnum Dei introire.*
c. Proverb., XXX : *Mendicitatem et divitias ne dederis mihi, ne forte satiatus illitior ad negandum, et dicam quis est Deus.*

Se vantèrent que ses perplexitez
Seroient mises tost à destruction.

—

Comme les Reformateurs sont conduiz par Papelardise[1].

Pour corriger toutes telles erreurs,
  Se mirent sus[2] des *folz entrepreneurs*,
Que conduisoit dame Papelardise,
Et se nommoient par nom reformateurs ;
Mais ilz estoient de richesse amateurs[a]
Car pour l'avoir faisoient ceste *entreprise*.
Les principaulx conducteurs de l'Eglise
Convoitise tellement abusoit,
Par beau parler et couverte faintise[b],
Que à son vouloir plusieurs en seduisoit.

—

Des Ypocrites.

Là survindrent ung grant tas d'ypocrites,
  Qui preschoient canons et loix escriptes,

1. Papelarder, remuer les lèvres vitement comme quelqu'un qui prie ; mot, dans le principe, formé par onoma-
topée du son *pe, pe, pe,* que font les lèvres en s'agitant
par un mouvement vif. Il s'appliqua bientôt aux gens de
dévotion bruyante, purement extérieure, aux hypocrites.
Les railleurs, ultra Gallicans au xve siècle, Huguenots au
xvie, lui conservèrent son sens d'hypocrisie ; mais y trou-
vant le mot pape, ils s'en servirent comme d'une désignation
ridicule contre tous les catholiques.

2. Se mirent en avant.

a. Cicero : *Nichil est tam angusti animi, tamque parvi
çuam amare divitias.*

b. Horatius : *Tristia sub dulci melle venena latent.*

Affm qu'on dist : « Sont gens [1] felicitez,
Dieu les reprent par ses Evangelistes. »
Car leurs blasons et leurs parolles mistes
Tournent en mal et en ferocitez.
A bien parler on les voit incitez,
Leurs parolles gardent gens de mal faire [a];
Blasmer pechez sont assez usitez [2],
Le bien preschent, mais ilz font le contraire.

Devocion soy voyant ravaller,
Print couraige, commença à parler
A ces bigotz et ces reformateurs,
En soustenant qu'ilz sont de maulx acteurs;
Papelardise escoutoit son blason,
Devocion soustenoit par raison
Qu'il y avoit des reformateurs maintz
Lesquelz estoyent felons et inhumains [b];
Car comme loups sortissans hors des boys,
Simples aigneaulx ilz tenoient aux abboys.

1. « Les gens ainsi prêchés sont heureux, car Dieu envoie de nouveaux apôtres »; mais leurs apologies et leurs parolles d'une réserve doucereuse, etc.
2. Ils ont assez l'usage de blasmer.
a. Mathei, XXIII : *Quecumque dixerint vobis servate et facite, secundum opera vero eorum nolite facere, dicunt enim et non faciunt.*
b. Ad Roma, II : *Qui alium doces, teipsum non doces, qui predicas non furari dum furaris, qui dices non mechari dum mecharis.*

*Comme les Reformateurs n'ont osé assaillir les
grosses abbayes, du commencement,
mais ont reformé les Mendians;
et sont comparez aux
Loups sortans
des boys* [1].

L es loups partans secrettement
Des boys pour faire des grans maulx,
Pevent regarder songneusement
Muletz, jumens et grans chevaulx;
Garde n'ont de leur faire assaulx [a]
Quant ilz sont ensemble serrez,
Pource qu'ilz ont les piedz ferrez.

Les loups seroient tresmal venuz
D'assaillir ces grans beufz cornuz,
Qui ont cornes pour eulx deffendre;
Aussi ilz n'en assaillent nulz [b],
Point ne s'efforcent de les prendre;
Ilz n'osent aussi entreprendre

1. Gringore se trompe, car la réformation des riches
abbayes de l'ordre de Saint-Benoît, entre autres de Saint-
Germain des Prés, suivit immédiatement la réformation des
Jacobins et des Cordeliers. Ces deux ordres, avec les Carmes
et les Augustins, étoient les plus anciens des ordres mendians. Le nombre en fut plus tard porté à sept, par la créa-
tion des Capucins, des Récollets et des Minimes. Les plus
actifs de ces Réformateurs, contre lesquels notre poëte montre tant d'hostilité, étoient, sous la haute direction du grand
cardinal d'Amboise, légat du pape, les évêques d'Autun et
de Castellamare; Olivier Maillard, pour les ordres Mendians; frères Jean Rollin et Philippe Bourgoing, religieux
de Cluny, pour les Bénédictins.

a. Ovidius : *In audaces non est audatia tuta.*

b. Alanus : *Dente timetur aper, deffendunt cornua thaurum.
Imbelles dame quid nisi preda sumus!*

D'assaillir ung tas de pourceaulx,
Qui grognent dedens leurs tropeaux.

Ces loups subtilz, pervers, s'adressent *a*
Aux simples bestes, qu'ilz oppressent;
Comme lyons devorateurs,
Povres aigneaux navrent et blessent,
Mesmement les simples pasteurs.
Tout ainsi noz reformateurs
Ont voulu faire leurs mistères,
Et n'ont osé, de peur des heurs [1],
Assaillir les gros monastères [b].

L'ACTEUR.

O seducteurs qui par blandissemens,
Par faulx semblans et subtilz documens,
Entreprenez *entreprises damnables*,
Rompans chartes, mandemens, instrumens [2],
Subvertissans princes par preschemens,
Et commetant des vices execrables,
Enseignemens proferez et notables [3];
Bouche les dit, mais le cueur dissimule [c]!
Sainct Augustin, sainct Benoist, gens notables,
Confesseurs sont, jamais n'alloyent sur mulle.

Quant d'aleguer [4] : « J'ay souffert peine aus-
Et suis jà vieil » ; on entend ce mistère, [tère;

1. *Heurts*, coups, blessures.
2. Actes.
3. Maximes.
4. Quant à ce qui est d'alléguer, quand on entend alléguer.
a. Ovidius : *Fortisque fugacibus esto.*
b. Cicero : *Cavendum est ne iisdem de causis alii plec-
tantur, alii ne appellantur quidem.*
c. Juvenalis : . . . . *De virtute locutis
Criminibus tacita sudant precordia culpa.*

C'est bien raison qu'on supporte vieillesse ;
Et toutesfois qui entend la matière,
Il peult prouver que en simple monastère,
Mourir de fain gens devotz on ne laisse *a*.
S'ilz se veullent eslever en haultesse
Dessoubz l'ombre de predication,
Taschant d'avoir avecques eulx Richesse,
Dessoubz le pied mettent Devocion.

Balade baladant [1].

Pour parler à la verité,
  On a veu l'Université
Avoir privileiges et droitz,
Car les nobles d'antiquité
Gardoyent ceste solemnité [2]
Comme augmenteurs de bonnes loix.
Maintenant je ne m'y congnois [3],

1. Nous ne retrouvons pas dans cette pièce les règles de
la Balade baladant telles qu'elles nous sont données par les
maîtres de rhétorique de la fin du xv⁰ siècle. L'absence
d'*envoy au prince* ne constitue pas la balade baladant; c'est
pourtant la seule différence que nous voyons entre la ballade
qui va suivre et les *ballades communes*. Gringore n'étoit pas
un poëte de Cour, et n'étoit pas un savant dans l'art de tor-
turer les vers ; outre cela, sa facilité, le grand nombre de
ses compositions, son esprit fantaisiste, l'activité de sa vie,
ne devoient pas le rendre bien rigoureux dans ses recherches
et ses applications de rhithmes extravagans ; il devoit être
un poëte fort misérable aux yeux du grand Cretin, aux yeux
des autres illustres et bien rentés poëtes-experts en l'art de
rhétorique.
2. Cette solennelle institution.
3. Je ne m'y reconnois plus.
a. Psalm., LIIII : *Jacta super Dominum curam tuam, et
ipse te enutriet, et non dabit in eternum fluctuationem
justo.*

On la deffoulle, on la desprise [1] ;
Mais esse pas *folle entreprise* [a] !

1. Allusion aux querelles qui avoient accompagné la réforme des Jacobins de Paris. Ceux-ci avoient essayé de s'abriter derrière les droits de l'Université, et comme ils étoient en grande partie étudians, ils excipoient des nécessités de leurs études et de leurs devoirs d'escoliers de l'Université pour excuser leur indiscipline et leur oubli de leur règle. Les réformateurs passèrent outre ; les Jacobins se fortifièrent dans leur collége ; douze cents escholiers, armés sous leurs robes longues, vinrent pour les aider à se défendre. « Toutesfois, autre chose n'en fut, dit Jean d'Auton, mais vidèrent la ville. » Gringore étoit peut-être au nombre de ces escholiers ; d'ailleurs, comme nous l'avons indiqué, la cause des Jacobins et des Cordeliers étoit populaire dans la jeunesse de l'Université, et cela nous expliqueroit encore l'hostilité que montre notre poëte contre les réformateurs.

De plus, outre ces atteintes portées aux priviléges de quelques colléges, l'Université avoit été frappée tout entière par l'édit que Louis XII avoit porté pour la suppression des abus signalés avec tant d'énergie dans les Etats Généraux de 1484.

Elle avoit essayé de résister à cet édit, portant interprétation et règlement de ses priviléges. Elle envoya une députation au Parlement ; celui-ci se montrant disposé à soutenir énergiquement les ordonnances nouvelles, les escoliers s'assemblèrent en tumulte, s'armèrent, placardèrent les carrefours de libelles diffamatoires contre le chancelier Guy de Rochefort. Jean Cavé, recteur de l'Université, fit fermer les colléges, et fit annoncer le lendemain, jour de la Fête-Dieu, par tous les prédicateurs, que nul ne prêcheroit dorénavant jusqu'à ce que les priviléges de l'Université fussent restitués intégralement. Le prévôt de Paris fit garder les places et carrefours ; le prévôt du guet parcourut la ville avec ses hommes ; le Roi, averti, quitta Blois et se dirigea sur Paris. Il rencontra à Corbeil une députation de l'Université, que l'archevêque de Rouen, Georges d'Amboise, maltraita de paroles. Le Roi ajouta quelques mots pleins de colère. Les députés de retour, l'Université s'assembla. Le Recteur trouva sage de faire reprendre aux lectures et aux prédications leur cours accoutumé, et quand Louis XII entra dans Paris, précédé de ses archers,

a. Esaie, primo : *Filios enutrivi et exaltavi, ipsi autem spreverunt me.*

Couvoiteux desprise science [a],
Il n'a ne foy ne conscience ;
Car pour mieulx faire ces mistères,
Sans charité et sans prudence,
Aux Mendians fut fait deffence
De hanter en leurs monastères ;
On mist hors les anciens pères,
Par larcin et par couvoitise ;
Mais esse pas *folle entreprise!*

Heresie son feu atise [b],
Gloire mondaine et couvoitise,
Ont à aucuns journée termée [1] ;
Car on a veu dedens l'Eglise,
Qui deust estre lieu de franchise,
Puis cinq ans une grande armée [2] ;

l'arc tendu, et suivi d'un grand nombre de noblesse, il trouva la paix rétablie. Quelques séditieux quittèrent la ville; parmi eux Gaguin cite Thomas Varvetus, de Cambrai, et Johannes Standonc, Brabançon, supérieur du collége Montaigu, *theologus doctor, vitâ et doctrinâ clarus.*

1. Donné terme, désigné ou entrevu le jour où elles pourront commettre leurs pillages. Cette annonce prophétique du Protestantisme est assez curieuse, pleine d'instruction d'ailleurs sur l'état des esprits dans les premières années du XVIᵉ siècle.

2. Allusions à l'état de guerre constante dans lequel se trouvoient les États romains, depuis les invasions françoises en Italie. Au commencement du siècle, la lutte des Colonna et des Orsini ensanglante la campagne romaine. La Romagne est partagée en quatorze tyrannies bataillant l'une contre l'autre, et luttant contre César Borgia de 1499 à 1503. L'armée françoise se tient aux portes de Rome. 1503, pour aider peut-être aux projets ambitieux du cardinal d'Amboise. César Borgia essaye de lutter contre Jules II, 1504. Ce sont bien là les cinq années dont parle Gringore.

a. Proverb., VII : *Accipite disciplinam meam et non pecuniam, doctrinam magis quam aurum eligite.*

b. Jeremie, VII : *Periit fides et ablata est de ore eorum.*

Ainsi par tout court renommée
Que on ravalle par trop l'Eglise *a*;
Mais esse pas *folle entreprise!*

L'Acteur.

Papelardise, qui eut l'engin agu [1],
   Oyant ces motz voulut prendre l'argu [2]
A l'encontre de Devocion, mais
Leur dyalogue icy par escript metz.

Papelardise.

Je fais tous les jours abstinence [b];
Au reffretoer est la pitance
Que les gens nous donnent *gratis.*

Devocion.

Je ne dy pas ce que je pense [c];
Vous faictes la grande despense
In camerâ caritatis [3].

Papelardise.

Nous faisons requestes, prières [d]

1. L'esprit subtil.
2. La parole pour argumenter.
3. Dans la chambre, sous la voûte de charité, sous ombre de charité; peut-être faut-il voir là un jeu de mots sur *caritas* et *caro*, dans son double sens; *camera caritatis* indiqueroit la chambre où la chair est faible, et où l'on se nourrit de chairs délicates.
   a. Psalmo, CIIII : *Nolite tangere Christos meos, et in prophetis meis nolite malignari.*
   b. Mathei, sexto : *Cum jejunatis nolite fieri sicut ypocrite tristes.*
   c. Jeronimus : *Simulata sanctitas duplex est iniquitas.*
   d. Mathei, VI : *Exterminant facies suas ut pareant hominibus jejunantes.*

Et abstinences singulières ;
Les gens en sont bien advertiz.

Devocion.

Les beaulx bancquetz et bonnes chières [a]
Se font par subtiles manières,
In camerâ caritatis.

Papelardise.

Helas ! nous disnons en convent [b],
Ainsi que les pluviers, de vent ;
Peu de biens nous sont departiz.

Devocion.

Voz gouverneurs le plus souvent [c],
Ont tant de biens qu'on les revend,
In camerâ caritatis.

Papelardise.

Nous prenons peines et travaulx ;
On peult veoir à noz piez deschaulx,
Que sommes gens assubgectiz [d].

Devocion.

Les reformateurs principaulx,
Mangussent [1] de bons gras morceaulx,
In camerâ caritatis [e].

1. Mangeroient, ont mangé.
a. Proverb., XV : *In omni loco oculi Domini contemplantur bonos et malos.*
b. Ecclesiast., II : *Ne accesseris ad Deum duplici corde.*
c. Gregorius : *Si verè divites esse cupitis, veras divitias amate.*
d. Sapientie, I : *Spiritus sanctus discipline effugiet fictum.*
e. Prime Corin., XI : *Alius quidem esurit, alius autem ebrius est.*

La glorificacion et faintise de Papelardise.

I l m'est force que vous revèle
Partie de mon abilité :
Gens plains de vice et de cautelle
Fais sembler gens de dignité [a] ;
Qui veult avoir auctorité
Sans que on congnoisse son oultraige,
Et n'aymer foy ne charité,
Il doit user de bigotaige;
Brassant quelque mauvais buvraige,
Joignant devant les gens les mains,
Usant de deceptif langaige,
On a ainsi les biens mondains [b] !
Tromper ses parens, ses prochains,
Menger la laine sur leur dos,
Et desrober Dieu et ses sainctz,
C'est *l'entreprise* des bigotz [c] !

Faignant d'estre travaillé, las,
Et coucher sur ung matelas,
Reposer dessus ung mol lict,
Disant qu'en prenant le repas
On boit de l'eau, mais [1] l'ypocras
Soit tout prest pour prendre delict [d];
Et se le visaige pallit

1. Mais que.
a. Math., XXIII, de hypocritis : *Vos a foris quondam paretis hominibus justis, intus autem pleni estis hypocrisi et iniquitate.*
b. Proverb. XVI : *Melius est parum cum justicid quam multi fructus cum iniquitate.*
c. Job, XV : *Congregatio ypocrite sterilis.*
d. Juvenalis : *Qui curios simulant et bacchanalia vivunt.*

On en escoute mieulx les motz [1],
Beau parler les cueurs amollit,
C'est *l'entreprise* des bigotz.

Affin qu'on ait meilleur salaire
Donner exemple de bien faire
Aux gens, ce n'est que bien presché [a]!
En preschant fault crier et braire,
Monstrer vice à vertu contraire,
Affin d'avoir quelque evesché.
Se on reprent gens de leur peché
Pour acquerir honneur et los,
C'est tousjours quelque argent pesché,
C'est *l'entreprise* des bigotz!

Qui fait entreprendre à noblesse [b]
Acquerir honneur et richesse
Fors que moy qui vis à requoy [2]?
Qui se mesle de hardiesse,
Qui fait reluire gentillesse
Et eslever nouvelle loy?
J'en suis le motif, par ma foy!

1. On croit plus facilement alors les affirmations de ces hypocrites au visage pâli.

2. En repos.

a. Gregorius : *Cujus vita despicitur, restat ut ejus prædicatio contemnatur.* — Si nous expliquons par cette citation les vers de Gringore, ils disent : « Pour ne pas perdre son temps, il faudroit donner bon exemple, c'est la bonne manière de prêcher; mais maintenant on crie, on se démène en vue d'un évêché. » Nous préférons prendre ces trois premiers vers comme le reste du dizain, dans un sens satyrique, et comprendre : donner l'exemple de l'intrigue qui mène à la fortune, n'est-ce pas la meilleure prédication, selon ces bigots.

b. Seneca : *Illum populi favor attonitum fluctuum magis mobile vulgus aura tumidum pascit inani.*

A d'aucuns fais acquerir loz
Et ravir or, argent, alloy ¹
Par *l'entreprise* des bigotz.

   Quant du ² cas ecclesiastique,
A le gouverner je m'aplique,
Faisant les asnes exaulser ᵃ ;
Et qui veult sçavoir la pratique,
Comme c'est que l'Eglise on picque ³,
Il se fault à moy adresser :
Je fais les bons clercs oppresser,
Et metz en bruyt ung tas de sotz ᵇ,
Sans craindre de Dieu offenser;
C'est *entreprise* des bigotz.

   Quant je voy une Eglise unie,
Tant fais que union est bannye;
J'endure que asnes chantent messe;
J'eslève dame Symonie ᶜ;
Saincte estude chasse et renye,
Et predication rabaisse;
J'assemble, affin que on me congnoisse,

1. Sans doute, comme nous le disions, de l'or, de l'argent monnoyé, non discrédité.
  2. Au.
  3. Comme on nuit à l'Église.
  a. Gelasius papa* : *Litteris carens sacris non potest esse aptus officiis.*
  b. Zozimus papa** : *Ad summum ecclesie sacerdotium non aspiret qui divinis disciplinis non est imbutus.*
  c. Gregorius : *Anathema danti, anathema accipienti, hoc est symoniacha heresis.*

  * Gelase Iᵉʳ 492-496. Il a laissé des lettres, des opuscules ; il est celèbre dans l'Église pour son travail sur les livres canoniques.
  ** 417-418. Il a laissé des lettres qu'on peut retrouver dans les Collections des conciles.

Crosses, mittres, rouges chapeaulx,
Et, en blasonnant [1], les gens presse
De perpetrer infiniz maulx.

En l'Eglise fais grans oultraiges [a],
Je mengus [2] crucifix, ymaiges,
Reliques et sainctz ossemens;
J'entretiens les grans personnaiges,
Tout m'est ung s'ilz sont folz ou saiges;
Je abolis chartres, instrumens;
Il en vient des amendemens [3],
Car en jouant de happe, happe [4],
Blandiz les gens, et puis les frappe [b].

———

Devocion.

Pis vallez que Septimulus,
Et pareil [5] à Antigonus [6]

1. Par des apologies adroites.
2. Je mange. Coquillart se sert d'une expression analogue : Qui va les crucifix rongeans, dit-il. Voy. édit. elzev., t. 1, p. 105.
3. Du proffit.
4. Peut-être est-ce un jeu qui étoit ainsi appelé ; en tous cas le sens est clair : tout en dérobant habilement.
5. *Et vallez pareil*, et valez autant que.
6. Il est probable qu'il s'agit d'Antigonus roi de Syrie, général d'Alexandre, mort l'an 312 av. J. C., et non d'Antigonus fils d'Aristobule, successeur du Grand-Prêtre Hyrcan, mort l'an 40 av. J. C. ; le premier représente un peu mieux que l'autre, si cela est possible, les qualités citées par Gringore.
a. Mant. : *Venalia nobis templa, sacerdotes, altaria sacra, corone,*
Ignes, thura, preces, celum est venale Deus que.
b. Psalm. LIIII : *Moliti sunt sermones ejus super oleum et ipsi sunt jacula.*

En couvoitise et en rapine.
Ressembler deussiez à Titus *a*,
Plain de saigesse et de vertus,
Affin d'estre reputez digne;
Pensez à la faulte maline
De Choro, Dathan, Abiron,
Qui eurent dure discipline,
C'est l'estat de Devocion.

Maintenez le peuple en franchise,
Ainsi que faisoit le sainct Moyse,
Et comme Aaron l'endoctrinez;
Monstrez vous Jonas sans faintise;
Preschez pour soustenir l'Eglise,
Et gens de bien y ordonnez *b*;
A vous corriger apprenez,
Ostez glorification
De voz cueurs, mes ditz retenez,
C'est l'estat de Devocion.

De nully ne suis supportée,
Entretenue ne confortée,
Puissans seigneurs, c'est vostre honte!
Prelatz, je deusse estre portée *c*
En voz cueurs, or suis je advortée *1*;

1. Sans doute *de voz cueurs*, je suis chassée de vos cœurs.
a. Hieronimus : *Cur ceteris preferuntur qui nullâ meritorum gratiâ a ceteris assumuntur.*
b. Symoniachus papa * : *Vilissimus computandus est nisi precellat scientiâ et sanctitate qui est honore prestantior.*
c. Mant. : *Cur ego que magni sum semine nata Tonantis
    Et celeste genus, senior sublimibus astris
    Deseror...*

* Sans doute Symmachus papa. De 498-514. Voyez plusieurs lettres de lui dans la Collection royale des conciles imprimée au Louvre, 1644, in-fol.

De moy ne tenez aucun compte.
Par richesse qui vous surmonte,
Folle entreprise et ignorance
Vous gouvernent; vostre mescompte [1]
Oste de moy la congnoissance.

L'Eglise se mesle de guerre [a],
Temporalité luy supplye [2],
C'est la cause, sans plus enquerre,
Qui me rend ainsi affoiblye.
On devoit aller en Turquie [3]
Affin que Turcs fussent grevez,
Mais guerre fut en Ytallie;
Aucuns s'y sont lasches trouvez [4].
Papelardise, vous sçavez
Qu'on a depuys six ans, de fait,
Pour ce cas grans deniers levez,
Je ne sçay pas qu'on en a fait.

Papelardise, c'est par toy
Qui soubz l'ombre de ton chastoy [5]

1. Votre mépris de moy.

2. Lui supplée, lui vient en aide; elle invoque ambitieusement l'alliance du pouvoir temporel.

3. On y essaya bien en l'année 1501. Soixante galères Françoises et Génoises, sous le commandement de Philippe de Ravestain, gonfalonnier de l'armée chrétienne, huit barques Portugaises, trente navires Vénitiens, contenant en tout trois mille hommes et vingt quatre pièces de canon, s'en allèrent conquérir quelques îles de l'Archipel, echouèrent devant Metelin et revinrent à grand peine à Gênes, après pertes considerables, tempêtes, naufrages et querelles intestines.

4. Ont reculé devant la croisade.

5. Conseil, enseignement.

a. Hieronimus : *Si quis vult pontifex esse, imitatur Moysen et Aaron : Moyses ad bella non vadit, non pugnat contra inimicos sed orat.*

Cuydes Richesse ¹ endoctriner ;
Mais tu luy aprens telle loy
Que or, billon, argent et alloy ᵃ,
Elle prent pour m'abandonner.
Soubz elle deusse dominer,
Et je suis dessoubz le pié mise.
Veulx tu ma fille gouverner,
Tu la gastes, Papelardise.

Je te dis que tu deusses estre
A prier Dieu dedens ton cloistre,
Et tu tiens termes curiaulx ².
Richesse ma fille fais paistre
Tresmal, luy donnes à congnoistre
Que j'ay par elle infiniz maulx ;
Tu entens bien que gens royaulx
L'ont engendrée en moy sans vice
Comme prudens, discretz, loyaulx,
A celle fin qu'el me nourrisse ᵇ.

Or ³ voys tu ma fille Richesse
Voulant s'eslever en haultesse
Et me laisser comme esgarée ᶜ ;

1. Le poëte parle ici de cette Richesse, fille de Devocion
et des seigneurs mondains, dont il a raconté plus haut la
naissance. On comprend qu'il veut indiquer ces biens donnés aux monastères à titres d'aumônes, de fondations d'œuvres pies, de messes et de prières.
2. Tu prens habitudes de cour.
3. Maintenant.
a. Luce, XI : *Sic est qui sibi thesaurisat et non est in
Deum dives.*
b. Ambrosius : *Sicut divitie impedimenta sunt reprobis,
ita probis sunt instrumenta virtutis.*
c. Gregorius : *Sollicitudo temporalium mors est et exce-
catio spiritualis.*

Par moy les biens qu'el a possesse,
Parquoy deveroit [1] vivre en simplesse
Sans estre de moy separée;
Mais el est vestue et parée.
Or es tu la cause motive
Qu'el me laisse desemparée,
Par toy est en pompes active.

Richesse voluptez demande
Vins delicatz, bonne viande,
Velà qui la fait vicieuse [a];
El est orguilleuse, gourmande,
Fresle, couraigeuse [2], friande,
Fière, medisante, baveuse [3],
Au service Dieu paresseuse;
Son ire desprise l'Eglise,
Des biens d'autruy est envieuse,
Avec mondains luxurieuse [b],
Et tout par toy, Papelardise.

Esbatz dissoluz, passe temps,
Noises, guerres, discords, contemps,
Rien n'est que à Richesse plus plaise.
Riches ne pevent estre contens [c],
A tous mondains je m'en attens,
Leur cueur demande estre trop aise.

1. On voit que *deveroit* ne fait que deux syllabes comme
s'il y avoit écrit *devroit* ou *debvroit*.
2. Libertine, indocile.
3. Bavarde.
a. Ovidius : *Effodiuntur opes irritamenta malorum.*
b. Prime Thim., VI : *Qui volunt divites fieri incidunt in
tentationem et in laqueum Dyaboli, et desideria multa inutilia
et nociva.*
c. Ovidius : *Quo plus sunt pote plus sitiuntur aquæ*
                 Quo plus sunt parte plus capiuntur opes.

Mais quant fortune se degoise [1]
A faire aux riches gens finesse,
Le fier orguilleux apprivoise,
De damoiselle fait bourgeoise,
Puis Povreté abat Richesse.

Les grans princes qui l'engendrèrent [a]
En moy, tresfort me supportèrent ;
Ilz estoient bons, courtois et doulx ;
Toutesfois mon renom ostèrent ;
Car quant Richesse en moy posèrent
Ils m'enrudirent [2] les genoux,
Parquoy je concludz devant tous
Que gens voulant vivre en simplesse
Ne doivent appeter Richesse [b].

———

*Comme Richesse et Papelardise estaignent Devocion
de l'orillier de delices, et comme Foy
et Charité les reprennent.*

Richesse, oyant ainsi parler sa mère
Devotion, en eut douleur amère,
Et par despit, avec Papelardise,
La menaça, et de fait de main mise

1. Dans son sens ordinaire, *se desgoiser*, synonyme de
gringoter, ou *se desbriser la voix*, signifie faire sortir du go-
sier une suite de chants ; ici on le pourroit traduire par se
débaucher : quand la fortune se débauche jusqu'au point
de, etc.

2. Les rendirent rudes, moins flexibles et moins disposés à
se plier devant Dieu.

a. Psalmo., LXI : *Rapinas nolite concupiscere, divitie sin
affluant nolite cor apponere.*

b. Psalmo., LXI : *Rapinas nolite concupiscere ; divitiæ sin
affluant nolite cor apponere.*

Fut adjournée [1] par Richesse, sa fille,
Qui par façon cauteleuse et subtille,
Ung orillier de delices trouva [a],
Dont sa mère si asprement greva,
Qu'el l'estaignit, et ainsi par contrainte
Devotion fut par Richesse estainte.
Avecques elle estoit Papelardise,
Eulx deulx firent celle *folle entreprise*,
Laquelle estoit enclose en leur pensée.
Et sur ce point vint Foy fort courroucée
Que Cherité conduysoit par la main.
Elles voyans ce fait tresinhumain,
Commencèrent à Richesse blasmer,
Par le rondeau que je veuil resumer.

———

*Comme Foy et Charité blasment et
reprennent Richesse.*

Rondeau.

Richesse, tresperverse fille [b],
  Ennemye du Dieu immortel,
Tu n'as point vouloir naturel,
Quant à ta mère faiz castille.
  Tu es l'estandart de bastille [2],
D'erreur et de peché mortel,
    Richesse [c].

1. *Par main mise*, par violence, par un crime, fut *ad·
journée*, condamnée à mourir.
2. L'étendard de la plus forte tour de l'erreur.
a. Horatius : *Sperne voluptatem, nocet empta dolore vo·
luptas.*
b. Prover., XVIIII : *Qui affligit patrem ignominiosus erit
et infelix.*
c. Gregorius : *Improbis omnium viciorum fomenta divi·
tis sunt.*

Plus tost par le trou d'une aguille,
Passeroit ung puissant camel,
Que ung riche au lieu celestiel
Entrast, note bien l'Evangille,
  Richesse[a].

L'ACTEUR.

Richesse compte ne tenoit
 De Foy, mais luy estoit contraire,
Et Charité habandonnoit,
D'avec eulx se vouloit retraire[b];
Tousjours avoit à l'ordinaire
Avec elle Papelardise,
Qui tous les jours luy faisoit faire
Et commettre *folle entreprise*.

—

Comme Foy se fonde en Charité.

Foy voyant ceste enormité,
 Comme foible, dolente et lasse,
Se alla fondé en Charité[c];
Ainsi Charité Foy embrasse
Et dist, comme plaine de grace,
Telz motz qu'escriptz songneusement,
Selon mon simple entendement :

Charité.

Se sur moy vous voulez fonder,

a. Mathei. XVIIII : *Facilius est camelum perforamen acus transire quam divitem intrare in regnum celorum.*
b. Seneca : *Rara est diutius cum virtute societas.*
c. Prime Cor., XIII : *Charitas patiens et benigna est, non emulatur, non agit perperam, non inflatur, non est ambiciosa.*

On ne vous peult apprehender
De la haulte fondation,
Mais vostre vertu bien garder.
Affin qu'il en soit mention,
Il est dit [1] : *Omne quod natum*
Est ex Deo vincit mundum ;
Et hec est victoria
Que vincit mundum fides nostra,
In caritate fundata [a].

Dieu me crea à sa similitude,
Et composa en sa haulte altitude,
Tous mes effectz lesquelz on doit aprendre,
En me donnant de grace plenitude,
Pour les humains oster de servitude ;
Du ciel le fis en la terre descendre,
En se incarnant voulut corps humain prendre [b] ;
Car les humains avoient necessité
D'un tel docteur qui vint pour les [2] aprendre
Voye du salut, d'amour, de charité.

Considerez que la Foy est marrie,
Quant on ne tient en haulte seigneurie
Compte de moy ; avec princes dois estre [c],
Par Richesse je deusse estre nourrye,
Et elle veult que je soye chassée, perie,

1. Première épître de saint Jean, chap. 5, ver. 4.
2. Leur.

a. Prime Joh., V : *Et deindè sequitur* [*] : *Quis est autem qui vincit mundum, nisi qui credit quam Jesus est Filius Dei.*

b. Joh. tertio : *Sic Deus dilexit mundum ut Filium suum unigenitum daret ut salvetur mundus per ipsum.*

c. Salustius : *Concordia parve res crescunt, discordia magne dilabuntur.*

[*] *Verset 5.*

Car de tous pointz el me veult decongnoistre ;
Parquoy il n'est aujourd'huy si grant maistre,
Posé qu'il ait paix et transquillité,
Qui au devant de ses yeulx veuille mettre
Voye de salut, d'amour, de charité.

Biens temporelz devez habandonner,
Mains ouvertes [1], prestes de dons donner [a],
Fendre voz cueurs par vraye compassion,
Les ignorans doulcement doctriner,
Infidèles à la Foy ramener,
Les obstinez à vraye contrition,
Laisser fraude, larcin, deception ;
Se Richesse veult prendre humilité,
Elle acquerra pour retribution,
Voye de salut, d'amour, de charité.

L'ACTEUR.

Foy commença à reprendre parolle
   Et tout ainsi que maistresse d'escolle
A Richesse demonstra ses deffaultes [b]
Qu'elle veoit criminelles et haultes,
J'entens haulteur de rigueur et bobance [2],
Dont redigay [3] par escript la sustance.

1. Avec mains ouvertes, etc.
2. D'inhumanité et de luxe.
3. *Redigay, redigeay.* On écrivoit indifféremment *bourgois, bourgeois, bourjois,* disons-nous dans une note de l'édition de Coquillart (Biblioth. elzevir., t. I, p. 83). La prononciation restoit la même. Palsgrave paroît préférer la première forme, et trouve illogique l'adjonction de l'*e* après le *g,* surtout dans les temps des verbes en *ger* qui finissent par *oy* et par *ay.* Il veut qu'on écrive *corrigay, songoye.*
   a. Ecclesiast., IIII : *Non sit perrecta manus tua ad accipiendum et ad dandum collecta.*
   b. Seneca : *Qui delinquentem corripit, quasi qui errantem in viam reducit.*

Comme Foy blasme Richesse et la reprent.

O Richesse, plaine d'exaction [a]
Frauduleuse, despite [1], irregulière,
Comblée d'abus, de cavillacion [2],
Orgueilleuse, rebelle, rude et fière,
Qui par metaulx treuves façon, manière [b]
De eslever sotz en haulte seigneurie
Dessus lesquelz le populaire crie
Pour leurs larcins et leur deception,
Car par toy suis succombée et perie
Quant tu estains dame Devocion.

Considère ton orgueil, ta bobance,
Ta folye et ton oultrecuydance
Ta grant fierté, ton vicieux arroy [3],
Et que ung berger a autant de puissance [c]
De resister contre mort sans doubtance
Com le pape, empereur, duc ou roy;
Et toutesfois tu commetz tel desroy [4]
Pour te aorner de nouveaulx paremens,
Prenant plaisir à tes acoustremens,

1. Cruelle, insolente.
2. Pointillerie, impertinence querelleuse.
3. Train, suite, cortége, pompe.
4. Inconduite, injustice.
a. Juvenalis : . . . . *Nec plura venena*
Miscuit, aut ferro crassavit sepius ullum
Humane mentis vitium quam seva libido
Indomiti census.
b. Ovidius : *Munera crede michi capiunt homines, Deosque.*
Placatur donis Jupiter, ipse datur *.
c. Psal., LXXXVIII : *Quis est homo qui vivet et non vi-*
debit mortem.

* *Nous donnons la citation telle qu'elle se trouve dans*
Gringore, sans vouloir cette fois la corriger.

Sans que aux povres faces quelque allegeance,
Que la terre et autres elemens
Incessamment en crient à Dieu vengeance.

Tu entreprens *entreprises* damnables;
Des richesses tu as innumerables
Et si encor ne te peulz contenter [a];
Les gens devotz appetes supplanter
Et les faire povres et miserables,
Car les devotz, piteux et cheritables
Tu ne tasches que à les suppediter [1]
Sans ce qu'ilz soyent d'aucun vice coulpables,
Pour tes pompes faire manifester.

—

De la vertu de Charité.

Charité est la mère des vertuz [b];
El degaste tout erreur et tout vice;
Où el deffault tous biens sont abatuz,
Car des vertuz elle est mère nourrice;
Charité est aux humains si propice
Qu'elle confont toute mauvaise chose;
C'est le vaisseau où l'odorante rose [2]
Est posée qui procède d'enhault,
Là où el est toute vertu repose,
Et où el n'est toute bonté deffault.

1. Abattre à tes pieds.
2. On devine aisément que cet exemple est emprunté aux Saintes Écritures. *Vaisseau*, vase, le vase choisi, *vas honorabile*. Par cette *rose*, Gringore fait peut-être allusion à la sainte Vierge, qui est appelée souvent la Rose mystique.
   a. Cicero : *Contentum esse suis rebus maxime sunt, certissime divitie.*
   b. II Chorint., XIII : *Si habuero omnem fidem ita ut nocentes transferam, charitatem autem non habuero, nichil sum.*

Charité est de vertu la fontaine *a*
Arrousante, ainsi que augmenteresse,
Tous les humains qui veullent prendre peine
De l'ensuivir ainsi que leur maistresse ;
Elle conduit gens vivans en noblesse
Au près de Dieu. Sans elle, à bref parler,
On se forvoye, et ne peult on aller
Où on cuyde parvenir à la fin ;
Car Charité, jà ne le fault celer,
Deffend, adresse ¹, et maine droit chemin.

Or ne tiens tu compte de Charité *b*,
Les povres voys mal vestuz, mal chaussez ;
Ilz sont de toy expulsez et chassez,
Ainsi tu n'as aucun bien merité.
Dieu qui ayme et prise verité
Voit les povres foullez et oppressez,
Qui sont par toy mutillez et pressez,
Quant, sans pitié, amour ne equité,
Veulx permettre qu'ils soient interressez ² ;
Or ne tiens tu compte de Charité *c*.

1. Dirige.
2. Qu'ils souffrent ainsi ; peut-être faut-il comprendre :
dévorés par les intérêts, par l'usure, ou douloureusement
économes, enterrés, appesantis par leurs souffrances plus
lourdement encore ? En tout cas, ce mot n'est pas fréquemment employé à cette époque. En présence de ces termes,
sinon absolument nouveaux, du moins détournés de leur sens
ordinaire par le caprice de l'auteur, il faut se rappeler la
grande liberté que prenoient les poëtes d'alors, et Gringore,

a. Roma., XIII : *Qui diligit proximum legem implevit;
plenitudo ergo legis est dilectio.*
b. I Joh., III : *Qui habuerit substantiam hujus mundi, et
viderit fratrem suum necesse habere, et clauserit viscera sua
ab eo, quomodo charitas Dei manet in eo.*
c. Math., VI : *Non potestis Deo servire et mammone.*

Comme Richesse lya Foy à une atache, et comme
plusieurs la navrent et blessent, mais
Charité la soustient.

Richesse adonc, coursée et despitée,
Oultrecuydée, insensée, irritée,
Empongna Foy fondée en Charité,
Et sans pitié, amour, ny equité,
La fist lier soudain à une atache *a*
Comme celle qui à martirer tasche
Les gens prudens preschans Saincte Escripture.
Ainsi liée, vindrent gens sans droicture
Qui l'oultragèrent, navrèrent et blessèrent,
Comme morte quasi la delaissèrent;
Mais Charité tousjours la soustenoit;
Et Richesse rudement reprenoit
Qui luy faisoit endurer maulx à tas.
Là survindrent gens de plusieurs estatz
Voulans dire que Foy, qu'on dit si forte,
Sans oeuvres est adnichilée et morte;
Et qui soit vray *1* par cecy prouvé est :
Fides sine operibus mortua est b.
Au contraire, la verité est telle,

plus que les autres, dans la recherche et l'invention des *vo-*
cables nouveaux. L'invasion violente du latin avoit troublé
la vieille langue, et la repoussoit vers la barbarie; en même
temps, l'influence de l'école savante des Cretin et des Molinet
rendoit la rime toute puissante, et le rhithme beaucoup plus
respectable que la grammaire. Ces raisons, jointes à l'excès
de concision que nous avons signalé, sont l'explication de la
plupart des obscurités de notre poëte.

1. Et que cela soit vrai, c'est prouvé par ceci.

a. Proverb., XIII : *Ambulans recto itinere et timens Deum*
despicitur ab eo qui infami graditur vid.

b. Jacob, II : *Sicut corpus sine spiritu mortuum est, ita*
fides sine operibus mortua est.

Que la Foy est des vertus la plus belle,
Pourveu qu'el soit en Charité fondée [1].
L'Escripture soit sur ce regardée
Et en voz cueurs imprimez ce nota :
Fides in caritate fundata
Est virtutum virtus, parquoy
Il est requis tousjours de fonder Foy
En Charité, ou autrement n'est nulle.
Mais toutesfois, sans que plus dissimule
A relater la peine et les travaulx
Que gens pervers, dangereux, traistres, faulx,
Firent à Foy en differentes guyses [a],
Racompteray leurs *folles entreprises*.

———

Des Herèses, et comment ilz font derision de la Foy.

M anicheus [2] vint pour Foy oultrager,
En soustenant que sur les terriens

1. Gringore nous semble ici un théologien fort empêché;
il paroît avoir gardé quelque vague souvenir de discussion
scholastique, dont il se hâte de faire exhibition sans l'avoir
bien comprise. Ses docteurs se sont moqués de lui. Il indique,
en effet, comme contraires et devant être distinguées, deux
choses semblables, *Fides cum operibus*, et *Fides cum cha-*
ritate; c'est la même Foi. L'Église reconnoît seulement deux
sortes de Foi : la Foi vive, celle qui est animée par la Charité;
la Foi morte, celle qui est sans la charité, c'est-à-dire,
comme l'enseigne saint Augustin, *si non habeat opera*, si
elle n'est pas accompagnée des bonnes œuvres.

2. Gringore veut sans doute dire Manès, chef des Manichéens, qui soutenoit en effet qu'il y a deux principes égaux,
l'un bon, l'autre mauvais; parmi les partisans et œuvres de ce
dernier, il range les Prophètes de l'Ancienne Loi et l'Ancienne
Loi elle-même. Fin du III⁰ siècle.

a. II Thimot., III : *Omnes qui pie volunt vivere in Christo*
Jesu persecutionem patiuntur.

Deux dieux estoyent; pour le cas abreger,
L'un disoit bon, l'autre ne valloit riens *a*.
Arrianus [1] avec ses Arriens
Disoit Jesus estre moindre personne
Que son Père. Sa raison n'estoit bonne;
Atanaise [2] luy remonstra sa faulte
Comme à celluy qui hors de raison saulte.
Puis aucunz Grecz errèrent en ce lieu :
Le Sainct Esperit ne confessèrent Dieu [3],
Mais soustenoient qu'il estoit creature *b*.
Sabellius [4] erra contre droicture :
Trois personnes il voulut alleguer
Assemblement et sans les distinguer.
Pareillement Juifz, Sarrazins, Payens,
Blasmèrent Foy par differens moyens,
En desprisant ses articles notables;
Mais les devotz, saiges, discretz Crestiens,
Les mirent sus par beaulx ditz et notables.

1. Il nioit la divinité de Jésus-Christ; il fut condamné par le premier concile œcuménique, à Nicée, 325.

2. Évêque d'Alexandrie, 326; il fut en effet toute sa vie en lutte contre les Ariens et les Eusebiens, et persécuté par eux.

3. Le principal point de dissidence dogmatique du schisme Grec, ix⁰ siècle, est en effet cette invention de Photius : que le Saint-Esprit ne procède pas du Père et du Fils.

4. Sabellius, vers 350, nie la distinction des trois personnes en Dieu.

a. Boetius contra Manicheum : *Unus enim rerum est pater, unus cuncta ministrans.*

b. Prime Johannis VI contra Grecos : *Tres sunt qui testimonium dant in celo, Pater, Verbum et Spiritus Sanctus, et hii tres in unum.*

De l'erreur Jacobite et Nicolaïte

Lors s'esmeurent aucuns Nicolaïtes [1]
Qui voulurent Foy destruire et combatre [a],
Puis survindrent un tas de Jacobites [2]
Qui estoient prestz encontre elle debatre.
Bien tost après, pour toute erreur abatre ;
Furent commis aucuns Frères Prescheurs [3],
Discretz docteurs qui furent empescheurs
Que on ne oultrageast Foy, nostre sauvegarde.
Pour confondre erronicques erreurs,
La Foy, la Loy [4] leur fut baillée en garde [5].
Sorciers, sorcières, devins, devineresses,
Folz enchanteurs, folles enchanteresses,
Marcionistes [6], Juifz, Payens, Sarrazins,
Turcs, Tartarins luy firent trop d'oppresses ;
Paciamment enduroit les angoisses

1. Disciples de Nicolas, diacre d'Antioche, qui prétendoit que tout devoit être commun entre les Chrétiens, même les femmes (premier siècle). Au commencement du xvᵉ, Picard prêcha cette doctrine, qui s'étendit des Pays-Bas jusqu'en Bohême, où elle fut détruite en 1420.

2. Disciples de Jacques Barduc Zanzale, qui attaqua la doctrine catholique sur le baptême (vıᵉ siècle).

3. Disciples de saint Dominique, né en 1170.

4. La puissance temporelle qu'ils exerçoient comme juges de l'inquisition, pour la punition des fautes publiques contre la religion : *la foy, la loy*.

5. Gringore complétera plus tard cette liste des hérésiarques, pour en composer son Blazon des hérétiques, que l'on retrouvera plus loin.

6. La plupart des éditions donnent *maconistes*. Nous avons cru pouvoir supposer une faute d'impression et lire Marcionistes, disciples de Marcion, hérésiarque du ııᵉ siècle, qui soutenoit qu'il y avoit deux ou trois dieux.

a. Apocal., II : *Sed hoc habes quod odisti facta Nicholaitarum, et quod ego odi.*

Des barbares et leurs circunvoisins.
Mais quant veoit de ses yeulx tant benins
Aucuns Crestiens qui follement charmoyent [1],
Et que obstinez dedens leurs cueurs estoient
Sans redoubter les infernaulx dangiers,
Elle prioit pour ceulx qui la batoyent [2],
Contre ses ditz qui maintz erreurs tenoyent,
Incredules estoient plus que estrangiers.

Les dessusditz tous rempliz de fallace
En se mocquant de Foy, nostre lumière,
Vaillamment luy crachoyent en la face;
Ceste peine portoit comme legière,
Elle n'estoit ne rebelle ne fière,
Mais enduroit telz *folz entrepreneurs*
L'injurier, sans en faire manière;
En endurant [2] sont vaincuz les hayneurs [b].

——

Des Blasphemateurs, et comme ilz blessent Foy.

Dessus ce point vindrent Blasphemateurs,
Persecuteurs contre Foy, debateurs,
Recitateurs de divers juremens,
Vindicatifz, de dyables vocateurs,
Subtilz menteurs, qui mettoient tous leurs cueurs
A faire erreurs par leurs parjuremens,

1. Sans doute, se laissèrent séduire.
2. Par la patience.
a. Mant. : *Sic virtus hominum dux et fidissima custos*
Quamvis pulsa graves gemitus lamenta que fundit,
Prompta tum nostri semper succurrere rebus,
Errore gemite humanos.
b. Alanus : *Nobile vincendi genus est patientia; vincit*
Qui patitur, si vis vincere disce pati.

En infectant terrestres elemens *a*.
Tous documens d'Eglise et mandemens
Desprisoient, jurant Dieu, sainctz et saincte
Par blaspheme Foy a souffert plaies mainte

Tant de nobles extraitz de gentillesse [1],
On voit jurer, en faulsant leur promesse,
A malle heure la coustume on a prise,
Car juremens ne viennent de noblesse *b* :
Par blaspheme on amendrist prouesse,
Tous blasphemeurs sont plains de couardise
Ou sont yreux [2] et rempliz de faintise.
Ne jurez plus, car c'est trop grande offense
Dieu s'en course, aussi fait saincte Eglise,
Et Justice à tous en fait deffense.

Or voyons nous tant de gens obstinez
A parjurer estre determinez,
Contre raison commettre tel desroy ;
Acoustumance telz gens a subornez,
Voulans dire qu'ilz sont tous abornez [3]
A renier et blasphemer la loy ;
Les gens d'armes et les sergeans du Roy

1. Sortis de bonne race.
2. Colères.
3. *Abornez à blasphemer*, cantonnés dans le blasphème
l'habitude, dit le poëte avec une grande énergie, les a séduits et dominés jusqu'au point de les emprisonner, pour
ainsi dire, dans le blasphème.
   a. Ecclesiast., XXIII : *Vir multum jurans implebitur iniquitate, et non discedet à domo illius plaga.*
   b. Ecclesiast., XXIII : *Jurationi non assuescat os tuum :
juratio vero Dei non sit assidua in ore tuo, et nomini
sanctorum non admiccaris.*
   c. Levitici, XXIIII : *Educ blasphemium extra castra,
lapidet eum universus populus ; et qui blasphemaveru nomu
Domini morte moriatur.*

De renier Dieu, les sainctz, ont memoire;
Tous ceulx qui sont de si mauvais alloy
Tant plus jurent et moins les doit on croire.

Plusieurs larrons, meurtriers, subtils pillars,
Guetteurs de boys, ors, infames, paillars,
Et gens oisifz, plains de lasche couraige [1],
Joueurs de dez, de cartes, de hazars,
Pipeurs [2], trompeurs, inventeurs de faulx ars,
Renonçant Dieu et son divin ouvraige [b],
Voulans dire [3] que ce n'est point oultraige,
Et qui [4] dient telz injures sans vice
Affin de mieulx acoustumer [5] leur langaige,
Telz gens en deust corriger par justice.

L'ACTEUR.

Les dessusditz tenoient glaives agus [a]
Pour navrer Foy tant d'estoc que de taille [b],
Et, sans sçavoir pourquoy, prenoient argus
En luy livrant trescruelle bataille,
Tant qu'el n'avoit teste, corps, ne pietaille [6],

1. Volonté.
2. Engeoleurs.
3. L'un des textes de 1505 donne : *voulans Dieu*, qui est bien évidemment une faute d'impression.
4. Et qu'ils disent.
5. Ne doit-on pas lire *accoustrer*, orner. *Accoustumen* donne en effet un pied de trop; il se comprend d'ailleurs : ils inventent ces prétextes, afin de n'avoir aucune raison pour combattre leurs habitudes.
6. *Pietaille* signifie habituellement infanterie, populace; il paroît ici être pris pour pied.
a. Jacobi, V : *Ante omnia autem, fratres mei, nolite jurare neque per celum, neque per terram, neque aliud quodcumque juramentum, ut non sub judicio decidatis.*
b. Seneca : *Sepe in auctorem scelera redierunt sua.* Idem : *Malum consilium consultori pessimum.*

Jambes, ne bras, qu'ilz ne fussent percez
Par telz gallans. Qui tel conseil leur baille
Est mys au ranc des damnez insensez.

O gens despitz, felons, blasphemateurs,
Jureurs, menteurs, en peché obstinez,
De nostre foy estes persecuteurs,
Folz detracteurs, de vices protecteurs,
Faulx inventeurs, en jurant vous damnez [a]!
Trop mesprenez, Jesu Christ indignez
Et repugnez; droit veult qu'on vous punisse
Se ne craignez sa divine justice.

De voz langues la chair luy trespercez,
Trop l'offensez, helas! et il l'endure;
Voyez son corps et ses membres lassez [b],
Rompuz, cassez, foullez et oppressez;
Songez, pensez à vostre grant laidure.
Peine dure seuffre qui Dieu parjure,
Trop d'injure lui faictes en jurant :
Gens sans raison vont tousjours murmurant.

Le Filz crie à son Père vengeance
Comme en trance, le Père luy acorde,
Le Sainct Esperit est de leur aliance;
Leur sentence veullent en diligence [c]
Pour l'offence getter. Qu'on s'en recorde,
La Discorde [1] est par Misericorde,

1. Ce mot, appelé par les nécessités de la rime batelée,
est pris peut-être dans le sens général de souffrance, de pu-

a. Ecclesiast., III : *Cor durum male habebit in novissimo.*
b. Hebreo, VII : *Rursum crucifigentes sibimetipsis filium
Dei, et ostentui habentes.*
c. Ecclesiast., VIII : *Quòd non profertur citò contra malos
sententia, absque timore, filii hominum perpetrant mala.*

Qui concorde avec Foy, retardée;
Par juremens la Foy est mal gardée.

——

De ceux qui vont en voyages aux festes.

Foy enduroit ces peines et molestes
Paciemment, comme doulce et benigne;
Mais contre elle gens mal gardans les festes [a]
Prenoient argu, blasmant sa discipline.
Quant ilz devoient servir l'essence Trine [1],
Ilz s'esbastoient à tous jeuz dissoluz,

nition, de mal. Ce passage, comme beaucoup d'autres dans Gringore et les poëtes ses contemporains, peut s'interpréter de différentes façons, l'absence de ponctuation donnant toute latitude à l'esprit du lecteur, et jetant de l'obscurité dans la disposition et la coupe de divers membres de la phrase. La difficulté existe surtout dans les vers équivoqués et batelés, le besoin d'un grand nombre de rimes semblables obligeant le poëte à employer des mots d'un sens vague ou forcé, et à leur donner une signification différente de leur signification ordinaire. Ces vers voudroient donc dire que la peine (*la discorde*) décrétée par la Trinité, en punition du mal causé par le blasphème, est retardée par la Miséricorde, sœur de la Foy; mais qu'on ne l'oublie pas, toutes deux sont insultées et irritées par les blasphèmes. Peut-être aussi le poëte entre-t-il dans un ordre d'idées différent de celui qui commence le huitain, et ces derniers vers signifieroient que la Charité (*miséricorde*), sœur de Foy, met obstacle aux querelles (*la discorde*), tandis que les juremens, ennemis de Foy, les font naître. Le premier texte donne *qu concorde*; nous avons lu *qui concorde*, mais peut-être est-ce une faute d'impression qui a amené le *q*, et faut-il lire *ou concorde*; nous aurions alors une phrase qui ressembleroit aux adages de M. de la Palisse : la discorde est retardée par la concorde, aidée de la miséricorde et de la foi.

1. La Trinité.

a. Exodi. XX : *Memento ut diem Sabbati sanctifices.*

Et delaissoient saincte Eglise en ruyne,
Ainsi estoient tous par pechez polluz.

En lieu d'ouyr matines, ilz estoient
Dedens leurs litz où prenoient leurs plaisances ᵃ;
Atouchemens deshonnestes faisoient,
Car le Dyable faisoit leurs aliances;
A leur lever pensoient à leurs bobances,
En s'abillant disoient goulliars ¹ motz;
Quant estoient prestz, cerchoient jeux, esbatz,
Affin d'avoir parmy les mondains loz. [dances,

Pour les cloches avoient sons de tabours ᵇ;
Pour l'eaue benoiste, de vins ² d'estrange guise;
Pour pain benoist, pastez, tartres en fours,
Et pour autelz parez, la nappe mise;
Pour le corps Crist, chairs d'estrange devise ³,

1. Dans son sens ordinaire ce mot signifie gourmand,
glouton; ici les *goulliars mots* indiqueroient les arrange-
mens pris, les ordres donnés pour un déjeuner délicat. Je crois
pourtant qu'il faut prendre *mots gouillars* dans le sens étendu
que Rabelais donne à *mots de gueulle*, et y voir la signification de paroles libertines. *Goliars* désignoit dès le xiiiᵉ siècle
l'homme qui s'abandonnoit non-seulement à la gloutonnerie.
mais aussi à toute débauche :

> *Jadis ot un clerc en Egypte*
> *Que l'on apeloit Loiche Frite;*
> *As deliz dou mont s'ambatoit,*
> *Dou main jusque à soir s'an aloit*
> *As tavernes, cil goliars, etc.*
>   (Mst. de la B. imp , Fonds Lavallière, 86.
>   fol. 87, de *Un larron clerc.*

2. Des vins.
3. D'espèces diverses, et apprêtées avec recherche.
a. Augustinus : *Momentaneum est quod delectat, eternum
quod cruciat.*
b. Job. XXI : *Tenent timpanum et cytharam, et gaudent
ad sonum organi.*

Pour offrande baisoient voirres et tasses,
Sans rendre à Dieu ne à sa saincte Eglise
Des biens qu'ilz ont quelque mercy ne grace.

Aucunesfois s'en alloient en voyage [a],
Où se faisoient cent mille gentillesses;
Là se rompoit souvent maint mariage;
Prestres, moynes faulsoient veux et promesses,
En lieu d'ouyr vespres, matines, messes;
On passoit temps en jardins et saulsoye [1]
Où les aulcuns faisoient plusieurs finesses,
Et les autres usoient de belle soye.

———

De ceulx qui ne veullent honorer père, mère,
et de l'argu et debatz des parens.

Las! nous voyons enfans courcer le père [b],
Frère à frère avoir procès et guerre;
Filles prendre argu contre leur mère;
Vitupère [2], larcin et impropère [3]
Qui supère les humains sur la terre;
Pour requerre bien transitoire on erre
Sans acquerre la puissance immortelle :
Le Dyable tient le pecheur en tutelle.

Combien de maulx sont venuz par envye [c]
Qui desvie les justes et les bons !

1. Lieu planté de saules.
2. *Nous voyons vitupère* (reproche, blâme).
3. Accusation.
a. Job. XXI : *Ducunt in bonis dies suos, et in puncto ad inferna descendunt.*
b. Ovidius : *Filius ante diem patrios inquirit in annos.*
c. Horatius : *Invidus alterius rebus marcescit opimis.*

Envie n'est de petit assouvie,
Mais ravie par humains qui ont vie;
Et convie ¹ ses serviteurs felons :
Promesses, dons, pensions et guerdons
Font preudons estre reputez faulx ;
L'envieux est principe de tous maulx.

    Le filz au père veult faire extortion,
Le filz contre le père en diligence ² ;
Memoire n'est faire correction ³,
Parquoy on voit enfans sans reverence ª,
Fille mocquer mères en leur presence
Et les mères souffrir folz regardz faire ;
Ainsi voyons vertu en decadence,
Car ce vice est à nostre foy contraire.

    De venerer l'Eglise, on n'en tient compte
Pour les humains sont piteuses nouvelles ⁴,
Les seculiers la saluer ont honte,
Ilz sont ingratz, orgueilleux et rebelles.
Se les pilliers en sont foibles et fresles,
Il n'est pas dit qu'el ne soit soustenue ⁵ :
Ses gouverneurs font tromperies nouvelles,
Mais quant de soy ⁶, jamais el n'est pollue.

1. Et elle convie.
2. A son tour et promptement pense à faire extorsion.
3. Nul ne pense à corriger ses enfans.
4. C'est pour les hommes de ce temps l'annonce de triste événemens.
5. Elle est cependant toujours soutenue par Dieu.
6. Quant à elle.
a. Proverb. XXVIIII : *Virga atque correctio tribuit sapientiam; puer autem qui dimittitur voluntati sue confundit matrem suam.*
b. Deuter. XVII : *Qui autem superbierit nolens obedir sacerdos imperio, ex decreto judicis morietur homo ille.*

Jeunesse veult remonstrer à vieillesse [a] ;
Asnes blasment vielz clercs prudens, lettrez ;
Jeunes juges s'eslièvent en haultesse ;
Vielz moynes sont de jeunes chapitrez [1] ;
Jeunes enfans sont crossez et mittrez ;
Nouveaulx heraulx veullent blasonner armes ;
Ditz d'anciens ne sont enregistrez
Pour faire assaulx et commencer alarmes [2].

Des vielz docteurs on laisse la pratique ;
On se raille de vielz musiciens ;
On desprise toute vieille phisique ;
On dechasse vielz geometriens ;
On appète jeunes grammariens ;
Vielz conseillers on ne veult escouter ;
On voit en bruyt jeunes praticiens ;
C'est folie vieillesse debouter [b].

On voit regner meurtriers, tueurs de gens [c],
Qui meurtrissent tant les corps que les ames ;
Plusieurs juges ne sont point diligens
De les pugnir, dont viennent grans diffames.
On fait larcins par livre et par dragmes ;
Loyaulté est au moulin, comme on dit [3].

1. Réprimander.
2. On néglige, pour faire la guerre, l'expérience des anciens.
3. Proverbe ironique qui signifie que Loyauté n'existe plus, la méchante réputation des meuniers ne devant faire du moulin qu'un pauvre lieu de refuge pour cette vertu. Il y

a. Prim. Thim., V : *Seniorem ne increpaveris, sed obsecra ut fratrem.*
b. Job. XII : *In antiquis est sapientia, et in multo tempore prudentia.*
c. Genesis, IX : *Quicumque effuderit humanum sanguinem, fundetur sanguis illius.*

Pour le jourd'huy y a entre hommes et femmes
Noises, debatz, argu et contredit.

Luxure on voit parmy les rues courir [a];
Les folz regards sont cause de ce vice;
Luxurieux fait le chaste mourir
A celle fin que son vueil s'acomplisse.
Le riche abit fait souvent le premisse [1],
Puis force vient qui veult rompre la loy;
Est donc requis que ma dame Justice
Sur ce cas cy vienne soustenir Foy.

Les faulx tesmoings sont en villes et cours [b],
Ilz afferment contre la verité;
Leur faulseté pour le jourd'huy a cours,
Dont maint juge est souvent irrité
Et peult juger contre droit, equité,
Sans qu'il saiche qu'en ce commette vice.
Telz faulx tesmoings, rempliz d'iniquité,
Sont à pugnir, ilz abusent justice.

a en outre dans ce dicton, comme dans un grand nombre de
maximes du Moyen Age, une série de ces interprétations diverses et de ces jeux de mots qui réjouissoient les fins esprits de la bourgeoisie; dans *Loyauté est au moulin*, les
jeunes Sotz, à l'esprit vif, pouvoient facilement trouver:
Loy ôtée est au moulin; les rhétoriciens *très-élégar*: voyoient
là Loyauté s'envolant loin de cette terre sur les ailes du
moulin à vent, ou broyée entre les meules du moulin à
eau; enfin trop de proverbes envoyoient les asnes au moulin
pour que les Pantagruélistes en herbe, en regardant Loyauté
prendre le même chemin, ne fussent pas disposés à en conclure que les asnes seuls vouloient encore se charger de
cette vertu.

1. Commence la corruption.

a. Ecclesiast. IX : *Propter speciem mulieris multi perie-
runt, et ex hoc concupiscentia quasi ignis exardescit.*

b. Exodi. XX : *Ne loqueris contra proximum tuum falsum
testimonium.*

Le voisin veult desirer sa voisine[a]
Charnellement, d'où viennent plusieurs maulx;
Maint mesnaige en est mis en ruine,
Et s'en esmeult noises, debatz, assaulx,
Hommes et femmes sont souvent desloyaulx,
L'un à l'autre la foy rompent et brisent;
Telz gens sont ditz aveugles, bestiaulx;
Mal leur prendra se de bref ne s'advisent[1].

Les biens d'aultruy chascun veult assembler,
Parmy les siens sans avoir suffisance[2];
On prend plaisir à piller et embler[3]
Par rapine et folle desirance.
Les cueurs mondains ont peu de temperance;
Il n'est amys aujourd'huy que de table,
Car plusieurs n'ont autre Dieu que leur pance[b];
On ne prent plus pitié de son semblable.

Les dessusditz tellement Foy blessèrent
Qu'el eut quasi la parolle faillie;
Ainsi matte et navrée la laissèrent;
La face avoit mesgre, seiche et pallie.
Justice[c] vint corriger leur follie,
Les menassans de[4] leur crudelité;
Comme saige Foy guerit et deslie,
Acompaignée de dame Charité.

1. Peut-être faut-il lire *aduisent, se aduir,* dresser, enseigner, punir, corriger.
2. Sans qu'il luy suffise des siens.
3. Enlever, voler.
4. Pour.
a. Jeremie. V : *Unusquisque ad uxorem proximi sui
hinniebat.*
b. Philip., III : *Nunc autem et fratres dico inimicos cru-
cis Christi, quorum Deus venter est, quorum finis interit.*
c. Cicero : *Justicia in se virtutes continet omnes.*

Comment Justice reprend ceulx qui vont contre la Foy.

Par menasses telz gens voulut reprendre ;
Mal luy faisoit veoir Foy ainsi lassée,
Disant qu'avoient trop voulu *entreprendre*,
Quant ilz l'avoient navrée, blessée, froissée ;
Elle mesmes s'en tenoit offensée,
Parquoy disoit telz motz ou les semblables,
Qui s'adressoient à gens irresonnables *a* :

O gens ingratz ! persecuteurs de Foy,
Plains de desroy [1], rudement offensez
Le doulx Jesus, vostre Dieu, vostre Roy *b*.
Voyez de quoy : la Foy avez sa Loy [2],
Et j'aperçoy qu'à le grever pensez ;
Folz insensez, de voz langues lancez
Motz agencez, cuydant Foy abolir :
Le bon renom à peine on peult tollir.

—

La supplication faicte par Charité au treschrestien Roy.

O treschrestien, preux, noble roy de France *c* !
En souffrance ne laissez Foy ainsi ;

1. Dans son sens général *desroy* signifie l'action d'aller hors de la voie droite ou légitime ; nous lui avons déjà trouvé, dans ce livre même, diverses nuances de ce sens ; ici il veut dire injustice, erreur criminelle.

2. Vous avez pour Loy, sa Foy.

a. Psalmo. CLX : *Corripiet me justus in misericordia et increpabit me.*

b. Prima Corinth., VIII : *Unus Dominus Jesus Christus per quem omnia et nos per ipsum.*

c. Psalm. LXXXI : *Eripite pauperem, et egenum de manu persecutoris liberate.*

Par dessus tous en vous a sa fiance ;
Congnoissance avez d'elle, et puissance
Sans distance [1] l'oster hors de soucy.
Or est ainsi qu'autresfois, Dieu mercy,
Sans ca, ne si [2], voz bons predecesseurs
En ont esté principaulx possesseurs [3].

Or tenez vous de leurs conditions [a] ;
Deceptions à Foy ne souffrez faire :
Est donc requis que machinations
Par fictions, faintes devocions
Soubz pactions, permettez de deffaire,
Et distraire toute chose contraire
Pour attraire à la Foy voz subgectz
Com faulconnier tient les faulcons soubz getz [4].

—

Comme le Trescrestien Roy et Justice relièvent Foy,
qui estoit abatue par Richesse et Papelardise.

L'ACTEUR.

Justice donc voulut, par le moyen [b]
Du noble preux, le Roy Trescrestien,

1. Immédiatement.
2. Sans opposition et sans faute. Nous trouvons plus fréquemment *sans quoi ne si.*
3. De tels droits et de tels devoirs.
4. *Giez, Gectz, Jetz,* entraves qui retiennent le faucon. L'oiseau de proie avoit à la patte une plaque appelée *vervelle,* où se trouvoient inscrits le nom ou les armes du maître de la bête, et, pour retenir cette dernière, on passoit dans ses vervelles un anneau qui tenoit *aux jets.*
a. Alanus : *A probitate patrum degenerare nephas.*
b. Seneca : *Regis est monum porrigere lapsis et sepultus virtutes origere.*

Tresillustre, plain de benignité,
Relever Foy fondée en Charité;
Et sur ce point mon esperit s'esveilla,
Qui du depuis plusieurs fois traveilla
A rediger la vision predicte
Selon son sens cy par escript reduite.

—

Comme l'acteur de ce present livre le presente à
Noble et Puissant Seigneur sire Pierre de
Ferières, Chevalier, Seigneur et
Baron dudit lieu de Ferières
et de Thuri, et Sei-
gneur de Dangu[1].

Quant mon esprit fut lassé de penser
A qui devoye ce traicté adresser,
Luy fut advis que le devoye bailler
A ung tresnoble et prudent chevalier [a],
Parquoy trouvay les façons et manières
Vers le sire Pierre de Ferières,

1. Ce Pierre de Ferrières étoit fils de Guillaume de Ferrières, baron de Thury et de Dangu, et de Jacqueline du
Faïel, vicomtesse de Breteuil; il épousa Anne Basset, dame
d'Ouilly le Basset, et ne laissa pas d'héritiers. Ces Ferrières
étoient une des plus illustres familles de Normandie; on les
trouve à la conquête d'Angleterre et à la suite de presque
toutes les croisades. Les baronnies de Thury et de Dangu
leur étoient venues par le mariage de Jean II de Ferrières
avec Jeanne de Préaux, fille de Pierre de Préaux et de
Blanche de Crespin, dame de Thury et de Dangu. Ces détails sont importans pour la biographie de Gringore.
a. Juvenalis : *Nobilitas sola est animum que moribus*
ornat.

Puissant baron de Thuri sans argu,
En regentant la seigneurie Dangu,
Me retirer [1], luy presentant ce livre.

Se on demande pourquoy c'est que luy livre,
Respondre puis que mes predecesseurs
De sa maison ont esté serviteurs [2],
Lesquelz je vueil ensuivir, se je puis,
Car son subject et son serviteur suis [a],
Non suffisant de servir sa noblesse,
Et toutesfois mon livre à luy adresse,
Luy suppliant de prendre en patience
Et excuser ma simple negligence [3].
Son homme suis qui de tout mon pouvoir
Le vueil servir, et faire mon devoir.

1. *Je trouvay manière me retirer* (d'aller) vers le sire de Ferrières, etc.

2. Nous attirons tout particulièrement l'attention du lecteur sur cet unzain, qui doit nous fournir la preuve incontestable de la naissance normande de Pierre Gringore.

3. Négligence, par trop de simplicité. Cette *simple negligence*, en l'an 1504, signifioit la trop grande rareté de rimes batelées, équivoquées, enchaînées, couronnées, unisonnantes, mariées par équivoques masles ou femelles, simples ou composées, ou meslées, didascaliques, planières, disparses, bourdonnées, entrelacées, et de leurs divers mélanges et combinaisons. Disons cependant, pour excuser la *simple* négligence de Gringore, qu'à cette époque les vers qui ne sont pas simplement négligés sont inintelligibles.

a. Ovidius : *Prolis et ingenue est imitari facta parentum.*

Le surnom de l'Acteur sera trouvé par les premières
lettres de ce couplet.

G rans et petitz, le livre en gré prenez,
R ongez[1] ces motz à vostre entendement ;
J oyeusement les faultes reprenez ;
N otez que l'ay compose simplement.
G races en rens à Dieu devotement[a],
O ù j'ay recours en composant tout oeuvre,
R ememorant que sans luy nullement
E ntendement choses offusques n'euvre[2].

1. Sans doute : *rangez*, ou rongez avec le sens d'étudier.
2. L'intelligence ne découvre pas les choses obscures.
a. Macrobius : *Summe incentiones Dei non in thure vel pigmentis, sed in actionibus gratiarum consistunt.*

L'ENTREPRISE DE VENISE

Avecques

LES CITEZ, CHASTEAUX, FORTERESSES ET PLACES

QUE USURPENT LES VENICIENS DES ROYS, PRINCES ET SEIGNEURS CRESTIENS [1].

Riche cité, située et assise
Dessus la mer qu'on dit Adriatique,
Qui par ton nom es appelée Venise,
Terres d'aultruy as eues par voye [oblique;
Redoubter dois vengence deifique;

1. In-8° gothique de 8 ff., 3 strophes par page. Les noms géographiques sont indignement travestis. Pour les éclaircir, nous les aurions rapprochés de documents contemporains — Jean d'Auton et les historiens du même temps nous en auroient probablement donné les moyens, — si nous n'avions trouvé mieux dans le curieux livre : *La totale et vraye description de tous les passaiges, lieux et destroictz par lesquelz on peut passer et entrer des Gaules ez Italies, et segnamment par où passèrent Hanibal, Julius Cesar et les trèschrestiens, magnanimes et très puissans roys de France, Charlemagne, Charles VIII, Louis XII, et le trèsillustre roy François à présent regnant premier de ce nom*, etc. Paris, Toussaint Denis, in-4°, 1520 (le privilége est du 10 décembre 1515). Si c'est main-

Car qui d'aultruy usurpe l'heritaige,
Sur luy en vient la perte et le dommaige.

Veniciens, soyez tristes, pansifz;
Considérés par sens ou par folie
Que en l'an quattre cens cinquante et six
Fut destruicte quasi toute Ytalie,
Et mesmement la cité tant jolie,
Tresfameuse, dicte Acquileya
Par les Hongres et leur roy Athilla.

Gens de villes, chasteaulx, bourgs et vil-
Pour le dangier des inconveniens,   [lages
Estoient fuitifz en isles, marescages;
Là saulvoient femmes, enfans et biens;
Lors trouvèrent les façons et moyens,
Eulx fugitifz, comme j'ay recité,
D'edifier Venise la cité.

Veniciens, vous y résidez tous.
Qui vous y mist? Vous mesmes seulement.
Gens assemblés estes, entendez vous,
Qui biens d'aultruy prenez injustement.
Il y a jà certes trop longuement

tenant un document géographique précieux, alors ce n'étoit,
au fond, qu'un manifeste en faveur des prétentions de la
France; aussi, quand, dans une revue sommaire de toute
l'Italie, l'auteur en arrive à Venise, il entame la liste des
possessions indûment acquises par les Vénitiens : « Aucuns
ont aussi voulu dire que iceulx Vénitiens detiennent ce qu'ilz
ont de tous leurs circonvoisins, combien qu'ilz vueillent dire
le contraire et qu'ilz possèdent tout à bon et à juste tiltre. Et
premièrement on dit, etc. » Suit l'énumération, qui répète
celle de Gringore, mais avec plus d'exactitude dans les
noms. C'étoit le meilleur commentaire que nous en pussions
donner : aussi le réimprimons-nous en entier dans les notes
qui vont suivre.

Que vous tenez sans seigneur telle terre;
Orgueilleux sont humiliez par guerre.

Gens assemblez se sont en vostre ville;
De plusieurs lieux assez s'i en transporte,
Et ne vous chault s'ilz ont fait chose ville,
Mais que force de denare on vous porte;
Soit bien, soit mal, vous leur ouvrez la porte,
Et les faictes bourgoys ainsi que vous:
Tout vous est un s'ilz sont saiges ou folz.

Imaginez que vous serez enclos
En vostre isle, puis qu'appetés la guerre,
Et que perdrés honneur, pecune et los,
Quelque chose que vous sachés requerre;
Chascun prince desire avoir sa terre;
Vous usurpez ce qui leur appartient;
Fol est celuy qui faulx procès soubstient.

Pensés à vous bien tost; explorateurs
Des biens d'aultruy, songez, imaginez
Que vous estes comme ouailles sans pasteurs,
Mal conseillez et mal endoctrinez,
Quant les terres des princes retenez
Et que taschez en eulx discorde mettre;
Les disciples sont inconstans sans maistre.

Au vray plusieurs sont informez du cas
Que vous tenez de rente en Ytalie,
A faulx tiltre, huit cens mille ducas,
Dont acoustrez vostre cité jolie.
Or, voyez-vous que noblesse s'alie
Pour recouvrer ce que vous usurpés;
Terres d'aultruy sans raison occupés.

Cent vingt et cinq lieues de long tenés,

Soixante et cinq de large, sans doubtance,
Des Ytalles; sans raison soubstenés
Qu'il sont à vous; c'est mal dit. En substance,
Le roy Pepin, treschrestien roy de France,
En a donné certaine quantité
Devotement à la papalité.

Les terres qui appartiennent au Pape, que tiennent
les Veniciens[1].

Le dessusdit Pepin trescrestien
Voulut donner à l'Eglise Rommaine,
Durant le temps du bon pape Adrian,
Les deux citez que maintenant ramaine
A ce propos, dont prenez le demaine;
C'est Ravane et Cerme; bien savez
Que sans cause les deniers en avez.

Considerez vostre forfait, Venise,
Et redoubtez vostre male meschance;
Rendez, rendez à catholique Eglise
Le don donné par le preux roy de France,
Ou vous serez de bien brief en souffrance;
Ne soyez pas rigoureuse et amère
A l'Église; cognoissez la à mère.

Les villes et citez appartenantes à l'Empire que les
Veniciens retiennent[2].

Il est saison que vous vous desistez
De ce qu'avés conquis injustement

1. Et premièrement on dit qu'ilz detiennent du pape les
citez de Ravenne et de Cervie, lesquelles le roy Pepin donna
au pape Adrien premier et à la saincte Esglise Rommaine.—
Cervia, à quatre lieues de Ravenne, est sur le bord du golfe
de Venise.

2. De l'Empereur pareillement ilz detiennent, comme l'on

Sur l'Empire. Vous tenez troys citez
Contre raison, on le voit clerement,
Que l'Empire avoit jà en jouyssance,
De Padue, de Veronne et Vincence.

En quel dangier estez vous aujourd'uy,
S'humilité vos [1] rudes cueurs n'inspire ?
Où aurez-vous confort, conseil, apuy
Quant vous grevez saincte Eglise et Empire ;
Impossible est que vostre bien n'empire ;
Retribuer [2] biens d'aultruy n'ayez honte ;
Tousjours en fin [il] fault rendre [son] compte.

Les terres appartenantes au roy de Hongrie, que tiennent lesdictz Veniciens [3].

Or avez-vous de voz circunvoisins
Prins les terres, voire par pillerie ;
Par quoy n'aurez au besoing plus d'affins
Pour soubstenir la vostre seigneurie.
Considerez que le roy de Hongrie
N'est pas content que vous tenez ses lieux ;
Qui pert le sien ne peut estre joyeux.

Rendez luy tost ses places, Dalmacie,

dit, les citez de Padoue, de Vincence et de Veronne. A Padoue y avoit des gentilzhommes nommez de La Carara ; à Vincence, ceux de Cavalcabonne, et à Véronne, les seigneurs de Lescalla (Della Scala), lesquelz y estoient seigneurs desdictes trois citez, et par lesdictz Venitiens ont esté chassez les ungs après les aultres, puis environ quatre vingtz ans en çà, et se tenoient lesdictes citez de l'Empire.

1. Imp. vous.
2. Rendre, remettre.
3. Pareillement, du roy d'Hongrie ilz detiennent partie de la Dalmachie, la ville et le port de Jarra (Zara) et plusieurs aultres bonnes places et portz de mer.

Jarca aussi; gardez de le fumer [1];
Sa Majesté est assez advertie
Que vous tenez sur luy mains portz de mer
Et plusieurs villes; on peult bien estimer
Que en joissez sans droit et sans raison;
Dieu pugnist tout en temps et en saison.

*Les terres appartenantes au duc d'Autriche, que
tiennent lesdictz Veniciens [2].*

Vous retenez, ainsi qu'on peut cognoistre,
De la duché d'Autriche entre voz mains
Une ville que nous appellons Mestre;
Mesme la ville ou la cité de Trains;
Des biens d'aultruy voz coffres en sont plains;
Trop assemblez tresors en une masse :
Fors aymer Dieu, toute chose se passe.

Or tenez-vous en marche Trevisanne [3]
D'icelluy duc plusieurs pays fertilles
Et deux citez nommées Saltran, Hutdanne,
Avec plusieurs aultres places et villes
Devers le Traict, qu'avez eues par Castille,
D'aultres aussi tirant en Veronnoix,
A faulx tiltre, sans raison et sans loix.

Considerez qu'estes trop triumphans
Et que Dieu veult que vous rendez de brief

1. D'exciter sa colère.
2. De la maison d'Austruche, la ville de Mestre, la cité
de Traviz (Trévise) et la marque de Travisanne, les vallées
de Felletrem et de Hutdenne, et de plusieurs aultres places
devers Triest, et aussi devers la cité de Trent venant en
Veronnois, qui sont de toute ancienneté de la maison d'Austruche.
3. Imp. : Marquitra Risanne.

Villes, citez, aux tresnobles enfans
De l'Archeduc ou ung tresgrant meschef
Vous adviendra; car le roy est le chef
Et gardien; se ne rendés leurs villes,
Pugnis serez, destructeurs de pupilles.

Les villes appartenantes à l'evesque du Treist, que tiennent lesdictz Veniciens[1].

De l'evesque du Treist vous usurpez
Et detenez la ville de Romière;
Plusieurs villes de luy occupez;
De les rendre vous fault trouver manière;
Long temps avez tiré le cul arrière;
Mais maintenant il vous fault apparoistre;
L'homme ne peult tousjours en vertu estre.

Les terres appartenantes au Roy, à cause de la duché de Millan, que les dictz Venitiens detiennent[2].

Le tresillustre et trescrestien roy
Loys douziesme, puissant bellicateur,
Vous monstrera vostre erreur et desroy,
Car de Millan est naturel seigneur.
Or tenez-vous, dessoubz faincte couleur,
De sa duché villes, citez, chasteaulx;
Dieu n'ayma onc gens traistres desloyaulx.

Vous retenez la ville de Cremone,
Le Beygamo et ses cités de Bresse.
Ne cuydez pas que tel don il vous donne,

1. De l'évêque de Trent detiennent la ville de Romière et plusieurs aultres places de son evesché.
2. De la duché de Millan ilz soulloient detenir la ville de Crême, les citez de Bresse et de Bergame.

Ne qu'abestir à bourgoys il se laisse;
Craignez, doubtez sa puissance, proesse;
Prenez exemple à voz circunvoisins
Les Genevoys; ne faites plus des fins.

*Les terres appartenantes au marquis de Mantue
que tiennent lesdictz Veniciens[1].*

Se ne rendez au marquis de Mantue
Ses deux villes d'Azolle et Pistara,
Dedans brief temps il faut qu'il s'esvertue
Vous assaillir; son bon droit gardera;
Se possible est, d'aultres villes aura
Que vous tenez, qui sont à luy par droit:
Le fol ne croit jusques à ce qu'il reçoit.

*Les terres appartenantes au duc de Ferrare, que
lesdictz Veniciens tiennent[2].*

Soyez certains que le duc de Ferrare
Vouldra ravoir Roygo, l'Abbadie[3],
En vous baillant terrible contrecarre;
Car il y a mise son estudie;
De luy tenez quelque chose, qu'on die
Polisine, les environs aussi:
Loups ravissans sont tousjours en souci.

1. Du marquis de Mantoue, ilz detiennent les villes
d'Azoulle (Azzoglio) et Piscara (Peschiera), et plusieurs
aultres bonnes villes qui sont sur le lac de Garde.
2. Du duc de Ferrare, ilz detiennent la ville de Longuo,
la Badie, et le pays du *Poielisme.*—Cette fois c'est *La totale
et vraye description de tous les passaiges* qui se trompe, et
Gringore avec son *Polisine* est plus près de la vérité. On appelle Polesine le faubourg de Rovigo qui est situé sur la rive
gauche du Pô.
3. *La badia,* l'abbaye.

Les terres appartenantes au duc de Savoye que
usurpent les dictz Veniciens[1].

Le royaulme de Cipre retenez,
Qui appartient au bon duc de Savoye;
Rendez le tost; car, se plus le tenez,
Luy et ses gens se mettront en la voye
Pour le ravoir; redoubtez qu'il s'avoye
De conquerir ce qu'avez du sien :
Qui d'aultruy bien usurpe en fin n'a rien.

Chipre est au duc de Savoye, n'ayez doubte;
Le roy Janus, son frère, luy donna,
Et la royne de Chippre, somme toute;
De bon voloir luy mist et ordonna.
Venise dont en se nul bon droit n'a,
Ne vous aussi, Veniciens robustes;
Ce que tenez n'est pas à tiltres justes.

Feistes-vous pas Jacques de Lesignan,
Bastard de Chippres, à force prince et roy
Dudit Chippre en moins de demy an;
Aux Chipriens feistes maint grant desroy,
Et du depuis il print selon la loy
Une fille à femme de Venise.
Non sans cause fut faicte l'entreprise.

1. Sur M. de Savoye, ilz detiennent, hors du dit pays de
Ytalie, le royaulme de Cypre, à luy appartenant par vraye
succession de son feu frère le roy Janus, et par donation
que en feyst la feue royne de Cypre, sa femme, à la maison
de Savoye. Aussi il y a encores deux enfans de feu Jacques
de Lusignan, bastard de Cypre, lequel, à l'aide des Vénitiens, en fut fait roy par force d'armes, et depuis le mariè-
rent à une fille venicienne qui est encores en vie (Catarina
Cornaro). Et dit l'on qu'ilz detiennent lesdictz enfans prisonniers dedans le chasteau de Padue.

Deux enfans masles eurent en mariage
Que detenez à Padue prisonniers,
A grant fierté et par aspre courage;
De mal faire estez trop coustumiers;
Car vous aymez mieulx ducatz et deniers
Que ne faictes vostre salvation;
Maintz sont dampnez par obstination.

Les terres appartenantes au royaulme de Pouille
que tiennent lesdictz Veniciens [1].

En la Pouille vous tenez Octrento,
Molla et Tranne, maintz portz de mer et villes,
Menepoly, Brandis, Poligano;
Tous les mondains volez tenir serviles;
Princes et roys cuydez faire pupilles,
Vivans de rap [2], ainsi qu'oyseaulx de proye;
Tousjours en fin vient ung coup qui tout paye.

Tremblez, tremblez, bourgoys veniciens,
Vous avez trop de tresors enciens
Mal conquestez; tost desployer les fault.
Roys, princes, ducz, jeunes et enciens,
Seigneurs, marquis trouveront les moiens
Dedans brief temps de vous livrer l'assault;
Considerez vostre cruel deffault,
Et que pecune qui est tresmal acquise
Effacera le regnon de Venise.

1. Et depuis le retour de trèscrestien roy, Charles huitiesme, de la conqueste ou recouvrement de son royaulme de
Naples et de Sicille, iceulx Venitiens luy detiennent les
meilleurs villes et ports de mer de la Pouille, c'est assavoir:
Brandis (Brindes), Octrante, Mola, Polligano (Polignano),
Tranne (Trani), Gallipoli et Manipolil (?).
2. Orthographe plus voisine de *rapere* que notre mot
rapt, qui vient de *raptus*.

Le porc-epic de brief vous picquera[1];
L'aigle de sable lors vous bequetera[2],
Et les liopars asprement vous mordront[3];
Le lyon noir[4] ses dens vous montrera;
La nouvelle ancre près de vous s'ancrera;
Les Espaignolz au boys vous chasseront;
Sur vous Romains leur chesne planteront[5],
Et le lièvre courra sans plus doubter;
Car les vaches[6] viendront pour vous hurter.

Capitaines espers, preux chevaliers
Cueurs d'escuyers, gendarmes et archiers,
Hallebardiers, aussi gens d'ordonnance,
Se mettent sus avecques plusieurs piquiers,
Hacquebutiers et subtilz canoniers,
Qui volentiers monstreront leur puissance;
Mainte lance on rompra sans doubtance;
L'aliance faicte entre roys et princes
Subjuguera les barbares provinces.

Brief on y va d'ung si noble courage
Qu'il n'est homme qui le sceust estimer,
Et si nully n'empesche le passage
Pour y aller sur terre ne sur mer;
Vulcanus fait ses forneaux enflamer
Et Minerve forge l'artillerie;
Sur les pillars en fin vient pillerie.

1. Le porc-épic est le corps de la devise de Louis XII.
2. C'est l'aigle de l'Empire.
3. Armes de l'Angleterre.
4. Rien de plus fréquent dans les armoiries allemandes
que le lion de sable; c'étoient, en particulier, les armes du
duché de Juliers.
5. On verra dans une note de l'*Espoir de paix* que Jules II
avoit pour armes un chêne.
6. Sans doute les vaches des armes de la Navarre.

L'Acteur.

G rans et petis, faictes à Dieu prière,
R everamment pour le pieux roy de France;
I maginez que d'amour singulière
N orrit en paix son peuple et sans soufrance.
G entilz Françoys, vivez en asseurance;
O ncques n'eustez l'honneur que vous aurés;
R ememorés, s'on ne rompt l'aliance,
E n Venise fleurs de lys planterés.

Il est dit par l'ordonnance de justice que nul ne pourra imprimer ne vendre ce présent traicté, fors ceulx à qui Pierre Gringore, acteur et compositeur d'icelluy, les baillera et distribuera. Et ce sur peine de confiscation desditz livres imprimés et d'amànde arbitraire, jusques après le jour de Pasques prochainement venant.

LA CHASSE DU CERF DES CERFS [1].

COMPOSÉ PAR PIERRE GRINGORE.

Lorsque autonne rompt, casse et dé-
　　　molit, 　　　　　　　[suplante ;
　　Feuilles, fleurs, fruits, et la chaleur
　　Que Bacus est couché en un mol lict,
Et que Cérès ses blaries [2] sème et plante ;
Que viellesse se chauffe au feu la plante,
Que le pere au filz plain de noblesse
Faulce sa foy, que guerre Lombars blesse
D'un dart agu, pestifereur, mortel,
Que Venise n'a pas ung remort tel

1. Jeu de mots sur la fameuse formule papale *Servus
servorum Dei*. Employée pour la première fois au VIe siècle
par Grégoire Ier, elle devint fréquente au VIIe et au VIIIe, se
rencontre moins au IXe et au Xe ; dans le XIe, elle est d'un
usage à peu près ordinaire, qui devient presque universel au
XIIIe. Vers le milieu du XVe siècle, elle fut exclue des brefs
et réservée pour les bulles. Cf. dom de Vaines, *Dictionnaire
raisonné de Diplomatique*, article *Serviteur*, et M. Quantin,
article *Servus servorum*. — La pièce est un in-8° gothique
de 8 ff. non chiffrés ; M. Veinant en a fait une réimpression.
Paris, imprimerie de Pinard, 1829.
2. Cotgrave donne *blairie, blayerie, blayrie*, avec le sens
de terres à blé et de droit d'y faire paître ses troupeaux
après la moisson, d'où le nom de seigneur *blayer*.

Qu'el deust avoir en pensant au dieu Mars,
Qu'avarice par milliers, cens et marcs
Pecune prend, luxure paillart myne,
Que folz ont bruit en faisant bonne myne,
Et qu'en danger de cisme [1] nous voyons
Saincte Eglise, pource que desvoyons
Cueurs, ames, corps, durant nostre vil aage,
Je passoye temps en ung petit village
Nommé Estiolles, près Corbeil dessus Seine,
Qui est contrée bien aérée et saine,
Et au plus près de ce lieu je choisy
Ung beau chasteau qu'on appelloit Soysy [2],

1. Schisme.

2. Le texte de Gringore ne laisse aucune équivoque; il s'agit bien de Soisy-sous-Étiolles, situé sur la rive droite de la Seine, entre Ris et Corbeil. L'abbé Lebeuf parle bien de l'histoire religieuse de Soisy, mais il ne dit rien du château ni de ses possesseurs, ce qui nous réduit à des conjectures pour expliquer le vers suivant, où il s'agit d'un prélat de Cahors. Le prélat, c'est l'évêque; or il n'y a pas lieu de croire que ce soit Antoine III de Lusech, dont la famille, et, par suite, les possessions, devoient être entièrement cahursaines et méridionales; il cessa d'être évêque en 1509; il y a la raison d'une date trop avancée contre Charles-Dominique de Carrette (Duchesne l'appelle Corret), qui devint évêque d'Auch en septembre 1514. Toutes les probabilités, au contraire, sont en faveur de celui qui occupa le siège d'Auch entre les deux. Je veux dire Germain de Ganay; il fut élu en mai 1509, intronisé en mai 1511, et devint archevêque de Tours en 1514. Cf. le *Gallia Christiana*, I, col. 146-7, et l'ouvrage de Guillaume de la Croix, *Series et acta episcoporum Cadurcensium*, Cadurci, 1617, 4°. Puisqu'il ne fut intronisé que deux ans après son élection, il est d'autant plus raisonnable d'admettre, en 1509 et 1510, sa présence aux environs de Paris, que sa famille, par les charges de son propre frère Jean de Ganay, premier président au parlement de Paris, et alors chancelier de France, est tout à fait parisienne. C'est donc un nouveau protecteur qu'il faut reconnoître à Gringore, et la date de 1510, donnée par les bibliographes à cet opus-

Où reposoit le prelat de Cahors,
Qui d'avec luy chasse mauvais cas hors.
Lors m'ingeray luy presenter ce livre,
Que de bon cueur luy transmetz et luy livre,
Intitulé *le Livre de la chasse*
Du serf des serfz; bien a qui le pourchasse.

—

En la forest mondaine transsitoire
Le serf des serfs prenoit, pour avoir gloire,
Felicité, plaisir, soulas et joye,
Sans rumyner ou avoir à memoyre
Que les veneurs faisoient leur consistoire
En fort buisson, landes, haulte foussoye [1].
Les cerfz marins y estoient à montjoye,
Qu'on pourchassoit; ainsi qu'un poursuivant,
Le serf des serfs se mettoit au devant.

Le serf des serfs avoit teste mal née;
Mais elle estoit triplement coronnée [2],
Et de poil blanc avoit couvert son corps;
On le véoit, en faisant sa menée
Et ses meutes par mainte après disnée,
Dedens son fort, fumeux, plein de discords;
Or portoit-il tout justement huit cors [3],

cule, surtout d'après l'impression, en est confirmée, en re-
marquant que la composition et même l'impression du livre
peut être aussi bien de 1509, puisque dès le mois de mai
de cette année Germain de Ganay pouvoit être considéré
et étoit certainement traité comme évêque de Cahors.

1. L'emploi de l'épithète *haute* fait croire que l'expression a le sens de *haute futaie*.

2. La tiare papale a trois couronnes.

3. Imp. : corps.

Bien chevillé, bien paumé en effect,
Nul cerf n'y a en ce monde parfaict.

Les francs veneurs espargner le vouloient;
Car cerfz ruraux et marins assailloient
Tant seullement; congnoissoient leur falace;
Avec le serf des serfz ilz s'assembloient;
Eulx assemblez de crainte et peur trembloient,
Car de fouir à peine avoient espace,
Le serf des serfz lessa la forest grasse,
Soy retirant en son buisson espais :
Tel est vaincu qui reffuse la paix.

Le serf des serfz en septembre fist bruict
Vers Saincte-Croix [1]; desjà estoit en ruyt
Comme ung sanglier s'eschauffant contre l'hom-
Et à frapper du pié prenoit deduyt;   [me,
Tant aspre estoit que, de jour et de nuyt,
Il ne prenoit aucun repos ne somme,
De son dit pié les gens frappe, et assomme
Chevaulx et chiens; le pié qu'on deust baiser
Veult de force et de rigueur user.

Son ruyt tenoit en la grasse forest;
De combattre les francs serfz estoit prest
Et fut maistre du ruyt durant ce temps;
En la forest ne fist pas long arrest,
Car les veneurs congnurent l'interest
Des autres serfz qui n'en estoyent contens;
Du ruyt jouit, ainsi comme j'entens,
Mais en après devint tresmaigre et las;
Grand dueil vient bien après petit soulas.

1. L'Exaltation de la Sainte-Croix est le 14 septembre.

Les autres cerfz coururent après luy;
Comme j'ay dit, il print lors son refuy
En son buisson, près de ses forêts grandes;
Les cerfz marins n'eurent de luy appuy;
Mais le herpail ¹ suivent pour le jourd'uy
Et compaignent en bruyeres et landes;
Fort maigres sont par deffaulte de viandes
Et pource aussi qu'ont trop suivy les biches:
En fin tout ung les povres et les riches.

Les cerfz marins Adriatiques tendent
Se reffaire; secretement se bendent
Et le herpail lessent à l'adventure
De çà, de là; ainsi le mars attendent,
Car à changer de testes ilz entendent;
Cela leur vient de leur propre nature;
Requoys, buissons cerchent pour couverture
En refaisant leurs testes et leurs gresses.
Notez mes mots: Aux sours ne fault deux messes.

Aucunesfois ung grant cerf de regnom
A avec soy ung serf, son compaignon,
Où escurer soubz les boys et ramées;
Mais iceluy qui serf des serfz a nom
En a plusieurs, car, vueillent-ilz ou non,
Il muse et pense choses desordonnées;
Leurs testes sont reffaictes et sommées
De poil nouvel; or est leur teste molle :
Les cerfz sans chief assez ayse on affolle.

Les cerfz marins d'autre nature sont
Que cerfz des boys; tandis que de chef n'ont,
Il est requis que la chasse on leur donne;

1. Troupe, bande.

Gringore I.   11

En ung buisson et ysle se refont ;
Les veneurs donc qui sur eulx povoir ont,
Les puent chasser, mais qu'on les abandonne.
Car en tout temps leur venoyson est bonne ;
Tant plus ilz sont travaillez, tant mieulx vault :
On doit batre le fer quant il est chault.

Ce cerf des cerfz sçait des ruzes nouvelles,
Que les veneurs peuent appeller cautelles ;
Car, s'il cognoist que chiens luy fassent presse,
La fuytte prent par petites sautelles ;
Entre les chiens dangereux et rebelles
Son escuyer et son compaignon lesse,
Et, se plus fort de rechef on l'opresse,
Il trouvera le moyen d'eschapper :
Vieil serf rusé est fort à attrapper.

S'il est tout seul et soit aucunement
De plusieurs chiens acueilly, sagement
En sa meute tournera, querant change
De cerfz, bisches, qu'essaye subtillement
Bailler aux chiens ; ce fait-il promptement ;
Aux bons limiers cela n'est point estrange,
Et, se on les suit nonobstant, il rechange ;
Avec bisches, cerfz fuyt, puis fait sa ruse :
Si bon lymier n'y a que cerf n'abuse.

Aval le vent il court de belle tyre ;
Aux rivières ou estangs se retire,
Quant il est chault, pour sa vie garantir ;
Car les fleuves ou ruisseaux veult eslire
A celle fin, se le lymier desire
Le pourchasser, qu'il perde le sentir ;
Tout au milieu de l'eaue sans partir

Devalera une bien grande espace :
Ruse n'y a que le vieil cerf ne face.

Les bons veneurs congnoissent tout par
Ces ruses là, mon reverend seigneur; [cueur
Par quoy suffit d'en parler pour ceste heure,
Mais je reviens à la grande fureur
Du serf des serfz, quant est en sa chaleur,
Durant son ruyt, où trop longtemps demeure ;
En son halier, fort, buisson ou demeure
A fait ruze que jamais serf ne fist :
Qui peult, de tout fault faire son prouffit.

Memoire n'est que en buisson ou en fort
Y ait eu serf qui ait faint estre mort
Comme cestuy ; telle ruse est nouvelle ;
Bien est des cerfz qui, à droit ou à tort,
S'entretuent par leur cruel effort,
En la saison qu'en ruyt on les appelle;
Mais ilz ne font point les mors par cautelle
Comme ce serf; veneurs, or y pensez :
Tous bons servans ne sont recompensez.

Veneurs n'ont point ceste leçon apprise
Que l'on corne du serf des serfz la prise,
Sans qu'il soit prins. Quelqu'un voulut corner
La mort du serf; les autres par faintise
Cornerent lors en oyant sa devise;
Lors voulurent tous leurs cors encorner;
Plusieurs cuydoient en cornant escorner ;
Mais on congneust la cornerie en fin :
Affiné est aucunes foys le fin.

Le lymier vint pour avoir sa curée;

La teste avoit, long temps a, desirée;
Autre chose ne vouloit procurer;
Des prés partit environ la vesprée
En traversant montaigne, valée, prée;
Mais force fut la curée differer;
Je ne sçay qui se voulut ingérer
D'ainsi corner; mais sans prise on corna :
Plusieurs veneurs adonc en escorna.

Les Espaignolz par les boys lors couroient,
Curant avoir la curée qu'attendoient;
Levriers Françoys y trotèrent bonne erre ;
De toutes pars veneurs et chiens cerchoient
La venoison; aussi s'en empeschoient
Secrettement les dogues d'Angleterre;
Vers orient aloient la curée querre,
Mais ledit serf estoit dedens son fort :
Maint homme vit qu'on a faint estre mort.

Or est ce serf en son buisson, tèslas,
Et est prescript du plaisir de soulas;
Pource qu'il a perdu sa forest grasse
Et qui soit vray qu'il y soit par compas,
On l'a congnu; de ce n'ygnorez pas;
Par le froyé ¹, où souventes fois passe,
Il n'y a bois ne branche qu'il ne casse
S'el ne ploie soubz sa teste trouchée :
Qui rompt sa foy droit est qu'il luy meschée.

On lesse donc le serf des serfz reffaire
En son buisson; son bruit l'a fait deffaire
De son beau chief qui estoit couronné;

1. Comme frayé.

Mais Nature ung aultre en vouldra faire,
Qui peut-estre sera de bon affaire,
Et sa teste ou son chief tresbien né,
Meur, atrempé, bien condicionné.
O serf des serfz, je prie Dieu que franc soys :
Tous bons veneurs doyvent[1] avoir leurs droys.

Le serf des serfz est dedans son hallier
Aussi rogue que ung chien sur son paillier ;
On l'a congnu en jugeant ses fumées[2] ;
Aucunes foys faignant de sommeiller
Des fumées gecte plus d'ung millier ;
Par les deux boutz ilz sont esguillonnées,
Puis en torches aucunes foiz formées,
Ou en plateaux ; ses fumées sont muables :
Fortune nuyt aux hommes variables.

Il se reffait, ainsi qu'on peult entendre ;
Pour viandis cerche la vigne tendre,
Car il l'ayme et goutte voullentiers ;
Les bons complans[3] de Candie tache prendre ;
Or ne peut-il plus son eschine estendre
Pour traverser taillis, buissons, sentiers ;
Tout est caduc, mais par ses viandiers
Il reprendra, s'il peut, nouvelle cher :
Chose impossible l'homme ne doit cercher.

Exortacion au cerf des cerfz.

O serf des serfz, pensez la fiction
Que les poëtes faignent sur Enthéon[4]

1. Imp. donnent.
2. Fumées, fientes de cerf et des autres bêtes fauves.
3. Plant de vigne.
4. Actéon.

Avoir esté faicte le temps passé ;
Pource que estoit plain de rebellion,
Fier et despit comme ung tor ou lyon,
Il fut mué en cerf tout compassé ;
De ses chiens fut si asprement chassé
Qu'ilz l'estranglèrent, et si estoit leur maistre :
Tel que l'homme est, se doit faire congnoistre.

Sainct Gregoire n'apétoit seigneurie
Quand il se dist serf des serfz [1]; si vous prie,
Puisqu'il vous plaist comme luy vous nommer,
Que vous facez selon son industrie ;
Soyez ainsi que une biche serie [2],
Sans porter cors ; bien serez estimé ;
Certes ung cerf n'a point acoustumé
D'avoir viandes propres tous les jours change :
Tel est pescheur, et si il fainct estre ange.

Posé qu'ayez esté durant le ruyt
Fort eschauffé en faisant noyse et bruit,
C'est assez fait, cela vous doit suffire ;
Vostre buisson gardez de jour, de nuyt,
Et, s'il y a quelque chien qui vous suyt,
Il luy sera force qu'il se retire ;
Car les veneurs Françoys, à bref vous dire,
Vous ont remis bien souvent au buisson :
Bon escollier doit savoir sa leçon.

Or se fait-il une assemblée tresbelle,
Pour regarder en la saison nouvelle
Que l'on fera de ceste chasse honneste,
Et, s'on treuve le serf des serfs rebelle,
Voulant user de ruse ou de cautelle,

1. Cf. la première note de cette pièce.
2. Calme, tranquille.

Plusieurs veneurs yront bien tost en queste
Et là seront, pour congnoistre la beste,
L'ung de l'autre separez en maints lieux :
On prend bien serf, tant soit rusé ou vieux.

L'Acteur et surnom d'icel mys.

G ubernateur et pillier de l'esglise,
R everamment par devant vous m'adresse;
J e congnois bien qu'estes plain de franchise,
N oble de cueur en vivant sans reprise,
G lorifiant de Jhesus la haultesse;
O r suis-je serf à la vostre noblesse;
R urallement ay parlé de la chasse,
E n esperant d'acquerir vostre grace.

FINIS.

Congé est donné par justice à l'acteur de ce present livre
le faire imprimer, et deffenses faictes à tous imprimeurs de
ne le imprimer ne vendre jusques au jour de Noel prochain
venant, fors à ceulx à qui il les baillera à vendre et distribuer.

L'ESPOIR DE PAIX [1]

Cor regis in manu Dei est; quocunque voluerit
inclinabit illud (PROVER. XX c. *)*

Ce traitté est intitulé l'Espoir de paix, et y sont declarés
plusieurs gestes et faitz d'aucuns papes de Romme, lequel traité est à l'honneur du trèschrestien Loys,
douziesme de ce nom, roy de France. Compillé par
maistre Pierre Gringore.

L'ACTEUR.

Rememorant que la paix bien eurée
    Entre princes estoit tresnecessaire,
    Comme on l'avoit maintes fois desirée
    Et qu'elle a eu bien petit de durée
En l'Eglise, chascun sçait cest affaire,
J'en ay voulu ung petit traité faire,
Nommé l'Espoir de paix; à peu de pause
On congnoist bien qui rompre paix est cause.

1. Petit in-8° gothique de 8 ff.; 26 lignes à la page. Au
titre, les armes de France surmontées de la couronne fleur-
delysée et entourées du cordon de Saint-Michel. Des deux
côtés, deux tiges de lys en fleur, entre les pieds desquels
se trouve un porc-épic. — M. Brunet en signale une autre
édition de 11 ff. non chiffrés, qui porte à la fin : *Imprimé*
pour Gringore, le 8 février 1510.

Se l'Eglise est au jour d'huy troublée
Par le prince qu'on dit sacerdotal,
Le deul qu'el a et dont el est comblée
Vient du chesne qui sa feuille a doublée [1],
Rompant la paix, d'ont est venu grant mal.
Noter devons que le prince natal
Saint Pierre esleut; celuy qui tient son lieu
Sans armes doit regner en servant Dieu.

Bien cinq cens ans les papes ont regné,
Qu'on elisoit, non pas à leur requeste,
Mais yceluy qui estoit ordonné.
Jamais il n'eust tresor ny or donné;
Le Saint Esprit faisoit de luy enqueste;
A la charge de luy coupper la teste
Ou de mourir martyr, estoit fait pape;
Au temps present pour argent on s'y frappe.

Les cinq cens ans d'après, les Pères saintz
Amasserent plusieurs biens à l'Eglise;
Vers les princes se monstrèrent humains
Et eurent d'eulx des heritages mains;
Les preservans et gardans en franchise,
Songneusement servoient Dieu, sans faintise,
De cueur parfaict en grant contriction;
Richesse estaint souvent devotion.

Les cinq cens ans ensuyvant, les saintz Pères
Ont, s'eslevans, leurs cueurs mondanisés,
Accumulans villes, citez, repaires,

1. Les armes de Jules II sont un chéne dont les quatre
branches s'entremélent, ce que Gringore a indiqué par l'expression de *doublée*. Ce sont des armes parlantes; car la
Rovère, nom de famille de Jules II, se traduisoit en latin
Roboreus, d'où le calembour avec *robur*, chéne.

Fachans d'avoir toutes choses prospères
Par leurs tresors assemblés, amassés,
Tant qu'ilz se sont tellement exaulsés
Qu'ilz ont saisy le glaive temporel
Contre raison et le droit naturel.

Or voyons nous mil cinq cens ans passez,
Comme papes ont eu gouvernement;
Et peu à peu ilz se sont surhaulsés
Par le moyen des lays [1] à eulx laissés
Par les princes; car veritablement,
Quant ilz furent esleus premierement,
Ilz n'avoient de propre en quelque guise:
Le bien mondain met erreur en l'Eglise.

Du bon Jesus, parlant à haulte voix
Aux apostres, ay ce mot retenu :
« Bon pasteur suis; car mes brebis congnois
Tout aussi tost que je les os ou voys,
Et, me voyant, tantost m'ont recongneu. »
Mais ung pasteur est au jour d'huy venu
Qui ses brebis descongnoist sans doubtance,
Et si ont bien du pasteur congnoissance.

D'où vient cecy ? Aux sages m'en raporte,
Et toutes fois je dy, vaille que vaille,
Quant le pasteur si grande fierté porte
Qu'au parc ne veult point entrer par la porte
Mais y saulter par dessus la muraille,
Qu'à ses brebis fait cruelle baitaille
Et prent plaisir les tondre jusqu'au sang :
Ung pasteur doit estre piteux et franc.

Le doulx Jesus, qui à tous cas pourvoye,

1. Des legs, des donations testamentaires.

Aux apostres, qui estoient humbles, doulx,
Tresdoulcement leur dist : « Je vous envoye
En villes, champs, citez, chasteaulx et voye ,
Ainsi comme brebis entre les loups. »
Et ce pasteur, ainsi que voyons tous,
Vient comme ung loup entre les brebiettes :
Tous pasteurs n'ont les consciences nettes.

Ce pasteur est successeur de saint Pierre;
Par luy devroit sainte Eglise estre unye;
Or saint Pierre n'entreprit jamais guerre;
Pour deffenses Jesus vouloit requerre;
Jamais n'avoit la bourse d'or garnye;
Il deffendoit commettre symonie ,
Et ce pasteur tient son lieu par pecune :
Fol se fye en la roe de fortune.

Line, Clete, Clement, Anacletus
Furent papes sages et advisés,
Humbles, devotz, plains de toutes vertus,
Pour soustenir la foy de Dieu battus
Par les tyrans et puis martyrisés.
Le pasteur donc à tort ne desprisés
Qui en sa main le glaive tranchant tyre
Pour martyrer; il deust souffrir martyre.

Venus sommes au temps où le pasteur
Veult au lyon en son parc donner place ,
Et luy mesme est le devorateur
De ses ouailles et non pas protecteur,
Par quoy son bruit de sainteté efface.
Anacletus deffent porter en face
Longues barbes à tous prestres; mais quoy?
Cil la porte qui deust garder la loy ¹.

1. Jules II portoit sa barbe très-longue.

Alexandre l'eaue beniste ordonna
Et en permist aspergir les maisons ;
Par martyrer après sa vie fina,
Car Adrian à mort le condamna
A tresgrant tort, ainsi que nous lysons.
Or ce pasteur, ainsi que devisons,
Pour *asperges* [1] veult tenir en sa main
Glaive trenchant, repandant sang humain [2].

D'Alexandre fut successeur Sixtus,
Qui ordonna qu'on chantast à la messe,
Ains consacrer le digne cueur Jesus,
De cueur devot : « *Sanctus, sanctus, sanctus* »,
Puis trespassa martyr en grant humblesse.
Et ce pasteur veult qu'on chante sans cesse :
« A mort, à mort, à l'assault ou à l'arme. »
Tel rit qui deust plorer d'œil mainte larme.

Thelesphorus [3], pape tressolennel,
Institua, ains que mourir martyr,
Qu'on chanteroit troys messes à Nouel ;

1. En place de goupillon, d'aspersoir.
2. Un passage de Vasari, dans sa belle *Vie du Buonarrotti*,
se rapporte assez à ce mot de Gringore pour être rappelé
ici : « Michel-Ange termina la terre de la statue de Jules II
avant que le pape quittât Bologne pour retourner à Rome,
et, lorsque Sa Sainteté alla pour la voir, il ne savoit que lui
mettre dans la main droite, qui étoit levée dans un geste
si fier que le pape demanda si elle donnoit la bénédiction
ou la malédiction. Michel-Ange répondit qu'elle avertissoit
le peuple de Bologne d'être plus sage à l'avenir. Michel-Ange
lui demanda aussi s'il devoit lui mettre un livre dans la main
gauche, et celui-ci dit : « Mettez-y une épée, car je ne
» m'entends pas aux lettres. »
3. Imp. : Helesporus.

Soubz Anthoine mourut ¹, le cas est tel ;
Plusieurs payens à Dieu fist convertir.
Mais vous voyez ce pasteur, sans mentir,
Pour troys messes ordonner l'avant-garde,
　ba　ttaille, et puys l'arrière-garde.

　Calixtus fist ung cimetière faire
En la voye que l'on dit A[p]pia,
Où les chrestiens devotz, plains de bon aire,
On enterroit ; le jeûne salutaire
Des Quatre-Temps aussi institua.
Et ce pasteur des satalites a
Rompans jeûnes et tuans gens par guerre :
Sepultures fait en prophane terre.

　Papes furent en nombre trente troys
Martyrisés pour la foy soustenir ;
Nul n'appetoit, tant fut bon et courtoys.
D'estre pape en ce temps ; toutes foys
Quelc'un failloit ² pour le siège tenir.
Mais, depuis ce qu'on ne vit plus venir
Tyrans pervers, plains de malignité,
On appetoit d'avoir la dignité.

　Durant le temps de Constantin, Silvestre
Fut de Romme gouverneur, possesseur ;
Lors et depuis plusieurs tachèrent d'estre
Esleuz papes à destre ou à senestre ³
Quant ilz virent qu'on y estoit asseur ;
Nom de martyr mué en confesseur

1. Il mourut en 139, la première année du règne d'An-
tonin.
2. Il falloit quelqu'un.
3. De la bonne ou de la mauvaise façon.

Fut pour l'heure, et papes riches faitz :
Les biens mondains font prelatz imparfaitz.

Debatz argus et altercations
Fut entre clercz. Ungz vouloient soustenir
Que l'Eglise auroit possession
De biens mondains ; autres disoient que non ;
De temporel ne devoit point tenir ;
Mais les prelatz se voulurent unir
Et assembler le glaive temporel
Pour le joindre à l'espirituel.

On apperçeut une grande comette
En ces debatz qui en l'air se dressa :
Aulcuns disoient qu'en ce lieu s'estoit traite
Pour demonstrer la mort du noble, honneste
Imperateur qui alors trespassa ;
Mais ce signe certes nous denonça
Qu'il y auroit cisme dedans l'Eglise [1] :
Prelatz mondains par trop on auctorise.

Liberius fut homme veritable
Quant du premier au saint siege fut mis ;
Mais, quant il vit qu'eut le temps acceptable,
Aux Arriens se monstra favorable ;
Lors Felix fut en sa place commis [2] ;
Liberius, comme est dit, fut desmis
Et chassé lors ainsi comme heretique.
Je ne sçais pas se ainsi faire on pratique.

---

1. Gringore veut parler de la comète de 335, sur laquelle
on peut voir Lubienetski, *Historia universalis omnium co-
metarum*, Amsterdam, 1667, in-folio, p. 64-65.

2. Félix II remplace St Libère, pendant l'exil de ce pape,
de 355 à 358.

Pape Innocent [1] a voulu ordonner
Que l'on portast la paix dedens l'Eglise ,
En demonstrant que nul ne doit regner
Sans appeter faire paix dominer,
Et ce pasteur la casse et la debrise ,
Pareillement faulse sa foy promise;
Il fait , deffait , excommunie , assoult :
Mal acquiert biens qui à autruy les toult.

     Celestinus [2] voulut qu'en tous royaulmes ,
En servant Dieu de cueur devotieux ,
Devant la messe on chantast les pseaumes ,
Et ce pasteur veult qu'on forge heaulmes ,
Disant abus , debatz contantieux.
Sixtus tiers [3] fut misericordieux ,
Et ce pasteur est tresvindicatif :
Mains maulx viennent d'ung homme trop actif.

     Léon tressainct [4], sans quelque fiction [5],
Print ung glaive et s'en couppa la main ,
Car par elle eut quelque temptation;
Marie vierge la restauration
Humainement luy en fist tout soudain [6],

1. Innocent I, pape en 401 ou 402.
2. Célestin I, de 422 à 432.
3. Sixte III, de 432 à 440.
4. Léon 1er le Grand, de 440 à 461.
5. Très-réellement, sans qu'il y eut de tromperie.
6. Leo papa, ut in miraculis beatæ Virginis legitur, dum
in ecclesiâ sanctæ Mariæ-Majoris missam celebraret et dum
fideles per ordinem communicaret et quædam matrona manum ejus osculata fuisset, ex hoc in eum vehemens carnis
tentatio insurrexit; at vir Dei in semetipsum sævissimus
ultor insurgit et eadem die manum se scandalizantem occulte
penitus amputavit et a se rejecit. Interea murmur oriebatur
in populo cur summus pontifex divina more solito non ce-

Et nous voyons assembler tout à plain
Au pasteur gens de guerre inhumains
Pour sang humain repandre à toutes mains.

Gelasius, pape de grant renom,
Homme prudent, vertueux en sagesse,
Fist chanter hymnes en grant devotion,
Et ordonna qu'on chantast le canon,
La preface et le trait à la messe [1].
Ce pasteur tient de sa ligne; sans cesse
Fait tyrer traitz, canons et couleuvrines,
Courtaulx, faulcons, bombardes, serpentines.

Agapitus [2] trouva inventions,
Que l'on feroit au dymenche en l'Eglise,
Pour servir Dieu, sainctes processions
Par requestes et par oblations;
Tout bon chrestien ceste ordonnance prise.
Le dessusdit pasteur porte devise,
Pour bannières, guidons et estendars;
Processions sont monstres de soudars.

---

lebraret. Tunc Leo ad beatam Virginem se convertit et ejus providentiæ totaliter se commisit. Tunc illa continuo sibi adstitit et manum illi suis sanctissimis manibus restituit et confirmavit jubens ut procederet et filio suo sacrificium immolaret. Leo igitur omni populo quid sibi contigerit prædicavit et manum restitutam omnibus evidenter ostendit. (*Legenda aurea*, cap. 83, ed. Dr Th. Græsse, Dresde et Leipsick, 1846, in-8°, p. 367.)

1. *Trait*, suite de plusieurs versets qui se chantent à la messe après le graduel. *Chanter en trait*, c'est chanter seul et sans interruption, *tractim*. (Le P. le Brun, *Explication des cérémonies de la messe*, édit. de 1777, t. 1, p. 205.) Dans les offices de fêtes consacrées à la joie, le *trait* est remplacé par *alleluia*.

2. Agapit 1er, de 355 à 356.

Saint Gregoire [1], estant au papal lieu,
Institua que papes seroient ditz
Les serviteurs des serviteurs de Dieu ;
Et ce pasteur prent espée, lance, espieu
Pour par orgueil y mettre contreditz ;
De tous mondains il veult par ses editz
Estre seigneur par force et violence :
Moult demeure de ce que le fol pense.

Savinian [2] ordonna qu'on sonnast
Avec cloches heures canonialles,
A celle fin que pas on n'oubliast
Prendre chemin et qu'on se transportast
Aux eglises, places [e]specialles
Pour servir Dieu. Ce pasteur aux Ytalles
A trompettes pour cloches et campanes,
Sonnans en tours et en terres prophanes.

Pape Estienne [3], courtois, doulx et benin,
Par les Lombars fut tenu en souffrance ;
Plusieurs terres luy ostèrent en fin ;
Le trespuissant et noble roy Pepin
Les luy rendit, puis retourna en France.
Le dit pasteur assemble par oultrance
Plusieurs Lombars contre le roy, qui veult
Mettre la paix en chrestienté, s'il peult.

Adrianus [4], fort vexé des Lombars
Voulans grever l'Eglise catholique,
Fut esbahy de veoir leurs estendars,

1. Grégoire le Grand, de 590 à 604.
2. Sabinien, de 604 à 606.
3. Étienne III, de 768 à 772.
4. Adrien I, de 772 à 785.

Satalittes, gens d'armes et soudars
Qui l'assailloient par fureur tyrannique;
Charles le grant, roy puissant, magnifique,
Les desconfist, ainsi que Dieu permist;
Adrianus en son siège remist.

Adrianus a donné sans doubtance
Audit Charles, ses mercenaires aussi,
Par concille general la puissance,
C'est assavoir le droit sur l'ordonnance
Du saint siège apostolique. Ainsi
Ne veult faire ce [1] pasteur; par cecy
On peult prouver qu'honneur n'aura jamais
D'avoir rompu la foy et cassé paix.

Leon pape troyziesme fut esleu [2];
Fort desiroit de veoir l'Eglise unie;
Par ung peuple desvoyé, dissolu,
Il fut ravy de son siège et tollu
Comme il chantoit la sainte letanie [3];
Les yeux crevés devant la compagnie

1. Imp. : ne.
2. Léon III, pape, de 795 à 816.
3. Interea vero, dum supplicationes a beato Gregorio institutas Romæ agit cum populo et clero, Paschalis primicerii et Campuli presbyteri fraudibus apud ædem beati Silvestri captus ac pontificali amictu privatus, multisque verberibus adeo cæsus ut oculis et lingua captus putaretur, in monasterio sancti Erasmi in vincula conjicitur, unde postea, Albini cubicularij industria custodes fallens, in Vaticanum sese proripuit; tamque diu latuit quoad Vinigisius, Spoletinorum dux, eum incolumem Spoletium perduxit. (Platina, *De vitis Pontificum*, Cologne, 1574, in-fº. p. 110.) Sur ce fonds, on ne manqua pas de dire qu'il avoit eu réellement les yeux crevés et la langue arrachée; d'où s'ensuivoit, puisqu'il les avoit, qu'ils lui avoient été rendus par un miracle.

Eut par yceulx; la langue luy couppèrent,
Et puys après encor l'emprisonnèrent.

En la prison Jesus le visita
Et luy rendit la langue et la lumière ;
En France alla ; tout ce fait racompta
A Charlemaigne, qui le reconforta,
Le recevant d'une amour famillière,
Et du depuys trouva façon, manière
De le venger de ses faulx ennemys,
Car par luy fut en son siège remis.

Certes, pasteur, tu as tort de combattre
Contre les preux et treschrestiens roys,
Qui ont voulu tousjours le droit debatre
De l'Eglise et toute erreur abbatre
En conservant les papes en leurs droitz ;
Rememore tes faultes, et congnoys
Qu'as rompue paix conclue entre princes,
Dont cisme [1] metz en Eglise et provinces.

Ne ressemble au deuxiesme Silvestre [2] :
Esleu pape fut par l'aide du dyable [3] ;
Com Sergius le tiers [4] ne veuilles estre,
Qui fut tirant ; assés peult apparoistre
Qu'ung pape doit estre doulx, pittéable.
De Jehan douziesme [5] ne soys hereditable,

1. Schisme.
2. Le fameux Gerbert, pape de 999 à 1003.
3. Gerbert passoit pour sorcier. Voir le livre de Naudé sur les grands hommes accusés de magie.
4. Sergius III, de 904 à 911. Il avoit été antipape sous Formose et sous Jean IX.
5. Pape de 959 à 963. Il mourut en 964.

Car le dyable l'occist villainement :
Cil qui mal vit en fin a son payment.

Boniface huitiesme gouverna [1]
La papaulté trop curiallement [2],
Car en pompes et gloire domina;
Le temporel soulz sa main assigna,
Voulant dire qu'auroit gouvernement
De tous humains; toutes fois povrement
Fina ses jours par sa folle arrogance;
Telz motz de luy sont escriptz en substance.

Boniface en bien papal entra
Comme ung regnart plain de fraude vulpine;
Comme ung lyon regna et s'accoustra;
Tresfierement fort cruel se monstra,
Voulant user de fraude et de rapine;
Il en vuida comme beste canine,
En denotant q'ung pape ne doit point
Mondaniser. Pasteur, note ce point.

Clement le quint [3] fist maintes choses dines
De memoire par honnestes moyens;
Il ordonna et fist les Clementines,
Et si vainquit par miraculeux signes
Usurpateurs nommés Venitiens.
Helas, pasteur, telz gens praticiens
Tu ne dois pas soustenir, pour l'Eglise
Vouloir douer de chose mal acquise.

1. De 1295 à 1303.
2. Trop en seigneur temporel, en homme de cour. Le mot rappelle le fameux *De nugis curialium*, de Jean de Salisbury.
3. Bertrand de Goth, pape de 1305 à 1314.

Loys douziesme, par la divine grace
Roy de France, par ses gens fist conquerre,
A force d'armes, en bien petit d'espace,
Et chasser hors de Boulogne la grace [1]
Veniciens faisans au pape guerre.
Car Hanibal de Bentivolle acquerre
Vouloit le lieu sans aultre cause bonne ;
Le roy y mist le pape en sa personne.

On congnoist bien que les Venitiens
Villes, citez et chasteaulz retenoient,
D'où sont venus grans inconveniens ;
Car du pape tenoient en leurs lyens
Plusieurs terres qui luy appartenoient ;
Injustement le revenu prenoient,
Et, ce voyant, le trescrestien roy
Y a remis le pape en son arroy.

Pasteur, pasteur, l'accord et la promesse
Estoient faitz par princes à l'Eglise ;
Se me semble que ce a esté simplesse
Rompre la paix ; princes plains de noblesse
L'entretiennent sans abus ne faintise ;
Celuy la rompt, la casse et la debrise,
Qui la devroit garder et observer :
Sage est celuy qui fait guerre eschever.

---

1. Cette orthographe est mise là pour rimer aux yeux ; il
faut comprendre *la grasse*. « Au commencement (le pape
Jules II) se monstra bon François ; au moyen de quoy le
roy Loys douzième luy remeit entre ses mains la cité de
Boulongne la grasse, qu'occupoit le seigneur Bentivolle, dont
il fut très grandement ingrat. » (Nicole Gilles, *Chroniques
de France.*)

L'ACTEUR.

O tressainte Eglise militante,
Considère que le preux roy Loys
Te veult priser et te faire puyssante;
C'est la chose que plus est desirante;
Ton cher filz est; avec luy t'esjouys,
Car c'est par luy que de ton bien jouys;
Ton gouverneur ne le veult pas entendre :
Souvent est pris celuy qui cuide prendre.

Espoir de paix ont les loyaulx François;
Pour ce veullent faire processions;
Incessamment chantent à haulte voix
Louenge à Dieu, ainsi que tu congnoys;
Le Créateur sçait leurs intentions,
Car leur prince fait protestations
Qu'il n'entend point contre l'Eglise aller :
La verité nully ne doit celer.

Que diray-je? Fors que le roy de France
Est préesleu par la divine grace;
C'est *flagellum Dei*; car sans doubtance
En Jesus prent confort et esperance;
Guerre ne veult mettre sus par fallace.
Point n'est permis que la croisée ¹ on face
Porter jamais que sur les Infidèles;
Desployée est sur les justes fidèles.

1. Nous dirions maintenant *la croisade*. On appelle encore *croisée* le point d'intersection où se rejoignent et se croisent la nef, le chœur et les transsepts d'une église.

G ouverner doys l'Eglise catholique
R everemment et de ses biens donner,
I ncrépant ceulx qui ayment trop pratique;
N e soys aux bons inhumain, fier, inique;
G loire acquerras par bien les gouverner;
O rdonnances ne vueilles ordonner
R igoureuses, se veulx gagner le pris :
E n bien faisant, on n'est jamais repris.

FINIS.

LA COQUELUCHE

Composée

PAR PIERRE GRINGORE, DIT MÈRE SOTTE [1].

J e suis venue à Paris tout en haste
Pour assaillir fors, febles, grans, petis,
Et n'y a nul qui contre moy debate
Que pour ung peu de temps je ne l'a-
A plusieurs fais perdre les appetis;   [bate.
Les vieulx, les jeunes, les nyès, les subtilz

1. In-8° gothique de 8 ff. — Cette coqueluche, que la description de Gringore rapproche assez de notre grippe moderne, avoit été moins bénigne un siècle auparavant, au dire du chroniqueur Jean Lefebvre de Saint-Remy :

« Et en ce temps (1414) regnoit une maladie dans le royaume de France, qui tenoit en la teste, dont plusieurs josnes et vieux mouroient, laquelle maladie se nomme la cocqueluce. » (Ch. 37, éd. du *Panthéon*, p. 368).

Juvénal des Ursins est plus explicite, et surtout plus Parisien : « Es mois de fevrier et de mars (1414) se leva un vent merveilleux, puant et tout plein de froidures. Pour occasion duquel plusieurs gens, tant d'église, nobles que du peuple, furent tellement enreumez et entoussez que merveilles. Et en furent aucuns malades au lict, tellement que par aucun temps les jurisdictions de Parlement et de Chastellet cessoient et n'y alloit personne. Toutesfois le seigneur d'Aumont, bien

J'asubjetis et les mais à raison :
Toutes choses ont leur temps et saison.

J'oste de bruit pestillence et caterre ;
Nully ne meurt de ceulx qu'ay assaillis,
Car les fleumes que fais gecter par terre
Mondent le corps ; à l'estomach fais guerre,

vaillant chevalier et qui avoit eu la charge de porter l'ori-
flambe, alla de vie à trespassement. » (Coll. Michaud et Poujoulat, première série, t. 2, p. 496.)

Le *Journal d'un bourgeois* parle, à la même date, de cette
épidémie sous un autre nom ; mais c'est bien de la coqueluche de Saint-Remy et de Juvénal des Ursins qu'il s'agit,
ainsi qu'on va voir : « Item en iceluy temps chantoient les
petis enffens au soir, en allant au vin ou à la moustarde :

> *Votre c.. a la toux, commère,*
> *Votre c.. a la toux, la toux.*

Si advint, par le plaisir de Dieu, qu'ung maulvais air corrompu chut sur le monde que plus de cent mille personnes
de Paris [furent] mis en tel estat qu'ils perdirent le boire et
le menger, le repouser, et avoient tresforte fiebvre deux ou
trois fois le jour, et especialement toutes fois qu'ils men-
geoient, et leur sembloient toutes choses quelxconques amè-
res, et tresmaulvaises et puantes, et toujours trembloient
où qu'ils fussent, et avecques ce, qui pis estoit, on perdoit
tout le povoir de son corps, que on n'osoit toucher de nulle
part que ce fust, tant estoient grevéz ceulx qui de ce mal
estoient atteints. Et duroit bien, sans cesser, trois sepmaines
ou plus, et commença à bon escient à l'entrée du moys de
mars ou dit an, et le nommoit on le *Tac* ou le *Horion*, et
ceux qui point n'en avoient ou en estoient guéris, disoient
par esbattement : « En as-tu ? Par ma foy, tu as chanté

> » *Votre c.. a la toux, commère.* »

Car, avec tout le mal devant dit, on avoit la toux si fort et
la rume, et l'enroueure [que] on ne chantoit qui rien fust de
messes haultes à Paris. Mais, sur tous les maulx, la toux
estoit si cruelle à tous, jour et nuyt, qu'aucuns hommes,

Tant qu'on en voit ses membres demolis
Et les espritz lassez, troublez, failliz :
Les ungz en sont despitz, les autres doulx :
Impossible est qu'on sceust complaire à tous.

Gens qui boivent sans soif incessamment
Gros vins sans eaue, on les voit escumer,

par force de toussir, estoient rompus par les genitoires toute
leur vie, et aucunes femmes qui estoient grosses, qui n'estoient pas à terme, orent leurs enfans sans compaignie de
personne par force de tousser, qu'il convenoit mourir à grant
martyre, et mère et enfant. Et, quant ce venoit sur la ga-
rison, ils jettoient grand foison de sang beté par la bouche
et par le nez et par dessous, qui moult les ebayssoit, et ce
pendant personne ne mouroit; mais à peine en povoit personne estre guary; car, depuis que l'appetiz de manger fust
aux personnes revenu, se fust-il plus de six sepmaines après
avant qu'on fust nettement guary; ne fisicien nul ne sçavoit
guère quel mal c'estoit. » (Coll. Michaud et Poujoulat, première série, t. 2, p. 641-642.)

Nicole Gilles (*Chroniques de France*, éd. de 1549, in-fol.,
t. 2, feuillet 122 recto) complétera, sur l'épidémie de 1510,
le récit de Gringore : « Voyant ledict roy Loys que le pape
Julius luy faisoit la guerre en Italie..., pour y adviser
feit assembler tous les evesques et prélatz de son royaume,
et les plus grands docteurs de toutes ses universitez,... en
la ville de Tours, en l'an mil cinq cens et dix, au moys de
septembre, où je me trouvay à l'issue d'une merveilleuse
maladie, qui un moys auparavant survint en tout le royaume
de France, tant ès villes qu'ès champs, et dont peu de gens
evadèrent qu'ils ne fussent malades ou mors de la dicte maladie, en moins d'un moys; laquelle maladie fut appellée par
aucuns bons compagnons la *coqueluche*, parcequ'elle saisis-
soit les gens par la teste, principalement avec une douleur
d'estomach, de reins et de jambes et de fièvre folle, qui prenoit et baissoit d'heure en heure, avec un merveilleux de-
goust de pain, vin et viande, où les purgations nuysoient
plus qu'elles ne proffitoyent, et, selon les complexions des
personnes, les aucuns estoyent moins malades que les autres, et plusieurs gens de bien et de nom en allèrent de vie
à trespas. »

Ainsy q'un pot qui de commencement
Prent à boullir; ilz toussent longuement,
Pour l'estomach cuider desenflamer;
Alors le vin treuvent aigre ou amer;
Boire n'en pevent, et si en ont desir;
On ne peult pas avoir tout son plaisir.

Si vous voulez scavoir de mon lignaige
Et d'ont je suis procrée et produicte,
Chaleur mon père en porte temoignaige;
Car ma mère Froidure print couraige
L'acompaigner, comme en amour instruicte.
Or leur façon de faire est si bien duicte
Qu'ilz sont contraires tousjours en qualité :
Corps sont mortelz et plains de vilité.

Chaleur, Froidure s'assemblèrent ensemble
Pour me créer ainsi que me voyez.
Quant l'un d'iceulx s'eschauffe, l'autre tremble.
Par les hommes il seront mis ensemble;
C'est ce qui faict plusieurs corps desvoyez.
Et par ainsi tous asseurez soyez
Que engendrée fuz de chaleur et froidure :
Ung maulvais temps tousjours ne règne et dure.

Les corps humains ne pevent durer chault,
Tant sont remplys de putréfaction.
Se froidure tant soit peu les assault,
Le cueur tremble, fremit, bout et tressault;
Lors chault et froit font association.
De là survient la tribulacion
Qui me concrée, je qui suis Coqueluche :
Santé ne vient toutesfoys qu'on la huche.

Courir, saulter, passer temps et s'esbatre,

Puis devant dames aller genoulx flechir,
Se resjouyr, humainement combatre,
Pour renverser la beste se debatre,
Devenir rouge sans qu'on puisse blanchir,
Boire du vin qu'on a fait rafrechir,
En sa chaleur la coqueluche en prent :
Pas n'est ouvrier cil qui encor aprent.

Grasses pances, gros mentons, rouges tro-
De nature vous estes fleumatiques ;   [gnes,
Buvez matin, si ferez vos besongnes,
Car le bon vin espurge coles rongnes ;
D'y mettre eaue vous fault trouver practiques ;
Se le vin pur fait hommes frenatiques,
Les femmes font en merveilleux danger :
A peine on peult cuer feminin renger.

Ceulx qui prennent leurs plaisirs et delictz
A s'esbatre commérativement,
Quant sont couchez de nuyt dedens leurs lictz,
Acomplissant leurs passe-temps jolys,
Ainsy qu'on fait assez communement,
Et se desqueuvrent pour estre freschement,
Je viens vers eulx sans rigle et sans compas :
Tel vient souvent qu'on ne demande pas.

Ceulx qui se sont à manoir [m'avoir ?] adon-
   nez,
La toulx les prent et asprement les serre ;
N'a pas long temps qu'ilz furent estonnez ;
Ilz ouyrent assaulx estre donnez
Parmy les aers à force de tonnerre ;
L'estonnement en fist coucher par terre
De crainte et peur, prins de froit et de chault :
Tel se dit preux qui redoubte l'assault.

J'ay assailly riches qui font diette
Que à leur heure ne prennent leur repas ;
Mais il n'y a celluy d'eulx qui ne gecte
Colles, crachatz. Leur charongne est subgecte
Comme celle de povres en tel cas ;
Princes, seigneurs, conseilliers, advocas,
Comme povres, saisis ; c'est ma manière :
Hommes sont faictz d'une mesme matière.

Le doulx regard que fait le masculin,
Prenant plaisir, soulas, joyeuseté
Obtempérer au sexe feminin
D'amour chaulde meslée d'infect venin,
A troublé gens à ce joyeux esté.
J'ay apperceu que plusieurs ont esté
Trop eschauffez, à qui mal en est pris ;
Les bons ouvriers n'ont pas tousjours le pris.

En ses jours chaulx qui sont caniculaires
Suis arrivée, et sans dissimuler ;
Durant ce temps fleumatiques, collaires,
Merencoliques, sanguins, pour leurs sallaires,
Auront la toux, voulant caniculer ;
De tel mestier on se doit reculer,
Ainsi qu'on fait des gens frappez de peste :
Celuy n'est pas quitte qui doit de reste.

Ceulx qui se vont coucher en ses prairies
Ou du saussoys dessoubz le bel umbrage,
En leurs manoirs ou en leurs seigneuries,
Prennent frescheurs en cresmes, lecteries [1].
En repaissant de différent fruitage,
Ilz s'eschauffent aussi bien au village

1. Laitages.

Que en la ville ; telz gens tiens aux abboys :
Qui craint les fueilles ne doit aller au boys.

Jouer sur l'eau s'en vont en ses bateaulx
Hommes, femmes, pour passer leur jeunesse,
En ses ysles dessoubz verdoyans saulx ;
L'un sur l'autre font secretz soubressaux,
En se tirant à part hors de la presse ;
Par passe temps on prant peine sans cesse
A s'eschauffer ; puis on veult avoir froit :
Tant que le fol reçoive, nul ne croit.

Il est des gens fondez en avarice
Qui travaillent tant de jour que de nuyt,
Et sont munis d'avoir, de riche office ;
Mais ilz n'osent menger chose propice
Pour substanter leurs corps ; se mal leur nuyt ;
Telz gens laisse ; peste vient qui les suyt ;
Leurs biens laissent dont leur cueur en souspire :
L'homme éviter doit de deux maulx le pire.

Par trop manger superfluité vient ;
Par trop jeuner il vient mainte feblesse ;
Attemprance mettre à son cas convient ;
En peu de temps l'homme change et devient
Aultre qui n'a esté en sa jeunesse ;
Car il cuide, quant il est en vielesse,
Faire en ce point que quant il estoit jeune :
Bon gré, maulgré le curé va au senne[1].

Le despiteux, qui est enflammé de yre,
En s'eschauffant peult prendre tel courroux
Par despiter aultruy et par mal dire,

1. A la cloche, de *signum ;* on disoit habituellement *saint*
pour une cloche, et *saintier* pour celui qui les fondoit.

Voulant tousjours à raison contredire,
Qu'il concrée en son estomach toux;
Quant par despit veult supediter tous
Ses semblables, monstre sa felonnye :
Tel doit argent loyaument, qui le nie.

Les envyeux se meurtrissent le corps,
Quant desplaisir prennent du bien d'autruy;
Ilz s'eschauffent, aymans secretz discordz;
De leur follye ne peuent estre recordz;
Trop d'envieux règnent pour le jourd'huy;
Peu leur profite, quant ilz blasment celuy
Qui ne leur fist nul desplaisir jamais :
Selon l'homme fault preparer les mès.

Il y en a qui ont esté pouilleux,
Que Fortune a bien hault eslevez
Et gecté hors de danger perilleux,
Qui du depuis ont esté orgueilleux;
Mais froit et chault les a navrez, grevez;
Pour mon plaisir telles gens ay privez
Boire et menger en s'absentant de table :
Tel s'excuse qui de vice est coupable.

Les médecins, qui visitent urines,
Guérissans gens en temps et en saison,
J'ay assailly, leur donnant disciplines,
En demonstrant qu'ilz estoient si tresdignes
Qu'il me plaisoit visiter leur maison,
Affin qu'ilz peussent prouver par vraye raison
Ce que je fais dedens les cueurs humains :
Qui plus en sçait souvent en parle mains.

Dieu a voulu ceste peste muer
En coqueluche, que est grant bien pour tous.

Je descouraige, mais nul ne vueil tuer ;
Chacun se doit annuyt esvertuer
De mettre hors de son estomach toux ;
J'ay assailly en Paris les jaloux
Et les jalouses par voyes aspres, estranges :
Tous les cuideurs ne sont pas en vendanges [1].

Gens qui se tiennent en maisons clos, couvers,
Ne laissent point d'estre subgetz à moy.
Ils se couchent de costé, de travers,
Sur l'estomach, puis tous platz à l'envers,
Et si les metz tous les jours en esmoy ;
Ilz ont saussoye, herbe vert, le beau moy,
Mais toutesfois froit et chault les esmeult :
La maladie va par tout où Dieu veult.

De fain, frayeur, femme, froit et de fruict,
Se fault garder, tant comme le chault dure ;
Trop prendre peine le corps d'homme destruit ;
La coqueluche bien souvent s'en ensuyt,
Qui ne depart sans gecter force ordure ;
Il fault boire, pour rafreschir l'ardure,
Du vin qui soit avec eau temperé :
En tous ses faiz fault estre modéré.

Se le chault est meslé parmy le froit,
Il s'en ensuyt ung terrible tonnoirre ;
Le vent coulys, soit à tort ou à droict,

---

1. « Notez que c'est viande celeste, manger à desjeuner raisin avec fouace fraische, mesmement des pineaulz... et des foyrars pour ceulx qui sont constipez du ventre ; car ilz les font aller long comme un vouge, et souvent, cuidans peter, ilz se conchient, dont sont nommez les cuideurs de vendanges. » (Rabelais, livre I. ch. 25.)

Faict eslargir le pannicule [1] estroit;
Ainsi y a une terrible guerre;
Lors est force de vuider vers la terre,
Ou vers le ciel, les conduys empeschez :
Marchans de foire trop ne vendez, lachez.

Tel marchandise ne se peult enfermer;
A ung trompeur elle se baille à ferme;
Force luy est souvent la deffermer;
Car clistaires ou ung breuvaige amer
La font saillir, sans heure ne sans terme;
Ce qui estoit non mature, mais ferme
Dedens le corps, en part par pourriture :
Variable est humaine nature.

Tous corps humains sont subgetz à fortune;
Les ungs sont riches, les autres n'ont de quoy [2];
Le povre emporte tout autant de pecune
Que le riche; la parolle est commune;
Après la mort, s'en a faict le par quoy,
On vit là sus avec Dieu, à requoy,
Et les parens des trespassez debatent : [tent.
Des biens d'aultruy plusieurs hommes s'esba-

Je suis venue pour corps purifier;
Nul ne m'en doit donner le tort ou blasme,
Car mon regnom je vueil emplifier
Pour caterres et reusmes defier,
Entretenant le corps avecques l'ame;
En peu de lieux on m'imvoque, on reclame,
Car à plusieurs je fais perdre le goust :
Vivez, regnez, dominez; fin faict tout.

1. Petit vêtement.
2. Cf. les *Anciennes poésies françoises* (Bibl. elzev., t. 5,
p. 73).

Gens qui estes de ce mal tresbuchez,
Ne trotez point, ne bougez d'une place ;
Soyez joyeux d'estre encoqueluchez ;
Compaignie, pour passer temps , huchez ;
Au temps qui court est requis qu'on se face ;
Fuyez des dames le train, l'amour, la grâce ;
Car par ce point tout homme se confond :
Tisons prouchains souvent grand flame font.

L'Acteur.

G ardez vous bien de prendre trop de peine ;
R ien ne faictes sans regarder comment ;
I oyeux soyez ; evitez, fuyez haine ;
N uire à autruy ne fault par pensée vaine ;
G rans dommaiges en viennent promptement ;
O stez soucy et tout marmousement ;
R egardez bien à qui aurez fiance :
E n la parfin on voit tourner la chance.

Finis.

Il est dit par l'ordonnance de justice que nul ne pourra imprimer ce présent traicté ne vendre jusques à ung moys du date d'iceluy livre, fors ceulx à qui Pierre Gringore, acteur et compositeur dudict traicté, les baillera et distribuera. Lequel traicté a esté imprimé par maistre Pierre Le Dru pour iceluy Gringore, le XIIII jour d'aoust mil cinq cens et dix.

LE JEU

DU PRINCE DES SOTZ

ET MERE SOTTE

—

CRY

—

SOTTIE

—

MORALITÉ

—

FARCE

NOTICE BIBLIOGRAPHIQUE.

O n ne connoît de cet ouvrage de Gringore que deux éditions. L'une est in-8° gothique, sans lieu, ni date, ni nom d'imprimeur; elle porte pour titre : *Le Jeu du Prince des Sotz et Mère Sotte;* au-dessous un bois représentant probablement Mère Sotte entre deux Sots. Le bois est encadré, et dans la bordure court la devise de Gringore et de Mère Sotte : *Tout par raison. Raison par tout. Par tout raison.* Le personnage qui tient le milieu de ce bois, et que nous supposons être Mère Sotte, est vêtu d'une longue robe; une espèce de surcot, serré à la taille, portant des manches amples, mais serrées aux poignets, tombe jusqu'aux genoux; une sorte de camail à capuchon, orné des oreilles d'âne, couvre la gorge, le col et la tête. Il faut peut-être voir là le costume officiel de Mère Sotte. Au bas de la page, nous lisons : *Joué aux Halles de Paris le Mardy Gras l'an mil cinq cens et unze.*

Cette édition, de 88 ff. non chiffrés, signée *a–f*, donne au bas de la dernière page : *Fin du Cry, Sottie, Moralité et Farce, composez par*

Pierre Gringore, dit Mère Sotte, et imprimé pour iceluy.

Nous ne connaissons pas l'autre édition, qui est ainsi indiquée dans le *Manuel du Libraire :*

Le même, joué aux Halles de Pis, le Mardi Gras, IIII. (au recto du dernier feuillet.) *Nouvellement imprimé à Paris.* Petit in-4° gothique de 16 ff. à 2 col. de 39 lignes.

Nous avons rencontré parmi les manuscrits de la bibliothèque de l'Arsenal une copie figurée de la première édition. Nous ne connoissons pas l'auteur de cette copie, qui ne paroît pas assez bien faite pour qu'il soit vraisemblable de l'attribuer à Fyot.

Le Jeu du Prince des Sotz a été réimprimé dans la collection Caron, 1798–1806, 57 exempl. Ce dernier éditeur s'est efforcé de copier toutes les fautes de l'édition primitive. Il y a réussi complétement; il a eu moins de succès dans les tentatives qu'il a faites pour arriver à une ponctuation intelligente.

Nous noterons une traduction de la Farce faite en dialecte saintongeois par M. Burgaud des Marets, sous ce titre : *Molichoû et Garçounière,* 1853. Tiré à fort petit nombre.

CRY.

LA TENEUR DU CRY.

otz lunatiques, Sotz estourdis, Sotz
     sages [1],   [lages,
Sotz de villes, de chasteaulx, de vil-
Sotz rassotez, Sotz nyais, Sotz subtilz,
Sotz amoureux, Sotz privez, Sotz sauvages,
Sotz vieux, nouveaux, et Sotz de toutes ages,
Sotz barbares, estranges et gentilz,
Sotz raisonnables, Sotz pervers, Sotz retifz,
Vostre Prince, sans nulles intervalles,
Le Mardy Gras jouera ses Jeux aux Halles.

Sottes dames et Sottes damoiselles,
Sottes vieilles, Sottes jeunes, nouvelles,
Toutes Sottes aymant le masculin,
Sottes hardies, couardes, laides, belles,
Sottes frisques, Sottes doulces, rebelles,
Sottes qui veulent avoir leur picotin,
Sottes trotantes sur pavé, sur chemin,
Sottes rouges, mesgres, grasses et palles,
Le Mardy Gras jouera le Prince aux Halles.

1. Voy. *Anciennes poésies françoises*, Bibl. elzevir., t. 1,
p. 12-14, une énumération de Sotz qui semble presque entièrement copiée sur ce Cry, et qui a été reprise et étendue
dans une pièce postérieure, *le Monologue des Sots Joyeux*
(*ibidem*, tome 3, p. 15-18).

Sotz yvrongnes, aymans les bons loppins,
Sotz qui crachent au matin jacopins [1],
Sotz qui ayment jeux, tavernes, esbatz;
Tous Sotz jalloux, Sotz gardans les patins [2],
Sotz qui chassent nuyt et jour aux congnins [3];
Sotz qui ayment à frequenter le bas,
Sotz qui faictes aux dames les choux gras,
Advenez y, Sotz lavez et Sotz salles;
Le Mardy Gras jouera le Prince aux Halles.

Mère Sotte semont toutes les Sottes,
N'y faillez pas à y venir, bigottes;
Car en secret faictes de bonnes chières.
Sottes gayes, delicates, mignottes,
Sottes doulces qui rebrassez voz cottes,
Sottes qui estes aux hommes famillières,
Sottes nourrices, et Sottes chamberières,
Monstrer vous fault doulces et cordiales;
Le Mardy Gras jouera le Prince aux Halles.

Fait et donné, buvant vin à plains potz,
En recordant la naturelle game,
Par le Prince des Sotz et ses supostz;
Ainsi signé d'ung pet de preude femme [4].

1. Jacobins, gros crachats.

> Je crache blanc, comme cotton,
> Jacobins aussi gros qu'ung œf.
>   (Villon., *G. Test.*, huitain 62.)

2. Maris complaisants.

3. Lapins; *chasser aux connins*, jeu de mots fréquent chez les conteurs de la fin du xve et du commencement du xvie siècle.

4. Roger de Collerye a imité la tournure générale de ce Cry, dans ses Cris pour *les Suppostz de l'abbé des Foux d'Auxerre*, pour et contre *les Bazochiens et les clercs du Chastellet*. Voy. p. 271 et suiv., *Œuvres de R. de Collerye* (bibliot. elzevir.).

FIN DU CRY.

SOTTIE

S'ensuyt la Sottie.

Le droit Premier Sot.

C'est trop joué de passe passe;
Il ne fault plus qu'on les menace[1],
Tous les jours ilz se fortifient.
Ceulx qui en promesse se fient
Ne congnoissent pas la falace.
C'est trop joué de passe passe.

L'ung parboult[2] et l'autre fricasse,
Argent entretient l'ung en grace,
Les autres flatent et pallient,
Mais secrettement ilz se allient;
Car quelq'un faulx bruvaige brasse.
C'est trop joué de passe passe.

Je voy, il suffit : on embrasse,
Par le corps bieu, en peu d'espace.
Se de bien brief ilz ne supplient,
Et leur faulx vouloir multiplient,

1. Il s'agit du pape Jules II et des princes ses alliés, déclarés, ou hésitant encore.
2. Barbouille, ou, peut-être, fait bouillir complétement.

Fondre les verrez comme glace.
C'est trop joué de passe passe.

LE DEUXIESME SOT.

Qu'on rompe, qu'on brise, qu'on casse,
Qu'on frappe à tort et à travers;
A bref, plus n'est requis qu'on face
Le piteux; par Dieu, je me lasse
D'ouyr tant de propos divers.

LE TROISIESME SOT.

Sotz estranges si sont couvers
Et doublez durant la froidure
Pour cuyder estre recouvers;
Mais ilz ont esté descouvers
Et ont eu sentence bien dure.

LE PREMIER.

Nostre Prince est saige.

LE DEUXIESME.

Il endure.

LE TROISIESME.

Aussy il paye quant payer fault.

LE PREMIER.

A Boullongne la Grasse, injure [1]

---

1. Année 1506. Voyez, pour ce siége de Bologne, les chap. IV, V et VI de la sixième partie des *Chroniques de Jean d'Authon*, surtout le chapitre V : « Comment messire Charles d'Amboise, lieutenant du roi delà les monts, fit marcher son armée droit à Bologne pour secourir le pape » (t. 3, p. 176 et suiv. des *Chroniq. de J. d'Authon*. Sylvestre, 1835). Il est aussi parlé de ce siége de Bologne dans le discours prononcé en 1507, par Guill. Briçonnet, évêque de Lodève, devant le pape Jules II, au nom et pour les intérêts de Louis XII.

Firent au Prince, mais, j'en jure,
Pugnis furent de leur deffault.

LE DEUXIESME.

Tousjours ung trahistre à son sens fault;
Ce sont les communs vireletz [1].

LE TROISIESME.

Aussi on fist sur l'eschaffault,
Incontinent, fust froit ou chault,
Pour tel cas, des rouges colletz [2].

LE PREMIER.

Tant il y a des fins varletz!

LE DEUXIESME.

Tout chascun à son prouffit tend.

LE TROISIESME.

Espaignolz tendent leurs filletz.

LE PREMIER.

Mais que font Angloys à Callais!

LE DEUXIESME.

Le plus saige rien n'y entend.

LE TROISIESME.

Le Prince des Sotz ne pretend
Que donner paix à ses suppotz.

---

1. Comme on dit en commun, en brief langaige, dira Gringore dans d'autres passages, pour désigner une phrase proverbiale.

2. Ou bien des cardinaux à tête rouge, comme disoient un siècle auparavant les mauvaises gens de la commune Remoise, qui profitoient des guerres des Armagnacs et des Bourguignons pour faire noises, brigues et hutin, et menacer de la décapitation les grands bourgeois de la cité.

LE PREMIER.

Pource que l'Eglise entreprent
Sur temporalité, et prent,
Nous ne povons avoir repos.

LE DEUXIESME.

Brief, il n'y a point de propos.

LE TROISIESME.

Plusieurs au Prince sont ingratz.

LE PREMIER.

En fin perdront honneur et lotz.

LE DEUXIESME.

Et doit point le Prince des Sotz
Assister cy en ces Jours Gras?

LE TROISIESME.

N'ayez peur, il n'y fauldra pas;
Mais appeller fault le grant cours,
Tous les seigneurs et les prelatz,
Pour deliberer de son cas,
Car il veult tenir ses Grans Jours.

LE PREMIER.

On luy a joué de fins tours.

LE DEUXIESME.

Il en a bien la congnoissance;
Mais il est sy humain tousjours,
Quant on a devers luy recours,
Jamais il ne use de vengeance.

LE TROISIESME.

Suppostz du Prince, en ordonnance!
Pas n'est saison de sommeiller.

LE SEIGNEUR DU PONT ALLETZ [1].

Il ne me fault point resveiller :
Je fais le guet de toutes pars
Sur Espaignolz et sur Lombars
Qui ont mys leurs timbres folletz [2].

LE PREMIER.

En bas, Seigneur du Pont Alletz [3].

LE SEIGNEUR DU PONT ALLETZ.

Garde me donne des Allemans ;
Je voy ce que font les Flamens
Et les Anglois dedans Calletz.

LE DEUXIESME.

En bas, Seigneur du Pont Alletz.

LE SEIGNEUR DU PONT ALLETZ.

Se on fait au Prince quelque tort,
Je luy en feray le rapport ;
L'ung suis de ses vrays sotteletz.

1. Voir, sur ce célèbre joueur et compositeur de farces et de moralités, une note de M. Ed. Fournier, dans le t. 3 des *Variétés Historiques et Littéraires* (Biblioth. elzev.), p. 141, et une note de la pièce des bons Facteurs de Pierre Grosnet (*Anciennes poésies françoises*, t. 7, p.   ). Elles résument ce qui a été dit sur Pontalais. Dans la pièce (*Lettres Nouvelles*, etc.) à laquelle appartient l'une de ces notes, Pontalais est arrivé à la position de cardinal en compagnie de Plat d'Argent et de La Lune.

2. Qui ont mis leurs têtes folles, qui ont arboré les signes de leurs folies.

3. Il faut comprendre, je pense, que les Sotz se trouvoient d'abord dans la partie basse du théâtre ; les personnages survenants se tenoient un instant sur le haut, et, après quelque colloque avec les Sotz déjà en scène, venoient les rejoindre.

LE DEUXIESME.

En bas, Seigneur du Pont Alletz,
Abrège toy tost, et te hastes.

LE SEIGNEUR DU PONT ALLETZ.

Je y voys, je y voys

LE PREMIER.

Prince de Nates!

LE PRINCE DE NATES [1].

Qu'ella? qu'ella?

LE DEUXIESME.

Seigneur de Joye [2]!

LE SEIGNEUR DE JOYE.

Me vecy auprès de la proye,
Passant temps au soir et matin
Tousjours avec le femynin.
Vous sçavez que c'est mon usage.

LE TROISIESME.

Cela vient de honneste courage.

---

1. Ce prince de Nates paroît vouloir symboliser les banquets, les dances, toute fête pendant laquelle l'on semoit sur les parquets des herbes, des fleurs, en paquets, tressées, etc. Peut-être fait-il tout humblement allusion aux tas de paille qui servoient de tapis aux escoliers de l'Université écoutant les leçons des professeurs. Peut-être encore y a-t-il quelque souvenir du mot latin *nates*. La première explication nous paroît d'autant plus vraisemblable que nous retrouvons dans le Mo-ologue des Sotz joyeulx (*Anc. poés. franc.*, Bibl. elzev., t. 3, p. 11) ce prince de Nattes en compagnie du seigneur des Jonchées

Soingneux vous servir d'herbe verte.

2. Ce seigneur de Joye est devenu marquis dans le Monologue, et, dans les *Lettres Nouvelles*, évêque, en compagnie de Gayetté et de Platebourse.

LE PRINCE DE NATES,

Mainte belle d'amy matée
J'ay souvent en chambre natée,
Sans luy demander : que fais tu ?

LE PREMIER.

Vela bien congne le festu ¹ !

LE SEIGNEUR DE JOYE.

Nopces, convis, festes, bancquetz,
Beau babil et joyeulx caquetz
Fais aux dames, je m'y employe.

LE DEUXIESME.

C'est tresbien fait, Seigneur de Joye.

LE SEIGNEUR DE JOYE.

Fy de desplaisir, de tristesse,
Je ne demande que lyesse ;
Tousjours suis plaisant où que soye.

LE TROISIESME.

Venez à coup, Seigneur de Joye ;
Prince de Nates, tost en place.

LE PRINCE DE NATES.

Je m'y en voys en peu d'espace,
Car j'entens que le Prince y vient.

LE SEIGNEUR DE JOYE.

Joyeuseté faire convient ;
En ces Jours Gras, c'est l'ordinaire.

---

1. Locution proverbiale, fainéant qui se préoccupe de niaiseries, pourfendeur de brins de paille. Il y a là un double jeu de mots qui s'appuie sur le sens habituel du mot *cogner* dans les auteurs érotiques, et sur le nom même du prince de Nates.

LE GENERAL D'ENFANCE [1].

Quoy! voulez vous voz esbatz faire
Sans moy! Je suis de l'aliance.

LE PREMIER.

Approchez, General d'Enfance,
Appaisé serez d'ung hochet.

LE GENERAL.

Hon hon, men men, pa pa, tetet,
Du lo lo, au cheval fondu.

LE DEUXIESME.

Par Dieu, vela bien respondu
En enfant.

LE TROISIESME.

Descendez tost tost,
Vous aurez ung morceau de rost,
Ou une belle pomme cuyte.
Le Prince, devant qu'il anuyte,
Se rendra icy, General.

LE GENERAL.

Je m'y en voys. Çà mon cheval,
Mon moulinet, ma hallebarde;
Il n'est pas saison que je tarde;
Je y voys sans houzeaulx et sans bottes.

LE SEIGNEUR DU PLAT [2].

Honneur par tout! Dieu gard' mes hostes!

1. Ce général, que nous retrouvons dans les *Lettres Nouvelles*, est destiné à symboliser cette sorte particulière de sottise qui tourne à la niaiserie, à la naïveté badaude et légèrement idiote.
2. Ce seigneur, devenu cardinal dans les *Lettres Nouvelles*, est, dans le Monologue, l'humble compagnon du seigneur de Rien, tristement chargé de préparer le banquet des Sotz.

En vecy belle compaignie.
Je croy, par la Vierge Marie,
Que j'en ay plusieurs hebergez.

LE PREMIER.

Entre vous qui estes logez
Au Plat d'Argent, faictes hommage
A vostre hoste; il a de usaige
De loger tous les souffreteux.

LE SEIGNEUR DU PLAT.

Pipeux, joueux et hazardeux,
Et gens qui ne veullent rien faire,
Tiennent avec moy ordinaire;
Et Dieu scet comme je les traicte,
L'ung au lict, l'autre à la couchette.
Il y en vient ung si grant tas
Aucunesfois, n'en doubtez pas,
Par Dieu, que ne les sçay où mettre.

LE DEUXIESME.

Descendez, car il vous fault estre
Au conseil du Prince

Il a une apparence plus joyeuse dans la sottie de Gringore, et cela est de bon augure pour la position des Sotz. Ce Seigneur symbolise en effet, selon toute apparence, ce genre particulier de sottise qui portoit les hôteliers à faire crédit aux Enfants sans Soucis; il représente la Mangeaille, et peut-être est-il, comme Pontalais, un personnage réel, un hôtelier non mythologique, le maître de la taverne où les Sotz se rassembloient volentiers, la victime en titre d'office de cette espèce d'escoliers. Cette enseigne du Plat d'Argent étoit du reste bien reçue à titre d'amère ironie, et Roger de Collerye, persécuté par Plate Bourse, n'a besoin pour indiquer son triste sort, que de dire :

Au Plat d'Argent je fais ma résidence.

Chacun sait ainsi qu'il y demeure en compagnie de Faulte d'Argent.

Le Seigneur du Plat.

Fiat.

Puis qu'il veult tenir son estat,
Je y assisteray voulentiers.

Le Seigneur de la Lune[1].

Je y doy estre tout des premiers,
Quelque chose qu'on en babille.
S'on fait quelque chose subtille
Je congnois bien se elle repugne [2]

Le Troisiesme.

Mignons qui tenez de la Lune[3],
Faictes luy hardiment honneur;
C'est vostre naturel seigneur,
Pour luy devez tenir la main.

1. Avoir un quartier de lune en la tête, avoir de la lune, tenir de la lune, ces locutions populaires désignèrent toute bizarrerie, toute originalité, toute fantaisie, toute folie, et, hélas! toute poésie. La Mère Folle de Dijon, comme nous allons le redire tout à l'heure, appeloit sous l'abri de ses jupes les lunaticques, ecervelez, esventez, *poëtes de nature*. Le seigneur de la Lune est donc le représentant de cette sottise qui pousse les esprits élevés en même temps que les imbéciles à sortir des habitudes de la vie vulgaire. Il faut reconnoître d'ailleurs que Gringore, avec les idées de la bourgeoisie du Moyen Age, et de la bourgeoisie de tout temps, du reste, pense surtout aux imbéciles, quand il songe à symboliser l'originalité.

2. On sait que le cours de la lune exerçoit une grande influence dans les idées du Moyen Age, non-seulement sur l'hygiène de l'homme, sur la naissance de l'enfant, mais même sur les entreprises à commencer ou à retarder.

3. A tous foux, archifoux, *lunatiques*, heteroclytes, esventez, poëtes de nature, bizarres, durs et bien mols, almanachs vieux et nouveaux, passés, présents et à venir, salut (*Recept. du P. de Condé parmi les mirelificques loppinans de l'Infanterie Dijonnoise*). Ne sont-ce pas là tous les mignons qui tiennent de la Lune?

LE SEIGNEUR DE LA LUNE.

Je suis hatif, je suis souldain,
Inconstant, prompt, et variable,
Liger d'esperit, fort variable;
Plusieurs ne le treuvent pas bon.

LE PREMIER.

Quant la Lune est dessus Bourbon,
S'il y a quelq'un en dangier,
C'est assez pour le vendengier;
Entendez vous pas bien le terme[1]?

LE SEIGNEUR DE LA LUNE.

L'ung enclos, l'autre je defferme;
Se fais ennuyt[2] appoinctement
Je le rompray souldainement,
Devant qu'il soit trois jours passez.

LE DEUXIESME.

Seigneur de la Lune, pensez
Que nous congnoissons vostre cas.

1. Nous avouons que non. Y a-t-il là une allusion politique à la folie que, selon Gringore, auroit montrée Pierre de Bourbon, mari d'Anne de Beaujeu, fille de Louis XI, en poursuivant Louis d'Orléans, actuellement Louis XII? Les passans, à certain temps de la nuit ou de l'année, se trouvoient-ils en danger dans le voisinage de l'hôtel de Bourbon? La Lune et Bourbon avoient-ils un sens particulier dans l'argot des Enfans sans Soucis? Ces vers se réfèrent-ils à quelque phrase proverbiale dans la bourgeoisie parisienne, qui leur donneroit le sens de être en colère, ainsi que semblent l'indiquer d'autres passages contemporains? Faut-il rapprocher ce passage du chap. 6, liv. 2, de *Rabelais*, dans lequel l'escholier Limosin cite, parmi les Lupanaires qu'il invise, le cul-de-sac de Bourbon? Le champ des conjectures, comme on voit, est assez large, et les commentaires seraient facilement longs, même sur ces Sotties; nous en avons voulu donner cette preuve.

2. Aujourd'hui.

LE SEIGNEUR DE LA LUNE. (*Il descend.*)
Le Prince des Sotz ses estatz
Veult tenir; je m'y en voys rendre.

L'ABBÉ DE FREVAULX[1].
Comment voulez vous entreprendre
A faire sans moy cas nouveaulx !
Ha ! por Dieu !

LE TROISIESME.
Abbé de Frevaulx
Je vous prie que ame [2] ne se cource

L'ABBÉ DE PLATE BOURCE[3].
Ha ! ha !

LE PREMIER.
Abbé de Plate Bource
Abregez vous, vers nous venez.

1. Nous disons dans une note de l'édition de Coquillart,
qui parle, lui aussi, d'une religieuse de Froivaulx (t. 2,
p. 115, édit. elzev.) : « *Froivaulx, Frevaulx*, ce nom paroît
être le bienvenu dans les pièces joyeuses du xv⁰ siècle. Il pré-
sentoit de nombreuses équivoques, parmi lesquelles nous
nous nous contenterons de citer : *Frais veaux*, verts galans,
ou novices; *Froids veaux*, impuissans, ou badauds. » Le mot
veaux étoit fréquemment employé parmi les escoliers pour
indiquer la niaiserie, l'ignorance, la timidité, etc. Dans le
Monologue Froictz vaulx indique uniquement le froid, la
pauvreté. Il y avoit, du reste, dans le diocèse de Paris ou
les diocèses voisins, bien des noms de bénéfices qui avoient
pu donner aux plaisans l'idée de cette abbaye de Frevaulx;
nous citerons entre autres la cure de Frepillon, la chappel-
lenie de Saint-Frambault à Senlis, etc.

2. Probablement *homs*, on.

3. Il y a peu d'explication généalogique à donner sur
cet abbé; son rôle et son histoire se comprennent facilement. C'est d'ailleurs un personnage cher aux Sotz; nous
le retrouvons dans le *Monologue*, et dans les *Lettres Nouvelles*, où, comme nous l'avons indiqué, il est devenu un
personnage plus important.

L'ABBÉ DE PLATE BOURCE.

Je viens de enluminer mon nez,
Non pas de ces vins vers nouveaulx.

LE DEUXIESME.

Ça, ça, Plate Bource et Frevaulx,
Venez avec la seigneurie;
Car je croy, par saincte Marie,
Qu'il y aura compaignie grosse.

L'ABBÉ DE FREVAULX.

Je m'y en voys avec ma crosse
Et porteray ma chappe exquise,
Aussi chaulde que vent de bise.
Pour moy vous ne demourerez.

L'ABBÉ DE PLATE BOURCE.

Plate Bource et Frevaulx aurez
Tout maintenant, n'ayez soucy.

LE TROISIESME.

Plat d'Argent!

LE SEIGNEUR DU PLAT.

Holla! me vecy
Bien empesché, n'en doubtez point,
Car je metz le logis à point
De ces seigneurs, et ces prelatz.
Tout en est tantost, hault et bas,
Quasi plain

LE PREMIER.

Le Prince des Sotz.
A voulu et veult ses Suppostz
Traicter ainsi qu'il appartient.

LE SEIGNEUR DU PLAT.

Mot, mot, le vecy, ou il vient,
Prenez bon courage, mes hostes.

LE PRINCE DES SOTZ.

Honneur, Dieu gard les Sotz et Sottes !
Benedicite ! que j'en voy !

LE SEIGNEUR DE GAYECTÉ [1].

Ilz sont par troppeaulx et par bottes.

LE PRINCE DES SOTZ.

Honneur ! Dieu gard les Sotz et Sottes !

LE SEIGNEUR DE GAYECTÉ.

Arrière bigotz et bigottes,
Nous n'en voulons point, par ma foy.

LE PRINCE.

Honneur ! Dieu gard les Sotz et Sottes !
Benedicite ! que j'en voy !
J'ay tousjours Gayecté avec moy,
Comme mon cher filz tresaymé.

GAYECTÉ.

Prince par sus tous estimé,
Non obstant que vous soyez vieulx,
Tousjours estes gay et joyeulx
En despit de voz ennemys ;
Et croy que Dieu vous a transmys [2]
Pour pugnir meffaitz execrables.

---

1. Ce seigneur est lui aussi un fidèle compagnon des Sotz. Nous le retrouvons dans le *Monologue*, où il est le bon seigneur de Gayetté, et dans les *Lettres*, où il a suivi la même ligne d'avancement que Plate Bsource. Cette marche simultanée des deux personnages seroit-elle un symbole que Roger de Collerye résume dans ce vers :

D'argent, fi! ce n'est que bagage.

2. Pris ici dans le sens neutre, envoyé.

LE PRINCE.

J'ay veu des choses merveillables
En mon temps.

LE PREMIER.

Tresredoubté Prince,
Qui entretenez la province
Des Sotz en paix et en silence,
Voz Suppostz vous font reverence.

LE DEUXIESME.

Vecy voz subgectz, voz vassaulx,
Deliberez de vous complaire,
Et à qui que en vueille desplaire
Au jourd'huy diront motz nouveaulx.

LE TROISIESME.

Voz princes, seigneurs et vassaulx
Ont fait une grande assemblée ;
Pourveu qu'elle ne soit troublée
A les veoir vous prendrez soullas.

LE PREMIER.

Voz prelatz ne sont point ingratz,
Quelque chose qu'on en babille ;
Ilz ont fait durant les Jours gras
Bancquetz, bignetz et telz fatras
Aux mignonnes de ceste ville.

LE PRINCE DE NATES.

Où est l'abbé de la Courtille ?
Qu'il vienne sur peine d'amende.

GAYECTÉ.

Je cuyde qu'il est au concille[1].

1. Allusion au concile que le pape Jules II venoit de convo-

LE TROISIESME.

Peult estre; car il est habille
Respondre à ce qu'on luy demande.

L'ABBÉ DE PLATE BOURCE.

Je vueil bien que chascun entende,
Et qui vouldra courcer s'en source,
Que tiens la Courtille en commande.

LE TROISIESME.

Le corps bieu, c'est autre viande.

L'ABBÉ DE PLATE BOURCE.

Au moins les deniers en embource.
Je suis abbé de Plate Bource
Et de la Courtille.

LE PREMIER.

Nota.

L'ABBÉ DE PLATE BOURCE.

Je courus plus tost que la source
En poste.

LE PRINCE.

Raison pourquoy?

L'ABBÉ DE PLATE BOURCE.

Pource
Tel n'est mort qui ressuscita [1].

quer. Ce concile, connu dans l'Église sous le nom de concile
de Latran, dix-huitième œcuménique, devoit déplaire à
Louis XII; il prévoyoit que cette assemblée annuleroit les
actes du pseudo-concile de Pise, que cinq cardinaux, ennemis
de Jules II, venoient d'ouvrir, à l'instigation du roi de France.

1. Sans doute, tel bénéficier est à peine mort qu'il res-
suscite, par allusion à la promptitude avec laquelle on pour-
suivoit un bénéfice dès les premiers instants de la vacance.

GAYECTÉ.

Et où est Frevaulx?

L'ABBÉ DE FREVAULX.

Me vella;
Par devant vous vueil comparestre.
J'ay despendu, notez cela,
Et mengé par cy et par là
Tout le revenu de mon cloistre.

LE PRINCE.

Voz moynes?

L'ABBÉ.

Et ilz doivent estre
Par les champs pour se pourchasser.
Bien souvent quant cuident repaistre,
Ilz ne sçayvent les dens où mettre,
Et sans soupper s'en vont coucher.

GAYECTÉ.

Et sainct Liger, nostre amy cher,
Veult il laisser ses prelatz dignes?

LE DEUXIESME.

Quelque part va le temps passer,
Car mieulx se congnoist à chasser
Qu'il ne fait à dire matines.

LE TROISIESME.

Vos prelatz font ung tas de mynes
Ainsi que moynes regulliers;
Mais souvent dessoubz les courtines
Ont creatures femynines
En lieu d'heures et de psaultiers.

LE PREMIER.

Tant de prelatz irreguliers!

LE DEUXIESME.

Mais tant de moynes apostatz!

LE TROISIESME.

L'Eglise a de maulvais pilliers!

LE PREMIER.

Il y a ung grant tas d'asniers
Qui ont benefices à tas.

LA SOTTE COMMUNE [1].

Par Dieu, je ne m'en tairay pas!
Je voy que chascun se desrune [2]!
On descrye florins et ducatz,
J'en parleray, cela repugne.

LE PRINCE.

Qui parle?

GAYECTÉ.

La Sotte Commune.

LA SOTTE COMMUNE.

Et que ay je à faire de la guerre,
Ne que à la chaire de sainct Pierre
Soit assis ung fol ou ung saige?
Que m'en chault il se l'Eglise erre,
Mais que paix soit en ceste terre?
Jamais il ne vint bien d'oultraige.
Je suis asseur en mon village;
Quant je vueil je souppe et desjeune!

LE PRINCE.

Qui parle?

LE PREMIER SOT.

La Sotte Commune.

1. Qui représente le *commun*, le populaire.
2. Se débride, se dérègle.

LA COMMUNE.

Tant d'allées et tant de venues,
Tant d'entreprises incongnues !
Appoinctemens rompuz, cassez !
Traysons secrettes et congnues !
Mourir de fievres continues !
Bruvaiges et boucons[1] brassez !
Blancz scellez en secret passez !
Faire feux, et puis veoir rancune !

LE PRINCE.

Qui parle ?

LA COMMUNE.

La Sotte Commune.
Regardez moy bien hardiment.
Je parle sans sçavoir comment,
A cella suis acoustumée ;
Mais à parler realement,
Ainsy qu'on dit communement,
Jamais ne fut feu sans fumée ;
Aucuns ont la guerre enflamée.
Qui doivent redoubter fortune.

LE PRINCE.

Qui parle ?

LA SOTTE.

La Sotte Commune.

LE PREMIER SOT.

La Sotte Commune, aprochez.

LE SECOND SOT.

Qu'i a il ? Qu'esse que cerchez ?

---

1. Poisons. Allusions, sans doute, aux empoisonnemens et aux trahisons dont on accusoit les princes italiens, les Borgia en particulier.

LA COMMUNE.

Par mon ame, je n'en sçay rien.
Je voy les plus grans empeschez,
Et les autres se sont cachez.
Dieu vueille que tout vienne à bien !
Chascun n'a pas ce qui est sien,
D'affaires d'aultruy on se mesle.

LE TROISIESME.

Tousjours la Commune grumelle.

LE PREMIER.

Commune, de quoy parles tu ?

LE DEUXIESME.

Le Prince est remply de vertu.

LE TROISIESME.

Tu n'as ne guerre ne bataille.

LE PREMIER.

L'orgueil des Sotz a abatu.

LE DEUXIESME.

Il a selon droit combatu.

LE TROISIESME.

Mesmement a mys au bas taille

LE PREMIER.

Te vient on rober ta poulaille ?

LE DEUXIESME.

Tu es en paix en ta maison.

LE TROISIESME.

Justice te preste l'oreille.

LE PREMIER.

Tu as des biens tant que merveille
Dont tu peux faire garnison.

LE DEUXIESME.

Je ne sçay pour quelle achoison
A grumeller on te conseille.

LA COMMUNE (*chante*)[1].

Faulte d'argent, c'est douleur non pareille.

LE DEUXIÈME.

La Commune grumelera
Sans cesser, et se meslera
De parler à tort, à travers.

LA COMMUNE.

Ennuyt la chose me plaira,
Et demain il m'en desplaira;
J'ay propos muables, divers;
Les ungz regardent de travers
Le Prince, je les voy venir;
Par quoy fault avoir yeulx ouvers;
Car scismes orribles, pervers,
Vous verrez de brief advenir

GAYECTÉ.

La Commune ne sçait tenir
Sa langue

LE TROISIESME.

N'y prenez point garde.
A ce qu'elle dit ne regarde.

1. Roger de Collerye, dans un de ses rondeaux, et Rabelais, ont aussi employé ce vers d'une chanson populaire. Voyez *Œuvres de Collerye*, édit. elzevirienne, notes, pages 223 et 240.

LA MÈRE SOTTE (*habillée par dessoubz en Mère Sotte, et par dessus, son habit ainsi comme l'Eglise*) [1].

Sy le Dyable y devoit courir
Et deussay je de mort mourir
Ainsi que Abiron et Datan,
Ou dampné avecques Sathan,
Sy me viendront ilz secourir.
Je feray chascun acourir
Après moy, et me requerir
Pardon et mercy à ma guise.
Le temporel vueil acquerir
Et faire mon renom florir.
Ha! brief, vela mon entreprise.
Je me dis Mère Saincte Eglise,
Je vueil bien que chascun le note;
Je maulditz, anatematise,
Mais soubz l'habit, pour ma devise,
Porte l'habit de Mère Sotte.
Bien sçay qu'on dit que je radotte
Et que suis fol en ma vieillesse;
Mais grumeler vueil à ma poste
Mon filz le Prince, en telle sorte

1. Mère Sotte avoit un habillement particulier, reconnoissable au théâtre, où elle jouoit, on le voit, un personnage de convention, personnage fécond en jeux de mots, en plaisanteries tirées soit du contraste, soit de l'analogie de son nom avec ses différens rôles. Toute la scène qui suit est basée sur cette donnée. Peut-être cet habit étoit-il porté dans la vie ordinaire, au moins dans les assemblées des Sotz, comme un insigne sérieux de son grade dans la corporation des Sotz, comme un vêtement respectable, honoré et représentatif de fonctions qui, ainsi que nous l'avons indiqué dans la préface, étoient, au fond, sérieuses, graves, dignes de considération.

Qu'il diminue sa noblesse,
Sotte Fiance.

SOTTE FIANCE.

La haultesse
De vostre regnom florira.

LA MÈRE SOTTE.

Il ne faut pas que je delaisse
L'entreprise; ains¹ que je cesse
Cent foys l'heure on en mauldira.

SOTTE OCCASION.

Qui esse qui contredira
Vostre saincte discretion!
Tout aussi tost qu'on me verra
Avec vous, on vous aydera
A faire vostre intencion

LA MÈRE SOTTE.

Ça! ça! ma Sotte Occasion,
Sans vous ne puis faire mon cas.

SOTTE OCCASION.

Pour toute resolution
Je trouveray invention
De mutiner princes, prelatz.

SOTTE FIANCE.

Je promettray escus, ducatz
Mais² qu'ilz soyent de vostre aliance.

LA MÈRE SOTTE.

Vous dictes bien, Sotte Fiance.

1. Avant que.
2. Pourvu que.

SOTTE FIANCE.

On dit que n'avez point de honte
De rompre vostre foy promise.

SOTTE OCCASION.

Ingratitude vous surmonte;
De promesse ne tenez compte
Non plus que bourciers de Venise.

MÈRE SOTTE.

Mon medecin Juif prophetise
Que soye perverse, et que bon est.

SOTTE FIANCE.

Et qui est il?

MÈRE SOTTE.

Maistre Bonnet[1].

SOTTE OCCASION.

Nostre mère, il est deffendu
En droit, par Juif se gouverner.

SOTTE FIANCE.

Ainsi comme j'ay entendu
Tout sera congnu en temps deu;
Il y a bien à discerner.

MÈRE SOTTE.

Doit autre que moy dominer?

---

1. Il s'agit du médecin provençal Bonnet de Latès, juif
converti qui s'établit à Rome, où il jouit, au commencement du xvi° siècle, d'une grande réputation. On venoit de
réimprimer à Paris, en 1507, un traité qu'il avoit dédié au
pape Alexandre VI, sous ce titre : *Boneti de Latis, medici
provenzalis, annuli per eum compositi, super astrologiam,
utilitates.*

SOTTE FIANCE.

On dit que errez contre la loy

MÈRE SOTTE.

J'ay Occasion quant et moy.

OCCASION.

Nostre mère, je vous diray,
Voulentiers je vous serviray
Sans qu'il en soit plus repliqué.

MÈRE SOTTE.

Aussy tost que je cesseray
D'estre perverse, je mourray,
Il est ainsi pronosticqué

SOTTE [FIANCE].

Vous avez tresbien allegué;
Ne le mectray en oubliance.

LA MÈRE.

J'ay avec moy Sotte Fiance.

OCCASION.

Qu'est la Bonne Foy devenue
Vostre vraye Sotte principalle?

LA MÈRE SOTTE.

Par moy n'est plus entretenue;
El est maintenant incongnue,
Au temps present on la ravalle

SOTTE FIANCE.

Sy l'ay je veu juste et loyalle
Autresfois jouer en ce lieu

LA MÈRE SOTTE.

La Bonne Foy, c'est le vieil jeu.

OCCASION.

Vostre filz le Prince des Sotz
De bon cueur vous honnore et prise.

LA MÈRE.

Je veuil qu'on die à tous propos,
Affin que acquière bruyt et lotz,
Que je suis Mère Saincte Eglise,
Suis je pas en la Chaire assise ?
Nuyt et jour y repose et dors.

SOTTE FIANCE.

Gardez d'en estre mise hors.

LA MÈRE SOTTE.

Que mes prelatz viennent icy,
Amenez moy les principaulx.

OCCASION.

Ilz sont tous prestz, n'ayez soulcy,
Et deliberez, Dieu mercy,
Vous servir comme voz vassaulx

SOTTE FIANCE.

Croulecu [1], sainct Liger [2], Frevaulx,
Çà, La Courtille [3], et Plate Bource,
Venez tost icy à grant cource.

---

1. *Crouler, croler,* remuer, agiter.
2. La cure de Saint-Léger existoit aux environs de Paris.
La plaisanterie amenée par ce mot fut, du reste, toujours
bienvenue, et la tradition s'en conserva longtemps ; nous
trouvons en effet, en 1789, un mandement grotesque et sa-
tirique imprimé à Sarlat et attribué à messire le prieur de
Saint-Léger.
3. Les courtilles, lieux de réunion, de fêtes, de débau-
ches, indiquent assez ce que Gringore a voulu représenter
par cet abbé.

PLATE BOURCE.

Nostre mère,

FREVAULX.

Nostre asottée,

CROULECU.

Nostre suport, nostre soullas.

PLATE BOURCE.

Par Dieu, vous serez confortée,
Et de nuyt et jour supportée
Par voz vrays suppostz les Prelatz.

MÈRE SOTTE.

Or je vous diray tout le cas :
Mon filz la temporalité
Entretient, je n'en doubte pas;
Mais je vueil, par fas ou nephas,
Avoir sur luy l'auctourité.
De l'espiritualité
Je jouys, ainsy qu'il me semble;
Tous les deux vueil mesler ensemble.

SOTTE FIANCE.

Les Princes y contrediront.

SOTTE OCCASION.

Jamais ilz ne consentiront
Que gouvernez le temporel.

LA MÈRE.

Veuillent ou non, ilz le feront
Ou grande guerre à moy auront
Tant qu'on ne vit onc debat tel.

PLATE BOURCE.

Mais gardons l'espirituel,
Du temporel ne nous meslons.

La MÈRE SOTTE.

Du temporel jouyr voullons.

SOTTE FIANCE.

La Mère Sotte vous fera
Des biens; entendez la substance.

FREVAULX.

Comment?

SOTTE FIANCE.

El vous dispencera [1]
De faire ce qu'il vous plaira,
Mais que tenez son aliance

CROULECU.

Qui le dit?

SOTTE OCCASION.

C'est Sotte Fiance.
Je suis de son oppinion.
Gouvernez vous à ma plaisance;
Contente suis mener la dance,
Je, qui suis Sotte Occasion.

MÈRE SOTTE.

Il sera de nous mencion
A jamais, mes suppotz feaulx;
Se faictes mon intencion
Vous aurez, en conclusion,
Largement de rouges chappeaulx [2].

PLATE BOURCE.

Je ne me congnois aux assaulx.

1. Accordera.
2. *Avoir rouges chapeaux*, signifie aussi, dans le langage
populaire, on se le rappelle, avoir la tête coupée.

LA MÈRE SOTTE.

Frappez de crosses et de croix.

PLATE BOURCE.

Qu'en dis tu, abbé de Frevaulx?

FREVAULX.

Nous serons trestous cardinaulx,
Je l'entens bien à ceste fois.

CROULECU.

On y donne des coups de fouetz;
Et je enrage quant on me oppresse.

MÈRE SOTTE.

Mes suppotz et amys parfaitz,
Je sçay et congnois que je fais.
De en plus deviser, c'est simplesse.
Je voys par devers la noblesse
Des Princes.

PLATE BOURCE.

Allez, nostre Mère,
Parachevez vostre mistère.

MÈRE SOTTE.

Princes, et seigneurs renommez,
En toutes provinces clamez,
Vers vous viens pour aucune cause.

LE SEIGNEUR DU PONT ALLETZ.

Nostre Mère, dictes la clause.

LA MÈRE SOTTE.

Soustenir vueil en consequence
Devant vous, mes gentilz suppotz,
Que doy avoir preeminence
Par dessus le Prince des Sotz;

Mes vrays enfans et mes dorlotz,
Alliez vous avecques moy.

LE SEIGNEUR DE JOYE.

J'ay au Prince promis ma foy,
Servir le vueil, il est ainsi.

LE SEIGNEUR DU PLAT.

Je suis son subgect.

LE PRINCE DE NATES.

Moy aussi.

LE GENERAL D'ENFANCE.

Je seray de son aliance

LE SEIGNEUR DE LA LUNE.

Nostre Mère, j'ay esperance
Vous aider, s'il vous semble bon.

LE SEIGNEUR DU PONT ALLETZ.

Vella la Lune, sans doubtance,
Qui est variable en sustance
Comme le pourpoint Jehan Gippon[1].

---

1. Jehan Gippon (appellation dont on fit plus tard un seul mot, Jangipon) indiquoit un niais, un badaud, plutôt cependant un fou, un homme bizarre, qu'un idiot. Gringore montre qu'on pourroit appliquer ce mot à un homme variable, et je crois volontiers aussi à une sorte de mendiant folâtre et badin. Si le lecteur vouloit nous permettre une tentative d'étymologie, et nous pardonner cette folle entreprise à cause de l'intérêt historique qu'il y va trouver, nous dirions qu'on auroit tort de voir dans le mot *gippon*, jupon, un vêtement uniquement féminin, et de conclure que Jehan Gippon est un sot à la façon de ceux qui ne savent point porter les hauts de chausses et laissent *chanter la poule devant le coq*. Gippon indiquoit une espèce de casaque courte ou de hoqueton un peu en lambeaux, ou de robe déguenillée, rapiécée, et rapiécée à la grâce de Dieu, avec des haillons de toute couleur. Nous

LA MÈRE SOTTE.

Serez vous des miens ?

LE SEIGNEUR DE JOYE.

Nenny, non.
Nous tiendrons nostre foy promise.

avons toujours supposé qu'on avoit donné le nom de Jehan Gippon aux Écossois enrégimentés dans l'armée françoise ; le mot *gippon* est bien, en effet, la désignation du *kilt*, de cette espèce de jupe que portoient et que portent encore les Highlanders : les couleurs variées de leurs habits et leur renommée de niaiserie s'appliquoient fort bien au double sens du mot dont nous cherchons l'étymologie, au double sens de variabilité et de badauderie. Quoi qu'il en soit de cette hypothèse, on comprend, par les explications précédentes, pourquoi Gringore dit : « Variable comme le pourpoint de Jehan Gippon » ; on saisit aussi facilement le jeu de mot sur *pourpoint* et *gippon*. Mais il est vraisemblable que les auditeurs de Gringore y voyoient plus encore, et que nous, à notre tour, nous y devons chercher une allusion historique, une plaisanterie lancée contre Ferdinand d'Aragon. Jehan Gippon étoit, en effet, au dire de du Bellay, le surnom que le populaire françois avoit donné à ce prince. Son royaume paroissoit fait de pièces et de morceaux ; « il étoit, dit le *Journal d'un bourgeois*, publié par M. Ludovic Lalanne, roy de Castille, d'Aragon, d'Andolozie, Grenade et aultres royaulmes. » Cette annexion fréquente de nouvelles provinces avoit frappé les François, et, comme il avoit été leur plus habile, leur plus persévérant ennemi, ils avoient comparé son manteau royal, auquel il ajoutoit si fréquemment un nouvel ornement, à l'habit diversement rapiécé d'un mendiant. L'on sent combien dut être goûtée la plaisanterie de Gringore, parlant, à propos de ce roi, des couleurs variées du pourpoint de Jehan Gippon. Il avoit encore, aux yeux du peuple françois, un autre droit à ce sobriquet, un droit moral, pour ainsi dire : « il changeoit legièrement d'opinion quant il y congnoissoit son avantage. » Là encore Gringore avoit bien rencontré quand il mettoit un tel personnage sous la direction des idées lunatiques, et qu'il faisoit allusion à la variabilité du pourpoint de Jehan Gippon.

LA MÈRE SOTTE.

Je suis la Mère saincte Eglise.

LE SEIGNEUR DU PLAT.

Vous ferez ce qui vous plaira ;
Mais nul de nous ne se faindra
Sa foy, je le dis franc et nect.

LE PRINCE DE NATES.

Le Prince nous gouvernera.

LE SEIGNEUR DU PONT ALLETZ.

De fait, on luy obeira,
Son bon vouloir chacun congnoist.

LE GENERAL.

Je porteray mon moulinet,
S'il convient que nous bataillons,
Pour combatre les papillons ¹.

SOTTE FIANCE.

La Mère vous fera des biens
Si vous voullez estre des siens ;
Par elle aurez de grans gardons².

LE SEIGNEUR DE JOYE.

Comment ?

SOTTE FIANCE.

El trouvera moyens
Vous deslyer de tous lyens,
Et vous assouldra par pardons.

---

1. On nous excusera de faire remarquer ce jeu de mots assez fin et assez bien amené : *papillon*, partisan du pape.
2. Sans doute le mot *guerdon*, récompense, prononcé à la parisienne et à la bourgeoise. Il y a là encore peut-être une intention comique et un essai de jeu de mots : gardon signifie une sorte de petit poisson.

LE SEIGNEUR DE LA LUNE.

Elle nous promet de beaulx dons
Se voullons faire à sa plaisance.

LE SEIGNEUR DU PLAT.

Voire, mais c'est Folle Fiance.

SOTTE OCCASION.

Nostre Mère, pour bien entendre,
Doit sur tous les Sotz entreprendre ;
Vela où il fault regarder.
Se le Prince ne luy veult rendre
Tout en sa main, on peult comprendre
Qu'el vouldra oultre proceder ;
Et qui n'y vouldra conceder
On congnoistra l'abusion.

LE SEIGNEUR DU PONT ALLETZ.

Vela pas Sotte Occasion ?

LE SEIGNEUR DE JOYE.

Qu'en dis tu ?

LE SEIGNEUR DU PONT ALLETZ.

Je tiendray ma foy.

LE GENERAL.

En effect sy feray je moy.

LE PRINCE DE NATES.

Au Prince je ne fauldray point.

LA LUNE.

En effect, à ce que je voy,
Ma Mère, obeyr je vous doy,
Servir vous vueil de point en point.

LA MÈRE.

Je voys mettre mon cas à point,
Je le vous prometz et afferme.

LE SEIGNEUR DU PLAT.

Et dea! quelle mousche la point?

LE SEIGNEUR DU PONT ALLETZ.

Je n'entens pas ce contrepoint,
Nostre Mère devient gendarme [1].

LA MÈRE SOTTE.

Prelatz, debout! Alarme! alarme!
Habandonnez eglise, autel!
Chascun de vous se treuve ferme!

L'ABBÉ DE FREVAULX.

Et vecy ung terrible terme!

L'ABBÉ DE PLATE BOURCE.

Jamais on ne vit ung cas tel!

CROULECU.

En cela n'y a point d'appel,
Puis que c'est vostre oppinion.

SOTTE OCCASION.

El veult que l'espirituel
Face la guere au temporel,
Et par nous, Sotte Occasion.

LE PREMIER SOT.

Il y a combinacion
Bien terrible dessus les champs.

---

1. Il y avoit ici sans doute quelque changement de costume; la Mère s'affubloit de quelque attribut de l'art militaire.

LE DEUXIESME SOT.

L'Eglise prent discention,
Aux seigneurs.

LE TROISIESME.

La division
Fera chanter de piteux chans.

LA COMMUNE.

Bourgois, laboureurs et marchans
Ont eu bien terrible fortune.

LE PRINCE.

Que veulx tu dire, la Commune ?

LA COMMUNE.

Affin que le vray en devise,
Les marchans et gens de mestier
N'ont plus rien, tout va à l'Eglise.
Tous les jours mon bien amenuyse,
Point n'eusse de cela mestier.

LE PREMIER.

Se aucuns vont oblique sentier,
Le Prince ne le fait pas faire.

LA COMMUNE.

Non, non, il est de bon affaire.

LE DEUXIESME.

Tu parles d'ung tas de fatras
Dont ne es requise ne priée.

LA COMMUNE.

Mon oye avoit deux doigs de gras
Que cuydoye vendre en ces jours gras,
Mais, par Dieu, on l'a descryée [1].

---

1. Allusion, par calembour, au décri des monnoies, *mon oye*, monnoie.

LE TROISIÈME.

Et puis ?

LA COMMUNE.

Je m'en treuve oultragée,
Mais je n'en ose dire mot.
Non obstant qu'el soit vendengée,
Je croy qu'el ne sera mangée
Sans qu'on boyve de ce vinot.

LE PREMIER SOT.

Tu dis tousjours quelque mot sot.

LE TROISIESME.

El a assez acoustumé.

LA COMMUNE.

Je dis tout, ne m'en chault se on m'ot [1],
En fin je paye tousjours l'escot.
J'en ay le cerveau tout fumé [2].
Le dyable ait part au coq plumé!
Mon oye en a perdu son bruyt!
Le feu si chault a allumé,
Après que a le pot escumé,
Il en eust le sueur de nuyt!

1. M'ouit.
2. Les vers suivants sont, en effet, une divagation du populaire affolé par ses maux, divagation où l'on retrouve la trace de ses pensées et souffrances ordinaires. Il y a là aussi, sans doute, quelques allusions et jeux de mots, soit sur les figures gravées sur les monnoies décriées, soit sur les personnages qui avoient conseillé ce décri, et qu'on accusoit de vouloir en profiter. Nous n'avons pu arriver à des découvertes assez certaines pour oser les proposer aux lecteurs. On rencontre là encore quelques souvenirs de l'argot. des plaisanteries et de la phraséologie de convention, usités entre les clercs de la Bazoche et les Enfans Sans Soucis, auxquels Gringore se trouvoit mêlé.

Le merle chanta, c'estoit bruyt
Que de l'ouyr en ce repaire!
Bon oeil avoit pour sauf conduyt.
Quant ilz eurent fait leur deduyt
Ilz le firent signer au père!

LE TROISIESME.

Nous entendons bien ce mystère!
Je vous prie, parlons d'aultre cas;
Le Prince n'y contredit pas.

LA MÈRE SOTTE.

Que l'assault aux Princes on donne!
Car je vueil bruit et gloire acquerre;
Et y estre en propre personne.
Abregez vous, sans plus enquerre.

LE SEIGNEUR DU PONT ALLETZ.

L'Eglise nous veult faire guerre,
Soubz umbre de paix nous surprendre.

LE SEIGNEUR DU PLAT.

Il est permys de nous deffendre,
Le droit le dit, se on nous assault.

LA MÈRE SOTTE.

A l'assault, prelatz, à l'assault!
(Icy se fait une bataille de Prelatz et Princes.)

LE PREMIER SOT.

L'Eglise voz suppostz tourmente
Bien asprement, je vous prometz,
Par une fureur vehemente.

LA COMMUNE.

En effect, point ne m'en contente;
J'en ay de divers entremetz.

GRINGORE.

LE PRINCE.

A ce qu'elle veult me submetz.

LE TROISIESME.

Vous faire guerre veult pretendre.

LE PRINCE.

Je ne luy demande que paix.

GAYECTÉ.

A faire paix ne veult entendre.

LE TROISIESME.

Prince, vous vous pouvez deffendre
Justement, canoniquement.

LA COMMUNE.

Je ne puis pas cecy comprendre,
Que la mère son enfant tendre
Traicte ainsi rigoureusement.

LE PRINCE.

Esse l'Eglise proprement?

LA COMMUNE.

Je ne sçay, mais elle radote.

LE PRINCE.

Pour en parler reallement,
D'Eglise porte vestement,
Je vueil bien que chascun le notte.

LE DEUXIESME.

Gouverner vous veult à sa poste.

LE TROISIESME.

El ne va point la droicte voye.

LE PREMIER.

Peult estre que c'est Mère Sotte

Qui d'Eglise a vestu la cotte ;
Parquoy y fault qu'on y pourvoye.

LE PRINCE.

Je vous supplye que je la voye.

GAYECTÉ.

C'est Mère Sotte, par ma foy.

LE PREMIER.

L'Eglise point ne se fourvoye
Jamais, jamais ne se desvoye,
El est vertueuse de soy.

LA COMMUNE.

En effect, à ce que je voy,
C'est une maulvaise entreprise.

LE PRINCE.

Conseillez moy que faire doy ;

LE DEUXIESME.

Mère Sotte, selon la loy,
Sera hors de sa chaire mise.

LE PRINCE.

Je ne vueil point nuyre à l'Eglise.

LE TROISIESME.

Sy ne ferez vous en effect.

LE PREMIER.

La Mère Sotte vous desprise ;
Plus ne sera en chaire assise
Pour le maulvais tour qu'el a fait.

LE DEUXIESME.

On voit que, de force et de fait,
Son propre filz quasy regnie.

LE TROISIESME.

Pugnir la fault de son forfait ;
Car elle fut posée de fait
En sa chaire par symonie.

LE PREMIER SOT.

Trop a fait de mutinerie
Entre les Princes et Prelatz.

LA COMMUNE.

Et j'en suis, par saincte Marie,
Tant plaine de melencolie,
Que n'ay plus escuz ne ducas.

LE DEUXIESME.

Tays toy, Commune, parle bas.

LA COMMUNE.

D'où vient cette division?

LE TROISIESME.

Cause n'a faire telz debatz [1].

LE PREMIER.

A mal faire prent ses esbatz.

LE DEUXIESME.

Voire, par Sotte Occasion.

LE TROISIESME.

S'elle promet, c'est fixion,
N'en faictes aucune ygnorance.

LE PREMIER.

Avec elle est Sotte Fiance.

LE DEUXIESME.

Concluons ainsi qu'on devise.

[1]. Il n'y a pas de cause de faire tels débats.

LA SOTTE COMMUNE.

Affin que chascun le cas notte,
Ce n'est pas Mère Saincte Eglise
Qui nous fait guerre, sans fainctise;
Ce n'est que nostre Mère Sotte.

LE TROISIESME.

Nous congnoissons qu'elle radote
D'avoir aux Sotz discention.

LE PREMIER.

El treuve Sotte Occasion
Qui la conduit à sa plaisance.

LE DEUXIESME.

Concluons.

LE TROISIESME.

C'est Sotte Fiance.

FINIS.

LA MORALITÉ.

———

S'ENSUYT LA MORALITÉ.

LE PEUPLE FRANÇOIS.

Je suis en paix, ame ne me travaille;
Competamment je paye subside et
    taille;
J'ay des vivres, la mercy dieu, assez;
Et s'il y a discord, noise, bataille,
C'est loin de moy. Mais il faut que je baille,
Sans que aye sommeil; mes motz bien compas-
Brief, les plus grans en sont interessez, [sez,
Et les petitz n'ont plus or ne monnoye :
Tousjours en fin vient ung cop qui tout paye.

LE PEUPLE YTALIQUE.

Incessamment suis dessus la muraille;
Quant je cuyde repaistre, il fault que saille
Hors ma maison; mes membres sont lassez.
Je ne suis point ung jour sans que on me assaille;
En mon fouyer je couche sur la paille;
Mes biens mondains sont rompuz et cassez.
Grans et petis sont tant interessez,
Qu'ilz n'ont plaisir, repos, soullas ne joye :
Tousjours en fin vient un cop qui tout paye.

LE PEUPLE FRANÇOIS.

J'ay peu de biens, et si encor me raille.
De servir Dieu, cuydez vous qu'il m'en chaille!
Je fais des maulx, biens sont par moy laissez!
J'ay tousjours peur que le bien ne me faille;
Argent et or se porte à la muaille [1] :
Les escuz sont descendus, abaissez [2].
Mais ceulx qui ont tous ces brouetz brassez,
Je les mauldtiz juc au cueur et au foye :
Tousjours en fin vient ung cop qui tout paye.

PEUPLE YTALIQUE.

Prins ce, notez que sommes desprisez,
Injuriez, menassez et tencez,
Batuz, navrez en maisons, champs et voye;
Le temps passé avons esté rusez :
Tousjours en fin vient ung cop qui tout paye.

LE PEUPLE FRANÇOIS.

Je pers mon temps, plus rien je ne pratique,
D'amasser biens je suis en grant soucy.

LE PEUPLE YTALIQUE.

Tu n'as cause d'estre melencolique,
Peuple François!

PEUPLE FRANÇOIS.

Qu'esse, Peuple Ytalique?

PEUPLE YTALIQUE.

Tu as le temps.

PEUPLE FRANÇOIS.

Tu as l'argent aussi.

1. Pour être changés.
2. On venoit de décrier, le 5 décembre 1511, quelques anciennes monnoies françoises; les *escus viels*, les royaux, les francs à pied et à cheval.

Se je amasse des biens, il est ainsi
Qu'on te porte mon argent, ma sustance.

PEUPLE YTALIQUE.

Tu es traicté humainement icy,
Et moy je suis quasi mort et transsy,
Car tant soit peu ne vis en asseurance.

PEUPLE FRANÇOIS.

Il est certain que mangeus ma pitance
En paix, sans bruit. Se on vient en ma maison
Pour me faire desplaisir, sans doubtance
Incontinent la justice se avance
De m'en faire le droit et la raison.

PEUPLE YTALIQUE.

J'ay gens d'armes qui sont en garnison
En mon hostel; je n'en suis pas le maistre;
Souvent n'y a ne ryme ne raison;
Il court pour moy si maulvaise saison
Que ne me sçay où heberger et mettre.
Peuple François, tu te plains! Vueilles estre
Content de Dieu; tu as prince et seigneur,
Lequel se fait craindre, doubter, congnoistre;
A ung chascun il se veult apparestre
Humain et doulx, de vices correcteur.

PEUPLE FRANÇOIS.

Peuple Ytalique, tu es un grant flateur;
Tu as cueur faulx et deceptive voix.   [ceur;
Les gens du Roy te ont monstré grant doul-
Quant ilz cuydent estre avec toy asseur,
De trahison les sers souventesfois.
Jamais, jamais n'aymeras les François,
Bien l'as monstré depuis ung peu en Bresse [1];

1. Brescia, qui s'étoit révoltée contre la garnison fran-

En ton blason [1] fier je ne me dois,
Car tu corromps promesses; dont tu voys
Pugnition divine qui te oppresse.

PEUPLE YTALIQUE.

Il est vray que la gentillesse [2]
Ne prise pas tant que avarice;
Peuple François, je le confesse.

PEUPLE FRANÇOIS.

Jamais villain n'ayma noblesse,
Tousjours songe quelque malice;
Peuple Ytalique est plein de vice.

PEUPLE YTALIQUE.

Peuple François, sy es tu toy!

PEUPLE FRANÇOIS.

Chascun a de ton cas notice :
Poison, en lieu de bonne espice,
Tu bailles, offensant la loy.

PEUPLE YTALIQUE.

Tu fais maintenant comme moy.
Mon mestier as bien praticqué.

PEUPLE FRANÇOIS.

Et dy moy la raison pourquoy?

PEUPLE YTALIQUE.

Il n'est rien pire, par ma foy,
Qu'est ung François Ytaliqué.

coise, et que Gaston de Foix prit d'assaut un mois ou deux
à peine avant le temps où Gringore écrit sa moralité.
1. Tes louanges.
2. L'honneur, les vertus chevaleresques.

PEUPLE FRANÇOIS.

Tout ton povoir est suffocqué.
Pense que Dieu te veult pugnir.

PEUPLE YTALIQUE.

Peuple François, tu m'as picqué;
Sans qu'il en soit plus repliqué,
Redoubte le temps advenir.

L'HOMME OBSTINÉ *commence.*

Mais que est cecy? D'où me peult il venir
D'estre pervers, et ne vouloir tenir
Compte de Dieu, ne d'homme, ne de dyable?
Je ne me puis de mal faire abstenir.
Ma promesse ne vueil entretenir;
Ainsi que ung Grec suis menteur detestable,
Comme la mer inconstant, variable;
Luna regnoit l'heure que je fuz né,
Je suis, ainsi que ung Genevoys [1], traictable.
Regardez moy, je suis l'Homme Obstiné.

Je ne vueil droict ne raison soustenir;
Les innocens prens plaisir à pugnir;
Brief, je commetz maint peché execrable.
D'avecques moy saincteté vueil bannyr,
A symonye me joindre et me honnir.
De mon ame ne suis point pitoyable;
Il m'est advis que je suis permanable.
En ce monde maint mal ay machiné;
De tous humains suis le plus redoubtable.
Regardez moy, je suis l'Homme Obstiné.

Pillars, pendars, menteurs, vueil retenir,
Avec larrons me allier et tenir;
Ma promesse leur est irrevocable.

1. Génois.

Ainsi que ung vieil cheval, je vueil hennir,
Il me semble que je doy rajeunir,
Et que au monde seray tousjours durable.
Peuple François je feray miserable,
Car contre luy suis si fort indigné,   [able¹.
Que transgloutir le vouldroye comme ung
Regardez moy, je suis l'Homme Obstiné.

   Prince Bacus par art medicinable,
A mon museau si bien mediciné
Que pers le sens; j'ayme bien longue table.
Regardez moy, je suis l'Homme Obstiné.

PEUPLE YTALIQUE.

Je suis en doubte tous les jours,
Mes trahisons sont en decours;
Je ne sçay de quel pied dancer.

L'HOMME OBSTINÉ.

On me joue de sy subtilz tours,
Qu'on abbat mes chasteaulx et tours;
Parquoy fault à mon cas penser.
Je puis pardonner, dispenser,
Je maulditz; quant je vueil je absoubz.

PEUPLE YTALIQUE.

Temps est de ce propos cesser
L'Homme Obstiné; il faut laisser
Obstination, oyez vous.
Helas! helas! nous sommes tous
En dangier, en ce territoire.
Monstrez vous humble, courtois, doulx;
Nous avons estez bien secoulx
Des François, il est tout notoire.

1. Petit poisson.

L'HOMME OBSTINÉ.

Ne ramenez à mon memoire
Les faitz passez, il ne m'en chault ;
Je doy avoir en fin victoire.
Soubz mon hault timbre l'auditoire
Tout[1] tremblera. Mais il me fault
Monstrer trahistre, subtil et cault ;
Se trahison on ne machine
Nous serons surprins en sursault.

PEUPLE YTALIQUE.

Je vous prie, regardez là hault.

L'HOMME OBSTINÉ.

Qu'esse ?

PEUPLE YTALIQUE.

Pugnicion Divine.

L'HOMME OBSTINÉ.

Ma puissance n'est pas faillie :
A tout gouverner suis commis.

PEUPLE YTALIQUE.

Vous souvient il que en Ytallie,
Pour pugnir nostre grant follie
Flagellum Dei fut transmis.
Se François ne sont voz amys,
De brief tumberez en ruyne.
Levez les yeulx ; il est permys
Que hors d'icy serez desmis.

L'HOMME OBSTINÉ.

Qu'esse ?

PEUPLE YTALIQUE.

Pugnicion Divine.

1. Tout à fait, entièrement.

L'HOMME OBSTINÉ.

Je vueil trahir Princes et Roys,
Voire, quelque chose qu'il couste,
Et tenir sumptueux arroys[1],
Me mirant à faire desroys[2];
Brief, j'appète qu'on me redoubte.

PEUPLE·YTALIQUE.

L'Homme Obstiné, voyez vous goutte?
Regardez ung merveilleux signe
Qui vous mettra plus bas que en soubte[3].
Voulez vous prendre à luy la jouxte[4].

L'HOMME OBSTINÉ.

Qu'esse?

PEUPLE YTALIQUE.

Pugnicion Divine.

PUGNICION DIVINE, *hault assise en une chaire,
et elevée en l'air.*

Tremblez, tremblez, pervers Peuple Ytallique,
Le Createur a prins à vous la picque!
Estre devez courroucez et pensifz!
L'Homme Obstiné ingrat, fol, fantastique,
Felon, pervers par conseil judaïcque,
Vous fait faire des cas trop excessifz.
Sachez que Dieu a voz cueurs endurcis
Comme à Pharaon. O peuple habandonné,
Si de bien brief n'as à ton cas regard,
Je parferay ce que est predestiné.
On se repent aucunesfois trop tard.

1. Pompe, équipage.
2. Discorde, destruction.
3. *Sub terrâ, subter,* soute, cave.
4. Joûte, lutte.

Par trop souvent cheminez voye oblique,
Gaigner voullez la maison Plutonicque
Et dedans Styx estre plongez, assis [1].
L'Homme Obstiné, qui à tout mal s'aplicque
Se veult monstrer rebelle, fantastique;
Je ne croy point qu'il ne soit circoncis [2].
O cueurs pesans, gros, enflez et massis,
Pour vous batre mon fleau est assigné.
Où il tumbe, tout consumme et tout art.
Peuple Ytalique ne crois l'Homme Obstiné :
On se repent aulcunesfois trop tart.

Delaisse tost ton cueur erronicque;
Chasse dehors ton usure publique
Et luxure sodomite abolis;
Oste regard deceptif, basilique.
Qu'on ne voye plus l'Eglise tyrannicque;
Haulte fierté dechasse et amolis.
Souvent trahis le juste et loyal lys,
Qui est piteux, bien conditionné;
Parquoy te veuil presenter mon fier dart.
Pense à ton cas ains que soyes bestourné [3].
On se repend aucunesfois trop tart.

Prins ce, saichez que Dieu est indigné
Encontre ceulx qui usent de faulx art.

1. Peut-être faut-il voir dans le mot *assis* une allusion qui ne manqueroit pas d'énergie à la chaire qui fait la force de l'Homme Obstiné.

2. Nouvelle allusion à cette influence que les commérages populaires accordoient au médecin juif Bonnet. L'idée d'une telle influence, qui froissoit le sentiment public au Moyen Age, avoit été répandue par les politiques de la cour de France, et nous voyons que Gringore, sans doute par ordre, l'exploitoit fréquemment.

3. Bestourner, dans son sens primitif, *tourner à l'envers*, par extension *détruire*, qui est son sens dans cette phrase, et *étonner*, qui est le sens qu'on lui attribuoit au xvie siècle.

Quant leurs procès est clos et fulingné[1],
On se repent aucunesfois trop tart.

PEUPLE YTALIQUE.

Pugnicion Divine espart
Son fleau sur nous pour nous toucher,

L'HOMME OBSTINÉ.

Vin de Candie et vin Bastard[2]

[1]. Peut-être faut-il lire *fulmigné*, fulminé.

[2]. L'importance de la matière, le silence des dictionnaires et de presque tous les livres françois, nous excuseront auprès du lecteur si nous faisons de la science facile, en lui donnant sur ce vin tout ce que les dictionnaires anglois et les notes sur Shakespeare nous en ont appris; voici ce qu'en dit Halliwell :

BASTARD. — A kind of sweet Spanish wine, of which there were two sorts, white and brown. Ritson calls it a wine of Corsica. It approached the muscadel wine in flavour, and was perhaps made from a bastard species of muscadine grape. But the term, in more ancient times, seems to have been applied to all mixed and swestened wines. See Beaumont and Fletcher II, 427; Robin Goodfellow, 7; Harrison's description of England, p. 222; Squyr of Low Degre, 757; Ordinary and regulations, p. 473.

(*Halliwell's Dictionary*, I, 148.)

Barret, dans son *Alvearie* ou quadruple dictionnaire (1580), dit que ce vin est de la muscadelle, et Sir Henri Blount, dans son voyage dans le Levant, dit que muscadelle est une sorte de vin ainsi appelé parce que pour sa douceur et son odeur il se rapproche du musc. Ce vin vient en grande partie de l'île de Crète ou de Candie, cette île en exportant chaque année douze mille tonneaux. D'autres disent qu'on donne ce nom au vin du Mont Alcino en Italie.

Shakespeare, première partie d'*Henri IV*, acte 2, scène 4, parle de ce vin :

Why then your brown bastard is your only drink.

M. Tollet, dans une note sur ce passage, donne l'extrait

Je treuve friant et gaillard
A mon lever, à mon coucher.

PEUPLE YTALIQUE.

Je cuyde que voullez cercher
La pugnicion corporelle

L'HOMME OBSTINÉ.

Je appète à bien nourrir ma chair.

suivant de la *Maison Rustique* d'Olivier de Serres, traduite
par Markand en 1616 :
« De tels vins sont appelés vins *mungrel*, ou bastard,
parce qu'étant moitié doux, moitié sec, ils participent de
ces deux qualités, sans avoir un goût bien prononcé en chacune d'elles. » (p. 635.)
Johnson dit :

Bastard was a kind of sweet wine.

Dans une édition donnée en 1630 d'une pièce dramatique
intitulée : *Vin, Bière, Ale et Tabac*, la Bière dit au Vin :
« Vous, vin, bien né! Chacun ne vous appelle-t-il pas
batard. »
Dekkar, dans sa comédie de *The Honest Whore* (1635),
dit assez ingénieusement, acte 1, scène 6 :

BELLAFRONT.

What wine sent they for?

ROGER.

. . . . . . *Here's six shillings
To pay for nursing the* Bastard.

Dans une pièce de 1630, *La Belle Fille de l'Ouest*, on indique qu'il existoit deux espèces de *bastard :* le blanc et le
brun.
Une autre pièce, *Le Squire de Bas Étage*, le même dont
parle Halliwell, cite ce vin en rang honorable parmi les vins
de Grèce et d'Espagne :

Antioche and Bastard
Pyment also and Garnade.

C'est dans ce sens encore qu'en parle Stowe (*Annales*) :
« Quand un navire vient avec des vins de Grèce ou d'Espagne, c'est-à-dire, muscadelle, malvoisie, bastard,» etc., etc.

Peuple Ytalique.

Craignez vous point de trebuscher,
Ou cheoir en la peine eternelle?

L'Homme Obstiné.

Peuple François (la chose est telle)
Feray en France retourner,
Ou de mort tresapre et cruelle
Je mourray.

Peuple Ytalique.

Trop estes rebelle.

L'Homme Obstiné.

Icy ne dois point sejourner.

Symonie.

Je soulloye les Rommains dominer
Et à iceulx avoye seulle aliance ;
Mais maintenant on me laisse regner
Et tout par tout courir et cheminer,
A mon plaisir, au Royaulme de France.
Peuple François est soubz moy en souffrance ;
En l'Eglise suis haultement munye :
Peu en y a pourveuz sans Symonie.

Ypocrisie.

Pour bruyt avoir, je fais la chatemytte
Et faintz manger ung tas de herbes sauvages ;
Il semble, à veoir mes gestes, d'ung hermite.
Devant les gens, prier Dieu je me acquite,
Mais en secret je fais plusieurs oultrages ;
Faignant manger crucifix et ymages [femme :
Pense à mon cas, trompant maint homme et
Tout suis à Dieu, fors que le corps et l'ame.

SYMONIE.

Mes serviteurs voy souvent pourmener
En l'Eglise, et y ay grant puissance;
Ilz ne tachent que à prendre et rapiner;
Par mon moyen ilz veullent resigner
Benefices. A moy ont aliance
Curez, Doyens et Abbez, sans doubtance;
Chantres, Evesques, à mon plaisir manye;
Peu en y a pourveuz sans Symonie.

YPOCRISIE.

Si je fais bien, je n'y ay nul merite,
Car je deçois souvent les folz et saiges.
En paliant, biens acquiers et herite:
Je me cource, fume, despite, irrite,
Dont aucuns ont grande perte et dommages;
Mon beau maintien, mes gracieux langages
Abusent gens, chascun devot me clame.
Tout suis à Dieu, fors que le corps et l'ame.

SYMONIE.

On ne veult plus benefices donner
Se je n'y suis en estat et bobance 1 ;
Asnes commetz chanter et jargonner,
En l'Eglise caqueter, sermonner;
Les dignitez je baille pour finance.
Mais cuydez vous que les bons clerz avance?
Je n'en vueil point, je les chasse et regnie.
Peu en y a pourveuz sans Symonie.

YPOCRISIE.

Il semble aux gens que à bien faire je incite
Les souffreteux, vivans en leurs mesnages,

---

1. Pompe, triomphe.

Mais non fais, non; leurs biens mondains je
Et ne tache, affin que le recite,   [cite,
Que d'en jouyr et mettre à mes usages.
Inventeur suis de mille larcinaiges;
Voire, sans ce que Charité me enflame,
Tout suis à Dieu, fors que le corps et l'ame.

SYMONIE.

Prins ce, voyez que à moy ont acointance
Ypocrites qui ont bource garnye
Des biens de Dieu; comme on a congnoissance,
Peu en y a pourveuz sans Symonie.

YPOCRISIE.

Prins ce, je fais cent mille mutinages
Entre les gens; je les blasme et diffame
Tant en villes, chasteaulx, bourcz que villages:
Tout suis à Dieu fors que le corps et l'ame.

SYMONIE.

Ypocrisie, nous gouvernons
Peuple François à nostre guise.

YPOCRISIE.

Comme il nous plaist nous le menons;
En faignant que l'endoctrinons,
Pechons par couverte faintise.

SYMONIE.

Nous avons grant bruit en l'Eglise.

PEUPLE FRANÇOIS.

En voz fais je ne me congnois.

YPOCRISIE.

S'il y a chose qui te nuyse,

Je y pourvoiray à ta devise[1],
Entens tu bien, Peuple François?

          PEUPLE FRANÇOIS.

Par Dieu, je ne sçay se je doys
Croire en voz ditz.

          YPOCRISIE.

                 Par seurement.
Pour ton prouffit je viens et voys;
Je t'enseigne les sainctes loix
Et de Dieu le commandement.
Le crois tu pas?

          PEUPLE FRANÇOIS.

               Aucunement[2],
Et si n'en suis pas trop certain.
Vous mettez trouble incessamment
En l'Eglise, certainement
Vous ne allez point le chemin plain.

          YPOCRISIE.

Je boys de l'eaue, je mangeuz du pain,
Je fais oraisons, abstinences
Pour mes biensfaicteurs; j'ay grant fain
Qu'ilz soyent saulvez.

          PEUPLE FRANÇOIS.

               Vous n'avez grain
De vertu; plaine estes d'offences;
Folz desirs et concupiscences,
Soubz umbre de devotion,
Vous font avoir preeminences

1. Selon tes désirs.
2. Sans doute, en quelque sorte, et pourtant je n'en suis
pas trop certain.

Et donner sur vous les sentences
Qu'estes plain de discretion.
Mais...

YPOCRISIE.

Quel més ?

PEUPLE FRANÇOIS.

Vostre intention
N'est pas telle comme vous dictes :
Vous usez de deception
Et faites plus de exaction
Que les Seigneurs. Vous contredictes
A raison et choses licites ;
Se d'aventure y accordez,
Vous alleguez les loix escriptes
Au contraire. Ha ! chatemittes !
Je sçay bien que en riant mordez !

PUGNICION DIVINE.

De voz meffaitz vous recordez,
Autrement je vous pugniray :
Peuple François, se n'entendez
A vous corriger, et tardez
Tant soit peu, je me courceray
Et si asprement frapperay
Sur vous, que jusq'à la racine
De voz membres vous navreray.

PEUPLE FRANÇOIS.

Velà Pugnicion Divine.

PUGNICION DIVINE.

Dieu vous envoye des biens mondains
Plus que vous n'avez deservy :
Force avez de vins et de grains,
Et de peché estes si plains

Que c'est pitié. Dieu mal servy
Est de vous. Jamais je ne vy
Dedans l'Eglise tant de foulx.

PEUPLE FRANÇOIS.

Ypocrisie, el parle à vous.

PUGNICION DIVINE.

Le père fait guerre à son filz[1]
Et veult mettre scisme sur terre;
Pour ce cas j'en ay desconfitz,
Toutesfois, jamais je ne fis
Ne n'entreprins si dure guerre
Que je feray. Fault il qu'on erre
Contre Dieu! c'est maulvais propos.

PEUPLE YTALIQUE.

L'Homme Obstiné, note ces motz.

PUGNICION DIVINE.

Sans amour, sans fraternité
Le peuple veult aujourd'huy vivre;
Quant est d'amour et charité
Plus n'y en a, en verité.
Nul le droit chemin ne veult suyvre,
Mais gens pervers hanter, ensuyvre,
Qui corrompent justices, loix.

SYMONIE.

Entens à toy, Peuple François.

PUGNICION.

Vous voyez les sainctz Sacremens
Estre venduz par gens d'Eglise;
Ilz prennent leurs esbatemens

---

1. On comprend facilement que le père est le pape Jules II,
et le fils Louis XII.

D'aprecier enterremens,
Baptesmes; c'est erreur commise
Vicaires fermiers ¹, l'entreprise
Desplait à Dieu; notez le tous.

PEUPLE FRANÇOIS.

Symonie, elle parle à vous.

L'HOMME OBSTINÉ.

Pour cela ne suis en esmoy;
A ses ditz je ne pense point;
Symonie, acollez moy.

SYMONIE.

Toute vostre suis, par ma foy.

L'HOMME OBSTINÉ.

Vous estes venue bien à point;
Quant je vous voy le cueur m'espoint².

SYMONIE.

Je suis à vous, la chose est telle.

L'HOMME OBSTINÉ.

Je vueil, pour final contrepoint,
Puis que le ver coquin ³ me point,
Tenir tout le monde en tutelle

PEUPLE FRANÇOIS.

Je ne sçay d'où vient la cautelle :
L'Eglise mect son estudie
A avoir biens, qui que en grumelle;
Brief, tout sera tantost à elle
Puis qu'il fault que je le vous die.

---

1. C'est une erreur que de faire des vicaires les fermiers
des cures ou des sacremens; un tel système déplaît à Dieu.
2. Bat vivement.
3. Ce qui rend l'homme colérique et extravagant.

PEUPLE YTALIQUE

Ypocrisie et Symonie
Sont cause, comme je ymagine,
Que on voit Pugnicion Divine.

PEUPLE FRANÇOIS.

Mais d'où vient maintenant la guise
Que prestres ont des chamberières
Qui les chandelles de l'eglise
Vont vendre ? C'est toute faintise ;
Au moins cela ne me plaist guères.

PEUPLE YTALIQUE.

Nous voyons en toutes manières
Que l'Eglise est practicienne [1].

LE PEUPLE FRANÇOIS.

Ses servans font de bonnes chières
Et des choses irregulières ;
Promesse n'y a qui s'y tienne.

L'HOMME OBSTINÉ.

Il faut que le peuple soustienne
L'Eglise, Justice et Noblesse.

PEUPLE FRANÇOIS.

J'ay grant peur qu'il ne nous advienne
Du mal beaucop.

YPOCRISIE.

       Il fault qu'on tienne
Desormais à Dieu sa promesse.
Ha! Peuple François, cesse, cesse

---

1. Sans doute, aimant les procès, ou se livrant à des
ruses de procureur. *Praticienne* peut aussi signifier avare.
R. de Collerye dit parfois : je n'ai rien pratiqué, je n'ai rien
gagné.

De commettre maulx, je te prie ;
Confesse toy à Dieu, confesse ;
Ton orgueil oultrageux delaisse,
Ou ton ame sera perie.

PEUPLE FRANÇOIS.

Que ne laissez vous Symonie
Qui vous fait faire maintz forfaitz ?
Foy que doy la Vierge Marie,
Soubz umbre de bigoterie,
Vous faictes pis que je ne fais.

YPOCRISIE.

Peuple François, de ce te tais,
Ta langue sans cesser babille.

PEUPLE FRANÇOIS.

« Ve, ve, ypocrite tristes ! »
Sainct Jehan le dit en l'Evangille ;
Rien ne faictes qui soit utille
Fors rapiner et amasser.

PEUPLE YTALIQUE.

Ypocrisie est difficille.

PEUPLE FRANÇOIS.

En secret mainte femme et fille
Fait par dessoubz ses mains passer.

LES DEMERITES COMMUNES[1].

Vous n'avez cause de tencer,
Faictes accord et paix ensemble.
Il vous convient à moy penser,
Quant vous vouldrez Dieu offencer.
Dictes tous que de moy vous semble.

---

1. On comprend que cet acteur personnifie les fautes communes aux trois personnages qui sont en scène.

L'HOMME OBSTINÉ.

En effect, ceste cy ressemble
A mes Demerites.

PEUPLE YTALIQUE.

Vrayment,
El ressemble certainement
A mes Demerites.

LE PEUPLE FRANÇOIS.

Aussi
Il me semble advis que vecy
Mes Demerites en personne.

L'HOMME OBSTINÉ.

Noz Demerites, je m'estonne
De les veoir icy, fin de compte.

LES DEMERITES.

Quelque chose qu'on en blasonne,
Ou qu'on en babille ou sermonne,
Ce suis je; avez vous de moy honte ?

PEUPLE YTALIQUE.

Le sang au visaige me monte
Quant je vous voy ainsi tachée.

PEUPLE FRANÇOIS.

Qui l'a ainsi enharnachée ?

PEUPLE YTALIQUE.

Noz Demerites, qu'est ce cy ?
Vous avez allegué ung sy¹!

---

1. *Si* étoit quelquefois substantif dans le sens de condition; c'est dans cette acception qu'il paroît être pris ici. Peut-
être aussi le personnage qui remplissoit ce rôle avoit-il un *sy*
inscrit sur quelque partie de ses vêtemens.

LES DEMERITES.

J'ay tousjours ung sy, voirement,
Je vueil bien que vous le sachez :
L'Homme Obstiné paisiblement
Vivroit en paix, et sainctement,
Sans commettre sy grans pechez,
Dont plusieurs en sont empeschez,
Qui offencent Dieu et la Loy.....

PEUPLE FRANÇOIS.

Sy ne fust ?

LES DEMERITES.

                    Qu'il faulce sa foy.
L'Homme Obstiné gouverneroit
Tresbien l'Eglise militante ;
La Grace Dieu luy ayderoit ;
Honneur à chrestiens feroit,
Et seroit sa vertu puissante,
Et sa saincteté florissante
En son magnifique abitacle...

SYMONIE.

Sy n'estoit quoy ?

LES DEMERITES.

                    Symonie.
L'Homme Obstiné auroit cueur sain,
Et si trouveroit les moyens
Laisser son vouloir inhumain,
Dont il est si enflé et plain
Que lyé est d'aspres lyens ;
Au peuple feroit plus de biens
Que je ne pense ne discerne.....

YPOCRISIE.

Sy n'estoit ?

LES DEMERITES.

Que ung Juif le gouverne.

Peuple Ytalique ne sercit
Point destruit ; on lui feroit grace ;
Le Roy à mercy le prendroit,
Et à le saulver entendroit,
Posé qu'il luy ait fait fallace ;
Pardon auroit en peu d'espace
Non obstant sa folle entreprise.....

SYMONIE.

Se n'estoit ?

LES DEMERITES.

L'erreur de Venise.

Peuple François seroit plaisant
A Dieu, et au Roy agreable,
En toute vertu florissant
Et feroit maint cas admirable ;
Dit seroit peuple raisonnable ;
Dieu le prendroit à bonne fin.....

L'HOMME OBSTINÉ.

S'il n'estoit ?

LES DEMERITES.

A peché enclin.

Religion acquerroit bruit ;
Saincteté seroit exaulcée ;
L'Eglise feroit ung grant fruit ;
Le peuple seroit bien instruit,
Erreur confundue, abaissée,
Ingratitude delaissée,
Charité des humains choisie.....

PEUPLE FRANÇOIS.

Si ce n'estoit ?

LES DEMERITES.

Ypocrisie.

La divine pugnicion
Menace le peuple Ytalique
Pour ce que par deception
Le Chesne umbrage le Lyon[1]
Remply de usure et de trafique.

PEUPLE FRANÇOIS.

L'Homme Obstiné est erronique,
On le congnoist à peu de pause.

PEUPLE YTALIQUE.

Las ! noz demerites sont cause,
Comme j'entens, de tout cecy,
Car ilz ont à la queue ung sy.

PUGNICION DIVINE.

De voz demerites ostez
Ce sy de la queue en brief temps,
Ou vous serez de tous costez
Assaillis, de ce ne doubtez,
J'en ay les mandemens patens.
Peuple François, à toy entens,
Et ostes de tes demerites
Ce sy, affin que Dieu ne irrites.

LE PEUPLE FRANÇOIS.

Princes, Seigneurs, qui l'estat de noblesse
Entretenez par pompe et hardiesse,
Voz demerites font de vous jugement;
Pugnicion les plus hardis rabaisse.
Ostez ce sy qui vostre ame tant blesse

---

1. Le chêne représente ici le Pape Jules II, et le lion,
Venise.

Qu'en danger est d'en souffrir grief torment.
Vous ne povez perpetuellement
Estre au monde où tout mal s'enracine;
Helas! craignez Pugnicion Divine.

PEUPLE YTALIQUE.

O justiciers, le peuple à vous s'adresse!
Las! faictes tant que la justice oppresse
Les malfaicteurs; traictez humainement
Les povres gens qui ont peu de richesse;
Leur povreté supportez, et foiblesse;
Voz demerites nectoyez prudamment:
Ostez ce sy qui fait incessamment
Troubler l'esprit et tumber, et ruyne;
Helas! craignez Pugnicion Divine.

PEUPLE FRANÇOIS.

Prelatz devotz, que Symonie on laisse!
Ypocrisie vault pis que une dyablesse;
Avec bigotz ne hantez nullement;
A voz curez monstrez la vraye adresse
De gouverner vostre peuple en simplesse;
Pourvoyez ceulx qui ont entendement
Et ne baillez aucun gouvernement
A ces asnes, mais dure discipline;
Helas! craignez Pugnicion Divine.

YPOCRISIE.

Bourgois, marchans, je vous prie qu'on laisse
Toute usure, et avarice cesse,
Car ilz rompent corps, ame, entendement!
Ceulx qui veullent rabesser par finesse
Monnoye et or, corrigent leur rudesse!
Du peuple sont maulditz cruellement;
Ostez ce sy qui est incessamment

A vostre queue ; le monde s'en mutine ;
Helas ! craignez Pugnicion Divine.

PUGNICION DIVINE.

Ne prenez tant de plaisir, de lyesse
Aux biens mondains, que ¹ Christ on ne confesse
Estre vray Dieu, fort, sapient, clement !
Faictes Pitié vostre intercesseresse,
Grace Divine sera vostre maistresse,
Mais que ce sy ostez hastivement ;
Se le laissez avec vous longuement
Sur vous viendray par ung merveilleux signe.

PEUPLE YTALIQUE.

Helas ! craignez Pugnicion Divine.

PEUPLE FRANÇOIS.

Pugnicion Divine nous menace,
Par quoy devons cryer à Dieu mercy.
Noz demerites ont à la queue ung sy ;
Je vous supplie à trestous qu'on l'efface.

k. Tellement que vous ne confessiez plus le Christ...

FIN DE LA MORALITÉ.

LA FARCE.

RAOULLET PLOYART (*Mary*).

Mon tendron, ma gorge frazée [1],
Mon petit teton, ma rosée,
Ma petite trongne, approchez.

DOUBLETTE (*la Femme*).

Laissez m'en paix, vous me fachez.

RAOULLET.

Quant je vous voy, je suis tant aise!
Belle dame, que je vous baise
Ung tantinet, je vous en prie.

MAUSECRET (*Varlet*).

Elle fait de la rencherie
Pour ce que mon maistre est jà vieulx,
Par Dieu! je voy bien à ses yeulx,
Qu'el luy fera quelque finesse.

DOUBLETTE.

Mausecret!

MAUSECRET.

Qu'esse, ma maistresse?

1. Net, poli, rose, brillant; Coquillard se sert souvent de cette expression : *frazé* comme ung oignon.

DOUBLETTE.

Il ne fault point que je le flatte :
Par ma foy, ma vigne se gaste
Par le deffault de labourage.

RAOULLET.

Je y ay besongné de courage
Autresfois.

DOUBLETTE.

Vous n'en povez plus.

RAOULLET.

Si fais, dea !

MAUSECRET.

Si est il conclus
Qu'il y fault besongner, mon maistre,
Ou ma maistresse y fera mettre
D'autres ouvriers.

DOUBLETTE.

Raoullet Ployart,
Je prens plaisir que tost et tart
Labourer ma vigne on se joue.

RAOULLET.

Et par mon ame, quant je y houe
Une journée, à motz exprès,
Les rains m'en font trois jours après
Tant de mal, Doublette, ma femme !

MAUSECRET.

Mon maistre, c'est, par Nostre Dame,
Par le deffault de bons ostilz.

DOUBLETTE.

Permettez que vostre apprentis
Y besongne.

GRINGORE.

MAUSECRET.

Je feroye raige.

RAOULLET.

Qu'il besongnast à mon ou vraige!
Jamais je ne l'endureroye.

MAUSECRET.

A! par Dieu! je y besongneroye
Mieulx que vous.

DOUBLETTE.

Quant la terre est seiche,
Et on n'a point de bonne besche,
On ne la fait que esgratiner.

MAUSECRET.

Qui me laisseroit prouvigner
En la vigne de ma maistresse,
La terre seroit bien espesse
Se ma besche ne alloit au fons.

DOUBLETTE.

Raoullet Ployart, je vous respondz
Que ma vigne est quasi en frische.

RAOULLET.

Brief, point ne vueil que d'autre y fische
Eschallatz, c'est à moy à faire;
Qui esse qui va au contraire?
Moy tout seul fischer les y doys.

MAUSECRET.

On y en fische aucunesfois
Dequoy mon maistre ne sçait rien.

DOUBLETTE.

Te tairas tu?

MAUSECRET.

Je le sçay bien;
Aussi faictes vous, ma maistresse.

DOUBLETTE.

Par mon ame, je prens lyesse
Quant je voy qu'on houe de bon cueur.

MAUSECRET.

Ma foy, il luy fault ung fouilleur
Qui renverse soubdain la terre.
Et cuydez vous comme elle serre
La vendenge entre les jumelles!
Oncques ne veistes choses telles,
Quant le pressoir est bien estrainct.

DOUBLETTE.

Raoullet Ployart, mon mary, jainct
Comme un pourceau dedans son tect
Quant il a foullé ung tantet
La vendenge.

RAOULLET.

Qui la vouldroit
Servir à gré, il luy fauldroit
Houer sa vigne jour et nuyt.

DOUBLETTE.

Cuydez vous que prenne deduit
A vostre labourage? non.

RAOULLET.

J'ay eu autresfois le renom
De si bien fouller la vendenge!

DOUBLETTE.

Et maintenant, quoy?

Raoullet.

                Je me renge,
Me deultz, et ne puis plus fouller.

Mausecret.

Vous ne povez faire couller
La vendenge.

Doublette.

          Par mon serment,
Il besongne si laschement
Que souvent m'en treuve fachée.

Mausecret.

Une belle terre gachée
Ne peult porter jamais bon fruict.

Doublette.

En effect, ma terre est en bruit;
Il ne fault que trouver ouvriers
Qui y besongnent voulentiers,
Et qui aient des besches friandes.

Faire.

Voisin, les eaus seront bien grandes,
Mais que les neiges soient fondues.

Dire.

Sont point noz vignes morfondues
De ces gellées?

Faire.

          Nenny, voisin.
J'ay espoir que quelque matin
Ma vigne soit bien prouvignée.

Dire.

Les vins sont bien vers ceste année,

Dont il fait mal aux bons buveux.

FAIRE.

Ceulx qui ont gardé les vins vieulx
N'y perdront rien.

DIRE.

Si nous fault il
Labourer d'ung engin subtil;
Car, ainsi comme je congnois,
Les vignes n'eurent si beau boys
Long temps y a.

FAIRE.

Loué soit Dieu!
Transporter nous fault quelque lieu
Et labourer de bon courage.

DOUBLETTE.

Vous estes tant lasche à l'ouvraige ,
Raoullet Ployart.

RAOULLET.

Je m'y employe
De bon cueur, mais ma besche ploye :
Entendez vous pas bien le terme ?

DOUBLETTE.

Fy, fy, se une besche n'est ferme,
Je n'en donroye pas ung festu.

MAUSECRET.

Le procès est trop debatu ;
Maistresse, laissez là mon maistre.
D'aultres ouvriers il y fault mettre,
Ou la vigne sera en frische.

DOUBLETTE.

C'est ton maistre qui est si chiche

GRINGORE.

Qu'il ne veult point que autre que luy
Y besongne. Par le jour d'huy,
D'avoir de bons ouvriers me targe[1].

MAUSECRET.

Par Dieu, vous n'estes que trop large,
Ma maistresse, chascun le dit;
Je n'y metz point de contredit,
Trop vous ay veu habandonnée.

DOUBLETTE.

Il faut que à ceste après disnée
En ma vigne on besongne en tache.

MAUSECRET.

Voullez vous que je me destache,
Affin que je ploye mieulx les rains?
Je vous coucheray les prouvains
Gentement, sans aller ailleurs.

FAIRE.

Vous fault il point de laboureurs,
Ma dame?

DIRE.

Vecy des ouvriers
Qui laboureront voulentiers
En vostre vigne.

DOUBLETTE.

Il me semble
Que n'y povez tous deux ensemble
Labourer.

MAUSECRET.

Vecy qu'on fera :
Tandis que l'ung labourera

1. Il me tarde.

L'autre preparera sa besche,
Je feray le guet à la bresche,
De peur que mon maistre le voye.

DOUBLETTE.

S'il le sçavoit je m'en fuyroye,
Mausecret.

MAUSECRET.

Il n'en sçaura rien,
Maistresse, vous m'entendez bien.
Après que labouré auront,
Il fauldra, quant ilz s'en yront,
Que laboure ung peu après eulx,
Entendez vous bien?

DOUBLETTE.

Je le veulx.

MAUSECRET.

Par ma foy, je feray merveille.
Tandis, vois veoir se ma bouteille
Sent l'esvent.

DOUBLETTE.

C'est bien dit.

MAUSECRET.

Mon maistre

En aura tantost belle lettre;
On labourera bien sa terre.

DOUBLETTE.

Ça, labourons sans plus enquerre;
Labourez, il vous est permis.

DIRE.

Puis que à labourer suis commis
Vostre terre, je feray raige;

Oncques né veistes tel ouvraige
Que je y feray, je vous prometz.

DOUBLETTE.

Sus, besongnez.

DIRE.

Jamais, jamais
Ung tel ouvrier ne fut congneu ;
Je y besongne dru et menu,
De jour, de nuyt, songneusement,
C'est merveille !

DOUBLETTE.

Monstrez comment
Vous besongnez ; despeschez vous.

DIRE.

Je suis ouvrier par dessus tous,
Maistre passé de la science.

DOUBLETTE.

Monstrez donc par experience
Ce que sçavez, bon gré mon ame !

DIRE.

Je cuyde qu'il n'y a, ma dame,
Tel ouvrier au monde que moy.
Quant je laboure, par ma foy,
C'est sucre.

DOUBLETTE.

Vous ne faictes rien.

DIRE.

Par ma foy, je laboure bien ;
Ame n'y sçauroit contredire.

DOUBLETTE.

Comment vous nommez vous ?

Dire.

Dire.

DOUBLETTE.

Dire, Nostre Dame, quel hoste !
Vuydez tost, jouez de la botte,
Dire ne sert rien en tel cas :
Sans rien faire vous estes las ;
Quoy ! vous n'estes que ung blasonneur !

DIRE.

Tenu suis pour bon laboureur :
J'ay en plusieurs terres renom.

MAUSECRET.

Et ma maistresse dit que non.

DOUBLETTE.

Tais toy, garçon, tu me fais rire.

MAUSECRET.

Bref, vous ne voulez point de Dire,
Je le voy bien à vostre trongne.

FAIRE.

Si vous voullez que je y besongne,
Dictes le moy.

DOUBLETTE.

Là, hardiment.

MAUSECRET.

Comment¹ il y va asprement !
Il se congnoist en tel affaire.

DOUBLETTE.

Et vostre nom, mon amy ?

1. Comme.

FAIRE.

Faire.

MAUSECRET.

Par Dieu, c'est ung merveilleux sire.

DOUBLETTE.

J'ayme bien mieulx Faire que Dire;
Je vueil bien que chascun le sache.

MAUSECRET.

Il en oeuvre comme de cyre.

DOUBLETTE.

J'ayme bien mieulx Faire que Dire.

MAUSECRET.

Dire sans Faire, il n'est rien pire.

DOUBLETTE.

Par ma foy, non, cela me fasche.
J'ayme bien mieulx Faire que Dire;
Je veuil bien que chascun le saiche.

FAIRE.

Ay je pas bien tost fait ma tache?

DOUBLETTE.

Ouy, à toute dilligence.

FAIRE.

Voullez vous que je recommence
De rechef?

DOUBLETTE.

Mais je vous emprie;
Point ne feray la rencherie;
Besongnez, je vous ayderay.

FAIRE.

Et touchant quoy?

DOUBLETTE.

J'acolleray.
Mais houez ferme, entendez vous?
Renversez c'en dessus dessoubz
La terre.

FAIRE.

Ne vous soucyez,
Mais que tresbien servye soyez.
Je n'ay garde d'estre endormy;
Acollez.

DOUBLETTE.

Là, là, mon amy;
Je serre les bourjons ensemble.

RAOULLET PLOYART.

Je n'y entens ne fa ne my.

FAIRE.

Acollez.

DOUBLETTE.

Là, là, mon amy.

RAOULLET.

Qu'esse là, bon gré saint Remy?
Ce jeu pas trop beau ne me semble.

FAIRE.

Acollez.

DOUBLETTE.

Là, là, mon amy;
Je serre les bourjons ensemble.

RAOULLET.

Il n'y a remède; je tremble,
De despit; ha! je suis mutin!

GRINGORE.

Toutesfois je vueil veoir la fin ;
Et si en suis peu resjouy.

FAIRE.

Voullez vous que je tierce ?

DOUBLETTE.

Ouy,
Tandis que vous estes en cours.

FAIRE.

Acollez et serrez tousjours.

DOUBLETTE.

Si feray je, n'ayez soucy.

RAOULLET.

Ha! ha! Quel laboureur vecy !
Saincte vertu bieu, quel mignon !
Quel maistre gallant! hon, hon, hon!
Vient il labourer à mon estre [1].

MAUSECRET.

Ma maistresse, vecy mon maistre.

FAIRE.

Il me fault retirer à part. (*Il s'en fuyt.*)

DOUBLETTE.

Despeschez vous, Raoullet Ployart,
Mon amy, mon plaisant dorlot,
Acollez moy.

RAOULLET.

Ne me dy mot.

DOUBLETTE.

Estes vous courroucé à moy ?

1. Êtres de la maison, domaine.

RAOULLET.

Voy je pas bien ce que je voy !

DOUBLETTE.

Et que avez veu, Dieu mercy ?

RAOULLET.

Ung gallant qui se part d'icy
Qui besongnoit en mon ouvrage.

DOUBLETTE.

Je n'ay pas si lasche courage
Que vous cuydez, Raoullet Ployart.

MAUSECRET.

Il s'est retiré à l'escart
Si tost qu'il vous a veu, mon maistre.

DOUBLETTE.

Tay toy, Mausecret.

MAUSECRET.

                Il peult estre
Qu'il ne le faisoit pour nul mal ;
Car il est si trescordial
Qu'on ne vit onc de meilleur homme.

DOUBLETTE.

J'aymeroye plus cher estre à Romme
Que vous avoir fait quelque tort.

MAUSECRET.

Ilz labouroient eulx deux d'accord
Quant faire binet et tiercet :
Ma maistresse accolloit, serroit ;
C'estoit merveille que d'y estre.

RAOULLET.

Je dorray le cas à congnoistre
Au Prince des Sotz.

DOUBLETTE.

Touchant quoy?

RAOULLET.

Ha! j'auray vengeance de toy
Tout maintenant; je sçais ton cas.

MAUSECRET.

Le Prince des Sotz n'y est pas.

RAOULLET.

Quelq'ung a, pour ce cas, commis.

LE SEIGNEUR DE BALLETREU.

Qu'esse qu'il y a, mes amys?

RAOULLET.

Nous ne venons pas pour ung peu.

MAUSECRET.

Ma foy, monseigneur de Balletreu,
Ilz sont soubz vostre seigneurie.

LE SEIGNEUR DE BALLETREU.

Dictes moy qu'il y a, m'amye;
Despeschez serez à deux coups.

DOUBLETTE.

C'est mon mary qui est jaloux.

RAOULLET.

Par Dieu, je n'ay pas tort de l'estre.

MAUSECRET.

El est bonne femme, mon maistre,
Et aussi vous estes bon homme.

LE SEIGNEUR DE BALLETREU.

Or ça, ça, que je saiche comme
Vostre discord est advenu.

RAOULLET.

Il est vray que je suis venu
En ma vigne pour prouvigner,
Doublette y faisoit besongner
Des autres; ayez y regard.

LE SEIGNEUR.

Que en dictes vous?

DOUBLETTE.

           Raoullet Ployart
Tousjours tence, riotte ou grongne,
Et est si lasche à la besongne,
Monseigneur de Balletreu, qu'il laisse
Ma vigne en frische.

MAUSECRET.

           Ma maistresse
Dit verité : il n'y sçait rien;
Et les autres besongnent bien.
Entendez vous, c'est pour empreu¹.

DOUBLETTE.

La seigneurie de Balletreu
Entretiens au mieulx que je puis.

LE SEIGNEUR.

Quant à moy, d'oppinion suis,
Puis que dictes qu'il est si lache,
Que y facez besongner en tasche;
Et si le dis par jugement.

RAOULLET.

Monseigneur de Balletreu, comment
L'entendez vous? Je luy prometz

---

1. *Empreu*, tout d'abord, c'est le chef important de l'accusation.

La labourer bien desormais ,
Tant, qu'il n'y aura que redire.

MAUSECRET.

El ayme mieulx Faire que Dire ;
Ne faictes pas donc , ma maistresse ?

DOUBLETTE.

Ouy, par ma foy.

LE SEIGNEUR.

               C'est simplesse
D'en debatre. Sans plus enquerre
Faictes labourer vostre terre
Hardiment, car ce n'est que jeu.

DOUBLETTE.

Certes, monseigneur de Balletreu,
Je congnois que à vous suis subgecte.

RAOULLET.

Monseigneur de Balletreu, j'en jecte
Ung appel.

LE SEIGNEUR.

       Il se videra ;
Et toutesfois on conclura
Que les femmes, sans contredire,
Ayment trop mieulx Faire que Dire.

FINIS.

Fin du Cry, Sottie, Moralité et Farce composez par
Pierre Gringoire dit Mère Sotte, et imprimé pour iceluy.

LE BLAZON

DES

HERETIQUES.

LE BLAZON DES HERETIQUES.

Pendant longtemps cet ouvrage de Gringore n'a été connu que par son titre.
L'abbé Goujet et Niceron le citent,
mais seulement sur l'indication de Du
Verdier; c'est seulement au commencement de ce
siècle que son existence a été bien constatée par
Méon; il en avoit vu dans les mains de M. Char-
din, libraire, un fragment composé des huit
premiers feuillets, et il en a fait une description
sommaire dans son volume de *Blasons*. Plus tard,
M. Herisson, de Chartres, a été assez heureux
pour en rencontrer un exemplaire complet; c'est
un petit in-4° gothique de 14 feuillets, sous les
signatures *a-d*, et c'est d'après cet exemplaire,
resté jusqu'à présent unique, que M. Herisson
en a fait à Chartres, en 1832, chez Garnier
fils, une élégante réimpression, tirée à 66 exemplaires. On ne sauroit trop le louer d'avoir pris
ce soin et d'avoir donné en tête un fac-simile de
la figure de l'Hérétique, bien réellement faite
pour le livre de Gringore, puisqu'on y voit la

gibecière avec les rats rongeurs, les serpen!
qui s'élancent du pan de sa robe, et dans so
giron un livre et des flammes dévorantes. Tou
son costume est composé de contrastes; le
chausses de ses jambes sont différentes : l'un:
est celle d'un manant, l'autre d'un seigneur.
son bras gauche, qui est vêtu d'une manche.
porte des instruments aratoires, tandis que so:..
bras droit, recouvert du brassard, du garde-
bras et du gantelet, tient une longue lance. C:
bois bizarre est, dans l'original, signé sur une ta-
blette : G S.; l's est au centre du G, et celui-c
est surmonté de la fameuse croix de Lorraine.
On l'explique aujourd'hui *Geoffroy sculpsit*, et
M. Bernard n'a pas manqué de la cataloguer
dans sa récente étude sur Geoffroy Tory. San
vouloir en rien diminuer l'estime qu'on doit avoir
pour un travail aussi nouveau, aussi consciencieux et aussi utile par les éléments nouveaux
qu'il apporte à la discussion, je serai moins affir-
matif que lui. M. Renouvier, dans la *Revue Universelle des Arts* (Bruxelles, in-8°, cinquième volume, n° de septembre 1857, p. 510-19), a traité
mieux que je ne saurois le faire, cette question
de savoir s'il faut ne voir que Geoffroy Tory
dans la croix de Lorraine et lui attribuer tout ce
qui en est marqué, sans faire aucune distinction
de goût ni d'école; j'y renvoie pour cette question en général. Pour la figure de notre Blason, je dirai qu'elle est de celles qui restent en
dehors; rien ne prouve qu'elle soit de Tory :
tout ce qu'on peut dire, c'est qu'il n'est pas impossible qu'elle en soit; mais ce n'est pas à nos
yeux une preuve suffisante.

Revenant à la pièce même de Gringore, il reste à compléter son histoire par un fait bibliographique assez curieux. On a vu que, jusqu'à Méon et jusqu'à M. Herisson, on ne connoissoit que le titre du Blason des Hérétiques. Une fois connu, M. Brunet, — il est je crois le premier qui ait fait cette observation (I, 657), — a fait la remarque que, sans le savoir, on l'avoit toujours possédé, ce qui du reste étoit en son absence difficile à reconnoître, puisque son titre avoit été modifié et qu'on y avoit introduit des changemens qui en altéroient la date. Le coupable, — il est coutumier du fait, et, par ses pilleries organisées, digne du manque le plus absolu de confiance qu'on puisse accorder à un éditeur,—c'est Guillaume Nyverd, le libraire parisien, qui rajeunissoit ainsi les vieilles pièces pour les faire passer pour nouvelles; et naturellement, comme on ne tient à aucune propriété plus qu'à celle de ce qu'on prend, il ne manqua pas de se faire donner un privilége des plus étendus. Voici le titre de sa contrefaçon : « La Cronique des Lutheriens et outrecuidance d'iceux, depuis Simon Magus jusques à Calvin et ses complices et fauteurs Huguenotz, ennemis de la foy divine et humaine. —A Paris, par G. de Nyverd, imprimeur ordinaire du roy en langue françoyse, avec privilege dudit seigneur.» On lit à la suite l'*Extraict du privilège* :

« Le Roy ha permis et permet à Guillaume de Nyverd d'imprimer et exposer en vente tous et chascun les livres ou cayers dont il recouvrira, tant les coppies nouvelles que par cy devant n'auroient esté imprimées, qu'autres qu'il fera

reveoir, corriger et emender ou translater dans
quelque langue que ce soit en vulgaire françois
et de quelque faculté qu'elles soient. Et faict ledit sieur inhibitions et deffenses à tous autres de
n'en imprimer, vendre, n'exposer en vente aucuns cayers, livres nouveaulx et autres ainsi
imprimez par ledit sieur de Nyverd, ny pocher,
tailler ou contrefaire aucune de ses histoires ou
autres sortes de caractères [1], sous les peines contenues ès lettres de privilège sur ce données.

« Par le Roy, en son conseil, ROBERTET. »

[1]. On appeloit autrefois les miniatures des *histoires*; *his-
torier* un manuscrit, c'étoit l'orner de sujet et des lettres
peintes; dans ce privilége de Nyverd, *histoires* doit vouloir
dire aussi bien les fleurons que les lettres ornées. Je suis plus
embarassé pour donner le sens du mot *pocher*; aucune des
acceptions cataloguées par les dictionnaires ne peut convenir ici. Nous devons cependant en rappeler une : pocher la
queue d'une lettre, c'est faire au bout un arrondissement
avec la plume (Dictionnaire de l'Académie, 1740, II, 364);
mais dans l'impression les queues des lettres sont précisément
droites et sans boucles; il faudroit, pour tirer quelque chose
de ce sens, que Niverd eût employé des caractères de civi-
lité, et alors il défendroit par là de les imiter. Je serois
tenté d'y supposer un autre sens. Quoique le clichage soit
une habitude toute moderne, il me paroît difficile d'admettre qu'on n'ait pas employé pour les lettres ornées et les
fleurons quelques chose d'analogue. Dès la seconde moitié
du XVIe siècle, certains encadremens de titres, formés de
dessins courans et d'abord taillés sur bois, sont évidemment
composés avec des morceaux; il n'est pas rare de trouver
des lettres et des fleurons identiques, que leur présence sur
le même côté d'une feuille prouve avoir été tirés en même
temps; il n'est pas rare non plus de trouver la même lettre
identiquement, tantôt sans, tantôt avec une cassure. Tout
cela suppose l'existence de plusieurs exemplaires reprodui-
sant et multipliant un premier modèle. Cela étant, la défense de pocher, tailler ny contrefaire les hystoires et caractères de Nyverd ne seroit-elle pas celle de les reproduire

C'est un très-petit in-4°, de 20 feuillets, sous les signatures A-E. Il est placé, bien entendu, sous le couvert d'un patron nouveau :

« A Monseigneur, Monseigneur Simon de Fizes, baron de Sauve et de Durfort[1], chevalier, conseiller du Roy, secrétaire d'Estat et des finances de Sa Majesté, G. de Nyverd donne salut. »

La spéculation réussit, puisque la réimpression fut elle-même contrefaite. M. Brunet indique une édition, Poitiers, Em. Mesnier, suivant la copie imprimée à Paris, 1573, 18 ff., où le nom de Nyverd est supprimé, et une autre de Paris, Christ. Royer, 1585, de 20 ff. Nous ne les avons pas vues, mais elles nous étoient inutiles ; elles ne doivent être que des copies de Nyverd. J'ai dit que celui-ci avoit fait de nombreux changemens. Ils ne se bornent pas à l'addition mise à la fin pour mener la série jusqu'à son temps, mais ils portent sur toutes les parties. Souvent ce sont des additions, qui développent ou complètent les vers de Gringore; dans quelques passages, ils les complètent si bien que sans elles le sens souffriroit; c'est dans ce cas seulement que je les ai introduites dans le texte, en indiquant leur

par empreintes, de les surmouler, aussi bien que de les copier et de les contrefaire par une taille et une gravure nouvelles?

1. Il mourut avant 1584, puisque le 18 octobre de cette année, Charlotte de Beaune, sa veuve, se remaria avec François de la Trémoille; elle mourut en 1617, et fut enterrée aux Célestins de Paris. Sauve est une seigneurie de Languedoc (Anselme, IV, 177, A).

origine. Faut-il croire que Nyverd a eu entre les mains une édition ancienne autre que celle de Philippe le Noir et qui lui auroit été supérieure ? Le fait est possible, mais le hasard seul en pourroit apporter la preuve.

LE BLAZON
DES HERETIQUES.

DE PAR LA COURT,
Extraict des registres du Parlement.

Sur la requeste baillée par Phelippe Le Noir, relieur juré en l'Université de Paris, par laquelle il requeroit luy estre permys exposer en vente ung petit livre, intitulé : *Le Blazon des heretiques*, et que deffenses fussent faictes à tous libraires, imprimeurs et aultres qu'il appartiendra, de ne imprimer ne exposer en vente ledit livre jusques à deux ou troys ans sur certaines grosses paines et d'amende arbitraire; veu par la Court ladicte requeste, à laquelle ledict livre estoit attaché, et tout considéré, ladicte Court a permis et permet audict Le Noir, suppliant, de faire imprimer et exposer en vente ledict livre, intitulé, comme dict est, le Blazon des heretiques, jusques à ung an tant seullement, pendant lequel temps icelle Court fait deffenses à tous imprimeurs, libraires et aultres qu'il appartiendra, de ne imprimer ne vendre icelluy livre sus paine de confiscation desdictz livres et d'amende arbitraire. Faict en parlement, le vingt ungiesme jour de décembre, l'an mil cinq cens vingt-quatre.

Collation est faite. Ainsi signé :   F. Du Tillet.

LA DESCRIPTION, FIGURE OU EFFIGIE
DE L'HERETIQUE.

De tous estatz l'hereticque veult estre Maistre et seigneur pour humains decevoir;
Son effigie à tous peult apparoistre;

Difficile est et très fort à congnoistre,
Voullant en mal apliquer son sçavoir.
   En gibecière on luy voit ratz avoir,
Qui sont rongeans, et serpens detestables,
En son giron faisant mords diffamables;
De son sain sort ung aspre feu vollant,
Qui cueur et corps et livres est bruslant.
   Et fault noter ces trois choses dernières
Remunerer leur maistre coustumières
En la parfin, selon leur naturel,
Soit temporel ou espirituel,
Après que ont fait choses irregulières.
Comme chacun le peult apparcevoir,
L'hereticque est subtil à decevoir
Les simples gens, et sugect à debatre
Contre les fors puissans, pour abatre
Et esbahyr gens non clercz par ses dictz;
Oultrecuidez esmeuvent contredictz.

*Espitre adressant à très illustre, très hault et très
redoubté prince Anthoine, duc de Calabre, Lorraine et Bar, Marchis, Marquis de Pont,
présentée audict prince et seigneur par
Pierre Gringoire, dict Vaudemont,
son herault d'armes,
compilateur
d'icelle.*

Ne t'esbahys, mon seigneur et mon
   maistre [1],
Si heresie en l'eglise vois mectre [vers,
Par gens nommez Lutheriens per-
Voullans la foy Jesus mectre à l'envers;

1. C'est ici que commence le Nyverd.

Car ce permect Providence divine
Affin que les fidelles par doctrine
Et vrays crestiens soient plus astus¹ sçavoir
Les sainctz esperitz² et faire leur devoir
De expulser hors heresie erronicque,
Pour obvier à sa faulce trafficque,
Qui ses servans de grace Dieu desvoye,
Te advertissant que la première voye,
Qui tent venir par sotte abusion
A heresie, est la presumption
Du propre sens de l'homme, qui pense estre
Trop saige et cler de soy mesmes et con-
Plus qu'il ne doit. La diffinition   [gnoistre
De heresie est nommée erection³
D'homme qui veult, par subtille manière,
Oppinion tenir particulière,
En delaissant doctrine des recteurs
De militaire⁴ esglise et sainctz docteurs,
Oultre le sens du Sainct Esperit entendre.
Comment aussi qui nourrist et engendre
Ou ensuyt faulse et folle intencion,
Novalité d'estrange oppinion
Pour son prouffit particulier ou gloire,
Plus que nul aultre est mys au repertoire
Des pertinax⁵, nonobstant ses argus.
    Le premier fut nommé Symon Magus⁶,

1. Nyv. : Enclins.
2. Nyv. : Escripts.
3. Nyv. : Élection.
4. Nyv. : Militante.
5. Des entêtés.
6. Simon le magicien, disciple du magicien Dosithée, qui prétendoit être le Messie, fut converti par saint Philippe; puis il offrit à saint Pierre de l'argent pour acheter les dons du Saint-Esprit, ce que Gringore exprime par les mots le get du Saint-Esprit (Actes des apôtres, chap. 8, versets 9

Du temps Neron, qui fist très dure guerre
Contre le bon et devot pape Pierre,
Qui le banist d'avec luy et mauldit
Publicquement, pour cause qui vendit
Comme giez [1] du sainct esperit la grace,
Et enfin fut, pour finir sa falace
Et son orgueil, voulant monter ès cieux,
Precepité au gouffre Stigieux.
Voyla comment ce faux Simon trespasse [2]
Dont scimonie a prins son [3] non et race,
Qui regne encore ; ses faitz sont trop congneuz.
    Menandrians aussi sont sourvenuz [4],
En soustenans, par dictz à nous estranges,
Que les sainctz cieulx ont esté par les anges
Faictz et bastitz, ce qui est incertain [5];
Car ung Dieu seul les a faictz de sa main,
Lequel peult tout ; comme il veult, humains
  -   Ung hereticque, appelé Basilide,   [guyde.
Dist que Jesus, lequel se estoit offert
Mourir pour nous, n'avoit en riens souffert
Dessus sa croix. Mais de telle cautelle
Fut convaincu ; peine endura mortelle [6],

et 24). C'est par allusion à son nom qu'on a appelé *simonie* le trafic des choses de l'Église. La légende lui a attribué aussi une chute devant Néron, à qui il avoit promis de voler dans les airs. M. Kühnholtz, en rassemblant les témoignages (Notice sur Samuel Boissière, Montpellier, 1845, in-8) a montré qu'ils ne disoient rien de tel ; ils l'auroient dit que le fait n'auroit pas été plus prouvé.

1. Nyv. : Fort meschamment.
2. Ces quatre vers ne se trouvent que dans Nyverd.
3. *Son*, seulement dans Nyverd.
4. Menandre, samaritain, fut disciple de Simon, et forma une secte nouvelle après la mort de son maître.
5. Nyv. : Faulx et vain.
6. Ce membre de phrase se rapporte, dans la pensée de Gringore, à J.-C., et non plus à Basilide.

Voullant purger le mal que fist Adam [1].
Ung Nicolas fut en Jherusalem,
Durant le temps du martir sainct Estienne;
Par mariage eust une femme sienne,
Qui belle estoit ; mais il en ordonna
Si laschement que à tous l'habandonna,
En soustenant que naturel ouvraige
Doit commune estre à tous en mariage,
Sans espargner femme ou fille d'aultruy [2] ;
Ses aliez et consors avec luy
Sont appellez et ditz Nicolaistes,
Et condampnez de leurs erreurs mauldictes,
Et, pour ce doubte estre tost éclarcy,
L'homme et la femme en mariage joinctz
Ne feront qu'un sans en estre disjoinctz;
Le Saint-Esprit nous admoneste ainsi [3],
En leur prouvant que on ne doit faire ainsi.

1. Nyverd donne après ces vers ces quatre autres :
    Qu'ose tu dire, execrable Satham?
    Il a souffert peine et griefve torture
    Jusqu'à la mort, pour l'humaine nature,
    Par son cher sang, sauver d'éternel dam.
Basilide étoit d'Alexandrie et vivoit au commencement du second siècle. A propos de la crucifixion, il prétendoit que le Christ avoit changé de figure avec Symon le Cyrénéen, et que c'étoit celui-ci qui avoit été réellement crucifié.

2. Saint Clément d'Alexandrie défend Nicolas d'avoir enseigné cette erreur ; il dit que, ce diacre ayant une femme belle que les apôtres lui reprochoient de trop aimer, il la fit venir au milieu de l'assemblée et lui permit de se marier à un autre. Ce n'étoit pas la peine de faire cette folie héroïque pour être mis en la compagnie d'Épicure ; c'est pourtant ce qu'arriva, et il y a tout lieu de croire que ce qu'on appelle Nicolaïtes au vii° siècle ne désignoit que les prêtres qui refusoient de cesser de vivre avec leurs femmes.

3. Ce vers et les trois précédens ne se trouvent que dans Nyverd.

Vindrent après gens nommez Goustici [1];
Eulx, disant estre expers par excellence
Plus que nul aultre en parfaicte science,
Ont voulu prendre et avoir ung tel nom,
Pour augmenter et croistre leur renom,
En alleguant contre saincte escripture
Et soustenant l'ame estre une nature
En Dieu, faignant que le mal et le bien
Est tout en Dieu; mais leur subtil moyen
Fut trouvé faulx, plain de venin et raige,
Et que fol est qui cuyde estre trop saige;
Gens moderez sont repetez sciens [2].

Aultres, nommez les Carpocraciens [3];
Dirent Jesus, filz de la vierge Marie
Seullement homme, et né d'homme et femme,
En denyant ses divines vertus [4].

1. Les Gnostiques, nom souvent donné à tous les heretiques sans distinction, est celui d'une secte mystique très-
nombreuse et très-puissante. Tout récemment, à propos des
pierres gravées qu'on leur attribue, M. Matter a traité les
questions de philosophie et d'archéologie qui se rapportent
à leur histoire.

2. A la place de ce vers et du précédent Nyverd donne
ceux-ci :

Ce que ne font ces folz Questiciens,
Qui s'eslevantz au-dessus de la nue
En sont les plus ignares, insciens ;
Gens moderez sont reputez siens.

3. Ainsi nommés de Carpocrate, contemporain de Basilide. Ils passoient, comme les Nicolaïtes, pour ériger en
devoir la débauche et la promiscuité.

4. On trouve de plus dans Nyverd :

Mais qui veid oncq si evidentz abus ?
Qui ouit oncq telle horreur proférer ?
Mais qui pourroit tel blasphème endurer
Contre le fils du grand Dieu immortel,
Son coegal, tout puissant, éternel,
Né de la Vierge et seul sauveur Jésus ?

Ung aultre fut appellé Cherintus[1];
Cherisiens ses consors dictz estoient,
Qui en publicque et segrect observoient
A leur pouvoir la circonscision,
Disans que après la resurrection
Nous serions en volupté charnelle
Encore mille ans; la verité n'est telle;
Du Sainct Esperit ne sont praticiens[2].
    Nazarei et ses Nazariens
Le filz de Dieu dirent et confessèrent;
Mais (de) la loy Crist de tous pointz delaissè-
En observant et gardant seullement   [rent,
Pour leur plaisir l'ancien testament[3],
Et nostre foy nouvelle denyèrent[4].
    Aulcuns après Offites s'appellèrent
Pour ung serpent que on nommoit ainsi[5],

---

1. Cerinthus, juif d'Antioche, qui étoit à Jérusalem du temps des apôtres.

2. Nyverd ajoute :

    Ains gens lascifz, Sardanapaliens,
    Le cueur desquelz vainement se promet
    Un paradis lubric de Mahomet,
    Faisant leur Dieu de leur ventre et de leurs biens!

3. Les Nazaréens, ce qui fut d'abord le nom des chrétiens, furent ensuite une secte particulière de juifs, qui vouloient conserver l'ancienne loi et admettre la nouvelle, en considérant le Christ, ainsi que le fit plus tard Mahomet, comme un autre prophète.

4. Nyverd ajoute :

    Mais, ce faisant bien clairement monstrèrent
    Qu'ilz n'estoyent point poulsez du Sainct Esprit
    Puisqu'ils nioyent la foy de Jesus Christz
    En quoy très fort ces malheureux errèrent.

5. Ὄφις est le mot grec qui signifie serpent. Les Ophites étoient une branche de Gnostiques qui adoroient en fait le serpent, comme symbole de la sagesse divine, et, comme le Christ étoit considéré par eux comme étant venu pour écra-

En l'adorant et luy criant mercy,
Voullant prouver par leur inscipience
Que le serpent de vertus congnoissance
En paradis a mise ; il n'en est rien[1].
     Sur rang se mist le fol Valencien[2],
En l'an de Crist cent et quarante quatre,
Deliberé de nostre foy abatre,
En soustenant, quant Crist se transporta
Du ciel çà bas, que son corps aporta
Faict et formé en la manière comme
On le v[é]oit naturel et pur homme,
Et que c'estoit (com) par fustulle ou canal[3]
Passé dedans le ventre virginal
De l'humble vierge et très saincte pucelle,
Sans avoir prins substance et chair en elle ;
Mais le meschant en erreur obstiné
Fut convaincu et par droict condampné
Et reputé fol, inepte, hereticque,
Par Yginus, grec, pape catholicque,
Qui de l'erreur fut prudent correcteur[4].

ser la tête du serpent, ils faisoient renier le Christ à leurs
adhérents. Leur chef se nommoit Euphrate.

1. Nyverd ajoute :
     Et pour cela cognoistre l'on peult bien
     Que telle gent estoit grosse pecore
     Quand pour son Dieu une beste elle adore
     Acte du tout indigne d'un chrestien.

2. Gringore devoit dire Valentinien. Hyginus régna de
139 à 142.

3. Nyv. : On voit icy un vray et naturel homme,
          Et qu'il s'estoit comme par un canal.

4. Nyverd ajoute :
     Que soustenoit ce maudit seducteur
     Très meschamment et par folle créance
     Nient Jesus avoir chair et substance
     Prins en la vierge, en quoy il fut menteur.

Aulcuns aussi dirent le createur
Avoir esté ung ange laudatoire,
Denyant Crist filz de Dieu estre en gloire;
Telles gens ont de Appellites le nom[1].
  Incontinent se esleva Marcion[2],
Grant philosophe, et les Marcionistes,
Ses aliez, qui, contre loix escriptes,
Ont soutenu deux dieux en leur sermon,
L'ung seullement juste estre, et l'autre bon,
C'est assavoir que l'ung estoit propice,
A ung chascun faisoit juste justice,
Et l'autre doulx, piteulx, misericords,
Qui pardonnoit tous debatz [et] discords;
Mais il fut dit que touchant cest affaire
Correction y estoit necessaire
Pour abolir leur erronicque mal[3].
  Novatus[4], prestre, à Romme desloyal,
Fut convoiteux de soy faire congnoistre
Pape de Romme, et, quant ne le peult estre,

1. Appelle, au lieu d'être un prédécesseur de Marcion, passe pour un de ses disciples. — Nyverd ajoute:
  Qui n'avoyent sens ne entendement bon
  De maintenir que Dieu n'estoit qu'un ange
  Et Jesus n'estre au ciel plein de louange;
  En eulx estoit trop grande abusion.

2. Tertullien a écrit un livre exprès contre lui. Voy. Bayle, article Marcion.

3. Nyverd ajoute :
  Plus dangereux que peste ou réagal,
  Car il n'y a qu'un Dieu tant seullement
  Qui dessus tout règne éternellement,
  Comme la foy nous montre en general.

4. Gringore auroit du dire Novatianus, d'abord philosophe païen, qui, après la mort du pape Fabien, arrivée en 250, se fit sacrer évêque de Rome par trois évêques, et lutta contre Corneille, qui fut régulièrement élu en juin 251. Ce fut le premier des antipapes.

Son heresie il voulut reveiller
En soustenant que on devoit mesler
Choses qui sont divines et certaines
Couvertement avecques les humaines [1],
Par quoy fut dit l'hereticque prescheur.
Après voulut soustenir que ung pecheur,
Quelque bien faict qu'il feist ou penitence,
Ne fût reçeu soubz papalle puissance
A obtenir quelque grace ou mercy.
Pape Felix premier regnoit [2]; aussi
Se fut du temps Gordian, prudent homme,
Imperateur premier chrestien à Romme [3] :
Ce Novatus, rommain, très obstiné,
Fut par soixante evesque condampné [4]
Comme erronicque et de vie coulpable [5].

   Aultre erreur fut folle et irraisonnable
Que ung ygnorant et barbare esleva,
Lequel feist tant que douze hommes trouva
Ses aliez et disciples pour dire
Et tesmoigner qu'il est(oit) Crist ; contredire
Voulut à ce ledit Felix, par quoy
De plus en plus augmenta nostre loy.

1. Nyv. : Mais ses raisons estoyent foles et vaines.
2. De 269 à 274.
3. Ni les deux Gordien, le père et le fils, faits empereurs
en Afrique, et qui ne le furent que six années, ni leur successeur, Gordien, fils et petit-fils des précédents, qui régna
de 237 à 244 et promettoit à Rome un nouveau Trajan,
ne furent chrétiens. On voit par les dates qu'ils n'étoient pas
contemporains du pape Félix Ier.
4. Dans les conciles de Carthage et d'Antioche.
5. Nyverd ajoute :
      Car le pécheur, tant soit abhominable,
      Mais qu'il ne soit en son vice obstiné,
      Peult à salut et grace estre amené
      D'autant que Dieu sans fin est pitoyable.

Cest hereticque, emply d'erreur diverse,
Estoyt partout nommé Manès de Perse[1].
Puis Manichée[2] et ses Manicheaulx,
Remply[s] d'erreur, comme subtilz et caulx,
Dirent aulx clercs, qui à eulx disputoient,
Que, sans doubter, deux principes estoient;
Lors furent dictz menteurs prophetizans.
   Furent aussi Cathafriges[3], disans,
Pour mieulx couvrir leur erreur et falace,
Que avoient receu du Sainct Esperit la grace
Et non les sainctz apostres de Jesus;
Mais en la fin par clercs furent confuz,
En approuvant[4] leur oppinion sotte[5].
   Tesanus fut homme prudent, très docte[6]
Et clerc expert en grec et en latin,

1. Nyverd ajoute :

   Fol, insensé, car il n'est qu'un Jésus
   Qui sied du père à la dextre là sus.

2. Manichée n'existe pas. C'est du nom de Manès, né en
Perse en 240, que l'hérésie des Manichéens prit son nom.
Aucune n'a été plus importante ni plus longue; elle remplit
tout le moyen âge.

3. Entre autres noms que les partisans du manichéisme
ont porté, se trouve le nom de *Cathares*. Est-ce celui dont
Gringore a fait Carthafriges, qu'on ne connoît pas?

4. Nous remarquerons que, lorsque la prononciation le
donnoit, il n'est pas rare de voir ainsi supprimer le *ne*. Le
sens, comme la prononciation, donnent ici en *n'approuvant*.
Nyverd met : reprouvant.

5. Nyverd ajoute :

   Cas il n'y a, pour veritable notte,
   Qu'un seul principe, à sçavoir un Dieu seul;
   Apostres sainctz aussi eurent accueil
   Du Sainct Esprit, comme l'escript le cotte.

6. Nyv. : Tisanicus fut prudent et très-docte.
C'est de Tatianus, continuateur de Valentin et de Marcion,
ue veut parler Gringore; il vivoit sous Marc-Aurèle.

Gringore. I.

20

Tandis qu'il tint l'oppinion Justin [1],
Et florissant en la saincte escripture ;
Après, enflé de sa literature,
Une nouvelle heresie il mist sus,
Que augmenta lors ung nommé Severus.
Ses sectateurs Severiens se doyvent
Ainsi nommer, qui jamais vin ne boyvent,
Abhorrans chair manger pareillement,
Et non croyans l'ancien Testament,
Voullant nyer resurrection d'homme ;
Ce fut du temps que pape Pie à Romme,
Premier de nom, regna très vertueux [2],
Anthoine aussi empereur dict piteux [3].

En l'an deux cens quarante quatre furent
Rommains sugectz à Deciam [4], que esleurent
Imperateur ; très fier fut et cruel,
Et des crestiens grant ennemy mortel,
Lequel commist choses irregulières.

Durant ce temps de martirs deux manières
On pouvoit veoir asprement se eschauffer,
Tant de Jesus que de dyables d'enfer.
Or est ainsi que martirs de Crist furent [5]
Les papes sainctz et prelatz, qui peine eurent
De soustenir la foy jusques à la mort ;

1. Saint Justin, martyrisé en 167.
2. Pie I, pape de 142 à 157.
3. Antoninus Pius, c'est-à-dire le miséricordieux ; il régna de 138 à 161.
Nyverd ajoute :
        Mais trop meschante est cette opinion
        De denier la resurrection,
        Pareillement l'ancien Testament
        Que nous croyons indubitablement.
4. On prononçoit Decian. C'est Dèce, empereur de 246 à 251.
5. Nyv. : Car les martyrs de Jésus pour vray furent.

Et les martirs du dyable, par effort
Voullans avoir la pompe et les delices
Du monde, avec richesses, avarices,
Luxure, orgueil, se sont evertuez
L'ung contre l'autre et par ire tuez.
Mais chascun sçait que en royaulme et empire [1]
Au temps present on fait encore pire;
Aussi martirs du dyable nous voyons
Pour le jourdhui, et plus parler n'oyons
Des sainctz martirs de Jesus, qui bataillent
Contre heresie et en son lieu l'assaillent.
Durant l'empire au parvers Deciam.
    Après la mort du pape Fabien [2],
Que Claudius [3] fut empereur bellicque
Contre les Gotz, il fut ung herectique,
Subtil en mal, nommé Sabellius [4];
Lors pape grec fut Dionysius [5].
Ce hereticque et dyable voulut dire
Que Jesuchrist, nostre maistre et sire,
N'estoit le filz de Dieu le createur,
Qui fut trouvé execrable menteur,
Et son erreur de tous poinctz consommée.
    Lors Constantin, de grande renommée,

1. C'est-à-dire en France et en Allemagne.
2. Arrivée en janvier 250.
3. Marcus Aurelius Claudius, dit le Gothique, empereur
de 268 à 270.
4. Sabellius ne faisoit pas de distinction entre les personnes
de la Trinité, et ne les prenoit que pour des dénominations
d'actions différentes produites par une personne unique. Selon
Eusèbe, Denis d'Alexandrie dédia à Denis, évêque de Rome,
ses livres contre le Sabellianisme, qui fut plus tard renouvelé
par Photin et les Antitrinitaires.
5. Saint Denis, cinquième successeur de Fabien, fut évêque de Rome du 22 juillet 259 au 29 décembre 269.

Après que on l'eust imperateur esleu [1],
De tous chrestiens se trouva bien vouliu;
Car franchement en paix les laissa estre,
Or en son temps estoit pape Silvestre [2],
Qui mains decretz saigement ordonna;
Toute heresie et erreur condempna,
Et luy sembla Silvestre ung homme ydoine
Pour de sainct Pierre avoir le patrimoine;
Ce Constantin, imperateur rommain,
Luy donna Romme et le mist en sa main
Et Ytallie, ainsi que debonnaire.
L'Église a de passé fait à faire [3];
Comme lisons, par ung temps a esté
Devotement vivant en povreté;
La dignité saincte et spirituelle
Ne eust pour ce temps que soubz la charge telle
De souffrir mort, tant que [4] Sylvestre tint
Le bien mondain; toutesfoys il le print,
Comme les clercs en sont bien advertiz,
Soubz Constantin, qui luy donna gratiz
A celle fin que Eglise militante
Prescher la foy Jesus fut plus ardante.
    Durant ce temps, l'hereticque Ariam [5],
Faulx ypocrite, aymant bien terrien;
La trinité croyoit especialle,
Mais l'unité nyoit essencialle,
Qui affligea l'Eglise en telle sorte,

1. Nyv. : A l'empire premeu. — A York, en 306.
2. Pape du 31 janvier 314 au 31 janvier 335.
3. Nyv. : Car l'Église a de pape fort affaire.
4. Jusques à ce que.
5. Même remarque que pour Deciam. Il est inutile d'insister sur Arius, dont l'opinion rallia autour d'elle tant de
sectateurs que le monde chrétien fut longtemps divisé en
Ariens et en Catholiques.

Que faicte fut moins que elle n'estoit forte ;
Car Constantin, Constans, aussi Constant,
Qui furent filz de Constantin le grant,
Non, comme feist leur père, [paix] donnèrent [1]
Mais leur empire en troys pars devisèrent,
Et firent tant de guerres et assaulx,
D'enormes faictz et execrables maulx,
Que Constantin et Constant demeurèrent
En la bataille, où tout honneur laissèrent.
Ainsi Constans empereur fut tout seul.
Les Arriens le firent à leur vueil,
Parquoy voulut la chrestienté submettre
A leur plaisir, qui à mort firent mettre
Plusieurs crestiens. Lors ung consille fut
A Nytia [2] ; de compte faict y eust [3]
Troys cens dix huit evesques, gens notables,
Saincts glorieux, prudens et charitables,
Dont sainct Silvestre avoit faict ung amas,
Qui l'Arien rendirent contumax
En sa presence avec son heresie,
Comme erronicque et plain de frenaisie,
Et firent lors les evesques preditz
Le sainct symbole ou *credo*, que en beaulx dictz
Chantent prelatz et prestres à la messe.
     Puis Donatus [4], par cautelle et finesse
Cuydant venir de sa follye à chef,
Fist baptizer les crestiens de rechief,
Et soustenoit ce mauldict hereticque

1. Nyv. : En paix regnèrent.
2. Le concile de Nicée fut clos le 25 août 325.
3. Nyv. : Tenu à Nice, où de vray nombre y eut.
4. L'évêque Donatus, qui succéda au siége et aux opinions
de Majorin, évêque de Carthage, donna son nom à la secte
des Donatistes ; le sang et le martyre ne l'affoiblirent pas,
elle ne céda que devant l'invasion des Vandales.

Quil n'y avoit eglise que Affrique,
Voullant tenir crestiens en son lien [1].
   Après survint ung nommé Jullien,
Qui fust crestien, puis moyne plain de vice [2],
Aymant erreur et mondaine avarice,
Lequel devint erronicque enchanteur,
Et apostat, après imperateur
Auguste dict, en se efforssant de nuyre
A crestienté et du tout la destruire,
Et, nonobstant qu'il y mist paine et cure,
Fut corrigé par le martir Mercure [3],
Qui le pugnist voire divinement,
Otempereant au sainct commandement
De l'humble Vierge et mère Dieu, Marie,
Par le voulloir de trine seigneurie;
Ce fut du temps pape Liberius [4].

1. Nyverd ajoute :
    De ce Donat et du faux Arrien
    L'oppinion fut ainsi erronée
    Et malheureuse à bon droict condamnée ;
    Aussi pour vray elle ne valoit rien.

2. L'empereur Julien avoit été originairement élevé dans la religion chrétienne, en sa qualité de neveu de Constantin ; mais jamais il n'entra dans les ordres.

3. Saint Mercure, qui fut martyrisé, soit en 231, soit en 259, fut le héros d'une vision fameuse au moyen âge, dans laquelle, la nuit de la mort de l'empereur Julien, saint Basile auroit vu le Christ sur un trône ordonner à saint Mercure, vêtu d'une cuirasse, d'aller tuer l'empereur ; saint Mercure disparut, et revint peu après rapporter à Jésus-Christ qu'il avoit exécuté ses ordres. Voyez le Chronicon Pascale, éd. de Du Cange, 1689, in-fol., anno 263 ; son ouvrage sur les familles byzantines, p. 51, où il en donne une représentation figurée ; Antonio Pagi, Critica in Annales Baronii, anno 363, Anvers, in-fol., t. 1, 1727, p. 506, et les renvois de Baillet, Vies des Saints, éd. in-4, Paris, Ganeau, t. 8, 1739, p. xiv et 184.

4. Liberius fut pape de 352 à 366, en ne tenant pas compte

Lors se mist sus l'heresie Ermonius
Lache de cueur, ord et lepreux en ame,
Voullant donner au nom de Jesus blasme,
Lequel fut né de Vierge humainement;
Dist qu'il n'estoit semblable aulcunement
A Dieu le père en nature et en face,
Mais seullement son filz aymé par grace,
Qui fut confuz de ce qu'il soustenoit [1].

Macedonius [2], hereticque, nyoit
Le sainct esperit dire estre egal du père,
Du filz aussi; pour telle vitupère
Que l'hereticque aux cueurs humains entoit,
Qui contre droict et verité mentoit,
Condempné fut par raison legitime.

Durant ce temps fut le deuxiesme scisme,
Car le predict Liberius, moyens
Voullant trouver supporter Arrians [3],
Dont fut chassé ainsi comme hereticque,
En le expulsant du siège apostolicque,
Et par prelatz et docteurs recusé
Comme hereticque Arian abusé;
Ainsi acquist, par erronicque blasme,
Le premier nom de pape à Romme infame.

des années de son exil (355-58), pendant lesquelles il
remplacé par Félix II.

1. Nyverd ajoute :

Contre la foy chrestienne, qui tenoit,
Comme elle tient et croit certainement,
Que Jesus est Dieu eternellement,
Egal au père, à qui tout honneur soit.

2. Macedonius fut évêque de Constantinople, et pendan
son épiscopat Arriens, Novatiens, Catholiques, poussés par lu
et contre lui, ensanglantèrent à l'envi les rues et les église
de Constantinople.

3. Ce fut la cause de son exil.—Cf. page 308, note 5.

Durant l'empire au temps Archadius [1],
Que à Romme fut pape Anastasius [2],
Pelagius, Celestin [3], hereticque
Et Julien, evesque malleficque,
Cuydant chrestiens hors de la foy bannir,
Publicquement voulurent soustenir
Que l'homme peult bien meriter sans grace,
Et que baptesme ou prière, qu'on face
Dedans l'eglise, on ne doit estimer.
Ce heresie a voulu fort blasmer
Sainct Augustin, docteur de renommée;
Pelagienne en son nom est nommée [4],
Laquelle fut, du temps Honorius [5],
Par le decret pape Innocencius [6]
Et le clergé, ainsi que en erreur née,
Par sainctz prelatz et docteurs condempnée,
Et mesmement tous les erarsiarges [7],
Sans estandars, guydons, escuz ni targes;
Car par science ilz en vindrent à bout
Par le vouloir de Jesus qui peult tout

1. De 395 à 408.
2. De 398 à 401.
3. Celestin fut le disciple direct de Pélage; mais Julien, évêque d'Eclane, dans la Campanie, se sépara de lui, et fit prendre une nouvelle forme au pelagianisme.
4. Au lieu de ce vers et des deux précédents, on lit dans Nyverd :

> Ce qui est faulx, et pour le reprimer
> Ceste heresie a esté fort blasmée
> Par Augustin, sainct plain de renommée,
> Qui a mis bas par la science sienne,
> Ceste mauldicte erreur Pelagienne.

5. Empereur d'Occident de 395 à 423.
6. Il fut pape de 402 à 417.
7. Nyv. : Tous les hyérarches.— On a voulu dire hérésiarques.

Or [il] advint que, durant Boniface[1],
Timoteus[2], pour couvrir sa fallace,
Disoit Jesus en toute place et lieu
Estre vray homme et le seul filz de Dieu,
Mais adjoutoit une faulte maline
En soustenant que nature divine
Fut convertie en nostre humanité[3].
    Eraclites contre divinité
Une heresie esleva très mauvaise,
Par le parler de sa bouche punaise,
En soustenant que tous les hommes nez,
Lesquelz estans[4] en mal predestinez,
Ne prouffitoit vertueusement vivre.
Mais il ne fault un tel presaige ensuvure;
Car en Carthage[5] en veit en appareil
Deux cens dix huyt bons pères en conseil[6].
Où le docteur Augustin, plain de grace,
Fut triumphant encontre la fallace
Pelagius, et si bien le vainquist
Que en ses erreurs depuis honneur ne acquist.
    Nestorius, qui Constantinoble eust
Pour evesché[7], faulx hereticque fut;

1. Saint Boniface, pape de 418 à 422.
2. Timothée est un partisan de l'opinion d'Eutychès.
Voyez plus loin.
3. Nyverd ajoute :
    Car la divine et humaine nature,
    Furent, ainsi que porte l'escripture,
    En Jésus Christ joinctes ensemblement;
    L'église n'a jamais creu autrement.
4. Nyv. : Estoient.
5. Le concile de Carthage de 418.
6. Nyverd ajoute :
    Qui les erreurs des faux Eraclites
    Ont confondus et bas precipitez.
7. Nestorius fut nommé patriarche de Constantinople en

Car il disoit et soustenoit en somme
Que Jesuchrist seullement fut pur homme.
Mais le mauldict de l'erreur inventeur
Fut convaincu comme lache menteur,
Et aboly son art et malefice.
　　Aultre hereticque, en nom nommé Eutice,
Constantinoble eust en possession,
Ainsi que abbé[1] ; pour resollucion
Fut[2] abusé en sa clericature,
Disant que [n'est][3] une mesme nature
Divinité aussi l'humanité
De Jesuschrist, contre la vérité[4].
　　Au temps Felix quatriesme[5], les Vendailles
Comme Arrians ont faict des choses malles
Contre chrestiens, les voulant molester
Et l'esloquence à leur povoir oster,

428 ; il fut condamné par les conciles d'Alexandrie et d'É-
phèse, en 430 et 431, et de plus déposé et banni.
　1. Eutychès, abbé d'un monastère près de Constantinople,
soutenoit qu'il y avoit deux natures en Jésus-Christ. C'étoit
le contraire de l'opinion de Nestor, qui y voyoit deux personnes. Mais l'Église enseignoit et a continué d'enseigner
qu'il y a une seule personne et deux natures.
　2. Imp. : Fort.
　3. Nyv. : En deniant.
　4. Nyverd ajoute :

　　Mais leur inique et damné documént
　　Est reprouvé par très sainct argument
　　En Jesus Christ vray Dieu, vray homme ensemble
　　Est éternel, soubz qui faut que tout tremble,
　　Dieu tout puissant qui fut, est et sera
　　Et dont le règne à jamais durera.

　5. Gringore compte évidemment parmi les Félix celui
qui fut pape pendant l'exil du pape Libère, de sorte que
celui qu'on désigne sous le nom de Félix III (526-30) est
celui qu'il appelle Félix IV. — Dans Vendailles la rime fait
facilement reconnoître les Vandales.

En decouppant et detrenchant leurs langues,
Mais non obstant faisoient leurs harengues
En louant Dieu, sans perdre le parler,
Pour ses beaulx sainctz en publicque reveller
Et que aultre dieu n'est requis que on adore.
   Ung hereticque appelé Théodore[1],
Ayant en soy diabolicque esperit,
Dist ung vray dieu estre aultre Jesuchrist,
Et que Marie, humble Vierge pucelle,
Ne fut de Dieu mère pure et ancelle,
Mais fut la mère à Jesus seullement,
Dont fut confus; il mentoit faulcement;
En ame et corps est aux saintz cieulx en gloire.
   Le bon prelat de Yspanie[2] Ysidore
Desprisa tant fort en faictz et que dictz
Les pertinax hereticques mauldictz[3].
Son devoir fist Machomet faire prendre,
Qui en Espaigne avoit voullu entendre
Faire une loy plaine d'abusion;
Fugitif[4] fut par persuasion
De l'ennemy, l'ignominieux dyable
Sathan, esprit dampné, abhominable;
Car pour son maistre avoir le desira.
Arabiens à sa loy attyra,
Disant avoir puissance très parfaicte,

1. Non pas Théodore, mais Théodote; il avoit, disoit-on, renié le Christ pour échapper au martyre, et l'on attribua à ce fait son opinion de la non-divinité du Christ, comme rendant son apostasie moins criminelle.

2. Imp. De Yspalanie. Ny : D'Ispale.

3. Saint Isidore, évêque de Séville, mourut vieux le 4 avril 636; mais, quoiqu'il soit contemporain de Mahomet (569-632), il n'eut rien à démêler avec le réformateur arabe, qui ne vint pas en Espagne, où sa religion ne pénétra qu'avec l'arrivée des Maures, appelés par le comte Julien, en 713.

4. Nyv. : Ce Mahomet.

Et qu'il estoit sainct, juste et vray prophète
Transmis de Dieu. Sergius [1] devisa
Avecques luy, qui sa loy composa,
Ou toute erreur et infamye habonde.
Machomet fut ung deceveur du monde,
Prophète faulx de Satham messaigier,
Et president de Antecrist mensongier,
Fier et pervers hereticque en couraige,
De maufvaistié final monstrant sa raige,
Comme enchanteur et prince des larrons,
Qui en discord mist princes et barons
Par le moyen de son maistre Satham.
Fut ung second [2] pervers Jheroboam
Qui la pluspart ousta de sa franchise [3]
La grant maison de David, c'est l'Eglise;
Ce Machomet print plaisirs et delictz [4]
Aymer les gens de vertus abolis,
Leur commandant de vivre en convoitise,
Guerre, debatz, execrable faintise,
Larcins, cabatz, fraudez, charnalité,
Ayant [5] amour, paix et honnesteté,
A saincte foy ayant controversie

1. Lorsque Mahomet fit ses premiers voyages, il lui arriva de rencontrer un moine, qui lui fit les plus belles prédictions sur sa fortune future. Ce seroit là l'origine du conte de ce moine Sergius, qui lui auroit écrit l'Alcoran (Vie de Mahomet, du comte de Boulainvillers; Londres et Amsterdam, 1730, p. 205, et celle de Jean Gagnier, traduite par Leclerc; Amsterdam, 1748, t. 1, p. xxxviii). Quoi qu'il en soit, ce n'est pas seulement dans la littérature que l'on trouve au seizième siècle des traces vivantes de cette légende; une planche de Lucas de Leyde, datée de 1508, représente l'assassinat du moine Sergius par Mahomet. (Bartsch, VII, p. 405, n° 126.)

2. Nyv. : Accort.

3. Nyv. : Voulant gaster par sa faulse entreprise.

4. Nyv. : Deduictz.

5. *Hayant*, haïssant.

Sans tesmoignaige aulcun de prophesie,
Et en sa foy ont tenuz sotz mortelz.
Signes ne a faictz sainctz, supernaturelz,
Mais, pour enseigne, doctrines folles, fables[1],
En promettant aux gens irraisonnables,
Lords, ignorans, de vivre en volupté,
A leur plaisir faisant leur volunté,
Liberaulx[2], francs, et laisser labouraige,
Qui tire à soy commun peuple peu saige[3].
Parquoy le Dieu, qui tout sçait et entent,
Nous a montré que son ire dessend
Sur Machomet et sur ces Machomistes,
Non voullans croire aux sainctz evangelistes,
Ne aux vrays docteurs et saiges zelateurs,
Des sainctz esperitz certains expositeurs,
Qui par grace ont saine pensée ague.
Et si ne veult que sa loy on argue,
Car il f[e]ist sa constitucion
Sans argumens ne disputation[4],
Disans que par puissance et faictz d'armes
Pour soustenir ses assaulx et alarmes
Comme hardy vaillant bellicateur,
Transmis de Dieu[5] du peuple protecteur,
Et non venu pour monstre[r] sa doctrine
Spirituelle et saincte medecine,
Mais avoir gens par cens et millions[6],
Pour dominer, ce que affiert à lyons

1. Nyv. : Enseigné n'a sinon qu'erreurs et fables.
2. Nyv. : Libertins.
3. Nyv. : Tirant à soy le peuple le moins sage.
4. Nyv. : Ce Mahomet ne veult point qu'on argue
Son execrable et fausse opinion,
Pareillement son institution.
5. Nyv. : Dieu l'a transmis.
6. Nyv. : Avoit mis sus d'hommes maintz millions.

Et aux larrons et tirans plains de raiges,
Et non à gens qui ont devotz couraiges,
Spirituelz et porteurs de la loy ;
Car par constraincte on ne peult avoir foy.
Ainsy voit on que Machomet, follatre
Et non saichant, voulut la loy abatre
De Jesuchrist et nulle reputer.
    Après faillut saigement disputer [1]
Contre ung mauldict, hereticque, larron,
Qui se appelloit Monechelitarum [2],
Disant que Crist, nostre seigneur et maistre,
Comme il voulloit le donner à congnoistre
A ung chascun, pour resolution
Ne avoir en soy que une opperation,
Et mesmement riens que une voulenté ;
Mais luy, estant de l'ennemy tempté,
En soustenant ses dictz et vitupères,
Par quatre vingtz et dix neuf sainctz pères
Fut mis au renc des hommes non saichans.
    Philippe fut au nombre des meschans

1. Ce vers et les deux précédents sont remplacés dans
Nyverd par ceux-ci :
    Et malheureux, voulant la loy abatre
    De Jésus-Christ, est nul à reputer,
    Et que du tout il convient rejecter
    Son furieux mauldit predicament.
    Après faillut disputer sagement, etc.

2. Gringore prend là le Pirée pour un nom d'homme.
Monothelitarum (il faut un *t*, et non un *c*, mais la bévue n'en
est pas plus grosse) est le génitif pluriel du nom latin de la
secte des Monothélites. Sortant comme conséquence des
querelles du Nestorianisme et de l'Eutychianisme, ils recon-
noissoient une nature humaine dans le Christ, mais la con-
sidéroient comme tellement effacée par sa nature divine
qu'elle n'avoit pas d'action propre, et concluoient par suite
qu'il y avoit dans le Christ, non pas deux volontés résultant
de ses deux natures, mais une seule.

Imperateurs, qui hereticques furent[1].
Durant son temps les catholiques eurent
Beaucoup de peine et excessifz travaulx;
Car il vouloit, comme herectique faulx,
Que on ostast ymages de l'église,
En les boutant pour en faire à sa guyse
Comme en la foy desriglé dissolust[2].
Et à Gregoire aussi Leon[3] voulust
Expressement commander telz oultrages
Qu'il fist destruire ou brusler les ymages,
Sans en laisser en l'esglise ou palays.
Gregoire dist : « Sont les livres de lays,
Et simples gens [qui] n'ont la congnoissance
Des sainctz esperitz[4] », resistant par puissance
Contre Leon commandant l'opposite.
Lors le pouvoir de l'empire introduicte
En heresie on abatit alors
Par vrays crestiens, qui firent leurs effortz
A resister contre leurs heresies,
Faisant cesser maulvaises fantasies;
Car à bout vint de son intention
Contre heresie, et veneration[5]
De ymages est comme du passé faicte;
Par icelluy d'hereticques la secte
Fut, en consille, à Romme condampnée
Avec Leon et excommuniée.

---

1. Philippicus, ou plutôt Filepicus Bardanes, fut empereur
Orient de 711 à 713.

2. Nyv. : De reigle dissolu.

3. Nyv. : L'on a.—Léon III, l'Isaurien (717-41), fut ex-
ommunié par les papes Grégoire II et Grégoire III (715-741).

4. Cf. Emeric-David, *Hist. de la peinture*, Gosselin, 1842,
110.

5. Nyv. : Grégoire vint à son intention,
            Faisant garder la veneration.

Et, luy ostant rentes imperiales,
Ledit Gregoire [1] appella le roy Charles [2],
Pour achever sa louable entreprinse ;
Par son moyen preserva saincte Esglise,
A qui l'empire avoit eu maintz discords ;
Les Millannoys ont fait maulx griefz et tortz,
Contre raison, à l'esglise rommaine
En retenant ses biens et son domaine,
Eulx rebellans et desobeissans
Durant l'espace et temps de deux cens ans.
    Mais Federic, à tout bien adonné,
Qui de Lorraine estoit nacionné [3],
Fut pape esleu et par son bon renom
Estienne dict, neufiesme de ce nom [4] ;
Incontinent que eut papalle puissance,
Aux Millannoys fist faire obeissance
A la rommaine Esglise, comme au chef
De toutes les aultres, et de rechef [5]
Il increpa, ainsi que magnanime,
A l'empereur Henry troyziesme [6], crime
D'estre hereticque et tel le soustenoit ;
La cause fut, car il divinoit [7]
L'autre [8] privillège et franchise

1. Imp. : Gringoire.

2. Non pas Charlemagne, mais le duc d'Austrasie, Charles Martel, que les papes ménageoient à cause des services qu'il pouvoit leur rendre contre les Allemands et les Lombards.

3. Nyv. : Yssu et né. — Circonstance que Gringore ne manque pas de rappeler à l'honneur du duc de Lorraine.

4. Il fut pape du 3 août 1057 au 29 mars 1058.

5. Nyv. :   Ainsi qu'au chef
    De toutes, puis obviant au meschef.

6. Empereur d'Allemagne, de 1046 à 1056.

7. Nyv. : Parce qu'il detenoit. A la place du *divinoit*, de l'édition originale, je lirois *diminuoit*.

8. Nyv. : Le revenu.

Que avoit [eu] la militante Esglise,
Sans voulloir faire honneur à ses consors.
    Une heresie et erreur fut alors
Que Adriam pape en gloire temporelle
Estoit regnant; l'heresie estoit telle
Que Jesuchrist dirent filz adoptif
De Dieu le père, et, mys sur ce estrif
Felice, ayant la voulenté mauldicte,
Felicienne a depuis esté dicte [1],
Que les clers ont condampnée, et de faict
Soustindrent Crist [2] vray filz de Dieu parfaict,
Egal au père en gloire et en puissance.
    Du temps que Alebart [3] voulu[t] subjuguer
       France,
Soubz Boniface huytiesme, grefvement [4]
Furent Templiers destruictz soubdainement [5],
Dont les plus grans tous esmerveillez furent
Que telz seigneurs si soudaine mort eurent,
Et que leur maistre en leur ordre à Paris
Fut lors bruslé, eulx aussi tous peris [6];

1. Gringore revient sur ses pas. La secte Félicienne prend son nom de Félix, évêque d'Urgel, en Espagne, qui, sans doute par suite des discussions avec les Mahométans, qui ne peuvent admettre de nombre dans l'idée de Dieu, soutint que le Christ n'étoit que le fils adoptif de Dieu. Son opinion fut condamnée aux conciles de Ratisbonne et de Francfort. L'Adrien dont il s'agit est Adrien Ier, pape de 772 à 785.

2. Nyv. : Prouvant Jésus.

3. Qu'Albert. C'est l'empereur d'Allemagne Albert Ier (1298–1308).

4. Nyv. : Promptement.

5. Nyv. : Honteusement.

6. Cinquante-sept Templiers furent déjà brûlés à Paris, en mai 1311, et l'ordre fut aboli, en 1312, au concile de Vienne; mais Jacques de Molay et ses derniers amis ne fu-

La cause fut pource qu'ilz confessèrent
Que sur la croix très saincte tous crachèrent,
Le desprisant comme en erreur confis,
Obprobre ayant du benoist crucifix.

    La Novarie[1] heresie eslevée
Par Dulcius, son prince[2], fut trouvée
Nyant que Crist, notre salvation,
Fut Dieu et homme après l'asumption;
Mais il ne sçeut tenir si grande audace
Que on ne congneust sa folie et fallace;
Sa femme aussi, Marguerite, y estoit,
Qui telle erreur à tous magnifestoit,
En soustenant ses erreurs et[3] malefices;
Leurs aliez, adherens et complices,
Avecques eulx en grant nombre nombrez,
Furent tous vifz trenchez et desmembrez,
Et puis bruslez, sans que nul en eschappe;
Lors regnoit Jehan vingt deuxiesme, pape[4].

    A Lyon fut ung fort riche bourgeoys,
Que par son nom on appelloit Vauldoys[5];

rent brûlés que le 11 mars 1314. Ce ne fut pas sous Boniface VIII, mort en 1303, mais sous Clément V, qui fut pape de 1305 à 1314. — M. Michelet a publié, dans le recueil des Documens inédits de l'histoire de France, le procès des Templiers.

  1. Nyv. : Aultre nouvelle.

  2. Dulcin, de Novarre en Lombardie, et disciple de Georges Ségarel, se fit le chef des Apostoliques, ou Frères de la pauvreté, après que son maître eut été brûlé. Le même sort lui étoit réservé. Il fut brûlé vif, avec sa femme, en 1307, par les ordres de Clément V.

  3. Nyv. : Ses maulditz.

  4. Jean XXII fut pape de 1316 à 1334.

  5. Petrus Valdensis, riche marchand de Lyon, né au bourg de Vaux, en Dauphiné, commença à prêcher sa doctrine vers 1180. — Charles Duplessis d'Argentré, évêque de Tulle, a parlé des Vaudois au commencement de son livre :

Voulloit laisser biens mondains et practicque
Pour povreté mener evangelicque;
Les povres gens eurent de luy appuy;
Ung très grant nombre avoit avecques luy;
Escripre fist aulcuns livres de Bible
Vulgairement [1], en faisant le possible
De les vouloir au contraire exposer
Comme est requis prudemment les gloser;
Car en ce cas fut imbecille et nice,
Soy pourforçant à usurper l'office
D(es) apostres sainctz princes et [2] veritez;
Escripre fist plusieurs auctoritez
Des sainctz docteurs, qui ne sçavoit entendre,
Et les vouloit publicquement apprendre
A ung chascun et prescher en publicque,
En decevant simple peuple layque;
Luy, ses consors en erreur [3] infectez,
Par saiges clercz furent admonnestez
Laisser l'erreur, ausquelz ilz contredirent
A leur povoir; car ilz leur respondirent
Que on devoit mieulx obeyr et servyr
A ung seul Dieu que aux hommes se asservir,
En mesprisant de toute leur puissance
Prelatz et clercz comme plains d'ignorance,
En eulx disans et nommans plusieurs fois
La tierce rigle au père sainct Françoys,
Et soustenans, disans leurs patenostres,
Que Jesuchrist, mesmement ses apostres,

Collectio judiciorum de novis erroribus qui ab initio seculi xii ad annum 1725 in ecclesia proscripti sunt et no-
tati; Paris, 1728, 3 vol. in-8. Ce seroit un beau sujet à
reprendre pour un historien moderne.
1. En langue vulgaire.
2. Nyv. : Des.
3. Nyv. : Luy et les siens d'erreur tel.

Qui ont vescu, enduré chault et froit,
Ne eurent rien propre en commun, ne (en)
  aulcun droit;
Du sainct esperit le droit[1] leur attribue,
Et mainte erreur par prelatz et clercz veue,
Par quoy chassez ilz furent du pays,
Et des prelatz et du clergé hays,
Puis au conseil hereticques dictz furent,
Ars et brulez, dont plusieurs pytié eurent
En leur voyant endurer si [très] fort.
   Ung Symon fut, vray conte de Montfort,
Qui triumpha contre les herecticques[2];
Avec prelatz et devotz catholiques,
Si fermement soustint la foy Jesus
Qu'il desconfist cent mille hommes et plus,
Et si n'avoit avecques luy que huyt mille
Disant l'erreur de hereticques utille
De tous crestiens[3]; ce fut environ l'an
Que fut tenu consille à Latran[4],
Où mille troys cens quinze prelatz furent,
Qui les haulx faitz de Jesuschrist congneurent,
Ausquelz par droit tous nous humilion.
   Pour l'heresie aux povres de Lyon,

---

1. Nyv. : Le sainct esperit ce droit.
2. Simon de Montfort, tué au siége de Toulouse, le 2
juin 1218, fut le chef de l'expédition contre les Albigeois.
Ils ont été écrasés, mais leurs vainqueurs resteront marqués
dans l'histoire d'une tache ineffaçable. Les horreurs des
guerres de religion du xvi° siècle sont encore loin de celles
de cette croisade.— M. Fauriel a publié, dans les Documents
inédits, un poëme très-important sur cette guerre.
3. Nyv. : . . . . vile.
        A tous crestiens. . . . . .
4. Ce concile fut ouvert le 11 novembre 1215 . et présidé
par Innocent III; ce fut le douzième concile général.

Plusieurs Picquars [1], soubz umbre de bien faire,
Firent des maulx ; on congnust leur affaire
Dedans Paris ; pour leur erreur et mal,
Furent bruslez ; aussi le general
Des Myneurs fut, avecques ses complices,
Dict hereticque et expert en malice.

   Ung liseur fut excellent par renom,
Fort estimé, qui (de) Parule avoit nom,
Ayant en soy sy folle resverie
Qui soustenoit que la Vierge Marie
Ne avoit esté en ce monde mortel
Conçeue sans peché originel ;
Mais, en preschant telz motz à haulte alaine,
Il tresbucha d'une mort très villaine,
Comme de Dieu et sa mère mauldit.
Maistre Henry de Hassia le dit [2]

1. Les Picards ou Pikards, ainsi nommés d'un certain Pikard, natif des Pays-Bas, furent le nom d'une secte d'Adamites en Bohême. Jean Ziska les détruisit à peu près en 1420 (Voir les renvois du Moréri, VIII, 320). Mais évidemment Gringore fait allusion à quelque secte des Vaudois de France.

2. Ellies Du Pin (Bibliothèque des auteurs ecclésiastiques. Paris, in-4, tome XII, 1702, colonne 87) cite comme l'ouvrage d'un Henri de Hesse un Traité de la conception immaculée de la Vierge contre les disputes des FF. Mineurs, et pour venger saint Bernard, imprimé à Milan en 1480. Ce livre a été réimprimé, car j'en ai vu une édition de Strasbourg, 1516, sous ce titre : Henricus de Hassia plantator gymnasii Viennensis in Austria contra disceptationes et contrarias predicationes fratrum mendicantium super conceptione Beatissime Marie Virginis et contra maculam sancti Bernhardi mendaciter impositam. La préface de l'éditeur est le Ja. Wemphel de Schelestadt (in-4, de 3, xix ff. et 2 non chiffrés, dont le dernier porte une planche en bois). Il y a lieu de croire que c'étoit bien là où Gringore avoit pris son enseignement, et encore plus dans cette édition contemporaine que dans l'incunable italien. Je l'ai lue, et je n'y ai

Et que plusieurs des clercs, qui escrivoient
De la matière, espoventez estoient,
Narrant qui n'est si saige ne discret
Qui soit capable enquerir du secret
Du createur de toutes creatures,
Precongnoissant toutes [choses] futures.
  Une perverse heresie se esleva,
Que Jean Vuyclef, hereticque, trouva
En Angleterre, et Jehan Hus dedans Boesme ¹,
Qui par long temps fist une peine extresme
A saincte Esglise et ses devotz enfans,
Et fut regnante environ quarante ans.
Cestuy Jehan Hus avoit pour compaignie ²
Avecques luy Jherosme de Pragnie ³,
Qui, comme caulx, subtilz, malicieux,
Leur heresie ont semé en maintz lieux,
Et demonstré ferocité lupine,
Rempliz d'erreurs et de fraulde vulpine,
Cherchant au monde avoir leur alibis
Dessoubz l'abit d'aygneaux ou de brebis,
Eulx pretendans pour leur papellardise
De subvertir l'estat de saincte Esglise.
Mais à Constance ung concille se fist,
Mille quatre cens et seize ⁴, au grant prouffit

trouvé ni le moindre nom ressemblant à Parule, ni mention anonyme d'aucun docteur mort en chaire d'apoplexie.
Gringore peut l'avoir pris dans un autre livre, mais je n'ai
pas eu le courage de lire, pour mettre en note un seul ren-
voi, tous les ouvrages des trois Henri de Hesse.
  1. Sur les ouvrages anciens et récens consacrés à Wycleff
et à Jean Huss, nous renverrons à la Bibliographie biographique de M. Œttinger, édit. de Bruxelles, 1854, col. 793-4,
et 1900-1.
  2. Nyv. : De mesme brague.
  3. Hierosme de Prague.
  4. En 1414. Jean Huss fut brûlé le 15 juillet 1415.

De saincte Esglise estant fort abolie
Par telle erreur et foy quasi faillie,
Auquel concille a esté fort reprins
Ledit Jean Hus et Jherosme, et puis prins,
Aprehendez et bruslez par justice.
 Tantost après vint ung homme plain de vice,
Faulx hereticque et de la foy larron,
Qu'on appelloit lors Adamitarum [1];
En Boesme estoit son heresie empraincte,
Mais on la vit incontinent estaincte [2],
Car villains cas furent en eulx congnus;
Parmy les champs et les villes, tous nudz [3]
Pour leur plaisir et voulenté, alloient
Publicquement, et là luxurioient;
Mais Sigismond, puissant imperateur [4],
De leurs erreurs fut hastif correcteur;
Boesme gasta, et fut habandonnée
A feu et sang, et la croisée [5] donnée
Encontre tous herectiques pervers,
Où Boesmyens eurent assaulx divers [6].

1. Même observation que plus haut, pour *monotheli-tarum.*
2. Ce vers et les quatre précédents sont remplacés dans Nyverd par ceux-ci :
 Comme meschans et tout confits en vice.
 Tantost après vindrent les Adamites
 Plains d'heresie et pervers chatemites,
 Qui en Bohême ont leur erreur empraincte;
 Mais elle y fut incontinant estaincte.
3. D'où leur nom d'Adamites.
4. Nyv.: Dominateur.—Il étoit roi de Hongrie depuis 1386; il fut empereur en 1410 et roi de Bohême en 1420.
5. C'est-à-dire la croisade.
6. Par Adamites, Gringore entend les Hussites soulevés pour venger la mort de Jean Hus. C'est tout ce que put faire Sigismond, en près de vingt ans, que de pacifier la Bohême.

Or fault noter que hereticques sur terre
Se sont esmeuz, durant que regnoit guerre,
Et font [1] encore, tu le voys de present,
Dont peuple n'est de povreté exempt,
Mais vit en deuil, en travail et en peine,
Soubz faulx discord et bataille inhumaine,
Et cela vient, ainsi comme j'entendz,
Par fier orgueil. Car il y a trois temps
Fort different[s] que les humains poursuyvent,
Lesquelz tousjours l'ung après l'autre suyvent,
Que declairer je veulx par bons moyens.
   Le premier est habondance de biens,
Car ceulx, qui sont habondans en richesse,
Veullent monstrer leur puissance et prouesse,
Et lors se esmeut ung merveilleux discord
L'ung contre l'autre à qui sera plus fort;
L'ung ne permect à l'autre faire place,
Jusques à ce que la guerre se face,
Et peu à peu, en maisons et hostelz,
Villes et champs, biens sont raviz, oustez
De toutes parts par tailles et pillaiges,
Excès, larcins et merveilleux oultraiges.
   Ainsi telz gens mutillez et grevez
On ne voit plus en orgueil eslevez;
Humiliez sont par guerre mortelle,
Qui dessus eulx et sur leur bien martelle;
C'est le premier des troys temps. Le second
Est quant humains très grande deffaulte ont
De biens mondains; voyans leur indigence
Et povreté, ilz prennent pacience
Et sont prudens pour leur crudelité [2]

1. Nyv. : Sont.
2. Nyv. : Grande aspreté.

De la famine et la mortalité
Ou de guerre, en craignant de commectre
Aucuns pechez. Lors se veullent submectre
A la raison, vivans tempereement,
En labourant actuellement [1],
Et non ainsi comme ilz le pensent faire,
Pour survenir à leur petit affaire;
Car par les champs et manoirs sont paoureux
De remonstrer [2] aucuns advantureux.
Quant le tiers temps, temperé de rechef,
Vient aux humains après leur grief meschef,
Cœurs gros, enflez, commencèrent à rendre,
Deliberez du discord entreprendre
Comme devant, et se peult bien vanter
Richesse avoir puissance d'anfanter
Inimitié, qui garde ne a qu'el'faille
D'ung pervers fruict enfanter, c'est Bataille,
Et puis Bataille a tousjours enfanté
Necessité, Malheur et Povreté.
Ainsy tu veoys que au miserable monde,
Après richesses et biens, guerre y habonde
Et povreté par la guerre a son cours,
Parquoy convient avoir vers Dieu recours,
Considerant guerre et choses herites [3]
Venir au monde et [par] noz demerites [4].
    Au temps present veons Martin Luther [5]
Comme l'Esglise et la foy Christ luter;

1. Myv. : Assiduellement.
2. Myv. : *Rencontrer*, qui vaut mieux.
3. C'est-à-dire *heretiques*.
4. Myv. : Considérant que la guerre et les maux
        Que nous voyons si grands et anormaux
        Regner partout, et dont chacun harite,
        Viennent de nous et nostre demerite.
5. Myv. : Puis cinquante ans nous avons veu Luther.

Colecteur est d'heresies passées,
Que saiges clercz ont du passé cassées [1],
Et en a faict volumes plus que assez,
Pour son plaisir par maintz lieux dispersez
A [2] discorder les Esglises unies
Et depriver sainctes cerimonies,
Pareillement les doctrines et dictz
Des bieneurez estans en paradis,
Irreverant à louer les loix saines
Que nous disons divines et humaines,
A la jacture et la destruction
De tous prelats, et diminution
De la noblesse, y mettant contredit ;
Car ce qu'il a allegué [3], presché et dit,
Est declairé en concilles publicques
De nul effect [4] et ses dictz erronicques,
Et ses consors de grace (de) Dieu privez :
Par trop cuyder plusieurs sont sotz [5] trouvez.
    Ainsi Luther, avecques ses complices [6]

1. Nyvert donne au lieu de ce vers ces trois :
    Qu'il a par icy et par là ramassées,
    Qui, long temps a, confusées ont esté
    Par sainctz docteurs et leur autorité.
2. L'imprimé met ici le mot *son*, que nous avons restitué
au vers précédent.
3. Nyv. : Semé.
4. Nyv. : Faulx, heretique.
5. Nyv. : Fols.
6. Ce vers est remplacé dans Nyverd par les suivans :
    Puis peu de temps on a veu que Calvin,
    Contre la loy trop grandement hautain,
    Par ses escriptz, euvre diabolique,
    A assailly l'Église catholique
    Impudemment par folles fantasies,
    Renouvellant toutes ces heresies
    Et eslevé soubz faulse opinion,
    Etre tel quelle orde religion

Expers et durtz [1] en subtilles malices,
Le populaire ont si fort [2] saborné
Que en leur erreur s'est tiré et tourné, .
En mariant [3] prestres, curez, chanoynes,
Abbez, prieurs, mendiens et les moynes
Avec nonnains rompans religion,
Et infecté quasi la region
De Germanie en leur faulse heresie
Que à corriger n'est une chose aisie [4].
Car nonobstant que clercz ont fait escripre [5]
De l'humble Vierge et mère à Jesuchrist,
Ilz ont presché, comme plains de cautelle,
Qui n'est requis de supplier ycelle
Et que envers Dieu nulle puissance ne a,
Faisant cesser le *Salve Regina*,
C'est le salut que luy font gens honnestes,
Pareillement ses veilles et ses festes,
Qui est contraire aux [6] anciens docteurs
Et sainctz de Dieu, certains predicateurs,
Qui de la Vierge ont tousjours faict memoire.
Sont ilz plus clercs que ne fut sainct Gregoire,

Pleine d'abus, erreur et imposture
Directement contre saincte Escripture.
En adhérant à ses propos menteurs
Se sont mys sus apostatz, inventeurs
D'impiété, tant que dessoubz son umbre,
De sectateurs il a un très-grand nombre,
Quasi partout et infinies complices.

1. Nyv.: Duitz.
2. Nyv. : En ont si.
3. Nyv. : Par son abus.
4. Nyv. : Sont mariez et ont la region
   De Germania infecté d'heresie,
   Et la pluspart d'Europe, Afrique, Asie.
5. Nyv. : Que les sainctz ont escript.
6. Nyv. : Suyvant l'exemple des...

Ou sainct Jherosme, Ambroise et Augustin,
Qui l'ont loué en vulgaire latin,
Et sainct Bernard, qui fut tant debonnaire,
Ignasce aussi, son prudent secretaire,
A qui le cueur de son corps on tira?
Là fut trouvé *Jesus* et *Maria*
Dedans emprainct en très belle escripture [1]
De lettre d'or, en faisant la couppure
D'icelluy cueur de platz et de travers.
Et ses gourmans [2] Lutheriens pervers
En disent mal comme p[a]illars, incestes,
Ce que ne font patriarches, prophètes,
Sibilles, roys, qui ont divinement
Prophetisé que virginallement
Naistroit le Christ d'une Vierge pucelle.

    Octovien [3] aux saincz cieulx la veit telle,
Tenant son filz en vng luysant soleil,
Qui l'adora comme le nompareil,
En se rendant dessoubz sa main serville.
Mais que en a dict le poëte Virgille [4],

1. Il ne faut pas comprendre secrétaire de saint Bernard, mais secrétaire de la Vierge, puisqu'il s'agit d'Ignace d'Antioche, martyrisé sous Trajan, et dont la fête se célèbre le 1er février. Ribadeneira (Fleurs de la vie des Saints, Rouen, 1704, in–8, p. 234) rapporte la tradition du cœur coupé, où l'on trouva le nom de Jésus. Les actes recueillis par les Bollandistes, Februarii tomo I, donnent deux traditions, l'une que les lions auxquels il fut livré n'en laissèrent que les os, l'autre qu'ils l'étouffèrent seulement.

2. Nyv. : Maudits.

3. C'est-à-dire Auguste, qui s'appeloit d'abord Octave, et que les romans du moyen âge désignent sous le nom de l'empereur Octovien. L'apparition de la Vierge à Auguste est un des sujets du *Speculum humanæ salvationis*.

4. C'est le vers de l'églogue 4 :
    Jam nova progenies cœlo demittitur alto.
— Cf. une note du Dolopathos, p. 419.

Lequel estoit payen, et Symeon [1],
    Qui reputé fut très sainct, juste et bon?
Scait on pas bien que Jesus choses grosses
Pour sa mère a faictes en unes nopces
De Galilée, où fut Architriclin [2]?
    A sa prière elle [3] mua l'eau en vin.
    Il se voulut à icelle apparoistre
    Après sa mort, et aussi luy transmettre
    Le sainct esperit, et son corps glorieux
    Il fist monter lassus ès divins cieulx
    Où impascible est en gloire assouvie [4].

1. Év. de Saint-Luc, chapitre 2, versets 25–35.

2. Dans la version latine de l'évangile de Saint-Jean, le mot architriclinus signifie seulement l'amphitryon; au moyen âge il est passé à l'état de nom propre. En voici deux exemples; l'un est tiré du Sermon joyeux de saint Raisin :

> Prenons exemple à Jésus-Christ
> Du premier miracle qu'il fist;
> Ce fut qu'il mua l'eaue en vin
> Aux nopces de Architriclin.

(*Anciennes poésies franç.*, Bibl. elzev., t. 2, p. 113.)
L'autre se trouve dans le *Sermon joyeulx de bien boire* :

> Aussi quand le vin fut failly
> Aux nopces de Archedreclin
> Ne mua il pas l'eau en vin?

(*Ancien théâtre françois*, Bibl. elzev., t. 2, p. 17.)

3. Il faudroit : *il*.

4. A la place de ce vers et des huit précédents, on lit dans l'édition de Nyverd :

> Fit pas Jésus, qui ne sont choses fausses,
> Miracle grand en Galilée, aux nopces
> D'Architriclin, alors qu'à la prière
> De sa très-saincte et très-sacrée mère,
> Il mua l'eau en vin? Voulut-il pas
> Se demonstrer, peu après son trespas,
> A elle-mesme, et aussy luy transmettre
> Le Sainct Esprit et puis au ciel la mettre
> En corps et ame en Dieu toute ravie?

Ce vueille ou non Lutherienne ¹ envye,
Qui en karesme a permis chair menger,
Et soustenu qu'il n'y a nul danger
Vie mener bestialle et gourmande,
Aux quatre temps mengeant chair et viande,
Et sans jeusner vendredis, samedis,
Veilles ² des saincts, Lutheriens telz dictz
Veullent prescher, qui sont plain[s] de faintise,
Lubricité, erreur et gourmandise,
Voullans grever la très crestienne loy.
Car les prelatz augmentateurs de foy ³,
Pour preserver de mal le corps et l'ame
Cheoir ou tumber en ⁴ l'infernalle flamme
Du feu d'enfer ⁵, ont voulu ordonner
Faire abstinence et aulcun temps jeusner;
Car trop menger maladie au corps livre,
Et abstinence à deité ⁶ faict vivre
Les hommes sainctz d'esperit en chascun lieu,
Et, qui mieulx vault, avoir ⁷ grace de Dieu,
Et gourmandise est cause de luxure,
Qui aux humains en fin est aspre et seure ⁸.
    Ainsi Luther ⁹, ses consors et vassaulx,
Vivent ainsi que en ung toict ¹⁰ les pourceaulx,
Blasmant l'Esglise et prestres venerables,
En esperant bons faire à eulx semblables,

1. Nyv. : Luther et son.
2. *Veilles* est pris ici dans le sens de *Vigiles*.
3. Nyv. : Car les docteurs, colonnes de la foy.
4. Nyv. : Et les garder de.
5. Nyv. : Et éternelle.
6. Nyv. : Probité.
7. Nyv. : En la.
8. Nyv. : Dure.
9. Nyv. : Calvin, aussi.
10. Nyv. : Vivent comme en estable.

Hayans raison, prudence et verité,
Voullans commun [1] vivre en auctorité,
En desprisant prudens docteurs et saiges,
Qui d'Esglise ont soustenu les usaiges [2]
Et ont esté en vertus si parfaictz,
Moyennant Christ, que miracles ont faitz.

    Et Lutheriens ne font, pour abreger,
Miracles fors de yvrongner et menger,
Hayans honneur, paix, amytié, concorde,
Prenans plaisir prescher une vie orde;
Car la plus part de leurs entendemens
Est depriser saincts devotz sacremens
Et les bailler à ung chascun, sans faire
Confession devote et salutaire,
Sans en avoir crainte, doubte ou merreur [3].

    Ainsi concluz que la nouvelle erreur,
Qui ce met sus pour gaster les provinces,
Pareillement discussion des princes [4]
Comme de Turcs, infidelles payens,
Qui font assaulx et la guerre aux Chrestiens
Et mesmement barbares et gens d'armes
Les boutefeux en leurs malices fermes,
Grandes caves, peu de bledz et de vins,
Adjouster foy à sorciers, à devins,
Et croire trop en grande seigneurie,
Jeune conseil, et aymer flaterie,
Par quoy les maulx que ay devant recitez,
Lesquelz veons en villes, champs, citez,
Cloistres, esglises, manoirs, [et] forteresses,

1. C'est-à-dire le peuple.
2. Nyv. : Qui de l'eglise empeschent les naufrages.
3. Chagrin, de *Mœror*.
4. A partir de ce vers, l'édition de Nyverd a toute une
partie nouvelle, que nous donnerons en appendice.

Et abolir biens mondains et richesses,
Nos grands pechez en sont la cause ; aussi
Remedier est requis sur cecy
Et mettre jus cest erreur, qui procède
Du faulx Luther, car du passé succède,
Comme est dessus redigé par escript,
Des precusseurs enfens de l'Antechrist,
Qui leurs subjectz mainent à fin damnable,
Laissant chascun, soit riche ou miserable,
A son plaisir vivre comme il entend.

    De mon escript te plaise estre contend,
Mettant ce dict et proverbe en memoire :
Garder la foy c'est chose meritoire [1].

L'ACTEUR.

G ardons nous bien de corrumpre la loy ;
R econgnoissons nostre Dieu qui l'a faicte ;
I mpossible est de luy plaire sans foy ;
N ourrist, nous peult ; c'est le Christ et vray roy.
G rant, tout puissant, veritable prophète ;
O stons erreur, car ce n'est que decepte [2],
R ememorant qui n'en vient nul prouffit
E n disant : Foy pour nous saulver suffit.

CY FINIST LE BLAZON DES HERETICQUES.

    1. On peut comparer à cette pièce le *Testament de Martin Leuter*, dans le premier volume des *Anciennes poésies françoises*, p. 194-203. Quoique postérieur, il est écrit, — mais non pas littérairement, car il est entièrement mythologique, —dans le même sentiment que le Blason de Gringore.
    2. Déception.

APPENDICE.

Voici les vers par lesquels l'édition de Nyverd remplace les vingt-huit derniers vers du Blason et le huitain de l'acteur :

Ainsi concluz que la nouvelle erreur,
Qui se met sus pour gaster les provinces,
Pareillement dissention des princes,
Les factions, les erreurs lours et gros,
Et les abus semez des Huguenots,
Les predicans, lesquelz sont vrais gensdarmes
Aux bons chrestiens livrans si durs alarmes,
Nos grands pechez, noz vices et offences,
Nostre fierté et noz outrecuidances,
Le peu aussi qu'avons de charité
Vers nostre proche en sa necessité,
Sont cause au vray de tout le mal qui règne,
Et que chascun vit sans bride et sans resne.
   Mais, pour donner bon remède à cecy,
Dechasser faut cet erreur endurcy
Qu'a remis sus ce malheureux Calvin
Par le poison de son infecte levain.
Pareillement de Bèze l'apostat
Qui dans Genève ores tient son estat,
Renouvellant maint heretique escript
Des vieulx suppostz et fils de l'Antechrist,
Que de longtemps ils ont prinse du diable
Par leur doctrine orde, abominable,
Par infinies conciles condamnée
Comme heretique et du tout erronée.
   Suyvant lesquelz salutaires conciles,
Contre l'erreur tel très sainctz et très utiles,
Les roys de France, immuables monarques,
Comme on a veu par leurs insignes marques,
Ont de tout temps, de corps et cueur entier,
Suivy la foy et catholic sentier,
Exterminant tout erreur pullulant.
Mesmes le Roy, sur tous très excellent,
Charles neufième y a tenu la main,
Et tient encor, par instinct plus qu'humain,

Poulsé du ciel et de la déité
Contre l'erreur en France suscité.
En quoy faisant, il s'est environné
D'honneur, et gloire à jamais couronné
Plus qu'onques roy qui ait porté le sceptre,
Suppliant Dieu qu'il luy plaise permettre
Perseverer pour d'immortel trophée
Victoire avoir sur ceste Hydre echauffée,
Dont quelque peu de teste reste encor
Remettant sus en France un siècle d'or,
Se souvenant que pour Dieu et la foy
Vivre et mourir est fait digne de Roy.
   Conclusion, Monseigneur, s'il vous plaist
Veoir ce livret et lire tel qu'il est,
Vous trouverez que, puis quinze cens ans,
Il y a eu tousjours contredisans
Contre les loix et decretz catholiques;
Mais ces meschans et malins heretiques,
Et leurs erreurs, diaboliques prouvez,
Tousjours aussi ont esté reprouvez
Par argumens de l'Escriture saincte;
Pareillement leur menterie esteincte
Par sainctz decretz qui ont rendu confus
Et abolis heretiques abus,
Faits et forgez d'infernalle furie.
S'il plaist encor à vostre Seigneurie
Bien digerer les grands maux qu'en la France
A engendré l'Huguenotte arrogance
Par feu, par glaive et par faulse doctrine;
Si vous voulez bien peser la ruine
Qu'avons souffert par ces loups furieux,
Dont le vestige est encor à noz yeux;
Si meurement considerez les choses,
Vous trouverez, monsieur, n'estre que roses
Tous les travaux, dont l'heresie antique
A molesté l'Eglise catholique,
Au pris des maux dont ces fiers Huguenots
Ont tourmenté, sans raison ne propos,
Du Dieu vivant les serviteurs fidèles
Depuis douze ans qu'on a de ces rebelles
Laissé germer par trop de connivence
De leur erreur la superabondance,
Dont nostre Roy irrité outrement
Y a enfin ouvré si dextrement,

Qu'au gré de tous la veue s'en decœuvre;
Mais assez n'est, la fin couronne l'œuvre.
Donq plaise à Dieu par sa bonté et grace
Qu'a si sainct œuvre et chrestien il le face
Perseverer afin d'avoir le pris
Et achever comme il a entrepris.
Bien commencer n'est pas chose petite,
Mais achever plus grand gloire mérite.

FIN.

AU ROY TRÈS CHRESTIEN.

Noble Charles, roy de la fleur de lys,
Ne souffrez point qu'on face telz délitz
De vostre temps au royaume de France.
Si telz erreurs brief ne sont abolis,
Vous cognoistrez que tost seront faillis
Les cueurs hardis par faute de prudence.
Mettez à ce régime et providence,
Ou autrement tout va en décadence.
Tout par raison.

Enfin l'édition de Nyverd est terminée par une table de ce qui est contenu en la présente cronicque.

Etc... Ce sont les manchettes du texte reportées à la fin.

A la fin, sous un trait, on lit : Par G. de Nyverd, imprimeur. — Sur la dédicace de Nyverd j'avois remarqué que le baron de Sauve devoit être mort avant 1584; il est mort le 27 novembre 1579, et fut enterré aux Célestins; son épitaphe est dans Piganiol, IV, 250.

TABLE DES MATIÈRES

Fin de la table du tome premier.

Paris. Imprimé par E. THUNOT et Cie, rue Racine, 26,
  avec les caractères elzeviriens de P. JANNET.

www.ingramcontent.com/pod-product-compliance
Lightning Source LLC
Chambersburg PA
CBHW050742030726
47505CB00002B/352